아버지에게
보내는
작은 배

아버지에게
보내는
작은 배

차이충다 지음
유연지 옮김

알파미디어

모든 독자는 자기 자신의 독자다.
책은 독자가 자기 내면을 들여다볼 수 있도록
도움을 주는 광학 기구에 불과하다.

– 마르셀 프루스트Marcel Proust

목 차

삶을 밝혀 주는 등불 같은 책

충다(崇達)를 알게 된 지 이삼 년 정도 된 것 같다. 그와 몇 차례 사심을 터놓고 이야기한 적이 있기 때문에 그가 글을 쓸 줄 안다는 사실은 알고 있었지만 그의 글을 제대로 읽어 볼 기회가 없었다. 그러던 와중에 충다가 내게 이 책을 보내 줬다.

충다의 글에는 그의 진솔한 모습이 그대로 담겨 있었다. 솔직하고 자연스럽게 자신의 성장기를 풀어냈고, 사람이라면 누구나 갖고 있을 기쁨, 분노, 슬픔, 즐거움, 탐욕, 불평, 어리석음 등을 꾸밈없이 담아냈기에 나는 이 책이 진실하다고 생각한다.

인생이란 덧없는 것이다. 우리는 인생을 살면서 문득 세상 이치를 깨닫기도 하지만, 또 냉정하게 나와는 상관없는 것처럼 거리를 두고 나를 보호하기도 한다. 충다가 있는 그대로 그려 낸 그의 인생을 읽으면서 저절로 나를 내려놓고 공감하게 된다. 그의 이야기에는 평범한 사람이라면 한 번쯤은 읽어 봤을 법한, 느껴 봤을 법한 사연이 담겨 있다. 그래서 그의 이야기가 공감되는 것이라 생각한다. 이 세상에 어느 누가 평범하지 않다고 말할 수 있겠는가?

인생의 운이 좋고 나쁨은 살면서 어떤 사람을 만나느냐에 달려 있다고 생각한다. 나에게 깨달음을 줄 수 있는 사람이라면 그 모두가 삶의 등불이다. 충다의 《아버지에게 보내는 작은 배》에서도 그가 성장하는 데 깨달음을 준 사람이 등장한다. 그 사람 덕분에 충다는 한 걸음씩 목표를 이뤄 나가는 인생을 살고 있다. 충다와 그의 책은 내게 깨달음을 주는, 나의 삶을 밝혀 주는 등불 같은 존재다.

영화배우, 영화 제작자 유덕화(劉德華)

마음을 알아 가고, 사람을 알아 가는
《아버지에게 보내는 작은 배》*

만약 몸뚱이가 썩어 없어지면 우리한테는 뭐가 남는 거야?

좋아, 내가 알려 주지. 영혼이 있잖아.

영혼이 있어?

있겠지.

대답이 어째 부정적인데?

알았어, 알았어. 믿을게.

그럼 몸뚱이에서 벗어난 영혼은 뭘 하고 지낼까? 지옥 아니면 천
당에 가려나? 아니면 황량한 벌판을 떠돌아다니려나? 옛날 사람이
쓴 기록을 읽어 보면 황야를 떠돌아다니는 들 귀신은 다시 태어나서

---

* 이 책의 원제목은 몸뚱이皮囊다.

몸뚱이를 얻고 싶어 하는 것처럼 느껴진다.

따뜻하고 안락하면서도 아프고, 허약하고, 수치스러운 몸뚱이를.

차이충다가 《아버지에게 보내는 작은 배》라는 책을 냈다.

나는 아버지가 돌아가셨을 때 아들이 이성을 잃고 화를 낸 장면을 읽고 좀 이상한 느낌이 들었다. 그렇다. 내 눈물샘이 자극을 받고 액체가 분비되고 있었다. 나는 그것이 눈물이라는 것을 안다. 나는 이것은 눈물을 흘릴 일이 아니라고, 울 일이 아니라고 스스로를 달랬다. 내가 읽은 것은 사람 사는 세상에서 시시각각 일어나는 일일 뿐이니까.

나는 이 책에서 효도를 다하지 못한 채 부모를 잃은 자식의 슬픔보다는 뼈에 사무치는 분노를 느꼈다. 고통스럽지만 그렇게 밖에 살 수 없는 운명과 아버지에게 해 줄 수 있는 것 없는 아들의 처지, 그럼에도 모든 것이 허망하게 사라져 버린 현실이 분하게 느껴졌다. 하지만 몸뚱이는 냉혹할 만큼 그들에게 아무것도 허락하지 않았다. 몸뚱이는 기적도 마음도 믿지 않았다.

그렇지만 몸뚱이 안에는 마음이란 것이 있다. 몸뚱이가 어떤 바탕으로 이루어져 있건, 몸뚱이는 마음을 품고 있다. 어쩌면 인생은 마음을 품고 떠돌아다니는 몸뚱이의 유랑일지도 모른다. 그 마음이란 것은 대부분의 시간 동안 잠들어 있다가 가끔씩 깨어난다. 마음이 깨어나면 몸뚱이의 안쪽 깊숙한 곳에서부터 환하게 밝아진다. 황량한 들판에 수많은 등불이 켜지면 등불은 등불끼리 알아보고, 마음은 마음끼리, 사람은 사람끼리 서로를 알아본다.

《아버지에게 보내는 작은 배》는 마음을 헤아리고 사람을 헤아리는 책이다.

차이충다는 1980년 생이다. 나는 언젠가 이런 이야기를 한 적이 있다. 70년도 생 이후의 세대가 쓴 문학 작품에서는 아버지의 존재를 찾아볼 수 없다. 아버지의 존재가 어렴풋이 희미해졌다는 의미가 아니라, 아버지는 더는 그들에게 존경의 대상도, 두려움의 대상도, 반항하는 대상도 아닌 것이 되어 버렸다.

하지만 차이충다의 글에는 아버지가 반복해서 등장한다. 그의 아버지는 집을 떠났다가 다시 집으로 돌아온다. 그러다 병에 걸리고 예전으로 돌아가려고 발버둥을 치지만 실패한다. 아이가 되어 버린 아버지는 결국 세상을 떠난다.

그는 아버지의 이야기를 꺼내면서 아버지를 향한 미움, 사랑, 연민, 미련도 함께 털어놓았다.

이 과정에서 차이충다는 성장했다.

그의 책 속에는 아버지에 관한 이야기부터 시작해 그와 관련된, 그와 인연이 있는 사람이 차례로 등장한다.

서양 속담에 이런 말이 있다.

'너 자신을 알라.'

너 자신을 알려면 네 주변 사람들을 알아야 한다.

우리가 살면서 만나는 이들을 이해하고 알아 가다 보면 내가 어떤 사람인지도 알게 되는 것이다. 이것이 바로 소크라테스가 말하는 인간의 세계다. 사람은 반드시 인간의 세계에서 의의를 추구해야 한다.

이런 책을 쓰는 것은 마음에 상처가 될 수도 있다. 하지만 마음에 상처가 있다는 것이 나쁜 것만은 아니다. 피를 흘린 자리에는 딱지가 지고 흉터가 남지만, 상처가 난 자리는 계속 예민해져서 조금의 자극에도 초심을 생각하게 된다. 물론 마음이 죽어 있거나 잠들어 있다 해도 몸뚱이는 그냥 몸뚱이다.

몸뚱이는 마음을 믿지 않고 마음을 잊어버릴 수 있다. 하지만 살아 있는, 깨어 있는 몸뚱이를 환하게 비추는 마음은 몸뚱이를 거부할 수 없다. 몸뚱이는 생명이 유한하고 삶이 유한함을 상징한다. 그렇기 때문에 삶은 가치가 있는 것이다. 어쩌면 그 때문에 몸뚱이는 인간의 발악, 투쟁, 의지와 욕망, 꿈을 기다리고 있을지도 모른다.

영혼, 중국인은 그것을 마음이라고 부른다. 마음은 영원히 몸뚱이를 그리워하고 연연해한다. 중국인 중 어느 누가 얼음장같이 차디찬 천당에 가고 싶어 할까? 어느 누가 다시 사람으로 태어나 또 한 번 살아 보기를 바라지 않겠는가?

하지만 마음이 깨어 있을 때와 잠들어 있을 때가 다르듯,
같은 생을 다시 산다 해도 이번 생과 다음 생은 다를 것이다.

글을 쓴다는 것은 다시 한번 나의 삶을 살아 보고, 타인의 삶을 경험해 보는 과정이다. 물론 그 과정에서 또 한 번 마음에 상처를 입게 될 것이다.

나는 이 책을 무엇이라 일컬어야 할지 모르겠다. 이 책을 소설이라 말해야 할지 자서전이라 말해야 할지 잘 모르겠다. 이 책은 가볍지도, 유쾌하지도, 트렌디하지도, 심지어 문학답지도 않다. 하지만 문학답지 않은 것은 그다지 중요하지 않다. 차이충다가 글을 잘 쓰지 못했을 때는 그의 글에서 어설픈 문학도의 느낌이 든다. 하지만 그가 온 마음을 다 쏟아 낼 때 더는 차이충다는 문학도가 아니다. 그 순간만큼은 가슴에 손을 얹고 힘겹게 말을 꺼내는, 세상 모진 풍파를 겪어 온 소년일 뿐이다.

문학평론가 리징저(李敬澤)

몸뚱이

아흔아홉 살까지 산 나의 외증조모, 그러니까 내 외조모의 모친은 무척이나 정정한 분이었다. 나의 외조모는 쉰이 넘은 나이에 급작스럽게 돌아가셨고, 그 바람에 백발의 외증조모가 제 딸자식의 상을 치르게 됐다. 친척들은 그녀의 상심이 클 것을 우려해 돌아가면서 그녀의 곁을 지켰다. 그러나 무슨 이유로 역정이 난 것인지 외증조모는 욕지거리를 내뱉으며 혼자 분주하게 움직였다. 그녀는 관 뚜껑을 열어 외조모 주검의 모양새를 살피는 듯하더니, 다시 주방으로 건너가 제수 음식 준비 상황을 살폈다. 그녀가 거실로 발걸음을 옮겼을 때 그곳에서는 어떤 이가 닭을 잡으려다 닭의 동맥을 제대로 끊어 놓지 못해 매우 소란스러웠다. 그 닭은 피를 철철 흘리며 바깥으로 도망쳤고, 외증조모는 곧바로 뛰쳐나가 도망치는 닭을 단숨에 붙잡았다. 그러고는 손에 움켜쥔 닭을 아주 매섭게 땅바닥에 패대기쳤다. 발을 버둥거리던 닭은 끝내 숨통이 끊어졌다.

"아직 끝나지 않았어. 더는 몸뚱이가 영혼을 성가시게 하지 못하도록 해야 해."

외증조모는 정식 교육을 받은 사람은 아니지만 신기가 있는 노파라 그런가, 가끔 알아듣기 힘든 말을 할 때가 있었다. 자리에 있던 사람 모두 아무 말도 하지 못했다.

그날 장례식에서 외증조모는 단 한 번도 울음소리를 내지 않았다. 그녀는 외조모의 주검이 화장로로 들어가는 순간에도 눈꺼풀이 꺼질 듯이 눈을 끔뻑였다. 슬픔에 잠겨 울고 있는 다른 사람은 안중에도 없다는 듯, 여느 나이 든 노인이 평온하게 졸고 있는 모양새였다.

그해 나는 막 초등학교에 입학했을 나이였기에 그녀의 그런 매정함이 전혀 이해되지 않았다. 나는 몇 차례 그녀를 찾아가 물었다.

"할머니는 왜 슬퍼하지 않으세요?"

검버섯과 주름이 가득한 그녀의 얼굴에 옅은 미소가 피어올랐다.

"그야 남은 미련이 없으니까 그렇지."

그 말은 이후에도 종종 들었다. 외조모가 돌아가시고 나서부터 외증조모는 자주 우리 집에 머물렀다. 그녀는 외조모가 임종 직전에 손자인 나를 부탁했다고 말했다. 외조모는 이제 새끼 강아지 같은 어린 내게 할아버지, 할머니도 없게 되고, 나의 부모는 모두 일로 바쁘니 그녀에게 나를 보살펴 달라고 부탁했다는 것이다. 그 때문에 나는 외증조모의 '쿨한 성격'을 더욱 실감나게 경험할 수 있었다.

나의 외증조모는 아주 과격한 사람이다. 야채를 써는 것조차 뼈를 절단하는 것처럼 힘을 쓰기 때문이다. 어떤 날은 주방에서 그녀가 침착한 목소리로 "아야!"라고 소리치길래 거실에 있던 나는 "할머니, 왜 그러세요?"라고 큰 소리로 물었다. 그러자 그녀는 "별일 아냐. 손가락이 좀 잘렸어."라고 답했다. 어쩔 줄 몰라 쩔쩔매는 것은 정작 우리 가족이었다. 손가락이 잘린 당사자는 시종일관 남의 일을 구경하는 듯한 얼굴이었다.

병실에서 외증조모가 손가락 봉합 치료를 받는 동안, 엄마는 병실 밖 긴 의자에 앉아 있던 나에게 그녀에 관한 옛이야기를 들려줬다. 예전에 수영을 할 줄 모르던 외증조모는 당시 나이가 어렸던 제 아들을 바다에 던져 스스로 수영을 익히도록 했다고 한다. 그 때문에 엄마의 외삼촌은 익사할 뻔했지만 다행히도 이를 보다 못한 이웃이 물에 뛰어들어 그를 구해 주었다고 한다. 하지만 며칠 지나지 않아 외증조모가 어린 아들을 다시 물속에 던지는 광경을 이웃들이 목격했고, 사람들은 그녀를 양심 없는 사람이라고 비난했다고 한다. 하지만 그녀의 대답은 아주 냉랭했다고 한다.

"몸뚱이는 써먹으라고 있는 거지, 가만히 모셔 둘 거면 왜 달고 있어."

나는 결국 그녀가 퇴원할 때까지 기다렸다가 엄마가 들려준 그 사건이 사실인지 물었다. 그러자 그녀는 담담하게 대답했다.

"사실이고말고. 네 녀석도 온종일 네 그 몸뚱이를 신줏단지 모시듯 아껴 둔다면 아무짝에도 쓸모없는 인간이 될 게야. 몸뚱이를 잘 사용할 줄 알아야 쓸모 있는 사람이 될 수 있단다."

솔직히 당시 나는 그 말이 무슨 뜻인지 제대로 이해하지 못했다.

그래서일까 나는 늘 그녀가 어떤 상처도 받지 않는 단단한 바위처럼 느껴졌다. 심지어 그녀는 우리 마을에서 강인하기로 유명했다. 왜냐하면 그녀는 아흔이 넘은 지긋한 나이에도 매번 꿋꿋이 전족(纏足, 여성의 발을 인위적으로 묶어 성장하지 못하게 하는 풍속)을 한 발로 자신이 사는 마을에서 우리 집까지 걸어왔기 때문이다. 택시를 호출해 댁까지 모셔다 드리려 할 때마다 그녀는 매번 불같이 화를 내며 말했다.

"선택지는 두 가지야. 네 녀석이 날 부축해서 천천히 걸어서 데려다주던지, 그게 아니면 나 혼자 걸어갈 게야."

그리하여 우리 마을의 돌길에서는 소년이 노파를 부축하며 느린 걸음으로 마을 밖으로 걸어가는 모습을 심심치 않게 볼 수 있었다.

가끔은 그런 그녀도 우는 모습을 보일 때가 있었다. 그녀가 아흔둘이 되었을 때 일이다. 한번은 그녀가 기와를 고치겠다며 지붕 위로 올라갔다 발을 헛딛고 추락한 일이 있었다. 그 일로 그녀는 집에 누워서 꼼짝도 하지 못했다. 내가 병문안을 가면 그녀는 멀리서 내가 오는 소리를 듣고는 방문을 열기도 전에 울음을 터뜨리며 말했다.

"아이고, 우리 착한 증손주. 할미가 꼼짝도 못하겠어."

　　　　　　　　　　　아버지에게 보내는 작은 배

일주일 뒤 그녀는 어떻게 해서든 걸어 보려고 애를 썼으나 여전히 몇 걸음을 채 걷지 못하고 넘어졌다. 그녀는 울면서 내게 자신을 자주 보러 오라며 재차 당부했다. 그날부터 그녀는 매일 의자를 문 앞까지 천천히 끌어다 앉은 뒤 종일 내가 오기만을 기다렸다. 물론 나 역시 자주 그녀의 집을 찾았다. 특히 무슨 일이 생겼을 때 그녀와 함께 앉아 있으면 말로는 설명이 안 되는 편안함과 안정감이 느껴졌다.

뒷날 내가 대학생이 되고 또 그 뒤로는 외지에서 직장 생활을 한 탓에 그녀를 거의 보지 못하다시피 지냈다. 그러나 좌절을 겪을 때마다 나는 언제나 휴가를 내고 본가로 달려가 중요한 볼일을 봤다. 그것은 바로 외증조모 옆에 앉아 오후를 보내는 일이었다. 그녀는 내가 토로하는 고충이 무슨 말인지 이해하지 못했을지도 모른다. 하긴 내가 하는 말이 들리지 않았을지도 모르겠다. 왜냐하면 외증조모의 귀는 이미 잘 안 들리는 상태였기 때문이다. 하지만 매번 그녀는 대충은 알아들었다는 듯 웃음을 보였고, 웃음과 함께 세월과 함께 켜켜이 쌓인 주름이 지어지는 모습을 볼 때마다 나는 이상하게도 마음이 홀가분해지는 느낌이 들었다.

외증조모가 돌아가셨다는 소식을 알게 된 그날은 지극히 평범한 날의 어느 아침이었다. 엄마는 내게 전화로 외증조모의 죽음을 알렸다. 우리 두 사람은 전화기를 붙들며 서로 울음을 터뜨렸다. 엄마는 외증조모가 숨을 거두기 전에 내게 남긴 말을 전했다.

"아가, 울지 말거라. 죽는 게 뭐 그리 심각한 일이라고. 네가 나를 그리워하는 날에는 으레 내가 널 보러 오지 않겠니. 이제 이 성가신 몸뚱이도 없으니 오가기도 편할 것 아니겠냐."

그 말을 전해 듣는 순간 나는 그제야 예전에 그녀가 내게 했던 말과 그녀의 인생관을 이해하고 깨닫게 됐다. 본래 우리의 삶은 복잡할 것이 하나 없다. 삶을 혼탁하고 숨 막히게 만드는 것 모두 우리의 육체와 온갖 욕망 때문이다.

'할머니, 몸뚱이는 쓰라고 있는 것이지 모셔 두라고 있는 것이 아니라고 하셨던 말씀 잘 기억할게요. 꼭 저를 보러 와 주세요.'

아버지에게 보내는 작은 배

엄마의 집

엄마는 기어이 집을 짓기로 결심했다. 앞으로 여섯 달 혹은 일 년 뒤 그 집이 철거될지도 모른다는 사실을 알고 있음에도 말이다.

그 결심은 진(鎭, 중국의 행정 구역 단위로 우리나라의 '읍'에 가까움) 정부 청사에서 집으로 돌아오는 길에 굳혔다. 그녀는 정부 청사 내 전시실에서 연필로 그린 도면 위에 난잡하게 그어져 있는 선을 목격했는데, 그 선은 마치 두부를 자르듯 그 집의 중간 지점을 통과했다.

도면을 보고 나니 귀에 어떤 소리까지 들렸다. 그 소리는 '쩍쩍 갈라지는' 소리가 아닌 '쿵' 하며 울리는 거대한 소리였는데, 오죽하면 엄마는 집으로 돌아가는 내내 귀가 멍해 머리가 아프다고 할 정도였다.

엄마는 "날씨가 답답하다.", "걷는 게 힘들다.", "겨울 날씨가 너무

건조하다.” 등 이 말 저 말을 늘어놓았다. 그러다 내게 물었다.

“쉬었다 가도 될까?”

엄마는 도로변 한쪽으로 가 고개를 숙였다. 그러고는 내가 보지 못하게 손으로 얼굴을 가렸다.

나는 엄마가 쉬었다 가자고 하는 이유가 답답한 날씨 때문도, 계절이 겨울이라서도, 걷는 것이 힘들어서도 아니라는 것을 안다. 엄마는 그 구석진 곳에서 필사적으로 내면의 동요를 진정시키려고 했던 것이다.

4층 높이의 그 집은 겉모습만 봐도 딱히 살기 좋아 보이는 느낌이 들지 않는다. $200\,m^2$에 이르는 전체 땅 중 북쪽 방향으로 $100\,m^2$ 너비에 해당하는 땅에는 4층짜리 주택이 세워져 있으며, 그 옆에 있는 어수선하고 난잡해 보이는 것은 얼룩덜룩하게 색이 바란 오래된 석조 주택이다. 북향으로 자리한 그 4층짜리 집은 한눈에 보아도 몇 차례에 걸쳐 지어진 건물임을 짐작하게 한다. 1층과 2층은 서향으로 지어져 있고, 큼지막한 대문 두 개가 도로 쪽을 바라보는 방향으로 나 있다. 한때 순진한 생각이지만, 엄마는 그 도로에서 작게나마 장사를 해볼 생각도 했다. 한편 3층과 4층은 남향으로 축조돼 있는데, 1층과 2층처럼 외벽에 황토색 타일이 말끔하게 발라져 있지 않고 벽돌, 철근, 시멘트를 바른 흔적이 고스란히 드러나 있었다.

직장이 있는 베이징(北京, 중국의 수도)에서 고향 집으로 돌아올 때마다 매번 느끼는 것이지만, 동네 골목길에서도 쉬이 눈에 띄는 특이한

아버지에게 보내는 작은 배

구조의 그 집을 멀리서 볼 때마다 나는 '산호'가 떠올랐다. 마치 기를 쓰고 자라려다 죽은 산호충 한 마리가 산호충들의 집으로 변하여 그곳에서 계속 다른 산호충들의 생장을 돕고, 그렇게 자라난 산호충들이 쌓이고 쌓여 여러 겹이 겹쳐져 있는 것처럼 보였다.

한동안 베이징에서 직장을 다니며 지쳐 있던 나는 습관적으로 구글 지도를 켜 고향에 있는 그 집의 윤곽이 보일 때까지 지도를 확대하고 또 확대했다. 푸른색 둥근 지구에서부터 시작해 독특한 모양새인 그 집이 보일 때까지 끊임없이 확대했다. 많은 사람이 매일같이 그 근처의 도로를 지나다니고, 비행기를 타고 오가는 수많은 사람의 시선이 스쳐 지나가는 곳이지만, 어느 누구 하나 괴상한 생김새를 지닌 그 집에 관심은커녕 잠깐의 시선조차 주지 않았다. 하물며 그곳에서 있었던 가슴 먹먹한 사연에 관심을 갖는 사람이 있을 리 만무했다. 마치 어항 바닥에 자리 잡은 산호초가 알록달록한 빛깔의 물고기를 돋보이게 만들지만, 정작 그 누구도 죽음과 번식 등 그 공간에서 많은 일을 겪는 산호초에는 관심을 두지 않는 것처럼 말이다.

그 땅에 얽힌 사연은 엄마에게서 수없이 들었다. 엄마가 스물네 살, 아버지가 스물일곱 살 때 두 분은 중매쟁이의 소개로 만났다고 한다. 수줍음에 서로를 슬쩍 훔쳐보기만 하던 두 사람은 그렇게 반평생을 함께하기로 했다. 아버지의 아버지가 되는 나의 친할아버지는 정부에 농지를 몰수당해 자포자기하며 허랑방탕하게 살았다고 한다. 게

다가 아편에 손을 대는 바람에 아버지의 집안 형편은 일찍이 궁핍해졌다. 열댓 살이 된 아버지는 그의 다른 형제와 마찬가지로 제 힘으로 결혼해야 했다. 결혼할 당시 집도, 돈도 없었던 아버지는 첫 데이트 때 엄마를 지금의 그 땅으로 데려와 이렇게 말했다고 한다.

"나중에 이 땅을 사서 큰 집을 지을 것이오."

엄마는 아버지의 그 말을 굳게 믿었다.

부모님은 결혼하고 3년 뒤 그 땅을 매입했다. 아버지가 다년간 모아 온 돈에 어머니가 결혼할 때 가져온 쥐꼬리만 한 예물을 합쳐 결국 그 땅을 사게 된 것이다. 땅이 생겼지만 집을 지으려면 더 큰 돈이 있어야 했다. 당시 범죄 조직에도 발을 담갔던 아버지는 세상 무서울 것 없는 젊은 패기로 여기저기서 돈을 빌려다 100㎡ 넓이의 땅에 집을 짓기 시작했다. 그리고 남은 땅에는 나중에 다시 집을 짓기로 했다.

아버지가 엄마와 한 약속을 지키기는 한 셈이다. 엄마는 자주 그 시절의 그 이야기를 꺼냈는데, 아마도 그때가 아버지 인생에서 가장 빛나는 시절이 아니었을까 싶다.

당시 엄마는 몇 천 위안에 이르는 거액을 어떻게 구해야 할지 전전긍긍했던 반면 아버지는 대수롭지 않은 표정으로 "그까짓 돈쯤이야." 라고 대꾸했다고 한다. 엄마는 당시 이야기를 할 때면 말투며 표정이며 생기가 넘쳤다. 그리고 말하길 "그때 네 아버지는 정말 사내대장부였어."라고 했다.

아버지에게 보내는 작은 배

하지만 그 사내대장부는 끝내 소심한 겁쟁이가 되었다. 뒤에 엄마는 몇 번이나 "세상 물정에 어둡고 두려움이란 것을 모를 때나 부릴 수 있는 패기였지."라는 말로 아버지를 놀렸다.

이듬해 아버지에게 아들이, 그러니까 지금의 내가 생겼다. 아버지는 나를 손에 안았던 그날 밤 잠을 이루지 못했다. 다음 날 아침에 눈을 뜨자마자 엄마를 흔들어 깨워 말을 꺼냈다.

"왜 이렇게 마음이 불안한지 모르겠소."

근심 걱정으로 얼굴이 수척해진 사람은 결국 아버지가 되었다. 아버지는 병원에서 보낸 이튿날부터 식사량도 급격히 줄어들었다. 엄마는 그때부터 이미 아버지의 나약한 모습을 경험했던 셈이다. 사흘째 되는 날, 돈이 없어 병원비를 내지 못한 엄마는 결국 병원에서 쫓겨났다.

내 위로는 누나 한 명이 있다. 따라서 나는 부모님의 둘째 자식으로, 당시 나의 출생은 산아 제한 규정에 위배되는 초과 출산이었다. 이는 엄마가 멀리 샤먼(廈門, 중국 푸젠성 남동부에 위치한 항구 도시)까지 가서 나를 낳은 이유이기도 하다. 샤먼에서 고향 집까지는 차를 타고 가야 하는 거리였다. 또한 아버지는 초과 출생자인 어린 갓난쟁이 때문에 집으로 돌아갔을 때 공직을 박탈당할지도 모를 일이었다. 병원에서 쫓겨난 뒤 아버지가 나를 안고 어머니는 출산한 지 얼마 안 돼 쇠약해진 몸을 혼자 이끌며 걸어야 했다. 무일푼이었던 두 사람은 서로 아무 말도 하지 않고 묵묵히 걸었다. 두 사람 다 고향 집에 어떻게 돌아가야 할지 몰라 막막한 심정이었다.

그러다 어느 한 호수 변까지 걸어왔을 때쯤 아버지는 걸음을 멈추고 막막한 눈빛으로 호숫가를 바라봤다. 그러다 고개를 돌려 엄마에게 물었다.

"우리 집에 갈 수 있을까?"

엄마는 힘에 부치다 못해 탈진할 것 같은 상태에서도 억지로 웃음을 지으며 말했다.

"우리 조금만 더 힘내요. 세상에 죽으라는 법은 없다잖아요."

아버지는 몇 걸음 걷더니 다시 고개를 돌려 말했다.

"우리 정말 집에 갈 수 있을까?"

"조금만 더 걸어가 봐요."

그러다 두 사람은 정말 우연히 한 길목을 도는 중 샤먼에 물품을 공급하는 한 고향 사람과 마주치게 됐다.

"조금만 더 가 봐요"

엄마의 고생은 시작에 불과했다. 그 뒤로도 엄마는 한평생 자신이 의지하고 살아야 할 이 사내를 무수히 격려하고 다독여야 했다.

역시나 아버지는 공직에서 박탈되었고, 3년간 식량 배급에서 제외되는 처벌을 받았다. 가뜩이나 풀이 죽은 아버지는 그 일로 더 나약해져 아예 일자리 찾기를 포기한 채 두문불출했다. 그럼에도 불구하고 엄마는 불평 한마디 없이 혼자서 재봉 일부터 방직, 포장 등 온갖 궂은일을 도맡아 했다. 불을 때우는 땔감은 이웃집의 것을 훔쳐다 썼으며, 밥상 위의 생선은 엄마가 친척들에게 사정하여 얻어 온 것이었다. 엄마는 아버지를 위로하지도, 그렇다고 화를 내지도 않았다. 그렇게 묵묵히 3년을 버텼다. 3년이 흐른 어느 날 아버지는 평소처럼 대문 주변을 어슬렁거리다 문을 열었다. 문이 열린 사이로는 엄마가 기르는 채소와 닭, 오리가 보였다. 아버지는 뒤돌아 엄마에게 말했다.

"일자리를 찾으러 나갔다 오겠소."

한 달 뒤 아버지는 닝보(寧波, 중국 저장성 동부에 있는 도시)에 뱃일을 하는 선원으로 취직했다.

3년 뒤 아버지는 거액의 돈을 들고 집으로 돌아왔다. 그리고 그 땅에 결국 번듯한 모양새를 갖춘 석조 주택을 지었다.

아버지는 많은 돈을 들여 석장을 고용해 아버지 본인과 엄마의 이름을 적은 대련(對聯, 좋은 글귀를 붉은색 종이나 천에 써서 대문 주변에 ㄷ자 형태로 붙이는 중국 전통문화) 한 쌍을 제작했으며, 석문에는 꽃과 원앙을 새겼다. 아버지는 인부에게 어머니가 모르게 하기 위해 석문을 공사 현장에 옮길 때 특별히 붉은 천으로 가려 달라고 부탁했다. 대문이 완성되는 날 아버지는 석문을 가린 붉은 천을 거뒀고, 엄마는 그제야 본인과 남편의 이름이 걸린 그들의 집을 보게 되었다.

당시 6살이었던 나는 엄마가 대련을 보며 탐탁지 않은 표정으로 한마디도 하지 않았던 모습이 기억난다. 반면 몇 발자국 뒤에 떨어져 있던 아버지는 흡족한 표정으로 서 있었다.

다음 날 잔치가 열렸고, 아버지는 떠들썩한 축하를 받으며 또 다른 소식을 알렸다. 그는 닝보로 돌아가지 않겠다고 선언했다.

술자리에 모인 친지들이 모두 나서 아버지를 말렸다. 친지들은 그 일이 고향 땅에서 웬만한 일을 하는 것보다 몇 배의 돈을 벌 수 있고, 잘만 하면 거상들과 인맥을 쌓아 한몫 크게 벌 수 있기 때문에 그만 하면 구하기 어려운 직업이라며 아버지를 달랬다. 하지만 아버지는 별다른 이유를 대지 않고 연신 손을 내저으며 기어이 가지 않겠다고 했다. 친지들은 엄마까지 붙잡고 말렸으나 엄마 역시 담담한 태도로 대답했다.

"그이가 말하지 않으면 굳이 묻지 않으려고요."

이후 결국 아버지는 닝보로 돌아가지 않았다. 아버지는 이전에 닝보에서 모아 온 돈으로 술집, 해산물 식당, 기름집(석유를 파는 가게_역주)을 차렸다. 하지만 아버지가 운영하는 사업은 점점 그 규모가 줄어들었고, 사업에 실패할 때마다 아버지는 피부가 쪼그라들 듯이 갈수록 사람이 망가지고 불안에 시달리며 말이 없어졌다. 그러다 내가 고등학교 2학년이었을 때 어느 날, 아버지는 낮잠을 자고 가게 문을 열러 나서다 갑자기 마당 앞에서 쓰러졌다. 중풍은 그렇게 얻은 것이다.

아버지는 중풍으로 병원에 입원하고 다음 날 수술을 받기로 했다. 병상에 누워 있는 아버지에게 엄마는 그제야 물었다.

"당신 그때 닝보에서 어떤 일을 처리하지 못하고 돌아와 아예 숨을 작정으로 돌아가지 않겠다고 한 거죠?"

아버지는 담배 때문에 새카맣게 변색된 치아를 드러내며 배시시

　　　　　　　　　　　　　　　아버지에게 보내는 작은 배

웃었다.

"그럴 줄 알았어요."

엄마는 담담하게 대답했다.

그해 아버지가 세운 그 석조 주택은 현재 남쪽의 일부분만이 남아 있는 상태다.

나는 고향 집에 올 때마다 그 오래된 석조 주택에 가 본다. 철거된 부분은 안방이 있는 북쪽 부분으로, 지금은 아직 철거가 끝나지 않은 부분만 남아 있는 상태다. 아직 철거되지 않은 곳이 바로 아버지가 오랜 투병 생활을 하던 왼쪽 작은방과 누나가 시집가기 전까지 살았던 오른쪽 작은방이다. 왼쪽 작은방에서 아버지는 중풍을 두 번 앓아 결국 세상을 떠나는 그 순간까지 반신마비 상태로 살았다. 한편 오른쪽 작은방에서 누나가 내 앞에서 울음을 터뜨렸던 적이 있다. 당시 가난한 집에서는 많은 혼수를 마련해 줄 여력이 안 되었기 때문에, 누나 스스로가 이미 '나는 가난한 집의 여식'이라는 생각을 굳혔던 것 같다. 누나는 그때부터 금전적으로 여유가 있는 친구들과 연락을 끊었다.

나는 누나가 그 말을 꺼냈던 그날 밤을 기억한다. 누나는 당시 사귀던 남자 친구와 밖으로 나간 지 15분 만에 돌아와서는 부모님을 피해 일언반구도 없이 나를 한쪽으로 끌고 갔다. 얼굴은 온통 시뻘겋게 달아올랐는데 눈에는 눈물이 그렁그렁 맺혀 있었다. 하지만 누나는 끝까지 눈물을 단 한 방울도 쏟지 않았다. 마음의 진정을 찾은 뒤 그녀는 입을 열었다.

"약속해. 앞으로 그 사람에 대한 어떤 질문도 하지 않겠다고 말이야. 엄마랑 아버지가 물으시면 너라도 나서서 더는 물어보지 못하시게 말려 줘."

나는 고개를 끄덕였다.

수년이 지나고 나서야 나는 당시 그 남자 친구가 누나에게 "너희 집에서 혼수는 얼마나 해 주실 수 있대?"라고 물었다는 것을 알게 되었다.

뒤에 엄마는 오래된 그 집을 타지에서 건너온 노동자 가족에게 임대했다. 엄마는 한 달 월세로 150위안(약 2만 5,000원)을 받았으며, 10년 내내 단 한 번도 방세를 올리지 않았다. 협소한 그 집에 두 식구가 살았는데, 사람 수만 여섯 명에 강아지 한 마리까지 부대끼며 살다 보니 집 안 곳곳의 낡은 흔적마저 보이지 않을 정도였다.

처음 내가 그 집을 몇 차례 찾은 이유는 몇 가지 찾고 싶은 것이 있어서였다. 중풍으로 반신불구가 된 아버지가 한날 바닥에 넘어져 흘린 핏자국은 이미 세를 살고 있는 사람들이 음식을 하면서 튀긴 기름 얼룩에 가려져 보이지 않았다. 또한 아버지가 나를 위해 만들어 준 작은 놀이터였던 계단 통로도 지금은 온갖 잡동사니로 가득 차 있다.

엄마 역시 무심코 그곳을 자주 찾았다. 나는 그런 엄마를 보며 속으로 생각했다. 엄마가 다른 사람에게 그 집을 임대한 이유가 그들 가

아버지에게 보내는 작은 배

족이 엄마의 애정과 비애가 담긴 그 공간을 빈틈없이 꽉 채워 주길 바래서이기 때문이라고. 다른 사람의 일상으로 그 공간이 빠르게 메워지는 것, 그것이 바로 그 집과 함께하기 위해 엄마가 찾아낸 최선의 방법이었다.

사실 지금 엄마는 앞서 언급했던 4층짜리 집에 살고 있다. 그 집은 나에게는 낯선 공간이다. 그 집은 내가 고등학교 3학년 때 지어졌다. 아버지가 중풍으로 투병 생활을 한 지 두 해째가 되는 해이기도 했다. 엄마는 나를 자신의 방으로 불러 중간 서랍을 연 뒤 돈뭉치를 꺼내 보였다. 엄마는 우리한테 10만 위안(약 1,730만 원)의 돈이 모였다고 말했다. 그 돈은 엄마가 장사를 해서 번 돈과 누나가 회계 일을 해서 번 돈, 내가 책 편집 일과 과외를 해서 번 수입을 모은 것이었다. 엄마는 네가 이 집의 가장이니 이 돈을 어떻게 쓸지는 네가 결정하라고 했다. 나는 고민할 것도 없이 그 돈을 수중에 가지고 있는 편을 선택했다.

아버지가 중풍으로 쓰러진 뒤로부터 2년 동안 엄마는 매일 밤 9시가 되면 천 가방을 들고 서둘러 밖으로 나갔다. 엄마가 집에 돌아왔을 때 나는 뒷마당에서 그녀가 어떤 물건을 쏟아 내는 소리를 들었지만, 정작 엄마는 빈손으로 혼자 집 안으로 들어왔다. 하지만 나는 매일같이 이렇게 정확한 시간에 나갔다 들어오는 엄마를 전혀 이상하게 생각하지 않았다. 사실 그때 나와 누나 둘 다 겉으로는 모르는 척했지만 속으로는 이미 짐작하고 있었다.

엄마는 그 시간에 우리를 속이고 시장에서 사람들이 버린 시든 야채를 주워 왔다. 그리고 다음 날 그 시든 야채와 고기완자 네 알이 우리 가족 한 끼 식사의 전부였다.

엄마는 슬그머니 밖으로 나가 조용히 주워 온 야채들을 뒷마당에 던져 놓았다. 그러고는 다음 날 그것들을 깨끗이 씻어 상한 부분만 도려낸 뒤 아무렇지 않게 그것들로 밥상을 차렸다. 누나와 나 그 누구도 사실을 들추지 않았다. 우리 둘 다 사실을 들추고 난 뒤의 뒷감당을 할 자신이 없었기 때문이다.

어느 날 밤 엄마는 그 10만 위안의 돈뭉치를 들고 와 내게 말했다.

"집을 지어야겠다."

"네 아버지가 쓰러지시기 전에 집을 짓고 싶어 하셨어. 그래서 엄마는 집을 지어야겠어."

이것이 그녀가 말한 집을 지어야 하는 이유였다.

"하지만 아직 아버지 약값에 쓸 돈이 필요하잖아요."

"엄마는 집을 지을 거야."

엄마는 상점에서 마음에 드는 장난감을 발견하여 그 자리에서 떠나지 않으려는 아이처럼 자신의 바람을 재차 강하게 피력했다.

나는 고개를 끄덕였다. 어머니가 집을 짓게 되면 그것은 앞으로 당분간은 계속 '정체불명'의 그 야채를 먹어야 한다는 것을 의미했다. 그럼에도 불구하고 나 역시 그 순간 몇몇 친척들이 멀리서 우리를 보면 슬금슬금 피해 다른 길로 돌아갔던 일, 어머니와 제사에 가면 늘 우리를 없는 사람 취급하던 몇몇 사람들이 떠올랐다.

집을 짓겠다는 말은 엄마의 선언이나 다름없었다. 나는 엄마가 집을 지어 그곳에서 남들에게 보란 듯이 당당하게 사는 모습을 보여 주려 했다는 것을 안다.

계산기를 열심히 두들겨 보니 수중의 돈으로는 절반 정도를 철거하고 작게나마 이층집을 지을 수 있는 수준이었다. 엄마는 초등학교를 졸업한 것이 전부였지만 스스로 설계도를 그리고 공사 일정을 세웠다. 내가 대입 시험을 보기 2주 전의 일이다. 퇴원 뒤 집으로 돌아온 아버지는 어머니와 왼쪽 작은방에서 지냈다. 결혼 적령기가 된 누나는 어릴 때부터 쭉 오른쪽 작은방에서 살았다. 오래된 낡은 집을 철거하기로 결정한 뒤로 지낼 방이 없어진 나는 학교 기숙사에서 살게 됐다.

오랜 집을 철거하기 일주일 전, 엄마는 '통 크게' 작은 폭죽 천 개가 한 꿰미에 실로 쭉 꿰어진 거대한 연발 폭죽 한 묶음을 사 왔다. 엄마는 매일 해가 뜨면 폭죽을 옥상 위에 널어 두어 햇볕을 쏘이게 했다. 엄마 말에 의하면 뜨거운 볕을 쏘여 주면 폭죽 소리가 더 크고 더 경쾌하게 들린다고 한다. 여름철에는 유독 뜬금없이 장대비가 쏟아지는 일이 잦았다. 엄마는 하늘에서 빗방울이 떨어질 때면 얼른 집으로 달려와 옥상에 널어 둔 폭죽을 정신없이 거두어 아래층으로 가지고 내려왔다. 그러고는 드라이어로 폭죽을 조심조심 말렸는데, 그 모습이 마치 신생아를 다루는 듯했다.

드디어 철거의 순간이 왔다. 건축 기술자는 공사 시작을 알리는 기념으로 벽면을 부쉈다. 이웃들이 지켜보는 가운데 엄마는 길거리에 차분히 폭죽 묶음을 길게 늘어 폈다. 그 다음 폭죽에 불을 붙였다.

엄마의 말대로 역시나 폭죽 터지는 소리가 쩌렁쩌렁하게 울렸다. 폭죽이 터지면서 일어나는 연기와 먼지가 온 골목길을 가득 메웠다. 그때 나는 내 옆에 서 있는 엄마의 깊고 긴 한숨 소리를 들었다.

집을 짓는다는 것은 결코 만만한 일이 아니다. 특히 경제 사정이 넉넉하지 않은 우리 집 같은 경우에는 더욱 그렇다. 엄마는 돈을 아끼기 위해 기름집을 관리하면서 막노동 일까지 거들었다. 몸무게가 50kg이 안 되는 엄마는 기름집에서 기름통을 옮기는 일을 마친 뒤, 다시 서둘러 공사장으로 가 사람 키만큼 잔뜩 쌓아 놓은 벽돌을 비틀거리며 들어 올렸다. 엄마는 그 일이 끝나고 나서 곧장 아버지를 보살피러 갔다.

나는 그런 엄마가 걱정되고 안심이 되지 않아 매일 수업이 끝나자마자 곧장 공사장으로 뛰어갔다. 내 눈에 비친 엄마는 온몸이 땀으로 범벅이 된 상태로 늘 바쁘게 움직이면서도 표정은 웃고 있었다. 몸이 고단하여 땅바닥에 주저앉아 있는 모습도 몇 번 보았다. 하지만 엄마는 숨을 거칠게 내몰아 쉬면서도 입가에는 웃음이 걸려 있었다.

엄마는 공사 현장을 지나치는 사람을 발견하기라도 하면 아무리 숨이 차도 재빨리 몸을 일으켜 서서 말했다.

"우리 아들이 하도 새로 집을 짓자고 해서요. 난 괜찮다고 말렸는데 아들이 워낙 확고하게 밀고 나가니 낸들 어쩌겠어요. 그래도 자식 녀석이 포부가 있으니 나라도 밀어주려고요."

결국 우려했던 일이 벌어지고 말았다. 내가 대입 시험을 1주일 앞 둔 날 오후, 엄마는 배를 움켜쥐며 공사 현장에서 실신했다. 병원으로 옮겨져 검사한 결과 엄마는 급성맹장염을 진단받았다.

나는 서둘러 병원을 찾았다. 도착했을 땐 이미 엄마가 맹장 수술을 마친 뒤였다. 2층 입원실 병상에 비스듬히 반쯤 누워 앉아 있던 엄마 는 병실로 들어오는 나를 발견하자마자 멋쩍게 웃으며 말했다.

"이제 집 기초 공사는 다 끝났으려나?"

엄마는 내가 자신에게 화를 내며 닦달할 것이 무서워 선수를 쳤다.

나는 여전히 화가 가라앉지 않았다. 그때 복도에서 어떤 한 사람이 숨을 가쁘게 헐떡이며 지팡이를 짚고 발을 절뚝이며 걸어오는 소리 가 들렸다. 아버지였다. 엄마가 사고를 당했다는 소식을 듣자마자 집 을 나선 아버지는 지팡이에 의지해 서너 시간을 걸어 큰 대로변에 도 착한 뒤 그곳에서 차를 잡아타고 병원까지 오셨다.

지팡이를 짚고 천천히 한 걸음씩 걸음을 떼며 병실 안으로 들어온 아버지는 조심스럽게 옆쪽 병상에 털썩 앉았다. 아버지는 여전히 숨 을 몰아쉬며 엄마를 쳐다보더니 말을 꺼냈다.

"괜찮소?"

엄마는 고개를 끄덕였다.

아버지의 입은 자꾸 일그러졌고, 숨은 계속 헐떡였다. 그런데도 아버지는 엄마에게 묻고 또 물었다.

"괜찮소?"

아버지의 눈이 빨갛게 충혈되었다.

"정말 괜찮소?"

입과 볼 주변이 계속 일그러지는 것이 마치 감정을 주최하지 못하는 어린아이 같았다.

그 옆에서 나는 아무 말도 할 수가 없었다.

새로운 집은 거의 여섯 달에 걸쳐 지어졌으며, 완공이 되었을 때쯤 나는 대학생이 되어 있었다. 새 집의 최종 공사 비용은 역시나 처음 우리가 생각했던 예산을 초과했다. 나는 엄마에게서 셋째 이모와 둘째 백부님에게 돈을 빌렸다는 말만 들었을 뿐, 엄마는 내게 돈을 얼마나 빌렸는지는 단 한마디도 해 주지 않았다. 사실 나는 지금 집의 대문조차도 목수에게 돈을 빌려 만들었다는 사실을 알고 있다. 엄마는 매주 기름집에서 일해서 번 돈으로 여기저기 빌린 돈을 조금씩 갚아 나갔다.

하지만 그런 상황에서도 엄마는 새 집으로 이사를 할 때 옛날 관습대로 친척들을 불러 모아 잔치를 벌였다. 여기에만도 1만 위안(약 173만 원)이 넘는 돈이 들었다.

그날 밤 엄마는 기분이 좋아 얼굴에서 웃음꽃이 떠나질 않았다. 손님들이 모두 돌아간 뒤 엄마는 나와 누나에게 다시 먹을 만한 음식들을 골라 정리하는 일을 시켰다. 나는 그 음식들이 앞으로 일주일간 우리 가족이 먹을 식사의 전부가 될 것이라는 사실을 알고 있었다.

처음 불만을 터뜨린 사람은 누나였다.

"왜 돈을 이렇게 펑펑 쓰는 거예요?"

엄마는 누나의 말에 대꾸하지 않고 묵묵히 치우기만 했다. 나 역시 참지 못하고 한마디 내뱉었다.

"그럼 이제 내년 대학 등록금은 안 남아 있겠네요?"

"엄마는 어쩜 이렇게 체면만 중요하게 생각하세요? 아빠가 편찮으신 거랑 동생 학비는 생각 안 하세요?"

누나는 급기야 울음을 터뜨렸다. 엄마는 한참을 침묵했다. 누나가 계속 울고 있으니 엄마는 돌연 뒤돌아 큰 소리로 소리쳤다.

"사람은 체면 빼면 시체야. 그러니 나한테는 체면 차리는 것이 제일 중요해!"

이는 아버지가 중풍으로 쓰러진 뒤 처음으로 엄마가 우리 둘에게 낸 화였다.

평소 신문사에서 아르바이트를 하며 여름 방학 때는 학원 선생님으로 일했던 내게 새로운 집은 어쩌다 머무는 여관 같은 곳이었다.

처음에는 아버지도 이 집을 매우 마음에 들어 했다. 반신불구가 된 아버지는 매일 지팡이를 짚고 문 입구에 앉아 아는 이든 모르는 이든 지나가는 모든 사람에게 "우리 마누라가 참 대단한 사람이에요."라고 뿌듯하게 자랑했다.

하지만 아버지는 누구에게 무슨 말을 들었는지 며칠 만에 말을 바꿔 "우리 마누라가 허영에 빠져 내 치료비는 아끼고 아들 녀석에게는 집을 지어 주느라 내가 지금도 제대로 못 걷는 것이라오."라고 말하기 시작했다.

엄마는 매일같이 아버지의 지독한 비난을 들으면서도 한결같이 못 들은 척했다. 하지만 마을 안에서는 별별 유언비어가 파다하게 퍼지고 있었다.

어느 날 밤, 셋째 이모가 학교에 있던 내게 서둘러 집에 가 보라고 연락을 했다. 이모 말에 의하면 엄마가 오후에 갑자기 자신에게 전화를 걸어 뜬금없는 것들을 일러 주며 당부했다고 했다. 엄마는 이모에게 "우리 아들 녀석에게 말 좀 전해 줘. 현재 빌린 돈은 대부분 갚았고, 목수한테 줄 돈이 아직 3천 위안(약 51만 원) 정도 남아 있는데 그 돈은 무슨 일이 있어도 갚아야 한다고. 우리를 도와주는 사람이거든. 아이 아빠는 매일 7시에 심장 박동을 돕는 약을 먹어야 해. 집 안에 최소 한 달치 이상 약을 준비해 둬야 하고, 매일 무슨 일이 있어도 반드시 애 아빠한테 약을 챙겨 주는 것도 잊지 말라고 일러 줘. 그리고 제 누나의 혼수로 내가 모아 둔 돈이 있어. 내 장신구들도 보태라고 해. 나머지는 제 힘으로 마련해 주길 바란다고 전해 줘."

나는 서둘러 집으로 갔다. 집에 도착한 나는 엄마 앞에 살코기가 들어 있는 인삼탕 한 그릇이 놓여 있는 것을 발견했다. 그것은 엄마가 가장 좋아하는 음식으로, 엄마는 매번 몸살 기운이 느껴질 때마다 인삼탕을 끓여 드셨다. 심리적인 효과인지 실제 인삼탕의 약리적 효능 때문인지는 몰라도 인삼탕을 먹고 난 다음 날에는 다시 몸이 거뜬해졌다.

내가 집에 들어온 것을 알면서도 엄마는 인기척을 하지 않았다.

"뭐하고 계세요?"

먼저 말을 꺼낸 사람은 나였다.

그러자 엄마는 "인삼탕을 먹을 참이었어."라고 답했다.

하지만 내 눈에 들어온 그 인삼탕은 국물의 된 정도가 평소와는 많이 달랐다. 대충 상황을 짐작한 나는 상 위에 놓여 있는 인삼탕을 들고 나갔다.

나와 엄마 모두 굳이 설명하지 않아도 그 순간 서로의 심정을 충분히 이해했다.

내가 인삼탕을 하수도에 버리자 엄마는 돌연 목 놓아 통곡하며 말했다.

"엄마도 이러고 싶어서 이러는 게 아냐. 여기까지도 힘들게 버텼으니 이대로 다 포기해야 하나 싶기도 하면서도, 이대로 포기하기가 너무 창피해서 그럴 수가 없구나."

그날 밤, 엄마와 내가 각자 마음속에 꽁꽁 숨겨 두었던 비밀이 드러났다. 집안 형편이 가장 어려운 순간 죽고 싶다는 생각이 줄곧 유령처럼 우리를 쫓아다니며 괴롭혔지만, 우리는 서로 '죽음'이라는 단어를 입 밖으로 내뱉지 않았다. 왜냐하면 우리는 서로가 무너질까 봐 두려웠기 때문이다. 하지만 그날 밤 그 유령은 기어이 우리를 덮쳤다. 엄마는 나를 데리고 조용히 2층으로 올라가 남편과 자신의 방으로 들어갔다. 배부르게 식사를 한 아버지는 이미 잠들어 있었으며 아이처럼 하품까지 했다. 엄마는 서랍을 열어 작은 상자 하나를 꺼냈다. 상자를 열자 그 안에는 스카프로 싸매진 종이 꾸러미가 들어 있었다. 그것은 다름 아닌 쥐약이었다. 아버지가 코를 고는 소리에도 엄마는 차분한 목소리로 내게 말했다.

"네 아버지 몸이 저렇게 되고 나서 사 둔 거야. 더는 견딜 수가 없어 이걸 국에 넣고 싶다는 생각을 수없이 했어. 그러다 마지못해 다시 서랍에 넣어 둔 거야. 엄마는 이대로 꺾이지 않을 거야. 엄마는 우리 가정이 이대로 주저앉을 거라고 생각하지 않아."

그날 밤 나는 엄마에게 내가 우리 집의 가장인 이상 목숨을 스스로 끊는 일 또한 내 동의를 얻어야 한다고 말했고, 엄마는 내 말대로 하겠다고 응했다. 그러고는 내 옆에서 아이처럼 흐느끼며 울었다.

쥐약을 손에 든 나는 내가 이 집의 진정한 가장이라는 생각이 들었다.

물론 나는 여전히 어리고 미숙한 가장이었다. 엄마와 그 일이 있은 후 일주일 뒤 아버지가 막무가내로 성질을 내는 통에 결국 비밀이 탄로 나고 말았다. 나는 쥐약을 꺼내 들어 소리쳤다.

"다 같이 죽으면 그만이야!"

그러자 가족 모두 놀라 말을 잇지 못했다. 엄마는 내 손에서 쥐약

아버지에게 보내는 작은 배

을 빼앗아 든 뒤 화난 얼굴로 나를 노려봤다. 그러고는 쥐약을 자신의 주머니에 다시 집어넣었다.

하지만 그 뒤로 쥐약의 존재는 오히려 우리 가족에게 아주 훌륭한 방어선 역할을 해 주었다. 집안에서 서로를 원망하는 일이 발생할 때면 엄마는 한마디도 하지 않고 자기 방으로 올라갔고, 그럼 집안이 다시 조용해졌다. 그 순간 모두의 머릿속을 메우고 있던 분노와 화가 천천히 사그라들면서 '정말 이러다가 다 같이 죽는 건 아니겠지?'라는 생각과 함께 서로의 입장을 이해하는 등 여러 생각을 하게 되었다. 그러다 보면 분노 역시 자연스럽게 사그라들었다. 어찌 보면 그 쥐약이 장애와 가난으로 인해 분노와 원망으로 가득했던 한 가정을 치유한 셈이다.

대학교 3학년 여름 방학의 어느 날 밤, 엄마는 나를 또 방으로 불러 돈 뭉치를 꺼내 보였다.

"우리 말이야, 2층을 더 올리는 게 어떻겠니?"

나는 화가 나면서도 웃음이 나왔다. 지난 3년간 꾸역꾸역 빚을 갚느라 몇 번씩이나 등록금을 못 낼 뻔했는데 집을 또 짓겠다고 하니 황당한 노릇이었다.

엄마는 긴장이 역력한 표정으로 돈뭉치를 쥔 손에 힘을 꽉 쥐었다. 얼굴이 시뻘겋게 달아올랐는데, 그 모습이 마치 전장에서 최후의 출격 선언을 하는 장군 같아 보였다.

"이 부근에 아직 4층짜리 건물을 지은 사람은 없어. 우리가 집을 4

층까지 올리면 우리도 정말 번듯하게 살 수 있을 거야."

그때에서야 알게 된 사실이지만 엄마는 내가 상상했던 것보다 고집이 세고 자부심도 대단한 사람이었다.

나는 그 상황에서 내가 안 된다고 말하지 못할 것이라는 사실을 알고 있었다.

역시나 4층까지 집을 올리고 난 뒤, 마을 전체가 시끌벅적해졌다. 엄마는 완공 첫날 기념 폭죽을 터뜨리는 동시에 특별히 아버지를 부축하며 시장 한 바퀴를 돌았다.

두 사람은 시장을 돌며 주위 사람들에게 자신들이 세운 집을 뽐내며 자랑했다.

"두고 봐요. 몇 년 뒤에 나와 내 아들이 맞은편 집을 철거해서 작은 정원을 만들 거니까요. 외벽까지 말끔하게 다 만들고 나면 그때 다들 불러 모아 구경시켜 드리리다."

옆에 있던 아버지도 마비되어 꼬인 혀로 거들었다.

"그때가 되면 구경들 오시오."

하지만 다음 해에 아버지는 갑작스럽게 우리 곁을 떠났다.

그로부터 다시 2년이 흐른 뒤 엄마는 진 정부 청사의 공고 게시판에서 엄마가 살고 있는 4층 집과 그 옆의 오래된 낡은 집을 가르며 통과하는 그 선을 목격하게 된 것이다.

"우리 나머지 낡은 집도 제대로 지어 보면 안 될까?"

진 정부에서 집으로 돌아가는 그 길에서 엄마는 갑자기 뒤돌아 내게 물었다.

나는 대답했다.

"좋아요."

엄마는 내게 그 이유를 설명하려고 했다.

"엄마가 너무 제멋대로지? 곧 철거될 집이고 집을 짓는 데 얼마나 많은 돈이 들어갈지도 모르는데, 왜 이렇게 집을 꼭 지어야겠다는 생각이 떠나질 않는지 모르겠구나."

엄마는 터지는 울음을 멈추지 못하고 울먹거리며 말을 이었다.

"만일 그 집을 짓지 못하면 내 남은 평생 어떤 집에서 살아도, 아무리 호강을 누리며 산다고 해도 마음이 편치 않을 것 같아서 그래."

집에 도착한 엄마는 저녁을 먹고 잠깐 텔레비전을 시청하다가 일찌감치 잠자리에 들었다. 엄마에게는 심적으로 지친 하루였다. 반면 나는 어찌된 영문인지 잠이 오지 않았다. 나는 혼자 일어나 집 안의 모든 등을 켠 뒤, 몇 년 만에 처음으로 집 안 구석구석을 찬찬히 살펴봤다. 마치 익숙하면서도 낯선 친척의 주름, 검버섯, 상처를 보듯이 말이다.

3층과 4층 쪽은 허술하기 짝이 없게 지어져 있었다. 엄마가 아버지를 위해 특별히 설치해 두었던 난간 손잡이도 보이지 않고 가구도 얼마 없었다. 사실 3층과 4층은 건물이 지어진 뒤 아버지가 돌아가시기 전까지 계속 공실로 비워져 있었다. 아버지가 돌아가신 뒤 엄마는 급하게 2층에서 4층으로 이사를 했고, 내 방도 4층에 마련해 주었다. 심지어 엄마는 한동안 1층으로 발걸음하기를 꺼렸다.

2층의 첫 번째 방은 본래 아버지와 엄마가 지내던 곳이다. 그곳과 가깝게 붙어 있는 또 다른 방은 내가 지내던 곳이고 거실을 지나면 누나의 방이 있다. 실내 면적은 $100\,m^2$가 안 되는 넓이로, 여기에는 계단 한 단과 베란다 한 개의 면적도 포함돼 있어 실내 면적이 넓은 편은 아니다. 게다가 방 세 개가 떨어져 있는 것을 두고 거동이 불편한 아버지는 집 구조를 불편하게 설계했다며 엄마를 타박했다.

그때마다 엄마는 이렇게 대꾸했다.

"초등학교밖에 졸업하지 못한 내가 무슨 건축사라도 되는 줄 알아요?"

안으로 들어가 보니 벽면에는 아버지가 지팡이로 몸을 지탱하는 과정에서 긁힌 흔적들이 있었다. 첫 번째 방문을 열었을 때 방 안에서는 여전히 아버지의 냄새가 희미하게나마 남아 있었다. 그리고 엄마가 서랍에서 돈뭉치와 쥐약을 꺼냈던 그 나무 탁자도 아직 그대로 남아 있었다. 나무 탁자 위에 얼룩덜룩 남아 있는 흠집들은 아버지가 화가 날 때 지팡이로 수없이 내리찍은 흔적들이다. 탁자 중간 서랍은 여전히 엄마가 잠가 놓은 그 상태로 있었다. 지금은 그 안에 무엇이 있는지 잘 모른다.

나는 방 안 등을 켜기가 싫었다. 의자에 앉아 아버지가 생전에 잠자던 곳을 보고 있으니 그가 아픈 몸으로 누워 있던 모습이 몇 차례

아버지에게 보내는 작은 배

떠올랐다. 그리고 갑자기 아버지 배 위에 올라타기를 좋아했던 어린 시절 기억이 떠올랐다.

나는 지난 추억에 이끌려 나도 모르게 그 침대에 몸을 뉘였다. 아버지의 냄새가 나를 감싸는 느낌이 들었다. 희미한 달빛이 창문을 통해 들어오자 나는 그제야 아버지의 침대 머리맡에 붙여져 있는 사진 한 장이 눈에 들어왔다. 그 사진은 아주 오래전에 찍은 나의 스티커 사진이었다. 몸을 일으켜 그 사진을 살펴보니 이상하게도 내 얼굴 부분이 유독 색이 바래져 있었다. 나는 다시 자세히 살펴보고 나서야 유독 내 얼굴 부분의 색이 바랜 이유를 깨달았다. 아버지가 매일같이 손으로 사진 속 내 얼굴을 어루만져 색이 바랬던 것이다.

나는 계속 그 자리에 누워 있었다. 행여 위층에 있는 엄마가 들을까 봐 울컥 쏟아지는 울음을 애써 참았다. 나는 터져 나오는 울음을 억지로 삼킨 채 서둘러 2층에서 도망쳤다. 그날 밤 낯선 기분으로 시작했던 탐험은 그렇게 엉겁결에 끝이 났다.

다음 날 엄마가 아침 일찍부터 나를 깨웠다. 측량 기기를 메고 있는 정부에서 나온 측량사들을 발견한 엄마는 긴장한 표정으로 나를 잡아끌었다. 예전에 아버지가 쓰러졌을 때도 엄마는 지금처럼 긴장감이 역력한 얼굴로 어쩔 줄 몰라 허둥거리며 나를 불렀었다.

우리는 창가에서 좀 떨어져 정부에서 나온 측량사들이 하는 것을 지켜봤다. 그들은 잠시 후 측량 기기를 설치한 뒤 뭔가를 계속 조준하는 듯해 보였다. 그러고는 잠시 뒤 빠르게 숫자를 적어 내려갔다. 그 광경을 본 엄마는 내게 말했다.

"아무래도 서두르는 게 좋겠어."

그날 오후 어머니는 급히 셋째 백부님을 찾아갔다. 아버지가 돌아가신 뒤 엄마는 집안의 모든 일을 습관적으로 셋째 백부님과 상의했다. 또한 셋째 백부님이 건축업자들을 많이 알고 있기 때문에 합리적인 가격에 견적을 받기가 좋았다.

나는 집 안에서 기다리는 내내 안절부절못했다. 마음이 답답한 나머지 혼자 4층 옥상에 올라갔다. 우리 집은 마을에서 지대가 높은 곳에 위치하는 데다 4층 높이에서 내려다보니 마을 전체가 한눈에 들어왔다.

그날 나는 처음으로 마을의 도처가 공사장으로 변해 있는 모습을 목격했다. 공사가 진행 중인 곳은 마치 고름이 터진 상처와 같은 모양새였다. 땅에서 파낸 홍토는 사람의 피처럼 시뻘겠다. 동쪽 변에 짓고 있는 도로는 무시무시한 괴물에게 통째로 잡아먹힌 듯, 도로가 부설되는 땅 주변은 절반 이상 철거된 집들뿐이었다. 철거가 진행 중인 집들의 바깥쪽에는 목재 골조가 설치되어 있었으며, 거즈로 꽁꽁 싸매 놓은 것처럼 방진망이 쳐져 있었다. 아직 철거 작업에 착수하지 않았을 뿐 이미 철거가 확정된 집들이 아직도 많이 남아 있다는 사실을 나는 알고 있다. 내년이 되면 이 일대 땅 전체가 공사장이 되어 있을 것이다.

아버지에게 보내는 작은 배

나는 저기 저 집들이 지니고 있을 여러 사연을 상상해 본다. 또한 그곳을 스쳐 지나간 사람들의 흔적, 지난날의 슬픔과 기쁨은 여전히 그 자리에 머물러 있지만 결국 흙먼지만 날리는 폐허가 된 모습을 상상해 본다.

나는 지금 내 마음 또한 우리 마을의 모습과 같다는 것을 안다. 발전을 위해, 미래를 위해, 더 나은 모습으로 변하기 위한 것이라는 명목으로 각종 질서가 너무나도 급하게 그리고 가볍게 재편되고, 무너지고, 다시 세워지고 있다. 그리고 지금의 마을은 물론 마음속으로 한때 아름답다고 생각했던 곳 모두 다시는 돌아갈 수 없게 됐다.

그날 저녁 셋째 백부님이 찾아왔다. 엄마는 백부님이 공사 인부를 구한 줄 알고 설레는 마음으로 그를 맞이했다.

셋째 백부님은 우려진 차를 천천히 마시며 입을 뗐다.

"사실 전 집을 짓는 것은 반대입니다."

엄마는 뭐라도 설명하고자 했지만 셋째 백부님은 엄마의 말을 가로막으며 돌연 화를 냈다.

"전 이해가 되지 않아요. 이전에 집을 짓겠다고 했을 땐 아들 녀석과 이 집의 체면을 세우기 위해서라고 하셔서 이해했습니다만, 지금은 뭘 위해서 집을 짓겠다는 겁니까?"

내가 엄마 대신 설명을 하려 했으나 셋째 백부님은 여전히 말할 틈을 주지 않았다.

"어쨌든 전 반대이니 더는 아무 말씀하지 마세요."

그러고는 나에게 베이징에 집을 사는 것에 대한 제안을 하셨다.

"제수씨, 그렇게 이기적으로만 나올 게 아니라 아들 생각도 하셔야죠."

얼굴이 벌겋게 달아오른 엄마는 억지로 감정을 꾹 참았다. 오히려 셋째 백부님이 언짢은 말투로 되물었다.

"그럼 제수씨 생각이나 한번 말해 보세요."

하지만 엄마는 아무 말도 꺼내지 않았다. 그때 내가 말에 끼어들었다.

"사실 저도 집을 짓고 싶어요."

물론 입 밖으로 꺼내지 못한 말도 있었다.

'사실 전 엄마를 이해해요. 엄마가 생각하는 우리 집 가장은 언제나 아버지였어요. 아버지의 몸이 온전하셨든 아니었든 이 가정을 세운 사람은 아버지이니까요.'

사실상 나는 엄마가 남아 있는 낡은 집을 번듯한 모습으로 다시 짓겠다고 결심을 굳힌 그 순간이 되어서야 엄마가 이해됐다. 앞서 두 차례 집을 지었던 이유는 엄마 자신 또는 나의 체면을 위해서가 아닌 아버지의 체면 때문이었다. 엄마는 아버지가 세운 이 가정이 번듯하고 온전해 보이길 바랐던 것이다.

그것은 단 한 번도 말하지 못한, 말할 수 없었던 엄마의 사랑이었다.

나의 간곡한 설득에 셋째 백부님은 이해가 되지는 않지만 엄마의 결정을 존중하기로 했다. 나 역시 백부님이 우려하는 것이 이후에 내가 겪을 현실적인 문제라는 걸 알고 있다. 하지만 나 또한 곧 철거될 집을 짓겠다는 이 터무니없는 결정을 내린 이유를 뭐라고 명확히 설명할 수 없었다.

엄마는 바쁘게 움직이기 시작했다. 셋째 백부님과 함께 공사에 투입될 인부와 시공 날짜를 선별했다. 최종 착공 날짜가 일주일 뒤로 결정되었으며, 그 날짜는 신을 모시는 곳에서 받아 왔다. 하지만 그때면 나는 직장이 있는 베이징으로 돌아가야 했다.

베이징으로 돌아가기 전날 오후, 나는 엄마를 모시고 은행에 가 돈을 찾았다. 반평생을 가난과 싸운 엄마는 은행 인출기에서 뽑은 돈인데도 굳이 앉아서 한 장 한 장을 세며 확인했다. 엄마는 금액을 다 세고 난 뒤 마치 신생아를 품에 안 듯 현금 다발을 가슴에 품고서 조심스럽게 집으로 걸어갔다.

그런데 어쩐지 기쁨에 벅차 있어야 할 엄마는 오히려 집에 오는 내내 뭔가 마음에 걸리는 것이 있는 듯해 보였다. 엄마는 결국 집 대문에 도착해서야 말을 꺼냈다.

"아들아, 엄마가 미안하구나. 엄마 때문에 네가 베이징에 집을 살 돈이 모자라게 되었잖니."

나는 그저 웃기만 했다.

엄마와 나는 길을 조금 더 걸었다. 엄마는 그제야 용기를 내어 내게 다른 이야기도 꺼냈다.

"엄마가 할 얘기가 있는데 네가 화낼까 봐 무섭구나. 그래도 엄마는 네 대답이 꼭 듣고 싶단다. 옛날 집에서 가장 중요한 부분이 현관쪽 머릿돌인데, 그 집을 세운 사람으로 네 아버지 이름을 세기고 싶은데 네 생각은 어떠니?"

"전 아무래도 상관없어요."

나는 무덤덤한 척하며 말했다. 마음속에서 어떤 기억이 불쑥 튀어나와 하마터면 참지 못하고 눈물이 왈칵 터져 나올 뻔했다.

"전 그래도 대문에는 아버지가 하셨던 것처럼 엄마와 아버지 이름이 적힌 대련을 걸어 두었으면 해요."

그러자 엄마의 입가에서 미소가 조금씩 퍼졌다. 주름살이 가득한 엄마 얼굴은 어느새 수줍어 어쩔 줄 모르는 표정을 짓고 있었다. 나는 아이를 보듬듯이 엄마의 머리를 쓰다듬었다. 그러고는 속으로 생각했다.

'귀여운 우리 엄마.'

회사 동료의 제안으로 구정 첫날 정시에 출근하는 사람들끼리 밥을 먹으며 새해를 맞이하기로 했다. 떠들썩한 식당에서 저마다 구정 때 고향 집에 가서 있었던 에피소드를 털어놓았다. 이틀간 줄을 서서 기다리며 표를 샀던 이야기, 고향 집이 낯설고 어색했던 이야기, 부모님과는 나눌 수 없는 상실감과 괴리감 등……. 그러다 누군가가 건배 제안을 했다.

"우리 모두의 아득한 고향을 위해 건배!"

건배 잔을 들어 올리며 나는 속으로 생각했다.

'최선을 다해 즐겁게 보내자! 갈 곳 없는 고독한 영혼들이여!'

아버지에게 보내는 작은 배

그러고는 나 스스로 기뻐하며 나의 엄마 그리고 지금 한창 짓고 있을 그 집을 생각했다.

　　나는 그 집이 결국 철거되리라는 것도, 앞으로 한동안 베이징에서 집을 살 수 없다는 것도 안다. 하지만 나는 안다. 나에게는 평생 돌아갈 집이 있다는 것을.

장애

쌀이 담겨 있는 금박지를 땅바닥에 놓고 불을 붙인 다음, 사촌 형 둘이서 아버지를 부축하며 불꽃이 타오르는 그 위를 건너 넘어갔다. 듣자 하니 그 의식을 치르면 영혼이 깨끗해지고 액운과 불결한 기운이 집 안으로 들어오지 못하게 막을 수 있다고 한다. 중풍을 얻은 상태로 퇴원한 아버지는 그 의식을 치르고 밤 10시가 되어서야 집으로 돌아왔다.

민난(閩南, 중국 푸젠성 남부 지역을 일컬으며 한자 중 '민(閩)'은 푸젠성의 약자며 '남(南)'은 남쪽 방향을 뜻함)의 풍속에 따라 여기저기서 사는 친지들이 가장 먼저 줄을 지어 병문안을 왔다. 병문안을 오는 친지들은 저마다 아버지의 몸에 좋다는 보양품을 손에 든 채 아버지 건강에 도움이 될

아버지에게 보내는 작은 배

것 같아서 가져왔다는 말을 했다. 어떤 이는 아버지와 왕년의 무용담을 회상하며 옛날을 추억했으며, 어떤 이는 어떤 일을 가지고 몇 번이고 아버지에게 고맙다고 인사를 하며 불의의 사고를 당한 아버지를 도울 방법을 고민했다. 또 몇몇 여성 친지는 방으로 들어오자마자 아버지를 끌어안고 울음을 터뜨렸다.

하지만 정작 당사자인 아버지는 초연한 모습을 보였다. 자신을 위로하는 이에게는 대수롭지 않다는 듯 대꾸했고, 거드름을 피우는 이와는 당시 누가 더 잘났었다는 둥을 우겼으며, 자신을 끌어안고 우는 이에게는 버럭 성을 내며 "이렇게 돌아왔으면 됐지, 별것도 아닌 일로 뭘 울어?"라고 말했다.

사실 아버지 혀의 절반은 마비가 온 상태였다. 사람들 대부분은 아버지가 말할 때 너무 흥분한 탓에 발음 소리가 우둔하게 들리는 것이라 생각했고, 아버지가 담배 때문에 시커멓게 변한 치아를 드러내며 웃으면 모두 따라 웃었다.

시작은 그리 나쁘지 않았다. 그렇게 한참을 웃고 떠들다 친지들이 모두 돌아가고 나서야 아버지는 초라한 본색을 드러냈다.

엄마와 나는 힘겹게 아버지를 화장실로 부축했다. 우리 둘은 덩치가 큰 가구를 방으로 옮기는 마냥 힘에 부쳐 낑낑거렸다. 엄마는 중간에 두 번이나 멈춰 서며 내게 웃으며 말했다.

"네 아버지가 병원에 계시는 동안 한가하긴 했나 보다. 이렇게나

무거워지신 걸 보면 말야."

하지만 나는 속으로 '앞으로 우리는 매일같이 이런 식으로 몇 번이나 화장실을 왔다 갔다 해야 하나?'라는 생각이 들었으며, 곧 다가올 현실이 본격적으로 체감되기 시작했다.

엄마와 나는 여차여차 아버지를 다시 침대까지 옮겼다. 억지로라도 대화를 이어가려 했으나 그럴수록 분위기는 더 어색해졌다.

아버지가 취안저우(泉州, 중국 푸젠성 남동부의 도시)와 푸저우(福州, 중국 푸젠성 성 정부 소재 도시)에 있는 병원에 입원해 있던 삼 개월 동안 나는 휴일 때 병문안을 가는 것 말고는 거의 아버지를 보지 못했다. 아버지가 사촌 형들의 부축을 받으며 차에서 내렸을 때, 나는 말로 설명하기 어려운 낯선 느낌을 받았다. 수술 때문에 자른 짧은 머리도 그렇고, 콕 찍어 어디가 말랐다고 말하긴 어렵지만 바람 빠진 풍선처럼 전체적으로 왜소해진 체격도 낯설었다. 하지만 분명히 느껴지는 건 장애가 아버지를 그렇게 보이게 만들었다는 사실이다.

아버지가 집으로 돌아온 뒤 병문안을 온 손님을 맞이하는 그 두 시간 동안 나는 줄곧 낯선 모습의 아버지를 바라봤다. 아버지의 등은 거의 굽어 있다시피 했고, 마비가 온 왼쪽 혀 때문에 아버지는 말을 할 때 발음이 어눌하고 몇 마디만 해도 숨이 차는 모습을 보였다. 나는 기억 속의 예전 아버지를 떠올렸다. 목청이 크고, 툭하면 상스러운 말을 내뱉고, 친척들 앞에서는 거드름을 피우던 예전 아버지 모습은 더는 온데간데없었다.

아버지가 먼저 어눌한 발음으로 내게 안부를 물었다.

"잘 있었니?"

나는 고개를 끄덕였다.

아버지는 미소를 보이며 나를 다독였다.

"괜찮아, 한 달만 지나면 옛날처럼 건강해질 수 있어."

나는 고개를 끄떡이며 입을 떼려 했지만 차마 무슨 말을 어떻게 하면 좋을지 몰랐다. 왜냐하면 내 마음의 소리가 그건 불가능한 일이라고 말했기 때문이다.

"오토바이도 한참을 못 타 봤네. 아직 멀쩡하지? 아버지 몸이 다 낫거든 네 것도 새로 한 대 사 줄게. 난 네 엄마를 태우고 넌 네 누나를 태워서 우리 가족 다 같이 해변을 따라 달려 보자꾸나."

오토바이를 타고 해변을 달렸던 그날의 여행이 우리 가족의 처음이자 마지막 가족 여행이었다. 아버지는 여전히 자신이 가정의 기둥이었던 나날로 돌아가는 꿈을 꾸고 있었다.

애석하게도 다음 날 아침 아버지는 쓰러졌다.

때마침 엄마는 야채를 사러 나간 상태였다. 나는 둔탁한 소리를 듣자마자 침대에서 벌떡 일어나 아버지가 있는 방으로 뛰어갔다. 아버지는 바닥에 넘어진 채 아이처럼 어찌해야 할지 몰라 우왕좌왕하고 있었다. 내가 온 것을 발견한 아버지는 급하게 그 상황을 해명하려 했다. 아버지는 자신의 몸 상태를 예전과 같다고 착각하고 아침에 눈을 뜨자마자 똑바로 몸을 일으켜 서려다 마비된 좌측 몸이 움직이는 동작을 쫓아가지 못해 몸 전체가 그대로 바닥에 엎어지고 말았다고 했다. 사정을 설명하는 아버지의 눈가에는 눈물이 핑 돌고 있었다.

아버지는 자신의 몸 상태를 낯설어 했고, 나는 아버지의 우는 모습이 낯설었다. 나는 아버지의 초라한 모습을 못 본 체하려고 애쓰지 않았다. 그저 필사적으로 아버지를 일으키려고 했다. 하지만 아무리 안간힘을 써도 당시 몸무게가 $50\,kg$이었던 내가 $80\,kg$이 넘는 아버지를 일으키는 것은 역부족이었다. 아버지 역시 애를 쓰는 아들을 도우려 어떻게 해서든 일어서려고 힘을 냈지만 결국 실패했다.

그 순간 아버지와 나 우리 두 사람은 아버지가 갖고 있는 장애의 무게를 절실히 체감했다. 아버지는 웃으며 내게 말했다.

"몇 달을 움직이지 못했더니 살이 쪘나 보네. 걱정하지 마, 천천히 적응하면 돼."

아버지는 조심스럽게 오른쪽 다리로 몸을 지탱한 채 이리저리 몸의 균형을 맞추며 똑바로 서기 위해 애를 썼다. 가까스로 몸이 곧게 서는가 싶더니 이내 집이 와르르 무너지는 것처럼 아버지의 몸은 그대로 오른쪽으로 기울며 엎어졌다.

나는 황급히 쓰러지는 아버지의 오른쪽 몸을 붙들었지만 버거운 아버지의 체중을 오래 지탱하지 못했다. 우리 두 사람은 다시 바닥에 엎어졌다.

아버지와 나는 숨을 캑캑거리며 바닥에 축 늘어진 자세로 앉았다.

아버지에게 보내는 작은 배

그렇게 한참 동안 아무 말도 하지 않았으며, 아무 말도 할 수가 없었다.

아버지는 억지로 얼굴 근육을 움직여 내게 웃어 보이려 했지만, 표정에는 여러 감정이 뒤섞여 있는 듯해 보였다. 결국 그 미소는 내 입으로 뭐라 표현하기 어려운 표정으로 일그러져 버렸다.

그때부터 나는 자신의 몸을 제 의지대로 움직일 수 없게 된다는 것이 어떤 상태일까 상상해 봤다. 그 상태에서 겪게 되는 여러 가지 감정을 체감하고 이해해야만 지금의 아버지를 잘 돌봐 드릴 수 있다고 생각했기 때문이다.

나는 문득 웃는 표정일 때 내 왼쪽 얼굴이 움직여지지 않는 상황을 상상했다. 그리고 그런 나를 보고 다른 사람이 놀라는 표정을 지었을 때 내가 느낄 초라함과 부끄러운 감정을 상상하면서, 그런 난처한 상황을 어떻게 받아들일 것인지 또 어떤 방법으로 그 상황을 모면할 것인지 머릿속으로 재현해 봤다. 길을 걸을 때면 문득 내 왼쪽 다리가 갑자기 움직이지 않는 상상을 하고, 젓가락으로 야채를 집을 때면 손가락에 힘이 전혀 실리지 않는 상상을 해 봤다. 그런 상상을 해서 그런 것인지 몰라도 나는 종종 뜬금없이 넘어지곤 했다. 넘어지면서 생긴 멍의 통증은 내 몸을 타고 올라와 욱신거리고 아렸다. 그러다 문득 '지금 아버지의 왼쪽 몸은 이런 감각조차 느끼지 못하는 상태이겠구나!'라는 생각이 들었다.

아버지가 집에 돌아오고 나서 며칠 동안은 가정의 모든 구성원이 마치 스스로가 어떤 극을 연출하는 역할을 맡고 있는 사람처럼 행동했다. 극의 각본 내용은 모르지만, 극의 큰 요지는 '긍정의 기운'과 미래에 대한 자신감을 서로에게 전달하는 것이었다. 우리는 모두 각자의 역할과 역할별 정확한 대사를 전달하는 데 충실했다.

이 극에서 엄마는 반드시 의연하고 굳센 여인이 되어야 했다. 아버지가 침대에 대소변을 누었을 때 엄마는 간드러지는 목소리로 웃으며 "우리 남편, 아기가 다 됐네."라고 말하고는 얼른 웃음을 거두고 뒤돌아 좁은 골목길로 가 혼자서 서글프게 더러워진 침대 시트를 닦았다. 엄마가 우스갯소리로 한 그 농담은 전혀 웃기지 않았지만 엄마는 그렇게 말할 수밖에 없었다. 그렇게 아버지 뒤치다꺼리를 마친 뒤 엄마는 혼자 몸으로 이미 한참 동안 영업을 하지 못한 기름집을 꾸려나가며 우리 가족의 생계를 해결했다.

누나는 말 잘 듣는 고분고분한 딸이었다. 아버지의 곁을 줄곧 지키는 사람은 누나였다. 누나는 자신이 생각해 낼 수 있는 모든 책임과 역할, 이를테면 아버지에게 밥 먹여 드리기, 아버지의 마비된 반신을 주물러 드리기, 어머니 대신 밥상 차리기 등을 도맡으려고 노력했다. 아버지가 맡아 하던 일에 공백이 생기자 엄마가 대신 그 일을 도맡게 되었고, 그러는 과정에서 누나 역시 더 많은 역할을 감당할 수 있을 만큼 성장해야 했다.

그리고 나, 나는 내가 우리 가족의 중심이 되는 역할을 맡아야 한다는 것을 알고 있었다. 나는 정치인들이 서둘러 선거를 치르듯 엄마와 누나의 얼굴에서 보이는 미세한 표정들 그리고 그 표정 뒤에 숨겨

아버지에게 보내는 작은 배

져 있는 그들의 솔직한 심경을 빠르게 알아차린 뒤 정확한 타이밍에 그들의 곁에 나타나 함께 부담을 나눴다. 가끔씩은 그 둘에게 신속하게 결정을 내려 줘야 할 때도 있었다. 또한 결정을 전할 때는 반드시 사기가 충만하여 힘이 실려 있는 목소리로 대사를 읊듯 똑 부러지게 말해야 했다.

문득 한발 물러서 보면 이러한 연극이 얼마나 서투르고 부자연스러운지, 심지어 웃기기까지 한지, 우리 세 사람 모두 속으로는 다 그렇게 느끼고 있었다. 하지만 전문 배우가 아닌 우리 세 사람은 시간이 흐를수록 이 연극에 몰입하는 것에 지쳐 갔고, 서서히 연기하는 것에 염증을 느끼기 시작했다.

더 중요한 건 이 연극의 유일한 관객인 우리의 '일상'이 단 한 번도 우리를 호락호락하게 놔두지 않았다는 사실이다. 가혹하고 모진 감독처럼 하나둘씩 현실을 들이대며 우리를 더욱 분주하게 만들었으며, 심지어 더 많은 역할을 부여했다. 마치 우리 스스로에게 자신이 감당할 수 있는 현실의 한계를 직시하도록 도와주려는 것처럼 말이다.

엄마는 혼자서 기름통을 옮기다 엎어지곤 했다. 원래 50kg이 넘는 이 기름통을 눕혀 적당한 장소로 옮겨다 놓는 일은 그녀가 아버지를 도와서 하던 일이었다. 그러니 45kg도 안 되는 작은 체구로 아무리 열심히 밀어 본들 1cm도 꿈적하지 않는 것이 당연했다. 그날 오후에도 나는 늘 그렇듯 먼저 기름집으로 갔다. 하지만 그날은 온통 기름으로 범벅이 된 흙바닥에 앉아 꺼이꺼이 목을 놓으며 우는 엄마의 모습을 목격하게 됐다. 나는 그 상황에서 꺼내야 할 적절한 대사가 생각나지 않아 그대로 못 본 체하고 황급히 집으로 뛰어갔다.

누나는 식사 준비 속도가 조금 굼뜨곤 했는데, 자신의 몸 상태 때문에 화에 사로잡혀 사는 아버지는 그런 누나에게 여과 없이 짜증을 냈다. 누나는 내가 집에 돌아온 것을 발견하면 곧바로 나를 한쪽으로 끌고 가 뿌루퉁한 채로 아무 말도 하지 않았다.

결국 그 연극을 망친 사람은 아버지였다. 퇴원하여 집으로 돌아온 지 2주일이 되었을 때다. 아버지는 자신의 몸 상태를 수없이 확인하고 좌절하기를 반복했다. 그날 헝클어진 머리에 꾀죄죄한 차림으로 나타난 엄마가 조용히 지팡이를 아버지 옆에 가져다 놓자 아버지는 지팡이를 보며 이것이 앞으로 자신의 현실이라는 것을 깨달았는지 이성을 잃고 엄마를 향해 지팡이를 휘둘렀다.

고맙게도 아버지의 반신마비가 된 몸 때문에 아버지가 휘두른 지팡이는 정확하게 엄마를 타격하지 못하고 엄마의 머리를 살짝 스치는 데 그쳤다. 하지만 이미 엄마 머리에서는 피가 철철 흘러 바닥에 뚝뚝 떨어지고 있었다.

그 뒤로는 누나의 비명과 나의 고함 그리고 아버지의 히스테리로 들끓었으며 최후에는 온 가족이 서로 부둥켜안고 울음바다를 이뤘다.

정말 한 편의 형편없기 그지없는 극이 아닐 수 없다. 나는 엄마를 부축해 침대에 눕히고 누나의 마음을 달랜 뒤 다시 누나와 함께 아버지를 어르고 얼러 몸을 씻기고 방으로 모셔다 드리는 것까지 마쳤다.

　　　　　　　　아버지에게 보내는 작은 배

방문을 닫으며 나는 허공에 대고 물었다. 나 스스로도 이것이 누구에게 하는 질문인지 모르면서도 나는 늘 '두 눈이 달려 있기 때문에 이 모든 것을 보고 있는 거겠죠?'라는 생각을 했다. 그러고는 두 번째 물음을 던졌다.

'이야기는 앞으로 어떻게 흘러갈까?'

당연히 아무도 내 질문에 대답해 주지 않았다.

아버지는 스스로 예전으로 돌아갈 수 있는 방법을 찾았다고 착각했다. 아버지는 마음속으로 이미 한 가지 논리를 세워 놓은 듯했다. 그 논리대로라면 아버지는 결국 원래의 건강했던 몸을 되찾아 다시 예전과 같은 좋은 아버지의 역할을 할 수 있게 된다.

그러나 나는 아버지가 생각하는 최후의 엔딩이 이룰 수 없는 결말이라는 것을 알고 있었다. 아버지는 심장판막증으로 뇌색전이 두 번이나 발병했기 때문이다. 일가친척 모두 물어볼 수 있는 의사를 전부 찾아가 치료 방법을 알아봤다. 전해 들은 말에 따르면, 아버지의 뇌혈관을 막는 아주 미세한 판막을 완전히 제거할 수도 무작정 건드릴 수도 없는 상태였다. 게다가 수술을 하다가 만약 다른 뇌 부위를 건드려 다른 혈관이 막히게 되면 또 다른 신체 부위가 마비될 수 있다고 했다. 이는 곧 아버지가 예전의 몸을 되찾기 어렵다는 것을 뜻했다. 잔인한 결론이지만 내 마음은 이미 그 현실을 받아들였다.

나는 일부러 도서관에 가 판막의 형태를 찾아봤다. 판막은 그 크기가 아주 작고, 우리의 심장 안에서 물고기가 입을 뻐끔거리듯 움직이는 기관이다. 이렇게나 작은 크기의 물체가 지금 아버지의 왼쪽 몸을 꼼짝도 못하게 만들고 있는 것이다.

나는 아버지가 예전의 몸으로 돌아가려고 기를 쓰며 노력할수록, 최후에 닥칠 현실이라는 암초에 부딪혔을 때 받을 충격이 더 커질 것이라는 점도 알고 있었다. 하지만 그렇다고 아버지의 현실 부정에 찬물을 끼얹을 수도 없었다. 왜냐하면 나 또한 다른 방법을 찾지 못했기 때문이다.

어쨌든 우리 가족은 희망에 찬 아버지의 노력에 따를 수밖에 없었다.

계절이 가을로 넘어가던 어느 날 밤, 아버지는 흥분에 찬 얼굴로 나를 붙잡고서는 자신의 왼쪽 반신에 마비가 온 이유가 혈맥이 흐르는 통로가 막힌 것 때문이라는 사실을 알아냈다며 "몸을 끊임없이 움직이면 혈액 순환이 원활해져 죽은 혈을 뚫어 낼 것이고 그럼 마비된 왼쪽 반신도 다시 살아날 게야."라고 말했다. 나는 아주 자연스럽게 아버지의 말에 맞장구쳤다. 아버지는 내가 그의 생각을 상당히 수긍하고 있다고 믿었다.

그 상상이 현실이 될 것이란 믿음 때문인지 아버지는 지팡이 사용을 받아들이며 그것을 일시적인 보조 도구로 여겼다. 아버지는 한날 집에서 시장까지 걸어서 얼마나 걸리나 스스로를 시험했다. 아버지가 점심때가 되어서도 돌아오지 않자 엄마와 누나, 나 우리 셋은 밥을 싸들고 세 갈래 길로 흩어져 아버지를 찾아 나섰다. 결국 얼마 멀지 않은 곳에 떨어진 어느 모퉁이에서 아버지를 발견했다. 내가 아버지를 찾기까지는 대략 20분 정도가 걸렸다. 하지만 아침 7시에 집을 나선 아버지는 필사적으로 움직인 결과 오후 1시가 되어서야 내가 그를 발견한 그 지점까지 도달할 수 있었다.

아버지는 오히려 그날 일을 하나의 좋은 계기로 삼았다.

"난 이게 시작이라고 생각해."

이틀 뒤 아버지가 세운 계획은 이러했다. 아버지는 아침 8시에 집에서 출발해 그 작은 골목길의 끝까지 걸어갔다가 되돌아오면 12시까지 집에 도착해 점심밥을 먹을 수 있을 것이며, 밥을 다 먹고 나면 한 시간 정도 쉬었다 1시 30분에 다시 출발하여 좀 더 거리가 먼 시장까지 걸어가면 저녁 7시 정각까지는 집에 도착할 수 있을 것이라고 설명했다. 또한 저녁에는 집에서 서서 버티는 연습과 왼발을 들어 올리는 훈련을 할 것이라고 덧붙였다.

나는 지금도 아버지가 마음을 굳게 먹은 것이 감사하다. 아마도 그때가 가장 즐거웠던 시간이 아니었나 싶다. 어쩌면 그 노력의 끝은 이미 비극적 결말로 정해져 있었을지도 모른다. 하지만 우리 가족은 모두 아버지가 세운 사상누각을 기쁜 마음으로 응원했다.

매일 엄마는 철저하게 아버지가 세운 시간표에 따라 아버지의 삼시 세끼를 준비했다. 또한 아버지가 원하는 대로 매끼에 힘을 북돋우는 음식인 달걀과 고기를 챙겨 주었다. 아버지는 종종 "내가 예전에 선원이었을 때 50kg, 100kg짜리 화물을 들어야 하는데 기운이 없으면 고기와 달걀을 먹고서 번쩍 들어 올렸어."라고 말했다. 아버지는 지금 자기 자신을 일으키고 싶은 것이다.

매일 밤 가족 모두가 집에 돌아오면 다 같이 아버지와 함께 왼쪽 다리를 들어 올리는 운동을 했다. 이 운동은 종종 가족 네 사람이 경기하는 방식으로 진행했다. 나를 비롯해 엄마와 누나 우리 셋은 의도된 듯 의도되지 않은 듯 아버지가 이길 수 있게 분위기를 이끌었으며, 아버지가 이겼을 때 모두가 기쁨의 탄성을 질렀다. 그러고 나면 피곤하지만 기분 좋게 단잠에 빠졌다.

우리가 아버지의 노력을 흔쾌히 거든 이유는 그것이 우리 가족의 유일한 즐거움이었기 때문이다. 하지만 그 뒤로 아버지는 심장 수술을 한 번 받고, 중풍으로 두 번을 쓰러지고 네 번이나 입원했다. 비록 친척들이 도움을 주기는 했지만 더는 버틸 금전이 남아 있지 않았다.

게다가 남아 있는 기름집을 중국 최대 정유 회사인 시노펙(SINOPEC)에 합류시킬 수 있는 좋은 기회마저 놓쳤다. 아버지가 중풍으로 쓰러지기 전 상대측에서 협력을 제안해 왔지만, 아버지의 병환으로 결정을 미루다 결국 기름집 규모를 한층 더 확장할 수 있는 기회를 놓치게 되었다. 당연히 아버지의 기름집은 경쟁력 면에서도 크게 밀렸다. 마을 사람들 역시 마음속으로는 하구 쪽에 세워진 그 주유소를 더 좋아하게 될 게 뻔했다. 왜냐하면 그 주유소는 규모도 크고 설비도 좋은 데다 사탕과 음료수까지 서비스로 나눠 줬기 때문이다.

아버지에게 보내는 작은 배

하지만 생계를 위해서라도 기름집을 이대로 문 닫을 수는 없었다. 엄마가 유일하게 의지할 구석이라고는 그녀의 오랜 지인들뿐이었다. 엄마는 남들에게 비굴하지도 거만하지도 않으면서 또 사근사근 친절하여 사람들에게 '주관이 있고 성격이 좋은 사람'이라는 인상을 심어 줬다. 그 때문에 마을 내 여러 이웃이 엄마를 찾아와 수다를 떨고 온 김에 겸사겸사 기름도 넣었다.

일부러든 우연이든 주변 이웃들은 하구에 위치한 그 주유소가 아무리 좋아도 꼭 우리 기름집에서 기름을 넣었다. 물론 우리 집의 그 코딱지만 한 크기의 기름집은 아직도 기계 시설이 아닌 전부 사람 손으로 직접 작업해야 하는 구식 주유소인 데다, 엄마는 100위안에서 62위안을 빼고 얼마를 거슬러 줘야 하는지도 셈이 안 될 만큼 돈 계산도 제대로 하지 못했다. 뿐만 아니라 수시로 집에 가서 아버지의 각종 약과 먹을 것을 준비하고 빨래까지 하고 오느라 자주 기름집을 비웠다. 그럼에도 불구하고 이웃들은 기꺼이 그런 엄마를 기다려 주면서까지 그 기름집을 이용했다.

뒤에 누나와 나도 기름집 일을 거들었다. 매일 엄마가 식사 준비를 하면 나와 누나가 먼저 나가서 기름을 덜어 놓는 일을 했다. 구체적으로 말하자면 기름을 콜라병 큰 것에 담아 놓은 뒤 오토바이가 오면 기름을 넣어 주면 되는데, 오토바이의 경우 콜라병 한 병 정도의 분량이면 충분했다. 기름 덜어 놓는 일을 마치고 나면 우리는 옮겨 놓아야 하는 기름통을 옮겨 놓는 등 최대한 힘을 많이 써야 하는 일들은 엄마 대신 맡아서 처리했다.

하지만 힘에 벅차는 일도 있었다. 가령 큰 지게차 같은 경우에는 한 번 주유할 때마다 작은 유조통 한 통이 통째로 필요했다. 이런 날은 우리와 같은 작은 기름집에서는 큰 매상을 올릴 수 있는 날이다. 하지만 어머니에게는 큰 부담이 되는 날이기도 했다. 한번은 엄마가 유조통을 들어 올리려다 반도 들어 올리지 못하고 바닥에 주저앉아 몰래 눈물을 훔치자, 환갑이 넘는 엄마의 그런 모습을 보다 못한 차주가 다가와 온몸이 기름 범벅이 되도록 기름통 옮기는 것을 거들어 주었다. 이후 지게차 차주는 서서히 시간을 늦춰 오후 5시 30분이 넘은 시각에 우리 기름집을 찾아와 주유했다. 왜냐하면 그 시각이 되면 나와 누나가 엄마의 일을 거들 수 있었기 때문이다.

해 질 무렵이 되면 엄마와 나, 누나가 기름통 옮기는 일을 했으며, 집에 돌아와서는 아버지와 함께 왼쪽 다리 들기 운동을 했다. 나는 매일 밤 거의 기절하듯 잠들었지만 자면서도 입가에는 미소가 떠나질 않았다.

나는 우리의 노력이 결국 실패로 끝나고 우리를 기다리는 것은 감당하기 힘든 고통일 것이라는 생각을 거의 잊고 지낼 만큼 현재에 충실했다.

하지만 이런 생활을 이어 가는 동안 적어도 집안 금전 사정만큼은 조금씩 숨통이 트이기 시작했으며 그로 인한 가족의 심적 부담도 한결 나아졌다. 그도 그럴 것이 우리 모두 돈이 없어서 궁핍한 생활을

아버지에게 보내는 작은 배

하면서 의식적으로든 무의식적으로든 우리와 거리를 두거나 회피하려는 주변인의 모습까지 견뎌야 했기 때문이다. 아무리 마음씨가 좋아도 누군가 금전적으로 짐이 되는 것을 반길 사람은 없지 않은가.

사람들의 그런 시선은 엄마에게 큰 자극이 되었다.

엄마는 자존심이 굉장히 강한 사람이라 상대가 조금이라도 자신을 동정하는 것처럼 느끼면 매몰차게 상대의 호의를 거절했다. 또한 몇몇 '내가 베풀어 주는 것'이라는 식의 태도로 주유를 하러 오는 사람이 있었는데, 이는 오히려 엄마의 반감을 자극했다.

한번은 집에 들어와 보니 엄마가 겁에 질린 얼굴로 집 안에 숨어 있었다. 엄마는 불안에 떨며 내게 말했다.

"아까 한 남자가 차를 몰고 와 주유를 했는데, 차에서 내리자마자 네 아버지 안부를 묻더구나. 그래서 난 '아주 잘 지내요.'라고 말했는데 그 남자가 히죽거리며 웃더니 글쎄 예전에 네 아버지가 깡패 짓거리하고 다닐 때 그 밑에 있었던 수하라고 하지 뭐니. 사람 앞일은 모른다더니 그 사람이 자기 차를 가리키면서 엄마한테 이건 어떻고 저건 어떻고 말을 늘어놓더구나."

엄마는 욱하는 마음에 기름통을 바닥에 던져 버리고는 "다른 데 가서 기름 넣어요!"라고 소리쳤고, 그 남자도 발끈하며 위협적인 목소리로 "좀 도와주려고 왔더니 남의 호의를 이런 식으로 무시해!"라고 화를 냈다고 한다.

그 말에 울컥한 엄마는 길가에서 돌멩이를 주워 앞뒤 생각도 안 하고 그것을 그 남자의 차에 던졌다고 했다. '콰당' 소리와 함께 차에 금이 간 것을 목격한 남자는 잔뜩 열받은 표정으로 뒤돌아 도망치는 엄마를 뒤쫓았다고 한다. 눈물범벅이 된 얼굴로 도망치던 엄마는 또 다른 돌멩이를 주워 자신을 쫓아오는 그 남자를 향해 힘껏 던졌는데, 뜻밖에도 그 돌멩이가 남자의 머리에 적중했고 돌멩이에 머리를 맞은 남자는 얼굴에 피가 줄줄 흘렀다고 한다.

엄마는 등 뒤에서 들리는 벼락 같은 비명에 질겁하며 미친 듯이 집을 향해 달렸고, 집에 도착하자마자 철문, 나무문을 걸어 잠그고 다시 침실로 뛰어 들어와 방문을 잠근 채 내가 올 때까지 혼자서 엉엉 울고 있었던 것이다.

"그때는 울컥 화가 나서 그랬어."

엄마는 잘못을 저지른 어린아이처럼 당시 상황을 계속 해명하려 했다. 나는 엄마가 그렇게 행동한 것이 실은 화가 나서가 아니라, 혹은 화가 난 것도 맞지만 그보다도 그 남자의 말 한마디 한마디가 엄마 마음의 아픈 곳을 찔렀기 때문이라는 것을 안다.

결국 나는 밤에 엄마를 모시고 아까 그 일이 있은 뒤로 비워져 있던 기름집으로 갔다. 엄마와 나는 속으로 '난장판을 만들어 놨겠지? 기름을 훔쳐 갔으면 어쩌지? 설마 불을 지르고 가진 않았겠지?' 등 별별 생각을 하며 마음의 준비를 했지만, 어떤 결과를 맞이하든 힘들게 버티고 있는 우리 가족에게는 견디기 힘든 상처가 될 것이 분명했다.

텔레비전의 이벤트 채널에서 마지막 순간 최종 당첨자를 공개하기 직전의 표정처럼 엄마는 기름집으로 가는 내내 손으로 눈을 가린 채 걸었다.

그런데 어찌된 일인지 어질러져 있는 기름통도 없고 기름을 훔쳐 간 흔적도 없었다. 심지어 책상과 의자 모두 말끔하게 정돈되어 있었다. 책상 위에는 100위안(약 1만 7,000원)짜리 지폐 한 장과 비어 있는 작은 기름통이 가지런히 놓여 있었다.

엄마와 나는 아무 말도 하지 못했다. 우리는 기름 냄새가 코를 찌르는 기름집에 앉아 허허허 웃기만 했다. 그러다 엄마는 불쑥 아버지 식사 시간이 임박한 것을 떠올리고는 나를 끌고 나와 정신없이 집으로 뛰었다.

사실 그날 일은 태풍과 아무 상관없이 이미 정해진 결과였다. 살면서 겪는 많은 일 중 겪어야 할 일은 이런 식이 아니라면 저런 식으로라도 꼭 겪기 마련이다. 이때 벌어진 일을 단순히 우리 능력 밖의 것으로 치부할 경우 우리의 마음은 그나마 조금 위로를 받는다. 하지만 나는 지금까지도 여전히 그날의 태풍을 저주하고 싶다.

민난에 태풍이 부는 것은 별로 신기한 일이 아니다. 태풍 경보가 울릴 때면 사람들은 여기저기를 손보느라 분주해진다. 고정되어 있는 물건은 더 단단하게 고정시키고 구멍이 난 곳은 잘 메우고 창문을 굳게 닫아 놓으면, 밤새 지붕과 창문이 격하게 흔들리는 소리가 들리고 온 집을 그대로 삼킬 것 같아도 다칠 일은 없다. 바깥에서 하느님이 일 년에 몇 번 민난 지역 사람에게 틀어 주는 4D 입체 영화가 방영되고 있다 해도 대문만 열지 않는다면 아무 문제가 생기지 않았다.

나는 움직이기를 좋아하는 사람이다. 그래서인지 어릴 적에는 유독 태풍과 맞서기를 좋아했다. 그 당시는 바람도 깨끗하고 비도 깨끗했기에 지금처럼 비를 맞았을 때 화학 물질에 오염될 걱정을 하지 않아도 되었다. 나는 태풍 소식이 들리면 문을 열고 소리를 지르며 밖으로 뛰쳐나갔다. 바람과 비를 맞으며 정신없이 놀다 다시 집으로 뛰어들어오면 온몸이 축축하게 젖은 나를 기다리는 것은 엄마의 잔소리였다.

그해가 오기 전까지 태풍은 내 마음 속에서 단 한 번도 슬픔을 떠올리게 하는 존재가 아니었다.

여름부터 가을이 되기까지 쉬지 않고 노력한 아버지는 이쯤 되면 생겨야 할 변화가 생기지 않고 있음을 느끼기 시작했다. 아버지의 왼쪽 팔은 여전히 습관적으로 가슴팍 쪽으로 굽어져 있고, 왼쪽 다리는 여전히 무릎 관절에만 자극이 느껴졌다. 더욱이 아버지를 두렵게 만든 것은 발톱마저 하나둘씩 감각을 잃어 가는 것이었다. 누나는 아버지가 주무시기 전 아버지의 발톱을 깎아 드리는 것을 좋아했는데, 한번은 실수로 살을 잘라 피가 흐른 적이 있었다. 누나는 놀라 서둘러 거즈로 발가락을 칭칭 감았지만 아버지는 여전히 아무 감각도 느끼지 못하고 쿨쿨 주무셨다. 잠에서 깬 뒤에는 발가락에 감겨 있는 영문

아버지에게 보내는 작은 배

을 알 수 없는 거즈를 발견하고는 어리둥절한 표정으로 멍하게 보고만 있었다.

아버지의 좌절감은 그런 사소한 것들로부터 자라나기 시작했고, 결국 커져 버린 좌절감은 조금씩 조금씩 아버지를 무너뜨렸다. 하지만 아버지는 그런 자신의 상태를 모르는 척했으며, 우리 또한 알면서도 모르는 척했다.

아버지도 이미 느끼고 있었을 것이다. 내색하지 않는 슬픔과 비애는 상처 속 고름처럼 계속 쌓이고 커져서 점점 위태위태한 지경에 이르러, 어느 날 폭발하고 말 것이라는 사실을 말이다.

그래서일까 아버지는 시간에 더욱 집착했다. 아버지는 엄마한테 방과 거실에 모두 큰 시계를 걸어 두라고 시켰다. 매일 잠자고 일어날 때 아버지는 신경질적으로 엄마를 깨워 자신을 일으키도록 한 뒤 시계를 노려보며 끊임없이 재촉했다. 원래는 15분쯤에 옷을 다 입고, 20분에는 세수와 양치질을 마치고, 30분에는 아래층에 내려가 50분에는 아침 먹을 준비를 마쳐야 했고, 55분에는 다시 화장실 볼일 보는 것을 도와야 했고, 그럼 8시 정각에 딱 나갈 수 있었을 텐데……. 그런데 왜 여기서 1분이 늦었냐, 저기서 또 2분이 늦었냐라는 식의 투정을 늘어놓았다.

그러다 갑자기 책상 위에 있는 물건을 깡그리 쓸어버리거나 지팡이로 계속 바닥을 찍으며 포효했다.

"당신 나 괴롭히려고 일부러 이러는 거지? 그런 거지?"

아버지는 마치 엄마가 허둥지둥거리며 매시간을 제때 맞추지 못하는 것이 자신의 마비된 반신이 적기에 회복되지 못하게 막으려는 의도인 냥 말했다.

가을 첫 태풍 소식이 들려오자 전날 오후 엄마와 나는 집 전체를 쭉 돌아다니며 살펴봤다. 아버지가 불구가 된 이후 우리 가족이 처음 맞는 태풍이었다. 일기 예보에 따르면 이번 태풍은 최근 몇 년 이래 최대 규모의 태풍으로 하필 우리 마을에 상륙한다고 한다.

텔레비전에서는 민정부(民政府, 중국의 행정 안전 및 보건 복지 관련 업무를 주관하는 국가 기관) 간부가 전선에 주둔하고 있는 소식을 방영했다. CCTV(중국 공영 방송) 기자는 아직 본격적으로 강한 바람이 불지 않는 것이 조금은 아쉬운 듯해 보였다. 어쩌면 그 기자는 거센 폭우가 쏟아지고, 서 있기도 힘들 정도로 몰아치는 강한 바람이 부는 상황에서 나무 하나를 겨우 붙잡고 목이 쉬어라 큰 소리로 현장을 보도하는 자신의 모습을 꽤나 기대했을지도 모른다.

하지만 그 기자의 바람대로 태풍은 요란하게 등장했다. 태풍 전야에는 기척도 없이 잔잔하더니 막상 태풍이 불어 닥치니 천지가 통째로 흔들릴 만큼 그 기세가 매우 사나웠다.

처음에는 잠잠한 듯싶더니 바람이 불면서 모래와 먼지가 마치 춤을 추듯 휘날렸다. 그러다 오후 1시가 넘었을 쯤 별안간 하늘에 구멍이 뚫린 것처럼 바람을 동반한 폭우가 쏟아졌다. 나는 도로 면에 미

아버지에게 보내는 작은 배

세하게 작은 구멍이 하나둘씩 패여 있는 것을 보았다. 텔레비전 속 그 기자는 바라던 대로 강풍 속에서 목이 쉬어라 보도를 하기 시작했다.

엄마는 일찌감치 가게 문을 닫고 집으로 돌아왔다. 태풍이 부는 날에는 다들 외출하지 않기 때문이다. 아버지 역시 오전 신체 운동을 마치고 집으로 돌아왔다. 나는 일어나 문을 잠그려 했다. 그런데 아버지가 나를 가로막으며 물었다.

"문을 왜 잠궈?"

"태풍이 부는 날에 문을 잠그지 않으면 온 집이 물바다가 되니까요."

"잠그지 말거라. 이따가 밖에 나갈 거니까."

"이런 날 나가서 뭐하시려고요?"

"운동해야지."

"이런 날 무슨 운동을 하시겠다는 거예요?"

"성가시게 굴지 마. 나는 갈 거야."

"오늘 하루만 쉬세요."

"성가시게 굴지 말래도!"

아버지는 식사도 거른 채 지팡이를 들고 밖으로 나가려 했다. 나는 급한 마음에 지팡이를 빼앗으려 했지만, 아버지는 지팡이로 나를 때렸다. 지팡이에 맞은 내 팔뚝은 금세 퍼렇게 멍이 들었다. 엄마는 서둘러 일어나 문을 잠가 버렸다. 아버지는 고래고래 소리를 지르며 문 입구 쪽으로 한 발자국씩 이동했다. 하지만 몸의 균형을 잡으려면 오른손으로는 지팡이를 쥐어야 했고, 마비된 왼손으로는 대문을 열 수가 없었다. 아무리 애를 써도 문은 열리지 않았다.

아버지는 지팡이로 대문을 탕탕 내리치며 울면서 악다구니를 질렀다.

"니들 나 괴롭히려고 그러는 거지? 니들은 내가 안 나았으면 좋겠지? 그렇지?"

귀를 찢는 듯한 고함은 고장 난 트랙터에 어떻게 해서든 시동을 걸어 보려고 할 때 나는 소음 같았다. 급기야 이웃들까지 나타나 창문 밖에서 무슨 일인지 흘끔 쳐다보기 시작했다.

나는 홧김에 문 쪽으로 걸어가 잠긴 문을 열고 소리쳤다.

"나가세요, 나가시라고요! 아버지 붙잡을 사람 아무도 없으니까요!"

아버지는 아예 나를 쳐다보지도 않고 지팡이로 바닥을 더듬으며 조심스럽게 육중하고 둔한 체구를 이끌고 문 밖으로 나섰다. 하지만 아버지는 대문 밖으로 나서자마자 바람을 동반한 폭우에 낙엽이 쓸려 내려가듯 갓길 쪽으로 데굴데굴 굴러갔다. 바닥에 엎어진 아버지는 어떻게 해서든 일어서려고 애를 썼다. 나는 당장 달려가 아버지를 일으키려 했지만, 아버지는 여전히 화가 가시지 않았는지 내 손을 매몰차게 뿌리치며 끝까지 혼자서 기를 쓰다 결국엔 녹초가 되어 자리에 주저앉아 버렸다.

말없이 등 뒤로 걸어온 엄마는 아버지의 좌측을 자신의 체중으로 지탱하며 천천히 아버지를 일으켰다. 엄마는 아버지를 집 쪽으로 데려가려 했으나, 아버지는 거칠게 손을 뿌리치며 계속해서 앞으로 걸

아버지에게 보내는 작은 배

었다.

비바람은 세차게 불고 아버지는 몸을 절뚝거리며 걸어 나갔다. 그 모습이 마치 비에 젖은 아기 새처럼 작고 힘없어 보였다. 이웃들마저 밖으로 뛰쳐나와 아버지에게 돌아오라고 소리쳤지만, 아버지는 그 소리를 무시하고 꿋꿋이 앞으로 걸어갔다.

그러다 앞쪽 어느 한 집의 모퉁이에 이르렀을 즈음 바람이 세게 몰아쳤고, 아버지는 또 엎어져 쓰러졌다.

이웃들은 아버지를 도와주려 했지만 아버지는 그들의 손을 물리치며 일어서기를 포기했다. 그러고는 바닥에 엎어져 도마뱀처럼 손과 발을 사용해 앞으로 기어갔다.

결국 아버지는 제풀에 지쳐 혼자 힘으로 움직이지 못하는 지경까지 이르러서야 이웃들의 도움으로 집에 돌아올 수 있었다. 하지만 돌아와서 오후 4시가 조금 넘은 시각까지 휴식을 취하다 다시 지팡이를 짚고 밖으로 뛰쳐나갔다.

아버지는 그날만 무려 세 번이나 그 난리통을 부렸다.

다음 날에도 태풍은 여전히 불고 있었다. 아버지는 더는 바깥에 나가려 하지 않고, 입을 꽉 다문 채 아무 말도 하지 않았다. 심지어 침대에서 일어나려고도 하지 않았다. 침대에 누워 있는 아버지의 모습은 무기력하고 망연자실해 보였다.

아버지의 마음속에서는 어떤 무엇인가가 소리 없이 처참하게 박살나고 있는 중이었다. 그 소리는 귀에만 들리지 않을 뿐 여실히 느껴졌다. 그와 더불어 짠 내가 해수 증기처럼 집 안을 떠돌았다.

그렇게 몇 날 며칠을 아무 말도 하지 않고 지내던 아버지는 결국 나를 침대로 불러 말씀하셨다.

"나 좀 오토바이에 태워 해변에 바람 쐬러 가 줄 수 있겠니?"

그날 오후, 가족 모두가 힘을 합쳐 아버지를 오토바이에 앉힌 뒤 오토바이를 운전해야 하는 나와 떨어지지 않도록 헝겊으로 단단히 한데 묶었다.

가을 하늘의 빛깔이 소금처럼 새하얘서인지 바다가 유난히 아름다워 보였다. 나는 방파제를 따라 천천히 오토바이를 몰았다. 저 멀리서 고구마를 구어 먹는 아이도 보이고, 소년 몇 명이서 술을 마신 뒤 장난으로 술병을 깨부수는 광경도 보였다. 그리고 광주리를 어깨에 메고 호미를 손에 든 어민들이 하나둘씩 바다에 입수하려는 모습이 보였다.

아버지는 오토바이가 달리는 내내 아무 말씀도 없었다. 나는 나름 이야깃거리를 찾아 말을 꺼냈다.

"예전에 아버지가 형제로 삼았다던 사람이 이 해역에서 가장 영향력 있는 조직원이라 하지 않았어요? 저기 배 위에서 어떤 사람이 우리한테 손을 흔드는데, 예전에 아버지의 아우라던 사람 아니에요?"

아버지는 내 등 뒤에서 식물처럼 가만히 있기만 했다. 등 뒤에 누가 있는지도 느껴지지 않을 정도였다.

아버지는 집에 도착해서야 입을 뗐다.

"이제 됐다. 마음이 편안해졌어."

그 말은 아버지 스스로가 자신이 죽을 수도 있다는 사실을 받아들였음을 뜻했다.

장애는 아버지를 완전히 무너뜨렸다. 아버지는 사형장으로 끌려갈 날을 기다리는 전쟁 포로처럼 이미 자신의 운명을 받아들인 듯했다.

하지만 그러한 절망이 오히려 아버지를 많은 것들로부터 해방시켰다. 아버지는 더는 강한 척, 굳센 척하려 하지 않았다. 움직여지지 않는 자신의 팔 때문에 불쑥 통곡을 하기도 했다. 뿐만 아니라 더는 무엇인가를 규칙적으로 하려고 애쓰지 않았다. 매일 문 입구에 앉아 지나가는 누군가가 눈에 거슬리면 심한 욕을 퍼붓는가 하면, 이웃집 개가 아버지에게 부대끼면 성가시다는 듯 쫓아냈다. 또 어린아이들이 아버지가 걸어가는 길 앞을 막고 서 있으면 퉁명스럽게 지팡이로 툭툭 쳤다. 심지어 아버지는 아버지라는 존재가 반드시 갖춰야 할 모습마저 포기하고 응석받이 어린아이처럼 생떼를 쓰고 걸핏하면 짜증을 냈다.

내가 학교를 마치고 집에 돌아오는 오후 시간이면 우리 집 문 앞에 연세가 지긋한 어르신들 여럿이 아버지 주변을 둘러싸고 앉아 있는 광경을 종종 목격했다. 그들은 아버지가 들려주는 약간의 과장이 섞인 이야기를 들으며 눈물을 훔쳤다. 또한 이따금씩 이 집 저 집에서 우리 집을 찾아와 엄마와 내게 아버지가 자기네 집 아이와 또는 강아지와 싸운 이야기를 토로하고 가기도 했다.

마을 내에서 아버지의 이미지는 그야말로 처참하게 망가졌다. 누나와 내가 아버지를 부르는 호칭도 계속 바뀌었다. 우리는 '아버지'라는 호칭 대신 '둥글이'라는 애칭으로 가볍게 부르기 시작했다. 심지어 나중에는 갓 태어난 외손녀와도 동급시되었다. 당시 외손녀의 애칭은 민난어로 앙증맞고 둥글고 사랑스럽다는 의미의 '샤오리자이(小粒仔, 조막만 한 아이)'라고 불렸는데, 온 집안사람들은 아버지를 부를 때 '따리자이(大粒仔, 큼지막한 아이)'라고 불렀다.

의외로 아버지는 그 별명으로 불리는 것을 좋아했다. 물론 마을 어르신들을 모아 놓고 눈물샘을 자극하는 이야기를 나누거나 이웃집 개와 싸워 분란을 일으키는 일도 여전했다.

하지만 죽음의 사신은 빨리 오지 않았다. 죽는 날이 오기를 바라는 사람처럼 아버지는 말을 할 때 유독 유언의 느낌이 드는 말을 했다. 가령 "내가 없어지면 네 마누라는 네가 알아서 신중하게 잘 골라야 한다. 그리고 반드시 화장(火葬)해야 한다. 네가 어딜 가든 아버지가 함께 있다는 것을 기억해라."라는 식의 말을 했다. 또 몇 번이나 진지한 표정으로 한참을 생각하다 이렇게 이야기했다.

"내가 없어도 집은 남아 있겠네."

나는 아버지의 그런 행동이 병과 죽음에 대한 치기 어린 투정으로 보였다. 하지만 그런 말들은 나에게 상처가 됐다. 특히 "내가 없어도 집은 남아 있겠네."라고 하는 말은 내가 기어이 아버지에게 화를 내게 만들었다.

"그런 말씀하지 마세요."

나는 큰 소리로 으름장을 놓았다.

"사실을 말한 것뿐이야."

"어쨌든 앞으로는 그런 말씀하지 마세요."

아버지는 아무 대꾸도 하지 않았다. 그러고는 길을 지나가는 아무 나에게 상대가 자신의 말을 듣든 안 듣든 멋대로 지껄였다.

"내가 방금 우리 아들에게 내가 없어도 집은 남아 있을 거라고 하니, 이 녀석이 도리어 나에게 화를 내지 뭡니까. 내 말이 맞잖소?"

그러고는 뒤돌아 내가 또 발끈하며 윽박지를까 눈치를 보았다.

정말이지 처음에는 아이처럼 변해 가는 아버지가 어색하고 적응이 되지 않았다. 더군다나 너무나 별스럽게 애처럼 굴지 않는가. 툭하면 죽느니 사느니 하는 말을 입에 올려 내 마음을 아프게 했지만, 나 역시 그것이 아버지가 할 수 있는 최선의 생활 방식이라는 것을 알고 있었다.

기다리던 죽음의 사신은 계속 오지 않았다. 아버지는 갈수록 그 생활 방식을 즐겼다. 아버지 입에서 나오는 '죽음'이라는 단어는 더는 죽음이 아닌 기다려도 오지 않는 오랜 친구와 같은 존재로 서서히 변했다. 또한 아버지의 머릿속에서 '나는 이 세상을 떠날 사람이다.'라는 생각이 잊히기 시작했다. 가끔 아버지는 이런 말실수를 하곤 했다.

"아들아, 손자 이름은 내가 지으면 안 되겠니?"

그럼 나는 아버지를 놀릴 요량으로 이렇게 대꾸했다.

"왜요? 안 죽으시려고요?"

"죽을 거야!"

번뜩 정신이 든 아버지는 입을 삐쭉거리며 "빨리 죽던가 해야지." 라고 대꾸했다. 그러다 본의 아니게 마비된 왼쪽 입에서 침이 흘러 나왔다.

이 보기 드문 의학 지식은 아버지가 편찮으시고부터 알게 됐다. 겨울에 날씨가 추워지면 사람의 혈관은 수축하게 된다. 그래서 나이가 든 사람일수록 겨울에 더 피로감을 느낀다. 특히 아버지와 같은 중풍 환자에게 혈관 수축은 마비 증세가 더욱 악화될 수 있음을 뜻한다.

지난해 겨울부터 아버지는 갈수록 걷는 것도 불편해하셨다. 몇 차례 왼발이 말을 안 들어 그대로 바닥에 고꾸라져 엎어지기도 했다. 넘어지면서 머리가 깨져 피가 나기라도 하면 몸에 어혈이 생겼다. 나는 결국 우리 집의 가장으로서 이번 겨울에는 집 안에서 어떤 사고도 치지 않고 잠자코 있을 것을 명령했다. 아버지는 내 말에 그러겠다고 답했다. 그러고는 아이처럼 눈을 깜박거리며 내게 물었다.

"네 말을 들으면 아버지가 제일 좋아하는 오리 수육 사다 줄 수 있어?"

민난의 겨울이 언제부터 이렇게 뼈가 시릴 정도로 추워졌는지 도무지 모르겠다. 나는 종종 혼자 서서 바람을 맞으며 바람이 머리 두피를 스칠 때 오그라드는 느낌을 즐겼다. 그러고는 황급히 아버지 머리에 모자를 씌워 드리고 외투를 여며 드렸다. 원래도 몸집이 있는 아버지

아버지에게 보내는 작은 배

는 바리바리 껴입은 옷 때문에 본의 아니게 차림새가 거대한 완자를 연상케 했는데, 아버지 본인도 자신의 그런 모습에 웃음을 터뜨렸다. 그 순간만큼은 정말 아버지가 '큼지막한 아이'가 된 느낌이 들었다.

하지만 아버지는 그해 겨울 돌연 쓰러졌다. 식사를 절반정도 드셨을 즈음 아버지는 갑자기 머리를 부여잡고 조금 어지럽다고 말하더니, 두 눈이 뒤집히고 입에서 흰 거품을 내뿜었다.

놀란 엄마는 황급히 인중혈을 누르며 누나에게 따뜻한 물을 가져오도록 시켰다. 나는 서둘러 병원으로 달려가 도움을 청했다.

"진짜 죽는 줄 알았네. 아휴, 정말 죽었으면 조금 섭섭할 뻔했어."

정신을 차린 아버지는 이렇게 말했다.

"그럼 죽지 마세요."

나는 아버지를 끌어안은 채 한참을 그러고 있었다.

좋은 소식이 있다면 아버지 역시 죽음을 두려워한다는 것이었다. 하지만 의사는 우리에게 나쁜 소식 하나를 전했다.

"나이가 들수록 아버님의 혈관은 계속 수축할 것입니다. 그렇게 되면 좌반신을 완전히 못 움직이게 되고, 심지어 앞으로 대소변 가리는 것도 어려워지실 겁니다."

그날 밤 엄마는 나를 붙잡고 조심스럽게 말을 꺼냈다.

"엄마가 헤아려 보니 아버지가 앞으로 5년은 누워서 살게 될 것 같아. 하지만 걱정하지 않아도 돼. 엄마가 책임지고 아버지를 보살필 거야."

그날 밤 엄마는 또 다른 셈까지 하고 있었다. 이를테면 만일 아버지가 여든까지 살 경우 매년 필요한 약값, 두 노인네들의 생활비 그리고 내 결혼 비용까지 말이다. 어쨌든 그 비용을 모두 감당하려면 아주 아주 많은 돈이 필요했다.

"걱정하지 마. 우리 모자는 전우나 다름없잖니. 설령 앞으로 네 아버지가 움직일 수 없다 해도 내가 네 아버지를 보살피면서 일하면 돼. 앞으로 5년 동안은 최대한 네 일에만 신경 쓰렴."

이건 우리 모자 간의 약속이었다.

아버지는 아이처럼 내가 멀리 가지 못하게 나를 붙들었지만, 이내 내가 직장을 구하러 베이징에 가는 것을 받아들였다. 나는 엄마와 한 약속대로 그 5년 동안 최대한 내 일에만 집중했다. 매년 두세 번 집에 가는 것이 전부였는데, 그마저도 집에 갈 때마다 일거리를 가져갔다. 그 때문에 집에 와도 아버지에게 잠깐 얼굴을 비추고 방에 틀어박혀 글을 쓰는 일이 잦았다. 아버지는 내가 보고 싶은 마음에 아침 일찍부터 아래층에서 내 이름을 연신 외쳐 댔다. 평소 원고를 새벽 대여섯 시까지 쓰던 나는 비몽사몽한 채로 일어나 아래층으로 내려가 신경질을 부리며 "저 좀 그만 부르세요!"라고 말했다. 그러고는 비틀거리며 방으로 돌아가 잠을 잤다. 하지만 다음 날에도 아버지는 어김없이 아침 댓바람부터 내 이름을 불렀다.

직장에서 일한 지 3년 정도 됐을 때 나는 그간 저축한 돈이 거의

10만 위안(약 3,441만 원)에 이르는 것을 보고 놀라움을 금치 못했다. 엄마에게는 그만한 돈이 모인 것에 대해 말하지 않았다. 그런데 내 마음속에서는 뜻밖의 사치스러운 생각이 일었다. 나는 그 돈으로 아버지를 미국에서 치료받게 할 생각을 했다. 들은 바에 의하면 그곳에는 사람의 뇌혈관에 넣을 수 있는 나노미터 크기의 기구가 있다고 한다. 그 기구라면 아버지의 뇌혈관을 막고 있는 그 판막을 꺼낼 수 있을지도 모른다는 생각이 들었다.

나는 매일 돈 한 푼도 철저하게 계산해서 썼으며, 저녁에는 늘 온라인 통장을 열어 조금씩 불어 가는 잔고를 확인하는 등 그야말로 구두쇠가 되어 갔다.

모든 것이 좋아지기 시작했다. 엄마는 내 계획을 모르고 있었지만 궁핍한 생활에서 벗어난 것만으로도 무척이나 만족해했다. 나는 속으로 몰래 이런 생각을 했다.

'3년 뒤에는 아버지의 왼쪽 반신을 고쳐 드릴 거야. 그러고 나면 우리 집에도 다시 활기가 돌겠지?'

비가 내리던 그날 오후, 길거리 텔레비전에서 한창 월드컵 개막식 카운트다운을 세는 방송이 나오고 있던 그때 불현듯 사촌 형에게서 전화가 왔다.

"통화 가능해?"

"가능하지, 그럼. 형은 월드컵 안 봐? 축구 좋아한다고 하지 않았어?"

"지금 축구 볼 상황이 아니야. 너한테 할 말이 있어. 약속해. 내가 어떤 말을 해도 놀라지 않을 거라고 말이야."

"무슨 이야기이길래 목소리가 이렇게 심각해?"

"약속할 수 있지?"

"응. 알겠어."

"아버지가 돌아가셨어. 오후 4시쯤 넘어서 너희 어머니가 집에 도착하고 보니 아버지께서 바닥에 쓰러져 정신을 잃으셨다더라. 다급하게 우리한테 연락을 하셔서 차를 타고 병원으로 모셔다 드렸어. 안타깝게도 가는 길에 이미 손 쓸 수 없는 상태가 되신 것 같아."

'이제 죽기 싫으신 것 아니셨어요?'

나는 속으로 아버지를 향해 절규했다.

'죽기 싫다고 하지 않으셨어요? 어떻게 약속을 저버리실 수 있으세요!'

베이징에서 비행기를 타고 샤먼에 도착한 뒤 다시 차를 갈아타고 집에 도착했을 땐 이미 저녁 11시가 넘은 시각이었다. 대청에 누워 있는 아버지는 여전히 피둥피둥 살이 쪄 있었고 얼굴은 인상을 잔뜩 쓴 표정을 짓고 있었다. 이웃집 너머로 월드컵 개막식 환호성이 들려왔다. 4년에 한 번 열리는 전 세계 축제에 열광하느라 그들은 모르겠지만, 그날 나는 내 삶에서 가장 중요한 사람과 헤어졌다.

나는 눈물이 나오지 않았다. 계속 아버지의 손만 잡고 있었다. 아버지의 손은 이미 싸늘해지고 경직돼 있었다. 나는 화를 참지 못하고 독설을 쏟아 냈다.

"아버지는 어떻게 끝까지 쓸모가 없으세요! 한 번 넘어졌다고 죽다니요! 이렇게 약속을 저버리는 법이 어디 있어요!"

그때 갑자기 아버지의 눈과 입가에서 피가 줄줄 흘러나왔다.

친지들은 화를 내는 나를 붙잡고 말렸다.

"사람은 죽었어도 영혼은 아직 육체에 남아 있어. 네가 이러니 아버지가 못 떠나시고 괴로움에 피눈물을 흘리시는 거야. 네 아버지, 일평생 충분히 할 만큼 하셨어. 아버지 그만 보내 드리자."

나는 놀라고 겁먹은 표정으로 멈추지 않고 계속 흘러나오는 피를 지켜보다 아이를 어르고 달래듯 말했다.

"아버지, 마음 놓고 편히 가세요. 저 원망 안 해요. 아버지가 많이 노력하셨다는 거 저 알아요……."

결국 나는 참지 못하고 목 놓아 울음을 터뜨렸다.

아버지를 화장한 다음 날 나는 꿈을 꿨다. 꿈속에 나타난 아버지는 불만 가득한 얼굴로 내게 '어째서 조막만 한 자동차만 태우고 오토바이는 안 보내 준 거야? 운전도 못하는 사람한테 말이야!'라고 말하며 투덜거렸다.

잠에서 깬 뒤 나는 그 이야기를 엄마한테 했다. 신기하게도 엄마도 아버지 꿈을 꿨다고 했다. 엄마는 꿈속에서 아버지가 오토바이를 타고 해변을 달려야 하니 서둘러 오토바이를 보내라며 재촉했다고 말했다.

엄마는 웃으며 이렇게 말했다.

"네 아버지, 참 귀여운 구석이 있어."

중중 환자실에서 보낸 크리스마스

내 기억 속의 그 기다란 복도 바닥에는 대리석이 깔려 있었고, 아무리 사뿐사뿐 걸어도 발소리가 복도 위를 휘감고 울려 퍼졌다. 복도를 오갈 때면 메아리로 퍼져 나갔다 돌아오는 소리들이 중첩되어 귀에 들렸다. 차가운 느낌을 주는 조명은 흔들리지 않고 얌전하게 천장에 달려 있었다. 그래서일까 나는 그 복도가 더 길고 멀게 느껴졌다.

각 병실 문에는 심혈관, 신경외과 등 그들이 이곳에 모여 있는 이유가 적혀져 있다. 이곳에서는 모든 것이 질병에 의해 결정된다. 이곳의 규칙을 정하는 근거도 질병이요, 이곳에서의 신분을 구분하는 근거 역시 질병이다.

어디서 무엇을 하던 사람인지는 이곳에서 중요하지 않다. 방금 전까지 행사장에 있었든, 모내기를 하다 밭에서 쉬고 있었든 정신을 잃고 다시 눈을 떴을 때는 모두 이곳에 모여 있다.

병은 장소를 가리지 않고 그들을 찾아낸다. 그들은 본래 각기 다른 삶을 살고 있는 사람들이지만, 병은 그들이 갖고 있는 공통점을 한눈에 찾아내어 그들을 모두 이 공간에 가둔다.

흰색 침대 시트에, 흰색 커튼 레인에 걸려 있는 그들의 이름은 중요하지 않다. 그들에게 공통으로 부여된 신분은 '무슨 무슨 병 환자'다.

이곳에서는 사람과 사람 간의 관계도 재정립된다. 같은 병을 갖고 있는 사람끼리 옆자리에 배정받게 되고, 며칠을 그렇게 함께 지내다 보면 그들은 그 공간에서 가장 친한 사이가 된다.

그들끼리 나누는 이야깃거리는 단 하나, 현재 이곳에 와 있는 공통의 본질적인 이유다. 그들은 조심스럽게 각자에게 나타나는 병 증세의 세세한 차이를 주고받는다. 이를테면 "저는 네다섯 번 정도 호흡하고 나면 크게 한 번 숨을 들이켜야 해요. 그쪽은요?", "전 대략 여섯일곱 번 정도 평소처럼 호흡하고 나면 그렇더라고요.", "오늘 왼쪽 엄지발가락에 통증이 느껴졌어요.", "전 아직이요. 그래도 열류(熱流)가 서서히 거기까지 흐르는 느낌이 들긴 해요." 같은 대화를 주고받는다.

그들은 서서히 자신들의 육체를 엄습하는 병의 증세와 조금씩 나타나는 장애를 느끼게 된다. 그들 모두 이곳에서 영혼과 육체의 차이를 난생 처음 확연히 느끼며, 처음으로 자신의 감정과 영혼을 존중하듯 자신의 육체를 대하게 된다.

아버지에게 보내는 작은 배

나는 열여섯 살 때 아버지의 병 때문에 그곳에 갔었다.

그곳의 이름은 중증 환자실로, 병원 내 가장 꼭대기 층에 위치했다. 엘리베이터 문이 열리자마자 나오는 그 복도를 따라가면 가슴이 철렁 내려앉게 만드는 병명들이 차례로 눈에 들어온다. 각 질병마다 병실을 몇 개씩 차지하고 있는데, 병실 내 포로의 수가 곧 그 질병의 지배력을 의미한다. 병원의 맨 꼭대기 층에 도착해서야 나는 이곳의 비밀을 알게 됐다. 질병의 제국에서도 무력에 의한 통치가 이뤄지고 있으며, 그래서 가장 잔인하고 가장 피비린내가 많이 나는 질병들이 이 제국 안의 가장 높은 '고지(高地)'를 점령하고 있다는 사실을.

병원 1층에는 진료 안내 로비와 영안실이 있다. 마음만 먹으면 내쫓을 수 있는 질병과 이미 질병으로 인해 못쓰게 된 육체가 이웃처럼 이 공간에 공존하고 있듯, 이곳은 생과 사를 동시에 품고 있다. 이러한 풍경은 모두 무능한 질병들이 만들어 낸 작품이다. 왜냐하면 질병의 진짜 목적은 인간의 죽음이 아니라, 최대한 인간의 육체를 점유하여 자신의 질서로 그 육체를 통치하는 것이기 때문이다. 그렇기에 단순한 죽음과 단순한 상처 모두 질병의 제국 안에서는 가장 지위가 낮은 질병이라 할 수 있다.

나는 필요한 물품을 사러 자주 밖에 나가기도 하고, 또 답답한 병실에서 벗어나고픈 마음에 자주 외출을 하느라 거의 매일 병원 1층을 지나쳤다.

맨 위층에서 아래층으로 내려가는 경로는 두 가지로 나뉜다. 그중 하나는 아버지 병실 옆에 있는 엘리베이터를 타는 방법인데, 이 엘리베이터를 타면 곧장 병원 로비가 나오는 반면 엘리베이터 이용자가 너무 많아 거의 매 층마다 엘리베이터가 선다. 맨 꼭대기 층에서 엘리베이터를 타고 내려오게 되면 뇌과, 내과, 외과 등 여러 종류의 질병과를 지나치게 된다. 그리고 맨 아래층 도착과 함께 엘리베이터 문이 열리면서 시끄럽고 어수선한 소리와 마주하게 된다.

1층으로 내려가는 또 다른 방법은 병원 직원 전용 엘리베이터를 타는 것이다. 병원 직원 전용이기에 엘리베이터를 타는 사람 수는 매우 적었지만, 중증 환자실에 입원한 환자 가족들은 그 엘리베이터 사용이 가능하다는 불문의 규칙이 존재했다. 나는 직원 전용 엘리베이터에서 병원 직원을 마주칠 때마다 그들이 우리를 보는 눈빛에서 마치 자신의 전우를 보는 듯한 느낌을 받았다. 그렇게 느낀 이유는 그들과 우리가 모두 '죽음의 기운'을 직접 느끼고 경험하는 사람이라는 공통분모가 존재했기 때문이다.

직원 전용 엘리베이터는 병원 내에서 가장 으슥하고 후미진 동남쪽 구석에 위치했기 때문에 그것을 타려면 복도 끝까지 걸어가야 했다. 복도를 따라 걷다 보면 여러 병실을 차례로 스치게 된다. 나는 그 복도를 따라 걷는 것이 가장 두려웠다. 각 병실을 지나칠 때마다 그곳에 원래 있던 사람이 있는지 없는지를 확인하려 드는 내 습관 때문에 그랬다. 그러다 보면 본의 아니게 누군가 사라지게 된 사실을 발견하기도 했다.

나는 그 순간에 느껴지는 그 감정이 너무 싫었다. 과거 기억 속에서는 아주 평탄한 길이었는데 느닷없이 어느 움푹 파인 곳을 밟자마자 발이 푹 빠지는 것처럼, 내 마음이 나락으로 떨어지는 기분이 들었다.

그래서 나는 줄곧 1층 로비로 통하는 엘리베이터를 이용했다. 비록 로비를 지나가는 동안 북적이는 인파, 시끌벅적한 소리, 축축한 땀 냄새를 겪어야 하지만 난 그런 세상의 냄새를 맡는 것을 즐겼다. 심지어 가끔은 시끌벅적한 소리가 합쳐져 어떤 음악적 기교로 들렸다. 또한 여러 농도의 땀 냄새는 나의 감각에 다채로운 자극을 주었다. 엘리베이터의 문이 열리는 동시에 마주하게 되는 그 소리와 냄새는 나를 마구 흥분시켰다. 그리고 내가 찾고자 하는 것이 어느 악곡인지, 어느 부위의 감각 기관에 자극을 받았는지 가늠하려 했다. 나는 이것이 세상을 사는 즐거움이라고 생각한다.

나는 금방 이곳의 다른 아이들을 파악했다. 물론 누가 있다는 정도만 아는 것이지 그 상대와 알고 지낸 것은 아니다.

서로를 서먹하게 대할 수밖에 없게 만드는 것, 처음부터 좋은 친구 사이가 될 수 없게 만드는 것, 그것은 바로 나를 훤히 들여다보고 있는 듯한 상대의 '눈빛'이다. 이곳 아이들은 모두 그런 눈빛을 갖고 있다. 상대가 나를 쳐다보고 있으면 마치 내 마음 속을 들여다보고 있는 듯한 기분이 들었다. 나는 그들의 그런 눈빛이 실은 슬픔으로 가득 찬, 눈물로 씻긴 눈빛이라는 것을 안다. 왜냐하면 그러한 눈빛이 내게도 있기 때문이다.

그런 눈빛을 갖고 있는 사람과 대화를 하면 마음이 힘들어지고, 흔한 농담도 하면 안 될 것 같은 생각이 든다. 가벼운 이야기도 무거운 눈빛을 가진 사람 앞에서 꺼내면 괜히 멋쩍은 느낌이 드는 것처럼 말이다. 결국 마음을 터놓고 나누고 싶다가도, 언제나 그것이 우리를 가장 지치고 피곤하게 만들었다. 그래서 처음 한 번 대화를 나누고 나면 그 뒤로 더는 말을 주고받지 않게 되었으며, 내가 상대를 발견해도 상대는 나를 피했다.

우리가 서로 가까워질 수 없었던 이유가 또 있다면, 그건 우리가 '아픈 부모님을 둔 자녀'라는 같은 처지였기에 서로가 무엇을 숨기고 있는지 잘 알고 있다는 사실이다. 지금 상대의 마음이 얼마나 슬프고 괴로울지, 나와 웃고 떠드는 순간에도 상대는 힘든 것을 잊으려고 애쓰고 있다는 것을 우리는 서로 알고 있었다. 또 우리는 잠깐이나마 웃으며 괴로움을 잊고자 한 것도 돌아서면 죄스럽게 느껴졌다.

애써 잊으려고 웃고 떠들면서도 다시 스멀스멀 기어 나오는 죄책감을 감추고자 또 얼마나 애를 쓰고 있을지 말이다.

그래서 나는 일찌감치 이곳에서 또래 친구를 사귀는 것을 포기했다.

나는 새로 온 아이들이 내가 그어 놓은 선을 넘고 나와 가까워지려 할 때면 그들이 놀라 도망갈 때까지 아주 차갑게 그들을 쳐다봤다.

한편 아버지의 병 수발을 하는 것 외에도 내가 감내해야 할 일이 또 있었다.

이곳에서 자칫 긴장이 풀어져 마음의 여유를 부리기라도 하면 얼마 못 가 마음이 슬픔과 설움으로 가득 차게 된다. 그 슬픔과 설움은 우리를 가장 손쉽게 괴롭힐 수 있는 질병의 용병이다.

가령 아버지의 수액 병을 바꿀 때 주사를 놓을 자리가 보이지 않을 정도로 주사 바늘 자국이 가득한 아버지의 손을 보고 있노라면 슬픔이 밀려왔다. 또한 의사는 종종 두 종류의 약을 들고 와 내게 둘 중 하나를 선택하라고 했다. 그중 하나는 수입 약인데 가격이 비싸고, 나머지 하나는 가격이 저렴한 국산 약이었다. 의사가 내게 어느 것을 선택할지 물으면 나는 수입 약의 가격을 묻고는 한참을 망설였다. 그러고는 다시 물었다.

"국산 약은 부작용이 있나요?"

"네, 약을 복용한 뒤 통증이 나타날 수 있어요. 수입 약은 그렇지 않고요."

나는 결국 남아 있는 돈과 앞으로 할 입원 기간을 따져 본 뒤 결정을 내렸다.

"그냥 국산 약으로 할게요."

그러고 나면 밤새 고통스러워하는 아버지를 보며 잠을 이루지 못했다.

가끔씩 옆 침대 환자 가족이 "돈이 좀 들어도 아버지한테 좋은 걸로 해 드려요."라고 나를 책망할 때면 나는 그저 쓸쓸하게 웃기만 했다.

처음부터 나는 아예 몇몇 환자하고만 친구가 되었다. 환자의 가족 대부분이 안색이 어둡고 근심이 가득해 보인다면, 그에 비해 환자들은 의외로 당차고 밝은 모습을 보였다. 병실 안 환자들은 저마다 작은 태양이었다. 물론 그 대가로 그들은 얼마 남지 않은 자신의 생명을 불태워야 했다.

나는 다른 병실의 장저우(漳州, 푸젠성 남부의 상업 도시)에서 온 아저씨를 유난히 좋아했다. 까무잡잡한 피부와 삐쩍 마른 몸을 가진 아저씨는 늘 지난 일을 농담조로 입에 올렸다. 그는 심장병 환자였기에 말을 하는 도중 간혹 숨을 헐떡였는데, 그것 말고는 정말 건강한 사람처럼 보였다.

밥 한 그릇을 못 비우던 그 아저씨는 웃으면서 "그해 내가 선을 보러 나가서 단숨에 밥 네 그릇을 먹어 치워 장모님이 놀라 기겁을 했지 뭐냐. 뭐 그 덕분에 안심하고 마누라를 나한테 시집 보내셨지."라고 지난 일을 추억했다. 아저씨를 부축해 화장실로 데려가면 혼자 화장실 칸 안으로 들어가서는 반나절을 쩔쩔매며 오줌 한줄기를 누지 못하셨다. 아저씨는 문 밖에 있는 내 귀에도 들리도록 큰 소리로 떠들어 댔다.

"어째 요 꼬추 녀석이 오줌을 시원하게 못 갈기고 찔끔찔끔 울기만 하네."

아저씨는 심지어 간호사까지 놀렸다. 좀 꾸미고 온 간호사에게는 짓궂게 웃으며 "저녁에 우리 데이트 할까요?"라고 놀렸다.

아버지에게 보내는 작은 배

아저씨의 친척들은 그런 아저씨에게 늙은 사람이 주책을 떤다며 핀잔을 주면서도 피식 웃었다. 뒷날 온 병원 사람들은 그를 늙어도 죽지 않는다는 뜻을 지닌 '노불사(老不死)'라고 불렀다.

"노불사 형씨, 이리 와서 재미있는 얘기 좀 해 봐!"

아저씨가 사과를 베어 물어 먹느라 대답할 틈이 없을지라면 "노불사 형씨 죽었어?"라고 소리쳤다. 그러면 아저씨는 큰 소리로 대답했다.

"이 몸 여기 아직 살아 있어! 노불사 아직 안 죽었다고!"

아버지는 내가 걸핏하면 그 아저씨를 찾아가는 것을 몹시 질투했다. 아버지는 나와 농담을 나누고 싶은 마음에 나름 기력을 차리려고 노력했다. 심지어 아버지 본인의 연애 이야기며, 낯간지러운 이야기까지 자발적으로 줄줄 읊었다. 그래도 나는 하루가 멀다 하고 옆 병실을 드나들었다. 그러고는 장저우 아저씨를 본보기로 삼아 아버지를 훈계했다.

"아버지 보세요, 사람이 마음이 즐거우니까 아픈 것도 금방 낫잖아요."

아버지는 결국 경쟁을 포기했다. 대신에 장저우 아저씨와는 죽어도 말을 섞으려 하지 않았다.

나는 매일 저녁 무렵이 되면 2층 식당에서 밥을 사 왔다. 나는 여느 때처럼 죽 3인분, 고기 1인분, 야채 1인분을 포장한 다음, 또 여느 때처럼 밥을 사러 온 김에 장저우 아저씨에게도 삼겹살 간장 조림을 사다 줄까 고민했다. 왜냐하면 의사가 아저씨에게 그 음식을 먹지 말라고 하고 그의 친지들도 사다 주지 않으니, 늘 내게 몰래 사다 달라고 부탁했기 때문이다.

나는 엘리베이터를 타고 올라와 먼저 장저우 아저씨의 병실에 들른 다음 아버지 병실로 갔다. 그런데 내가 갔을 때 아저씨 병실은 텅비어 있었다. 나는 아저씨네 가족끼리 식사하러 나갔나 보다 생각했다. 그러고는 아버지 병실로 돌아와서는 탁자 위에 사 온 음식을 꺼내놓고 아버지와 엄마와 함께 음식을 먹으면서 대수롭지 않게 물었다.

"장저우 아저씨가 병실에 안 계시던데 가족끼리 외식하러 나갔나 봐요. 무슨 좋은 일이라도 있으신가? 글쎄 저만 쏙 빼놓고 가셨더라고요."

"그 사람 떠났어."

엄마는 담담한 목소리로 말하면서도 눈은 나를 처다보지 않았다.

나는 한 마디 말도 없이 밥을 다 먹고서 혼자 병원 옥상으로 올라가 노을을 바라보았다. 그곳에서 나는 중증 환자실의 그 어떤 환자와도 친구가 되지 않겠노라 다짐했다. 그런 다음 조용히 아버지 병실로 돌아와 간이침대를 펼친 뒤 편안한 자세로 몸을 뉘었다. 겉으로는 조금도 슬프지 않은 척, 아무렇지 않은 척하며.

청소 일을 하는 왕씨 아주머니는 병원에서 가장 인기가 많은 사람이었다. 병원에서 일하는 아주머니 대부분은 시골 출신으로 겉모습에서도 촌티가 물씬 풍겼다. 왕씨 아주머니는 말할 때 목청이 쩌렁쩌렁울렸으며 일도 매우 빠릿하고 노련하게 했다.

그렇다고 왕씨 아주머니가 마냥 좋은 사람은 아니었다. 그녀는 실

아버지에게 보내는 작은 배

리를 따져서 상대에게서 자신이 얻을 것이 없으면 청소를 해 주면서도 말끝마다 욕지거리를 내뱉었다. 어떨 때는 아예 청소해 주는 것을 잊어버린 척하기도 했다. 게다가 아주머니는 말도 참 인색하게 했다. 가끔 새로 온 아이들이 복도에서 신이나 떠들며 그녀의 일을 방해하기라도 하면 빗자루를 내팽개치며 큰소리로 "아니, 대체 뉘 집 자식이 이렇게 철딱서니가 없어! 제 가족은 생사를 넘나들고 있는데 여기서 웃고 떠들 기분이 들어?"라고 호통을 쳤다.

그녀의 호통에 아이는 울음을 터뜨리고, 그 울음소리는 복도를 따라 울려 퍼졌다. 조금 있다 어른 한 사람이 나와 도둑이 제 발 저리듯 아이를 안고 사라졌다. 그러고 나면 멀리서 훌쩍이며 우는 소리가 어슴푸레 들려왔다.

사실 사람들이 그녀를 좋아하는 근본적인 이유는 그녀가 이 좁은 중증 환자실에서 마음 놓고 편하게 사귈 수 있는 유일한 사람이기 때문이다. 이곳에서 질병과 가장 상관이 없는 사람은 오직 그녀뿐이기에 그녀 앞에서는 일부러 슬픔을 감추지 않아도 되고 또 그녀가 갑자기 사라진다 해도 있는 그대로 받아들일 수 있기 때문이다. 그런 점에서는 그녀의 고약한 성격이 장점으로 작용했다. 왜냐하면 사람들과 깊게 정이 들 일이 없기 때문이다.

내가 본 많은 가족들은 중증 환자실을 떠나면서 가능한 한 이곳에서의 모든 기억을 묻어 버리고 도망치듯이 떠났다. 그들 중 이곳에 돌아온 사람은 단 한 번도 보지 못했다. 나는 이곳에서 보내는 시간이 그저 한낱 꿈처럼 느껴졌다.

나는 왕씨 아주머니의 속물적이고 인정머리 없는 행동을 이해해 보려고 했다. 한때 그녀도 여러 환자와 친근하게 지냈을 테지만, 환자가 하나둘씩 떠나면서 그녀도 서서히 자신을 보호하는 법을 배우게 된 것이 아닐까 싶다. 병원 안에서는 그녀와 속마음을 보일 정도로 가깝게 지냈을지 몰라도, 병원 밖에서까지 그녀를 만나고 싶어 하는 환자 가족은 없기 때문이다.

그녀의 행동을 이해하고 나니 나는 돌연 그녀가 더 친근하게 느껴졌다.

나는 그녀의 무엇이 사람들을 즐겁게 만드는지 찾아내려 노력했다. 가령 그녀는 병원 내 각 층에서 일어나는 사건 소식을 전했다.

4층 정형외과의 왕씨 성의 어떤 이가 화장실에 볼일을 보러 갔다 넘어져서 나머지 다리 한쪽까지 부러졌는데, 현재 두 다리가 침대에 V자형으로 매달려 있다고 했다. 또 2층 산부인과에서는 샴쌍둥이가 태어나 아이 부모는 울고불고 난리도 아니었고, 의사들은 어떻게 두 아이를 분리할지 논의 중이라 했다. 그녀는 "내가 청소하는 틈을 타 몰래 슬쩍 봤는데 정말 사당에서 모시는 신령이랑 닮았더라고."라고 음흉한 표정을 지으며 말했다.

그 소식은 벼룩처럼 내 마음을 파고들었다. 나뿐만 아니라 병원 내 전 층 사람들이 몇 날 며칠을 그 이야기만 하며 앞으로 그들 부부의 미래가 어떻게 될지 상상의 나래를 펼쳤다. 파란만장한 스토리가 전

개되는 연속극에서 하나둘씩 비밀이 벗겨지듯 그녀는 그들 부부의 소식을 계속 전했다.

어떤 날은 그녀가 아침 댓바람부터 와서는 알고 보니 그 쌍둥이가 남자 쌍둥이였다며 성별을 알리자, 사람들은 일제히 탄식 소리를 내며 "아이고, 안타까워라. 처음에 남자 쌍둥이 가졌다고 엄청 기뻐했을 텐데 말야."라고 말했다.

아주머니는 오후에도 와 의사가 톱으로 절단하는 쪽으로 가닥을 잡고 지금 구체적인 방법을 논의 중이라는 소식을 전했다. 그러자 병실 안이 한참을 술렁였다. 사람들은 그날 저녁 내내 각자의 수술 경험 담을 늘어놓으며 절단 방법에 대해 열띤 토론을 벌였다.

다음 날, 사람들은 눈이 빠지게 아주머니가 오기만을 기다렸다. 드디어 아주머니의 입을 통해 쌍둥이의 최종 운명을 듣게 되었다.

"안타깝게도 심장이 하나래."

그러자 모두 술렁이기 시작했다.

"이를 어째, 밥 먹는 것도 잠자는 것도 평생을 둘이 같이 해야 하는 거잖아."

병원 2층에서 규모가 제법 큰 또 다른 진료과는 바로 산부인과다. 나는 밥 심부름을 갈 때마다 그곳에 들러 구경하는 것을 좋아했다. 병원 내 간호사들 대부분이 나를 알았기 때문에 다른 병동의 사람들도 다들 내게 놀다 가라고 했다. 아마도 중증 환자실 환자 가족의 특권이 아니었을까 싶다. 하지만 산부인과 직원들은 늘 나의 출입을 가로막았다. 혹여 사람 몸에 있는 병균이 신생아에게 옮을까 우려하여 그런 것 같다.

산부인과 이야기는 중증 환자실 사람들 사이에서 가장 인기가 좋았다. 어떤 아기가 인상을 찌푸렸다 웃었다는 이야기에도 사람들은 격하게 반응하며 좋아했다. 중증 환자실 층 사람들에게 그곳은 이 병원 안의 '휴양지'나 마찬가지였다. 나와 같은 층에 머무는 다른 아이들도 유독 산부인과에 가 보고 싶어 했다. 그들은 산부인과 층 간호사들의 포위망을 뚫고 들어갈 온갖 방법을 연구했다.

어떤 녀석은 식사를 배달하러 온 것으로 가장했으며, 어떤 녀석은 방금 막 약을 사서 돌아온 척 행동했다. 또 어떤 녀석은 모자를 눌러 쓰고 마스크까지 낀 채 변장을 감행했다. 그러나 결국 모두 간호사에게 발각되어 내쫓겼다.

나는 한참 동안 입이 닳도록 설득한 뒤에야 왕씨 아주머니에게 나를 산부인과에 데려가 주겠다는 약속을 받아 냈다. 단 조건이 하나 있었다. 아주머니는 자신의 아이들에게도 보여주고 싶다며 내가 보고 있는 문제집 몇 권을 달라고 했다.

나는 물통을 들고서 왕씨 아주머니를 따라 나섰다. 아주머니는 땀 냄새를 풀풀 풍기며 걸음을 옮길 때마다 숨을 헐떡였다. 드디어 고지가 눈앞에 다가왔다. 맞은편 문에는 당직 간호사 두 명이 미심쩍은 표정으로 그녀와 나를 쳐다봤다.

왕씨 아주머니가 말했다.

아버지에게 보내는 작은 배

"오늘 내가 몸이 좀 힘들었는데, 요 녀석이 자발적으로 돕겠다고 하지 뭐예요. 정말 기특하죠?"

한 간호사가 잠시 망설이다 간호사들이 입는 파란 외투를 내 몸에 걸쳐 주었다. 그러더니 다시 날 불러 세워 "가능한 한 먼저 소독실에서 소독부터 하도록 해."라고 말했다.

차별 대우를 받을 것이라 짐작은 했지만 그날 나는 짐작이 사실이었음을 확실히 알게 됐다. 나는 외투를 벗어 던지고 중증 환자실로 되돌아갔다.

나는 아주머니가 말한 그 샴쌍둥이가 더는 보고 싶지 않았다. 하지만 그녀는 여전히 하루가 멀다 하고 생중계로 떠들었다. 그렇게 일주일이 흐른 뒤 어찌 된 일인지 아주머니는 사람들이 아무리 캐물어도 입을 열지 않았다.

그제야 사람들 모두 아주머니가 말을 하지 않으려는 이유를 눈치챘다. 우리 모두에게도 익숙하고 친근한 그분이 그 아이들을 데려갔음을 말이다.

그분의 이름은 이곳 사람들 누구도 입에 올리고 싶어 하지 않았다. 누구라도 언제든 그분이 데려갈 수 있기 때문이다.

나는 수간호사와 새로 들어온 그 의사의 눈빛을 통해 그 둘 사이에 무슨 일이 생겼음을 직감했다.

수간호사도 젊었을 적에는 분명 부드러운 인상과 갸름한 얼굴, 웃을 때는 보조개가 들어가는 예쁜 소녀였을 것이다. 하지만 내가 그녀를 처음 알게 된 날부터 지금까지 그녀는 늘 얼음장처럼 차가운 표정을 지었으며 말할 때도 목소리 톤에 변화가 없었다.

건물 각층의 중간에는 간호사가 업무를 보는 공간이 있었다. 사람 키의 절반 정도쯤 되는 높이인 칵테일 바를 연상케 하는 안내 데스크는 병실과 그녀들의 공간을 분리해 주는 역할을 했다. 안내데스크 바로 옆에는 방이 하나 있었는데 우리는 그곳을 '귀빈실'이라고 불렀다. 평소 귀빈실 문은 계속 닫혀 있었다. 그곳은 몇몇 의사만이 들락날락할 수 있는 방이었다.

귀빈실 안이 어떻게 생겼는지에 관해 떠도는 정보가 얼마 없었는지라, 이곳 역시 중증 환자실 층 사람들의 입에 자주 오르는 화두였다. 소문에 따르면 귀빈실 안에는 유럽풍의 느낌이 나는 의자가 있고, 바닥에는 카펫이 깔려 있으며 탁구대도 있다고 했다.

환자 보호자 누구나 언젠가는 그곳에 들어가야 했다. 그곳에 들어간다는 것은 곧 환자 당사자가 생사의 갈림길에 직면하여 수술을 해야 하는 상황에 이르렀음을 의미했다.

귀빈실에 들어가기까지 과정은 대략 다음과 같다. 보통 전날 밤 수간호사가 웃으며 통지서를 건네주며 "저녁에 의사 선생님이 보호자분을 사무실로 부르실 거니까, 같이 꼭 동행하셔야 하는 분을 잊지 마시고 데려오세요."라고 말했다. 그리고 저녁 8시가 되면 수간호사가 각각의 병실 문을 차례로 두들긴 뒤, 한 가족씩 따로따로 귀빈실로 데

아버지에게 보내는 작은 배

려갔다.

귀빈실 문을 밀고 환자 보호자들이 그 안으로 들어가면 문은 그대로 닫혔다. 그리고 다음 날 아침이 되면 환자는 수술실에 들어가게 되고, 그 뒤로는 볼 수가 없었다. 만일 수술이 성공했다면 응급 상황을 대비해 회복실로 보내져 일정 시간 몸을 조리한 다음 다시 아래층의 각 분야별 회복실로 옮겨지거나 혹은 그대로 퇴원하게 된다. 하지만 만일 수술이 실패한다면 그들 중 누구도 다시 이곳으로 돌아오지 않았다.

한편 중증 환자실의 사람들은 수간호사와 그 젊은 의사의 연애를 조마조마하게 지켜봐야 했다. 사실 이곳 사람들에게 있어 연애는 그저 극단적인 감정에 불과했다. 왜냐하면 기분이 매우 좋다는 것은 또 다른 의미로 기분이 매우 언짢은 날도 생길 수 있다는 사실을 뜻하기 때문이다. 가령 수간호사의 얼굴에서 조금이라도 언짢은 기색이 느껴진다면 그날은 주사를 맞을 때 평소보다 더 아프다거나 혹은 자질구레한 일을 처리해야 할 때 좀 더 귀찮아질 수 있음을 각오해야 했다. 물론 그 두 사람 모두 맡은 일에 최선을 다하기는 했지만, 상대적으로 약자인 환자와 환자 가족 입장에서는 그들 얼굴에서 나타나는 작은 표정 변화에도 심장 박동이 오르락내리락했다.

내 경우에는 특히나 긴장할 수밖에 없었다. 하필 그 젊은 의사가 심혈관과 의사였던 것이다. 앞으로 있을 수술에서 그가 아버지의 생사를 좌지우지할지도 모를 일이 아닌가.

어쨌든 그 두 사람의 애정 전선에 우리 중증 환자실 전 층 사람들의 안전이 달려 있었다. 따라서 모두 쉬쉬하며 두 사람 연애의 진척 상황을 지켜본 뒤 다 같이 모여 앞으로 어떻게 대처할 것인가를 결정했다.

처음에는 두 사람이 헤어지도록 분위기를 조장하자는 의견이 나왔다. 그래서 수간호사가 주사를 놓을 때 "어떤 어떤 의사랑 다른 층의 간호사가 같이 나가는 것 같던데?", "어머, 정말?"이라며 말을 일부러 흘렸다. 역시나 주사 바늘이 혈관에 제대로 들어가지 않아 주사를 맞은 환자는 따끔한 통증 때문에 "아야!" 하고 소리를 칠 수밖에 없었다.

또 어떤 사람이 그 젊은 의사에게 돈이 많고 예쁜 여자를 소개해 주려 하자 그 이야기를 들은 수간호사가 병실에 쳐들어와 손을 허리에 짚은 채 잔뜩 성난 목소리로 "다들 아주 한가하신가 봐요?"라고 소리쳤다. 그러면 모두 쥐 죽은 듯이 조용해졌다.

그날 이후부터는 일체 그 두 사람의 연애가 안정적인 방향으로 흘러갈 수 있는 방법에만 집중했다. 가령 갑은 수간호사가 무엇을 필요로 하는지 알아보고, 을은 그 의사에게 그것을 구매하는 방법을 일러주었다. 또한 누구든 수간호사가 기분이 안 좋다는 소식이 들리면, 그녀가 무엇 때문에 기분이 나쁜 것인지 입을 열게 만든 다음, 다 함께 모여 그녀의 기분을 풀어 줄 방법을 고민했다.

물론 나는 그들의 전략에 아주 적극적으로 동참하지는 않았다. 그저 수간호사를 볼 때마다 웃으면서 "누나, 오늘 정말 예뻐요."라고 말

아버지에게 보내는 작은 배

하는 정도였다. 또 무심코 의사들 앞에서 수간호사가 얼마나 친절하고 책임감 있는 사람인지 설명했다. 그리고 특히 이 대목에서는 목소리에 힘을 주어 강조했다.

"나중에 저도 그런 아내를 얻고 싶어요."

그러나 평소 화장실에서 그 의사를 마주칠 때마다 그는 지퍼를 올리며 언짢은 목소리로 "요 조막만 한 자식이 뭘 안다고. 다시 한번 아무 말이나 지껄이면 혼날 줄 알아."라고 윽박을 질렀다. 나는 그 앞에서 고개를 끄덕였지만, 앞으로도 계속 어른들이 시키는 대로 그녀와 마주칠 때마다 같은 말을 해야 하는 내 사정까지는 말할 수 없었다.

그렇게 나는 하루하루를 전전긍긍하며 보내면서도 그런 일상이 무척 즐겁기도 했다. 나는 서서히 의사가 아버지에게 자극성이 강한 약을 처방하는 횟수가 줄어드는 것을 발견했다. 의사는 우리 가족에게 매일 아버지를 모시고 재활 치료를 시작하라고 했고, 나는 우리가 귀빈실에 들어갈 날이 얼마 남지 않았음을 직감했다.

그날 밤 수간호사가 나와 엄마를 불렀다. 간호사실 안내 데스크 쪽으로 들어가자 마침내 그 말로만 듣던 귀빈실의 문이 열렸다. 귀빈실 안에는 널찍한 사무 책상과 함께 등받이가 있는 의자들이 놓여 있었다. 그 안에서 유일하게 반짝거리는 것은 푹신해 보이는 소파뿐이었다. 소파는 환자 보호자들의 긴장을 풀어 주기 위해 마련된 것이었다.

실망할 새도 없이 소파의 한쪽에 앉아 있던 주치의는 우리가 들어

온 것을 발견했고, 그는 환하게 웃으며 우리를 반겼다. 주치의는 악수할 때 특별히 힘주어 손을 잡았다. 그 순간 나는 그의 웃음, 그의 악수, 이 안의 소파가 모두 치밀하게 계산된 것이라는 생각이 들었다.

다른 의사들은 각자 주위에 흩어져 있었다. 역시나 수간호사와 연애 중인 그 젊은 의사도 아버지의 수술에 참여하는 의사들 중 한 사람이었다.

주치의는 어려운 의학 용어를 써 가며 설명했다. 당연히 엄마와 나는 한 마디도 알아듣지 못했다.

"선생님, 수술 성공률이 얼마나 되는지 말씀해 주실 수 있나요?"

엄마는 주치의에게 단도직입적으로 물었다.

"60% 정도입니다. 지금부터 발생할 가능성이 있는 위험 상황에 대해 말씀드리겠습니다. 환자 분의 수술은 심장을 통째로 꺼내야 하는 수술인데, 일단 심장 박동 조율기를 이식하여 심장 박동을 유지시킬 겁니다. 하지만 만약 중간에 혈압이 지나치게 낮아지면 치료가 불가능해집니다. 심장 박동 조율기 이식 뒤에는 판막을 절개해서 인공 판막을 삽입해야 하는데, 그 사이 작은 기포가 들어가게 되어도 치료가 불가능해집니다……."

엄마는 살짝 어지럼증을 호소하며 주치의가 하는 말을 계속 듣고 있기 힘들어했다.

하지만 그는 꿋꿋이 말을 이어 갔다.

"죄송합니다. 그렇지만 이것 또한 제가 해야 할 일이라서요."

아버지에게 보내는 작은 배

한 세기의 세월이 지나간 것처럼 느껴질 정도로 한참의 시간이 흐른 뒤 의사가 물었다.

"그럼 수술에 동의하시는지요? 만약 수술을 한다면 성공률은 60% 정도입니다. 만약 수술을 받지 않겠다고 한다면 환자 분은 올 겨울을 넘기기 어려우실 겁니다."

엄마는 넋이 나간 표정으로 고개를 돌려 날 쳐다봤다.

"네가 결정하렴. 네가 우리 집 가장이잖니."

"생각 좀 해 보고 말씀드려도 될까요?"

"네, 하지만 빨리 결정하셔야 합니다. 검사 상 환자 분이 수술을 미뤄서 몸 상태가 나빠지면 수술을 못 하게 될 수도 있습니다. 검사를 해서 환자 분의 몸 상태가 수술이 가능한 상태라면 모레 아침에 수술을 진행하겠습니다."

나는 귀빈실에서 나와 혼자 병원 옥상으로 올라갔다. 옥상 사방은 사람 키만 한 높이의 철조망이 쳐져 있었다. 아마도 세상을 등지려는 이들을 우려하여 그리 만들어 둔 것이 아닐까 싶다.

그런데 뜻밖에도 그곳에는 내 또래로 보이는 다른 소년이 있었다. 나는 그가 나보다 앞서 귀빈실에 들어갔던 사람임을 알아봤다. 보아하니 그 소년 또한 집안의 가장이 되어 중요한 결정을 내려야 하는 처지인 듯했다.

말하지 않아도 이런 상황에서는 서로가 침묵하는 것이 마땅했다. 그런데 뜻밖에도 그가 내게 말을 걸었다.

"내일이 크리스마스래요. 알고 있었어요?"

"그래요?"

나는 그제야 내일이 크리스마스라는 것을 알았다.

"저희 아버지는 계속 집에 가서 춘절(春節, 중국의 음력설)을 보내고 싶어 하세요. 새해에 고향 집에서 폭죽 터뜨리는 것이 너무 보고 싶다고 하시네요. 크리스마스 때 폭죽을 터뜨려도 될까요?"

"안 될 거예요."

그는 더는 말을 꺼내지 않았다. 우리 두 사람은 각자 어둠 속에서 가로등이 있는 도로변에 북적이는 인파를 바라보기만 했다.

나는 결국 수술 동의서에 서명을 했다. 엄마는 더는 나와 귀빈실에 들어가고 싶어 하지 않으셨다. 아마도 몸이 부들부들 떨릴까 봐 무서웠던 것 같다.

수술 동의서에 서명을 한 뒤 그 수간호사와 사귀는 젊은 의사가 내게 몇몇 가지 준비 사항을 일러 주었다. 그는 내게 내일 밤 아버지에게 그의 소망을 되도록 많이 상기시켜 살고 싶은 생각이 들도록 만들어야 한다고 말했다.

"사람이 살고자 하는 욕망이 커지면 살 확률도 높아져요. 환자 분의 생명은 환자 분 가족들에게 더 많이 달려 있어요."

그날 저녁에도 나는 밥 심부름을 갔다. 엄마는 내게 아버지가 가장 좋아하는 오리 수육을 사 오라고 했다. 비록 먹지는 못하겠지만 그래도 보면 좋아할 거라고 말했다. 하지만 나는 문득 오리 수육을 사 가

아버지에게 보내는 작은 배

면 안 되겠다는 생각이 들었다. 그래서 대신 아버지가 제일 싫어하는 생선 살코기와 야채를 사 갔다.

당연히 아버지는 심통을 부리며 밤새 내게 잔소리를 했다.

나는 아버지를 어르고 달래며 "모레 사 드릴게요. 한 마리 통째로요, 좋으시죠?"라고 말했다.

아버지는 수술 성공률이 어떻게 되는지 모르고 있었지만 내심 불안한 마음이 들었는지, 작정하고 내게 유언을 남겼다.

"앞으로 네 어머니를 잘 보살펴 드려야 한다. 알겠지?"

"제가 어떻게 엄마를 돌봐 드려요. 전 아직 어리잖아요."

아버지는 답답해하며 다시 한숨을 푹 쉬더니 "그런데 네 둘째 삼촌은 어째 코빼기도 안 보이냐? 네 둘째 삼촌한테 당부할 것들도 있으니 전화 좀 걸어야겠다."라고 말씀하셨다.

"둘째 백부님은 바쁘신 일이 있어서 가셨어요. 아버지하고 통화할 시간 없으실 거예요. 수술받고 나오신 뒤 그때 얘기하세요."

그러자 아버지는 나를 노려보며 말했다.

"이 녀석, 아픈 사람을 화나게 만들면 안 된다는 거 몰라?"

"제가 언제 화나게 했어요? 전 그냥 사실을 말씀드렸을 뿐이에요. 둘째 백부님이 모레 병원에 와서 아버지 옆에 온종일 계시겠다고 말씀하셨어요."

"귀여운 녀석."

아버지는 그 이상 이야기하지 않았다.

지금 내가 걸고 있는 도박의 결과가 어떻게 될지는 나도 모른다. 만약 내 선택이 틀려서 아버지가 이대로 영영 나를 떠난다면, 나는 오늘 밤의 대화를 평생 후회하며 자책하게 될 게 틀림없다.

복도에서는 한 아이가 오늘이 크리스마스라며 선물을 달라고 떼를 쓰고 있었다. 하지만 소란을 피우는 소리가 퍼지기는커녕 깊은 연못에 던져진 돌멩이처럼 순식간에 잠잠해졌다. 아마도 그 아이는 아직 잘 모를 것이다. 이곳에는 이곳만의 계절과 절기가 존재한다는 것을.

엄마는 가슴이 답답해 견디기 힘들었는지 창문을 열려고 창가 쪽으로 걸음을 옮겼다. 그런데 그 순간 갑자기 건물 아래에서 한 줄기 빛이 떠오르더니 흐릿흐릿한 야경을 스쳐 지나 계속해서 위로 솟구쳐 올랐다. 불빛은 내가 있는 층의 높이까지 올라오더니 순식간에 흩어져 형형색색의 빛으로 변했다. 폭죽이었다.

병실 안 사람 모두가 즐거워했다. 폭죽이니까!

폭죽이 터지면서 빛이 반짝였다. 고개를 돌려 보니 아버지도 웃고 있었다.

'다행이다. 폭죽이라도 볼 수 있어서.'

나는 그 폭죽을 터뜨린 사람이 누구인지 짐작이 갔다. 또한 그 순간 그가 얼마나 자신의 아버지를 사랑하는지 느껴졌다. 창문에서 고개를 내밀고 보니 보안 요원 세 명이 그를 에워싸고 있었다.

　　　　　　　　　　　　　　아버지에게 보내는 작은 배

아버지는 아침 9시 정각에 수술실로 들어갔다. 실은 둘째, 셋째 백부님과 사촌 형들은 이미 어제 저녁에 병원에 와 있었다. 백부님들과 사촌 형들 그리고 나는 수술실 문 입구를 지켰다.

우리는 식당에서나 볼 법한 플라스틱 의자에 나란히 앉았다. 하지만 의자가 너무 딱딱해서 다들 오래 앉아 있기 힘들어했다.

10시쯤 되었을 때 간호사 한 명이 다급히 뛰어 나왔다. 엄마는 그 모습을 보고 울음을 터뜨렸지만 우리 중 아무도 감히 무슨 일이 생긴 것인지 묻지 못했다.

조금 있다 의사들이 우르르 수술실 안으로 들어갔다. 둘째 백부님과 셋째 백부님은 금연 장소임에도 담배를 태우며 나를 한쪽으로 데려갔다. 하지만 말은 한 마디도 하지 않았다.

12시가 거의 다 되어 가는데도 수술실 안의 의사와 간호사는 나올 기미를 보이지 않았다. 대기실에서 기다리는 사람 모두 불안감과 초조함에 어쩔 줄 몰라 했다.

12시가 지났을 즈음에는 그 자리에 있는 사람 모두가 초침이 움직이는 소리를 들을 수 있을 정도로 적막했다. 사촌 형은 누구라도 붙잡고 상황을 알아보려 했지만 수술실 문은 굳게 닫혀 있었고 그곳을 드나드는 사람 또한 단 한 명도 없었다.

오후 1시가 넘자 간호사 한 명이 밖으로 나왔다. 하지만 그녀는 아무 말도 하지 않고 그냥 가 버렸다. 친지들이 울기 시작하면서 대기실은 울음바다가 되었다.

그러자 둘째, 셋째 백부님이 화를 내며 소리쳤다.

"울긴 뭘 울어! 의사 선생들은 바빠서 못 나오는 거겠지. 괜히 쓸데 없는 생각들 하지 마."

그런 뒤 셋째 백부님은 담배꽁초를 바닥에 '팍' 던지고서 조용한 구석으로 숨어들었다.

아버지가 중환자실 회복실로 옮겨진 뒤 나는 여기저기를 다 뒤져 봤지만 그 소년을 찾지 못했다.

"오늘 수술받은 환자 중에 회복실로 옮긴 다른 환자는 없나요?"

"없어요. 그쪽 아버지 밖에는."

담당 의사가 말했다.

나는 자꾸 생각이 나서 가만히 앉아 있을 수가 없었다. 다음 날 친 척들에게 다른 이유를 둘러대고 혼자 중증 환자실로 가 보았다. 중증 환자실의 환자와 그들의 가족은 나를 보자마자 기쁨을 감추지 못하 고 너도 나도 일일이 다가와 축하해 주었다. 하지만 나는 지금 그들의 호의를 받을 기분이 아니었다.

"저희 아버지와 같은 날 수술했던 그분 어떻게 되셨는지 아세요? 제 나이 또래의 아들이 한 명 있으신 분 말이에요."

"어제 아침 일찍 그 아이 아빠랑 네 아빠가 비슷한 시간에 나갔었 어. 근데 그 이후로 더는 못 봤어."

마침내 어느 한 사람이 내게 대답해 줬다.

나는 혼자 말없이 엘리베이터를 타고 아래층으로 내려갔다. 폭죽을 터뜨린 자리에는 옅은 회색빛의 재 가루가 아직 그대로 남아 있었다. 그 흔적은 며칠도 못 가 바람이 불면 모래에 묻혀 사라지게 될 것이다. 처음부터 아무 일도 일어난 적이 없었던 것처럼 비웃기라도 하듯.

나의 벗, 나의 신

아버지의 장례를 치르고 난 지 얼마 지나지 않아 엄마는 꿈을 꾸기 시작했다. 꿈속에 비친 아버지는 살아생전과 같이 반신마비 상태로 구부정하게 서 있다가 어느 강 맞은편에 앉아 편안한 얼굴로 엄마를 바라보았다고 했다.

아무 사건도 없는, 이 평온하기 그지없는 꿈을 엄마는 단순히 본인이 아버지를 그리워하여 꾸게 된 꿈으로 해석하지 않았다. 엄마는 확신에 찬 목소리로 뜬금없는 말을 꺼냈다.

"아무래도 네 아버지가 도와달라고 하시는 것 같아. 만약 네 아버지가 생전의 빚을 모두 청산하고 떠난 것이라면, 당연히 꿈에서는 생전의 가장 아름다웠던 모습으로 나타났어야 해. 그리고 망자가 가족

아버지에게 보내는 작은 배

들 꿈에 한 번 나타난 뒤에는 더는 꿈에서 보이지 않아야 해. 왜냐하
면 천당으로 간 영혼은 사람 꿈에 나타나지 않거든. 사람은 누구나 태
어날 때부터 원죄를 갖고 있기 때문에 그 죄를 다 씻어야 육체로부터
자유로워질 수 있어. 그러니 천당에 간 영혼은 사람 꿈에 나타나지 않
는 법이란다."

엄마의 꿈 해몽은 이러했다. 결국 엄마는 아버지를 도울 방법을 찾
아 나섰다.

이건 내가 시간이 한참 지나고 나서야 알게 된 사실인데, 어렸을
적 엄마는 귀신의 존재를 절대 믿지 않았다고 한다. 무녀의 딸로 태어
난 순간부터 이미 신의 선택을 받은 운명이었는데도 말이다.

엄마는 신중국(新中國, 지금의 중화인민공화국)이 세워진 지 얼마 되지
않았을 때 태어났다. 당시는 정치 이념을 강조하던 시대라 사당과 사
찰에도 온통 정치 표어가 붙어 있었다고 한다. 그러나 외할머니와 외
증조할머니는 매일같이 집 안에서 신에게 바치는 불로 그것들을 모
조리 태워 버렸다고 한다. 이러한 환경에서 엄마가 실리주의를 고집
하게끔 만든 것은 사실 그 어떤 정치 교육과도 무관했다. 이유는 단
하나, 배고픔 때문이었다. 신이 진정으로 자애롭다면 사는 것이 막막
한 그녀의 가족을 모른 척하지 않았으리라 생각했기 때문이다.

엄마에게는 위로 언니 한 명과 오빠 한 명, 아래로는 여동생 둘과
남동생 한 명이 있었다. 엄마의 형제들은 중국 정부가 출산을 장려하

던 시기에 차례로 태어났다. 당시 세계 각지의 상황과 마찬가지로 중국 정부도 이념 지도에만 몰두할 뿐 실질적으로 먹고사는 것은 개개인이 알아서 해결해야 했다. 엄마의 가족에게 부담을 지운 것은 이런 외적인 상황뿐 아니라 집 안에서도 존재했다. 그것은 바로 집 안 사당에서 반신불구의 몸으로 신을 모시는 자신의 엄마, 나의 외할머니였다. 엄마는 그 시절의 이야기를 무척이나 들려주고 싶어 하면서도 단한 번도 힘들었던 과거를 일부러 과장해서 말한 적이 없다. 그 시절 이야기를 꺼내는 엄마의 모습은 꽤나 태연했다. 엄마는 그 시절에 가난은 흔한 일이었기 때문에 집집마다 가난에서 벗어나기 위해 발버둥 쳐야 했던 현실도 지극히 평범한 일상에 불과했다고 말했다.

그 시절을 견디면서 엄마가 습득한 것은 '배짱'이었다. 여성은 조신해야 한다는 관념이 강했던 민난에서 엄마는 마을 안에서 처음으로 나무에 올라가 과일을 딴 소녀였다고 한다. 그러나 나무의 과일을 따는 것만으로는 당연히 가족의 하루 끼니를 해결할 수 없었다. 그러다 엄마는 어느새 참게와 생이 즉 민물 새우 잡이의 달인이 되었다. 엄마가 그렇게 될 수 있었던 비결은 바로 '악바리 근성' 때문이다. 남들보다 하루를 일찍 시작했던 엄마는 설령 계절이 겨울일지라도 새벽 네다섯 시면 일어나 소택지(늪과 연못으로 둘러싸인 습한 땅)로 뛰쳐나갔다. 또 엄마는 남들이 가 볼 용기를 내지 못하는 곳도 서슴없이 갔다(섬과 암초 주변에서는 조개류를 많이 수확할 수 있지만, 사람들 대부분은 배가 암초에 부딪히거나 난류에 휩쓸릴 것을 우려해 가지 못했다). 물론 당찼던 어린 소녀는 하마터면 황천길을 밟을 뻔했다.

세상의 이치가 그러하듯 위험을 많이 감수할수록 그만큼 얻는 것
도 많은 법이다. 해 질 무렵이 되면 언제나 암초 부근에 물고기가 떼
로 모인다. 하지만 조수가 밀려올 때는 바닷물의 흐름이 빠르고 거세
지기 때문에 섬과 암초를 품어 버릴 정도로 파도가 높게 인다. 그 때
문에 파도가 암초를 덮치기 전에 몸을 피하지 못하면 출렁이는 물살
에 떠내려가다 결국 해수면 위로 빠져나오지 못하게 된다.

그날 저녁 엄마가 제때 빠져나오지 못한 이유는 '식탐' 때문이었
다. 파도가 몰아치면서 암초 위에 서 있던 엄마는 수면 아래로 점점
잠겼지만, 다행히 근처에 있던 고기잡이배에서 그 광경을 목격했다.
그들은 엄마를 구하려고 시도했지만, 출렁이는 물살 때문에 작은 배
가 암초에 접근하는 것이 쉽지 않았다. 배 위에 있던 사람들은 맞은편
쪽에서 사색이 된 얼굴로 엄마를 부르는 일 말고는 할 수 있는 것이
없었다.

결국 그 위험천만한 상황에서 엄마를 구해 낸 것은 엄마 자신이었
다. 엄마는 그 와중에도 등에 그날 오후 먹을거리를 매고 있었다. 순
식간에 물속으로 빨려 들어간 엄마는 아무 대책도 없이 자신을 삼키
려는 바다에 분풀이하듯 물살을 거슬러 헤엄쳐 나오려고 했다. 물귀
신도 물불 안 가리고 덤비는 엄마한테 질렸던 것일까, 급물살에 휘말
렸던 엄마는 뜻밖에도 급류에서 빠져나왔다. 등에 매고 있던 오후의
먹을거리도 무사히 함께 말이다.

엄마 말로는 그날 사람들의 도움으로 물속에서 배 위로 올라왔을 때 엄마의 모습이 아주 위풍당당했다고 했다. 하지만 그날 이후로 엄마는 바다로 나가고 싶은 생각이 뚝 떨어졌다고 했다.

"그때 아무리 발버둥 쳐도 헤어 나올 수 없었던 그 느낌이 생생하게 기억나."

나는 지난 몇 년 동안 줄곧 그 시절 엄마가 물살을 가르고 헤엄쳐 나오는 모습을 상상해 봤다. 억지를 부리는 어린아이처럼 이를 악물고 '덤빌 테면 덤벼 보라'는 식의 '악바리 표정'을 짓고 있지 않았을까 상상해 봤다.

엄마가 그럴 수밖에 없었던 이유는 모두 삶의 소용돌이에 휘말리지 않기 위함이었다. 아는 것이 없었기에 두려움을 몰랐고, 그렇기 때문에 혼란 속에서도 살기 위해 나아갈 방향을 찾으려 애썼고, 끝내 일어날 뻔했던 운명에서 벗어날 수 있었던 것이라 생각한다.

외할머니는 엄마가 어렸을 적부터 클 때까지 매번 한숨을 쉬며 이렇게 말했다고 한다.

"계집애다운 구석이 하나도 없으니 앞으로 시집이나 제대로 갈런가 모르겠네……."

신령이 어떤 사람과 가까워지려면 반드시 그 사람의 바람이 무엇인지 찾아내어 그것을 이루게 해 주어야 한다. 사람은 자신이 원하는 것을 찾았을 때를 가장 두려워한다. 이는 뒷날 엄마가 내게 해 준 말

아버지에게 보내는 작은 배

이다.

그 시절은 정치적으로 매우 혼란한 시기였지만, 민난은 여전히 세속을 강하게 따르는 지역이었다. 세속이란 살면서 전해져 오는 여러 낡은 관습을 뜻한다.

엄마도 이곳에서 나고 자란 여자들과 마찬가지로 스무 살도 되지 않은 나이에 억지로 떠밀려 선을 보러 다녔다. 미래의 삶, 멀리서 보이는 미래 남편의 얼굴 모두 그녀들에게는 두루뭉술한 것들이었다. 하지만 그녀들은 일찍부터 한 여자로서의 삶의 모범 답안이 무엇인지 알고 있었다. 그 첫 단추는 '결혼'이며, 두 번째는 반드시 아들을 낳아 자신과 남편의 이름을 족보에 올려 대를 잇는 것이고, 세 번째는 돈을 충분히 모아 아이를 잘 양육하는 것이며, 네 번째는 딸자식에게 혼수를 마련하는 것이며(혼수의 크기는 반드시 자신의 딸자식이 시집에서 대접을 받을 수 있을 만큼이어야 한다), 다섯 번째는 아들에게 결혼 지참금을 마련해 주는 것이다. 또한 여섯 번째는 적어도 손자 한 명이 태어날 때까지 기다렸다 아들의 이름 뒤에 손자의 이름을 족보에 올리는 것이며, 일곱 번째는 손자의 양육을 돕는 것이다. 그렇게 모든 과정을 잘 마치면 여자로 태어나 주어진 삶의 소임을 전부 마쳤다고 볼 수 있다. 그리고 하늘의 신과 선조들이 그녀가 임무를 모두 마쳤다고 생각할 때까지 구전으로 전해지는 여러 습관과 풍속의 감독자와 실시자로서 선조들의 책임을 이어가다가 그들의 부름을 받으면 떠나게 된다.

그녀들의 삶은 태어나는 순간부터 해야 할 일이 빈틈없이 정해져 있으며, 어느 하나라도 뒤처지면 마지막에 '아름다운 끝'을 완성하는 데 차질이 생기게 된다. 엄마는 단지 부모가 자신을 채근하는 것이 귀찮아서 구석에 숨어 몰래 미래의 남편을 슬쩍 한 번 보고는 대충 고개를 끄덕인 것인데, 그 한 번의 끄덕임 때문에 엄마는 지금 그녀가 살고 있는 치열한 삶 속으로 떠밀려 오게 됐다.

결혼 뒤 엄마는 첫 번째 난관에 부딪혔다. 딸을 낳았기 때문이다. 집안 친척들 누구 하나 내색하지 않고, 둘째는 '꼭' 아들일 것이라며 완곡하게 돌려서 말했다. 물론 친척이 주는 부담도 있었지만 사실 엄마 본인도 자신의 억척스러운 면을 닮은 아들을 간절히 낳고 싶어 했다.

엄마는 몇 달을 꾹 참다가 출산 한 달 전에 결국 심리적 압박감에 무너져 버렸다. 엄마는 눈물 바람으로 아이의 성별을 점지하는 부인마묘(夫人馬廟) 사당에 달려가 아들을 낳게 해 주면 일평생 신을 믿고 섬기겠다고 맹세했다. 그 절절한 바람 끝에 결국 엄마는 나를 얻었다.

엄마는 당시 자신이 소원을 빌었던 과정을 자세히 들려주었다. 민난의 사당은 다른 지방과는 달리 한 사당 안에서 불교의 서방삼성(西方三聖), 도교의 관제(關帝, 관우), 마을 수호신, 마조신(媽祖神, 중국 남부 연해 일대에서 숭배하는 평온을 가져다주는 여신) 등의 여러 신을 함께 모신다.

처음에는 누구에게 어떻게 소원을 빌어야 할지 몰라 일단 사당에 들어가 닥치는 대로 절을 했다고 한다. 그러다 마침 지나가던 어떤 어른이 엄마의 행동을 보다 못해 어느 신이 무엇을 관장하는지 알려 주었다고 한다. 뿐만 아니라 침대에는 침대신이, 부엌에는 부엌신이, 땅에는 토지신이 있듯이 각 지역마다 그 지방의 부모신이 있다고 일러 주었다.

"어떤 어려운 일을 겪을지라도 늘 주변에는 당신과 고통을 나누고 당신의 이야기를 들어주는 신들이 있답니다."

엄마는 그날로부터 신의 존재를 믿기로 했다고 말했다.

"세상에 나 혼자 감당할 수 없는 일도 있다는 것을 알고 나서야 신이 있다는 사실이 너무나 든든하다는 생각이 들었단다."

다른 고향 사람들도 엄마와 같은 방식으로 신을 모시는지는 알 수 없지만, 기억을 떠올려 보면 옛날에 살았던 집 안에 있었던 사당도 어느 친척 집의 그것과 닮았던 것 같기도 하다. 그때 엄마는 볼일이 있든 없든 그 친척 집에 자주 찾아갔었다.

엄마는 자주 성배(한쪽 면은 타원 모양이고, 반대쪽 면은 편평하게 깎은 2개의 목편(木片)인데, 이 목편 2개를 바닥에 던졌을 때 어떤 조합으로 뒤집히느냐에 따라 신의 대답이 긍정이냐 부정이냐 아니면 긍정도 부정도 아니냐가 갈리게 된다)를 들고 신 앞에서 최근 있었던 일을 털어놓으며 투정을 부렸다. 그러고는 혼자 해결 가능한 방법을 중얼거리더니 느닷없이 감정이 격해져 감실(龕室, 사당 안에 신주를 모셔 두는 장) 안에 고이 모셔져 있는 신 앞에서 펑펑 울음을 쏟아 내고는 고개를 돌려 다시 편안해진 얼굴로 나를 보며 미소를 지었다.

나는 엄마가 신에게 응석을 부리는 모습도 본 적이 있다. 엄마는 신에게 어떤 문제의 답을 구하고자 할 때 성배로부터 자신이 원하는 신의 대답을 얻지 못하면 신이 자신의 바람을 들어줄 때까지 고집스럽게 버텼다. 엄마는 원하는 답을 얻고 나서야 환한 표정으로 고개를 들어 신상(神像)을 향해 감사 인사를 올렸다.

엄마가 사당 안에서 어떤 일 때문에 힘들어 했는지 그 사정까지는 모른다. 그저 내 기억에 남아 있는 것이라곤 짙은 향냄새가 스멀스멀 올라왔던 것, 성배가 바닥에 부딪히면서 나는 경쾌한 소리, 성배 중 하나가 바닥에서 뱅글뱅글 도는 모습뿐이다.

뜬금없이 내게 '영적 대부'가 생긴 것 또한 사실상 엄마 때문이었다. 그때 내 나이는 서너 살에 불과했다. 내가 엄마 배 속에 있었을 당시에는 집안 사정이 매우 어려웠을 적이라, 내가 태어나고 나서 잦은 잔병치레로 고생했다고 한다. 들은 바에 의하면 엄마는 그때도 성배를 가지고 오래된 산채 안에 모셔져 있는 관우신을 찾아가 하루 반나절을 있다 왔다고 한다. 결국 매년 음력설마다 엄마는 나를 관제묘(관우를 모시는 사당)로 데려가 돼지 족발을 올리고 절을 하도록 시켰다. 관제묘를 관리하는 어르신이 내게 향이 타고 남은 재와 부적을 주며 이것들이 한 해 동안 나를 지켜 줄 것이라 말했다.

나는 그 영묘한 '영적 대부'가 나를 무슨 수로 지켜 준다는 것인지 도무지 이해되지 않았다. 하지만 나는 그날 이후로 절이나 사원 같은 곳을 내 가족이 살고 있는 곳으로 여겼다. 관제묘에서 뽑았던 첨시(籤

詩, 길흉 점괘가 시구로 적혀 있는 제비)에 적혀 있던 내용들은 뒷날 내가 인정한 그 영적 대부의 가르침이었다. 사실 첨시에는 고대시의 압운을 이용해 쓴 우화가 적혀 있는데, 나는 늘 그것을 읽다 잠드는 것을 좋아했다. 관우신은 그때부터 잠들기 전 내게 이야기를 들려주는 영적 대부가 되었다.

하지만 집안의 풍속에 따라 그 '영적 대부'라는 존재는 내 나이가 열여섯이 될 때까지만 유지되는 것이었다. 열여섯 살이 지난 뒤 나는 더는 영적 대부와 부자 관계로 얽히지 않았지만 이미 습관이 들어서인지 매년 적어도 한 번은 꼭 관제묘에 찾아갔다. 또 마음이 복잡한 일이 생기면 관제묘로 달려가 오후 반나절 동안 성배로 그와 이야기를 나누곤 했다.

아버지가 불구가 되었을 때 엄마는 가장 먼저 분한 얼굴로 사당을 찾아가 왜 하필 자신의 남편이 이런 고약한 운명을 겪어야 하는 것인지 하나하나 따져 물었다.

엄마와 신 사이에서 주고받는 대화는 언제나 엄마 혼자 자문자답하는 식이었다. 그리고 성배를 던져서 나오는 조합은 신의 대답을 대신했다. '신'의 존재는 그저 엄마를 대신해 그녀가 제시하는 가능성들 중 하나를 선택해 주는 역할에 불과했다.

끝내 엄마가 얻어 낸 답은 이러했다. 그것이 남편의 운명이고, 그 운명을 함께 짊어질 사람이 자신이라고.

신에게서 얻었다는 그 답이 실은 엄마가 스스로 원하는 답이었다는 사실을 나는 안다. 엄마 안에는 여전히 난류에 휩쓸리지 않으려고 기를 쓰던 '악바리 소녀'가 살고 있었다.

회복이 어려울 것이라는 의사의 말을 무시하고 엄마는 억척스럽게 아버지를 격려하며 3년간의 재활 계획을 세웠다. 3년 뒤의 결과는 보나 마나 한 것이 되었고, 사실상 아버지는 몸에 부종이 날로 심해져 거동마저 불편한 지경에 이르렀다.

하지만 엄마는 꿋꿋이 매년 나를 데리고 여기저기 온갖 사찰을 방문했고, 신이 아버지의 건강 회복을 예언해 줄 때까지 성배를 던지며 질기게 버텼다. 그리고 다음 해가 되면 왜 아무 변화도 생기지 않느냐며 신을 나무랐다.

그렇게 1년 또 1년이라는 시간이 흐르면서 불구가 된 아버지의 좌반신은 갈수록 생기를 잃었고, 대신 부종으로 인해 몸의 붓기가 계속 심해졌다. 아버지가 반신마비로 산 지 네 해째가 되었을 땐 아버지가 넘어질 때마다 더는 엄마 혼자서 아버지를 일으키는 것이 불가능해졌다.

그럴수록 엄마는 다급하고 초조해져서 몇 번이고 사당을 찾아가 신에게 구걸을 했다. 그렇게 시간이 흐르다 보니 어느새 그해도 다 끝나가고 있었다. 엄마는 하다못해 나까지 데리고 곳곳의 사당을 찾아가 절을 했다.

사당에 들어가면 관례대로 공양을 올리고 향에 불을 붙였다. 그런데 어찌된 일인지 엄마는 더는 성배를 던져 신의 답을 구하지 않았다. 대신 나를 끌고 와 신 앞에 앉힌 뒤 중얼중얼 기도를 시작했다.

처음에는 무슨 말인지 제대로 알아듣지 못했다. 그런데 부분적으로 들리는 말들을 차례로 조합해 보니 서서히 엄마가 외고 있는 기도의 충격적인 내용이 귀에 들리기 시작했다.

"제발 우리 남편이 꼭 저보다 먼저 죽게 해 주세요. 절대 제 아이에게만큼은 짐이 되지 않게 해 주세요. 만일 제게 주어진 수명이 남편보다 적다면 제게 몇 년간 버틸 수명을 주시어 제가 남편을 보낸 뒤 세상을 떠날 수 있게 해 주세요."

"저 안 할래요!"

나는 엄마에게 버럭 화를 냈다. 그러자 엄마는 내 뺨을 후려치고 한참을 가만히 있다 말을 꺼냈다.

"널 위해서야."

나는 오기로 바닥에 무릎을 꿇고 앉아 빌었다.

"저와 제 아버지 그리고 엄마가 비슷한 수명으로 살다 가게 해 주세요. 온 가족이 함께 세상을 떠날 수 있다면 더 좋고요."

엄마는 그 소리를 듣자마자 정신없이 나를 때리고는 통곡하며 신에게 해명했다.

"어린아이가 뭣도 모르고 하는 소리입니다. 신께서는 제 말만 들어 주십시오."

사찰에서 돌아오는 길, 엄마는 창문을 열고 그 어느 때보다도 침착한 목소리로 자신이 생각해 둔 바를 내게 털어놓으며 부탁했다.

"넌 공부 열심히 해서 좋은 대학에 들어가. 그리고 네가 번 돈으로 장가도 하고, 네 인생을 살아. 네 아버지는 엄마가 맡을 거니까. 아버지가 1년을 살면 엄마도 어떻게 해서든 그만큼 버틸 거야. 엄마가 옆에서 아버지 밥도 먹여 드리고, 옷도 입혀 드리고 일어서는 것도 도와드릴 거야."

"하지만 지금도 혼자서는 아버지를 못 일으키시잖아요."

"할 수 있어."

"앞으로 무슨 수로 돈을 벌면서 아버지까지 돌봐요. 게다가 엄마가 앞으로 더 나이가 드시면 그건 정말 불가능해요."

"할 수 있어."

"엄마 본인 몸도 안 좋은데 무슨 수로요? 절대 불가능해요."

엄마는 성가시다는 듯 나를 한 번 째려본 뒤 말했다.

"할 수 있어."

"하지만 두 분은 제 부모님이세요."

엄마는 잠시 대화를 멈추고 엄한 목소리로 나를 나무랐다.

"넌 엄마가 하는 말을 듣기나 해. 엄마는 네 아빠를 책임져야 할 운명을 타고난 사람이야. 이건 우리 둘 사정이니 넌 신경 꺼."

"이건 신께서 전하신 말씀이야."라고 엄마는 한마디 덧붙였다.

나는 엄마가 빌었던 그 충격적인 기도 내용을 아버지에겐 차마 말하지 못했다.

　　　　　　　　아버지에게 보내는 작은 배

재활의 희망이 점점 멀어지자 아버지는 온종일 집 안 감실 안에 모셔져 있는 신상에 대고 지겹게 원망을 퍼부어 댔다.

"다시 예전과 같은 몸으로 살게 해 주실 거 아니면 하루라도 빨리 날 데려가시오!"

엄마는 그 소리를 들을 때마다 씩씩거리며 버럭 화를 냈다.

"퉤이, 퉤이, 퉤이! 당신 팔자가 그런 것을 신께 화풀이하지 말아요! 때가 되면 다 가게 되어 있어요. 아직은 때가 아닌 것이니 신께 괜한 불평하지 말아요."

사실 아버지가 계속 몸져누워 있기는 했지만 엄마의 보살핌으로 요 몇 년간은 아버지 얼굴 혈색이 몰라보게 좋아졌다. 피부도 더 희어지고 불그스레한 혈색이 돌기 시작했다. 엄마는 사람들과 마주칠 때마다 자랑스럽게 말했다.

"내가 이이를 아이 보살피듯 챙긴다니까요. 이이 걸음만 불편하지, 최소 팔십까지는 살 수 있을 걸요?"

나는 엄마의 그 발언에 불안감이 엄습하는 기분이 들기도 하면서 또 한편으로는 덩달아 기분이 좋아졌다. 물론 아버지의 몸 부종이 심해질수록 그런 아버지 수발을 들어야 하는 엄마는 더 힘들어졌다. 하지만 아버지가 지금처럼 건강하게 지낼 수만 있다면 엄마는 어떤 상황에서도 현실과 맞서 싸울 준비가 돼 있었다. 왜냐하면 엄마는 아버지를 보살피는 것이 곧 자신의 사명이라 굳게 믿었기 때문이다.

하지만 아버지가 팔십까지 살 수 있을 것이란 엄마의 예언은 결국 이뤄지지 않았다. 어느 겨울날 아버지가 불현듯 우리 곁을 떠났기 때문이다.

엄마는 아버지의 죽음을 받아들이지 못했다. 마비 상태였던 아버지의 좌반신이 부종이 심해지면서 점점 무감각해지긴 했지만, 오랜 시간 오른쪽 몸으로 무게를 지탱하다 보니 오른팔과 오른다리에는 제법 근육이 단단하게 잡혀 있을 정도로 우반신 쪽은 오히려 더 튼실해졌기 때문이다.

"한 번 넘어졌다고 죽는다는 건 말이 안 돼. 이렇게나 튼실한데. 수천 번을 넘어졌어도 멍 자국 한 번 없었던 양반이 어떻게 이렇게 허망하게 갈 수가 있어."

나는 베이징에서 서둘러 집으로 돌아왔다. 엄마는 여전히 원망에 찬 얼굴로 현실을 부정했다. 그러더니 갑자기 나갈 채비를 했다. 여기저기 사당을 찾아가 신에게 따져 볼 요량인 듯했다. 나는 황급히 엄마를 막아섰다. 그러자 엄마는 순간 힘이 풀린 채 내게 기대 엉엉 울음을 터뜨렸다.

"신께서 내 말을 오해하신 게 아닐까? 엄마는 아버지를 돌보는 일을 귀찮다고 생각한 적이 정말 단 한 번도 없었어. 그때 그렇게 기도를 올린 건 너에게 짐이 되지 않길 바라는 마음에 그런 거였어. 엄마는 아버지가 구십 살, 백 살까지 살아도 기꺼이 보살펴 드릴 수 있었단 말이야."

"신은 오해하지 않으셨을 거예요. 어쩌면 아버지가 겪어야 할 액운이 다 끝나서 가신 게 아닐까요. 사시는 동안 그토록 고생하신 것으로 이미 속죄를 마치셨을 거예요."

엄마는 순간 멍해지며 생각에 잠기더니 말했다.

"그런 것이라면 좋겠어. 네 아버지 그 많은 세월 동안 고생하셨으니 이제라도 그곳에서 편하게 지내셔야지."

하지만 장례를 마치고 이틀째 되던 날 엄마는 꿈을 꾸기 시작했다.

"네 아버지한테 무슨 일이 생긴 게 분명해."

"아닐 거예요. 그냥 엄마가 보고 싶으셔서 꿈에 나타나신 거겠죠."

"아냐. 엄마가 도와야 해."

"엄마가 무슨 수로 돌아가신 아버지를 도와드려요? 그게 무슨 일인지도 모르시잖아요."

"그러니까 가서 여쭤봐야지."

엄마의 대답은 이상하리만치 진지했다.

엄마가 여쭤보러 가겠다는 곳은 다름 아닌 '무당 집'이었다. 그곳에서는 죽은 사람의 영혼이 무당의 몸을 빌려 현세 사람과 대화를 나누는데, 이곳 사람들은 그런 행위를 '영혼 부름'이라 불렀다.

우리 고향에서 귀신을 섬기는 일은 그다지 특이한 직업이 아니다. 이곳 사람들에게 무당이라는 직업은 병을 고치고, 고기를 잡고, 야채를 파는 일과 크게 다르지 않다. 그 때문에 무당에 대해 이야기할 때도 쉬쉬하거나 숨기려 하지 않는다. 마치 시장에 들러 여느 가게에서 거래를 하듯, 가게에서 가격을 따지며 흥정을 하듯, 대놓고 무녀의 능력과 가성비를 비교하며 따질 정도다.

엄마가 알아본 바에 따르면 서쪽 마을의 무당은 사람의 영혼을 찾아내는 특기를 갖고 있다고 한다. 이삼십 년 전에 죽은 사람의 영혼은 '영(靈)'의 기운이 매우 희미하지만 그래도 찾아낼 수 있다고 한다. 한편 북쪽 마을과 동쪽 마을의 무당은 영혼을 이승으로 불러내는 것이 특기라고 했다. 전해지는 소문으로는 북쪽 마을의 그 무당은 당사자가 아무 말을 하지 않아도 이승에 소환된 그 영혼이 알아서 스스로 자신이 누구인지 밝히고 과거의 일들을 읊는다고 한다. 단 그 무당은 영혼을 대신해 말을 전할 때 꼭 경극 특유의 창법을 쓴다고 한다. 마지막으로 동쪽 마을 무당의 경우 일단 당사자가 누구를 찾으려 하는지 분명하게 밝혀야 한다고 했다. 하지만 영혼을 찾고 나면 그 뒤로는 과거의 사건을 낱낱이 읊으며 당사자가 찾는 영혼을 불러왔음을 증명해 준다. 또한 이 무당은 그냥 평상시 목소리로 말을 전한다고 한다.

한참을 비교하고 고민한 끝에 엄마는 북쪽 마을의 무당을 찾아가기로 결정했다.

물론 '무당' 자체가 평범한 직업인 것은 맞지만, 어쨌든 '무당'을 찾아가는 것은 여전히 조심스러운 일이었다. 이곳 사람들은 무당을 통해 영혼을 찾는 일이 이승과 저승의 어느 틈에서 영혼을 만나는 것이라 생각했다. 따라서 자칫 어떤 실수를 범해 귀신과 얽히기라도 하면 이래저래 골치 아픈 일이 생길 것이라 믿었다. 엄마는 여전히 나를 데리고 갈지 말지를 주저했다. 가족이 많을수록 혼령이 정확한 위치

　　　　　　　　　　　　　아버지에게 보내는 작은 배

를 찾아 가족 앞에 나타난다는 말도 있지만, 너무 어린 나이의 아이를 데려갈 경우 아이가 지닌 생명력이 저승의 혼령을 미혹시키는 탓에 불미스러운 일이 생길 수도 있기 때문이다.

엄마는 내게 자신이 망설이고 있는 이유를 털어놓았다. 나는 불쑥 호기심이 발동해 엄마의 우려를 해결해 줄 방법을 하나 제안했다.

"엄마가 믿는 신을 찾아가 도와달라고 하면 되잖아요. 제게 부적 같은 것을 하나 만들어 달라고 부탁해 보세요."

엄마는 내 제안을 듣자마자 옳다 거니 하며 오후 내내 이곳저곳 사찰을 돌며 가져온 호신부(護身符, 몸을 보호하는 부적) 열댓 장과 향을 태운 재 한 봉지를 내게 건넸다.

엄마는 내게 말했다.

"많은 신께서 '혼령을 부르는 것'을 동의하지 않으셨어. 신께서는 죽고 사는 것도 운명이고, 이번 생에서 업장을 깨끗이 소멸할 수 있느냐 없느냐 또한 운명에 달려 있으니 혼령을 찾아 성가시게 할 필요도, 그것을 위해 애를 쓸 필요도 없다고 하셨어. 하지만 엄마는 신께 되물었어. 그렇다면 살아 있는 인간이 반드시 선한 일을 해야 하는 이유는 무엇을 위한 것인지, 인간이 선한 일을 하려고 애쓰는 것은 다 이번 생에서 죄업을 깨끗이 소멸시키기 위해서가 아니냐고 말이야. 네 아버지가 비록 저승에 있지만 그래도 더 노력해 볼 수 있게 해 달라고 빌었어."

엄마의 그 고집스러운 성격으로 신에게 억지를 피웠을 모습이 안 봐도 눈에 훤했다.

"결국 신께서 우리의 노력을 인정해 주기로 하셨단다."

엄마는 만족스러운 표정으로 이렇게 말했다.

엄마는 우선 향을 피운 뒤, 자신이 어느 마을의 어디에서 왔으며 누구를 찾으려 하는지 중얼중얼 읊었다. 그 다음 내가 다시 향을 하나 피운 뒤 언제 태어난 누구이며 나이가 몇인지 읊었다. 그러고는 엄마와 함께 세 번 머리를 숙이며 절했다.

이 과정을 마치고 나자 무당의 시중을 드는 조수가 엄마와 내게 정원에 나가 기다리라고 했다.

그 무당이 사는 집은 전통 민가 양식으로 지어진 붉은 벽돌집으로, 보아하니 조상이 대부호였음을 짐작케 하는 집이었다. 무슨 사연으로 자손이 무당이 되었는지까지는 몰라도 그의 다른 가족은 모두 이 저택을 떠난 듯해 보였다.

그 무당은 가장 안쪽에 위치하는 안채에 머물렀다. 안채에서 나오면 큰 거실 같은 곳이 나오는데 거기에 커다란 감실이 꾸며져 있었다. 민난의 일반 가정집과는 달리 감실 앞을 황색 천으로 가려 놓아 외부 사람들은 그 안에 모셔 둔 신상이 어떤 모습인지 전혀 볼 수 없었다.

무당을 찾아온 모든 손님은 그게 누구든지 먼저 향을 피우고 황색 천 너머에 있는 신에게 이곳을 찾아온 목적을 간곡하게 아뢴 뒤 세 번 고개를 숙여 절을 해야 했다. 그러고는 우리가 그랬던 것처럼 정원으로 나가 기다리라는 말을 듣게 된다. 손님이 맞은편 행랑채로 물러나면 안채의 나무문도 곧장 닫혔다. 딱 보아도 오래 묵은 질 좋은 나무를 써서 만들었음을 짐작케 하는 그 나무문은 아주 탄탄하고 실해 보였다. 나는 그 문이 닫히는 순간 마치 두 세계가 분리되는 듯한 느낌이 들었다.

우리가 밖으로 나왔을 때 행랑채 앞 정원에는 온통 혼령을 찾으러 온 사람으로 가득 차 있었다. 그들 중 어떤 이는 초조해하며 왔다 갔다 서성이며 안채에서 들려오는 소리에 유심히 귀를 기울였다. 물론 사람들 대부분은 피곤한 얼굴로 졸고 있었다.

그렇게 기다리다 보면 안채에서 경극 창법으로 "나는 어느 어느 지역의 어느 어느 마을에서 언제 태어난 사람이며 내 나이는 몇 살이고, 아내와 친척을 만나러 왔소이다."라고 하는 소리가 들려온다. 그 소리를 듣고 직감적으로 제가 찾는 혼령임을 확신한 사람은 서럽게 울음을 터뜨리며 "여기 있어요, 당신 집안의 누구누구와 누구누구가 당신을 만나러 왔어요."라고 말했다.

그 다음 그 나무문을 밀고 들어가면 안에서 경극 곡조로 우는 소리가 흘러나왔다.

앞서 처음 향을 피울 때 무당의 조수가 일러 주는 말이 있었다.

"선생님께서는 매일 많은 망령을 접하시기 때문에 두 분이 만나고자 하시는 혼령을 꼭 찾아 드린다는 보장은 못 해 드려요. 그러니 두 분이 찾는 혼령이 부르는 소리가 들리면 바로 응답하셔야 해요. 다른 날 다시 오시는 건 안 돼요."

자리에 앉아 상황을 잠시 동안 지켜본 나는 이 모든 과정이 미심쩍게 느껴졌다. 나는 속으로 '어쩌면 무당이 여기저기 사람을 보내 주변의 죽은 이들의 소식을 모아 대략적인 상황을 파악하고 있는 것은 아닐까? 대충 아무개의 이름을 외쳐 누군가 대답을 하면 무당은 자연스럽게 '망령'을 가장하여 이 말 저 말을 하는 것이 아닐까?'라는 생각을 했다.

나는 엄마한테 어쩌면 이게 속임수일지 모른다는 말을 꺼내려 했다. 그런데 때마침 안채에서 경극 곡조의 간드러지는 목소리로 "시자이(西宅)촌의 누구누구의 가족이 여기 있소이다. 내가 지팡이를 짚고 서둘러 왔다네."라고 말하는 것이 들렸다.

엄마는 지팡이라는 말을 듣자마자 '헉' 소리와 함께 울음을 터뜨렸다. 나 또한 정신없이 엄마 손에 이끌려 안으로 들어갔다.

방 안으로 들어오니 어두컴컴한 가운데 불빛 하나만이 켜져 있었다. 창문은 모두 굳게 닫혀 있었으며 사방은 온통 짙은 향냄새로 가득했다. 그 무당은 몸을 절뚝거리며 우리가 있는 쪽으로 걸어왔다. 처음에 나는 이 모든 것이 사기극이라고 생각했으나 무당의 걸음걸이 자세는 분명 아버지의 걸음걸이와 너무 비슷했다.

무당이 말을 꺼냈다.

"아들아, 아버지가 미안하구나. 그립고 보고 싶었어."

나는 순간 감정을 절제하지 못하고 소리를 내어 울었다.

아버지에게 보내는 작은 배

무당은 창을 부르기 시작하면서 아버지가 이승을 차마 못 떠나고 있다는 말과 함께 아버지 자신이 불구가 되어 오랫동안 가족들을 힘들게 했던 것, 아내의 보살핌에 고마워한다는 것, 아들의 미래를 걱정한다는 말들을 전했다. 그러고는 우는 목소리를 멈추고 다시 창을 부르며 예언을 하기 시작했다.

"아들이 문곡성(文曲星, 학문과 예술을 관장하는 별)에서 왔으니 장래에 저명한 문인이 되어 빛을 발하리라. 아내는 제 반평생을 힘들게 보냈지만 말년은 편안할 것이니……."

앞서 맨 처음 무당이 곡조를 읊을 때는 그의 한마디 한마디가 엄마의 가슴을 울렸는지 엄마는 눈물을 쉴 새 없이 흘렸다. 그러나 무당의 예언은 엄마의 관심사가 아니었다.

역시나 엄마는 무당이 예언을 읊는 도중 그의 말을 끊고 끼어들었다.

"그렇게 정정했으면서 왜 갑자기 가 버린 거예요! 무슨 일이 있기에 꿈에 나타난 거예요? 내가 뭘 도와주면 돼요? 내가 대체 당신을 위해 뭘 해야 해요?"

창의 곡조가 갑자기 끊기자 무당은 한참을 멈춰 서 있더니 느닷없이 계속 몸을 부들부들 떨었다. 그때 무당의 조수가 버럭 화를 내며 엄마를 나무랐다.

"영(靈)과 신접해 있을 때는 몸의 기운이 아주 허약한 상태라고요! 이런 식으로 중간에 끼어들면 선생님의 몸이 크게 상하실 수 있어요!"

한참을 바들바들 떨던 무당은 다시 곡조를 읊기 시작했다.

"내 본래는 일흔둘까지 살 팔자였는데 어찌하여 운이 나빠 그날 집을 나서다 귀신 다섯과 부딪히게 되었소. 그들은 각각 홍색, 황색, 감색, 청색, 자색 이 다섯 가지 색을 띄고 있었소. 그들이 날 보더니 내가 운이 박하여 장애를 얻은 것이라며 내 속을 후벼 파며 무시하길래 버럭 화를 냈소. 그런데 그것 때문에 그들의 미움을 사게 될 줄은 몰랐소. 그 뒤 그들이 날 무참하게 끌고 가 버렸소······."

엄마는 감정이 격해져 다시 통곡하기 시작했다. 엄마가 다시 말에 끼어들려고 하자 이번에는 무당의 조수가 하지 못하게 눈치를 주었다.

"말하자면 내 죽음은 뜻밖의 사고 같은 것이오. 그래서 한동안은 갈 곳이 없어 떠돌았소. 신께서는 내가 제 명을 다하지 못하고 죽은 데다 죄업을 다 씻지 못하여 방황하며 떠돌고 있는 것이라 일러 주셨소······."

"그래서 내가 어떻게 도와주면 돼요? 내가 뭘 하면 돼요?"

엄마는 결국 참지 못하고 소리쳤다.

"일단 내가 머물 곳을 찾아 그곳에서 날 불러 주시오. 그런 다음 내가 죄업을 청산할 수 있는 방법을 찾아 주시오."

"어떤 방법을 말하는 거예요?"

엄마는 더 캐물으려 했으나 무당이 갑자기 또 몸을 바들바들 떨었다.

"가셨어요."

무당의 조수가 말했다.

이날의 복비는 이백 위안(약 3만 4,000원)이었다. 무당의 집을 나오고 나서도 엄마는 계속 훌쩍였고, 얼떨떨한 상태로 있다가 정신을 차린 나는 황급히 엄마에게 그 무당의 속임수에 대해 말을 꺼내야겠다는 생각이 들었다.

"전 보자마자 딱 거짓말하는 걸 알아챘어요……."

"난 네 아버지였다는 걸 알아. 아무 말하지 마."

"그 무당이 분명히 주변에서 죽은 사람들 소문을 캐고 다녔을 거예요……."

그러자 엄마는 더는 내 말이 듣기 싫다는 듯 손을 저으며 말했다.

"난 네 아버지의 죽음이 사고였을 줄 알고 있었어. 우리가 아버지를 도와드려야 해."

"저도 아버지를 도와드리고 싶어요. 그렇지만 전 못 믿겠어요……."

"엄마는 믿어."

엄마는 확고한 목소리로 대답을 하며 더는 이 대화를 이어가고 싶어 하지 않았다.

지금 엄마에게 필요한 건 '죽은 남편의 혼령이 나의 도움을 필요로 한다'라는 믿음이다. 그래야 엄마가 아버지에게 뭐라도 해 줄 수 있을 테니까. 나 또한 엄마의 그런 마음을 모르지 않는다.

엄마는 신에게 도움을 구하기 위해 여기저기 사찰을 분주히 찾아 돌아다녔다. 그리고 끝내 아버지의 혼령을 다시 불러들일 방법을 찾아냈다.

"신께서만 혼령을 불러들일 수 있으시대. 다만 우리 인간 세상에서 호구를 관리하는 곳이 공안국(公安局, 행정 집행 및 형사 사법에 관계된 업무를 담당하는 경찰 비슷한 기능을 하는 기관)이듯 신께서도 저마다 갖고 계시는 사명이 다른데, 죽은 이들의 영혼을 관장하시는 분은 우리 마을을 수호하는 서낭신이라고 하셨어."

엄마는 자신이 찾은 방법을 이와 같이 내게 설명했다.

나는 그런 엄마의 행동이 이해가 되면서도 또 부질없어 보였다. 내 눈에 엄마는 그저 자신의 괴로운 마음을 어떻게 해야 할지 몰라 방황하는 사람처럼 보였기 때문이다. 그것은 내가 본 엄마의 가장 연약한 모습이었다.

엄마는 온종일 여기저기 방법을 찾아다니느라 정신이 없었고, 나는 갈피를 잡지 못한 사람처럼 온종일 길거리를 배회했다. 집에만 돌아오면 무엇인가 결핍된 느낌이 들었다. 그 느낌은 강렬하게 뚜렷하게 와닿기보다는 천천히 스멀스멀 내 안을 깊게 파고들며 소화가 안 될 때의 느낌처럼 갑갑한 기분이 들게 했다. 나는 어쩌면 그것이 바로 마음의 상처일지도 모른다는 생각이 들었다.

신의 분부에 따라 엄마는 모든 준비를 마쳤다. 엄마는 내게 몇 월 며칠 몇 시 몇 분에 서낭신이 있는 곳의 입구에서 아버지를 만나야 한다고 통보했다.

"서낭신이 어디 계신지 찾았단다. 아버지를 보내 드리고 돌아오던 길에 계셨어."

나는 불현듯 이 연극을 계속 이어 가고 싶지 않아져 싸늘하게 대답
했다.

"엄마는 지금 그냥 스스로 위로할 방법을 찾고 계신 것뿐이에요."

엄마는 내 말에 대답하지 않고 계속 자신이 하려는 말만 이어 갔다.

"넌 제때 사찰 입구에 도착했다가 거기서 큰 소리로 아버지 이름
을 부르며 집으로 가자고 외치면 돼."

"그냥 자기 위안일 뿐이라니까요."

"엄마 좀 도와줘. 신께서 말씀하시길 엄마가 부르는 건 소용이 없
다고 하셨어. 아버지의 아들인 네가 불러야 한대. 네 몸에는 아버지의
피가 흐르고 있으니까."

다음 날 사찰로 출발할 시각이 되자 나는 씩씩거리며 곧장 길을 나
섰다. 엄마는 출발하는 나를 보고 뒤쫓아 와 소리쳤다.

"네 아버지를 꼭 돌아오시게 해야 해!"

나는 대답하지 않았다.

그러자 엄마가 부리나케 달려와 나를 잡고서 계속 뚫어져라 쳐다보
았다. 붉게 충혈이 된 엄마의 눈에는 눈물이 아닌 분노가 담겨 있었다.

드디어 사찰 입구에 도착했다. 내게 신은 집안의 큰 어른과 같은
존재다. 민난 지역에서는 각 마을마다 '서낭신'이 있는데 전설에 따르
면 서낭신은 마을 일대를 지켜 주는 수호신이라 한다. 또한 서낭신은
마을 사람들의 생로병사를 관장하고 마을을 지나치는 귀신과 신령
때문에 빚어지는 여러 가지 문제를 해결하며, 그 지역에 하늘의 좋은

기운이 깃들게 함으로써 일어날 가능성이 있는 재해를 피하도록 하는 것이 그의 역할이다. 어려서부터 새해가 되면 집안의 큰 어른을 뵈러 갔는데, 어른들은 젊은이들을 데리고 서낭신을 모시는 가마를 짊어진 채 징과 북을 울리면서 마을 전체를 쭉 돌았다. 그리고 그해 한 해 동안 일어날 수 있는 여러 재난을 일러 주며 가는 길마다 마을 사람들에게 부적과 한방약을 나눠 주었다.

엄마가 일러 준 대로 나는 우선 향을 피운 뒤 서낭신에게 내가 도착했음을 고했다. 그러고 나서 엄마와 입구 쪽으로 가 섰다.

엄마는 이제 시작하라며 내게 눈짓을 했다. 나는 아버지를 부르려고 입을 벌렸으나 소리가 나오지 않았다. 엄마는 그런 나를 밀며 재촉했다. 나는 겨우 우물쭈물하며 말을 꺼냈다.

"아버지, 아버지를 모시러 왔어요. 저랑 집에 가세요."

하지만 사방에서 들리는 소리라곤 잔잔한 바람 소리뿐, 누군가 대답하는 소리는 들리지 않았다.

엄마는 내게 계속 크게 소리치라고 채근한 뒤 사찰 안으로 들어가 점괘를 뽑아 아버지가 돌아올지 아닐지 점쳤다. 사원 안에서는 엄마가 나무패를 던져 점을 치는 소리가 들렸고 사원 밖에서는 나 혼자 허공에 대고 소리치고 있었다. 부르고 또 부르다 보니 나중에는 목이 메일 정도였다.

"아버지, 제 말 듣고 계시다면 저랑 같이 가세요. 보고 싶어요, 아버지."

아버지에게 보내는 작은 배

그때 사찰 안에서 갑자기 엄마가 흥분한 목소리로 소리쳤다.

"네 아버지 돌아오셨어!"

나는 그 말에 나도 모르게 울음을 크게 터뜨렸다.

아버지의 영혼을 불러온 날 집안은 당연히 축제 분위기였다. 엄마는 매일같이 가짓수를 바꿔 가며 새로운 음식을 만들어 한 상 가득 상을 차렸다. 또한 여기저기 수소문해 손재주가 좋은 종이 공예가를 찾아가 오늘은 휴대폰을 내일은 오토바이를 만들어 왔다. 그것들 모두 생전에 아버지가 편찮으셨을 때 갖고 싶다고 노래를 불렀던 물건이다.

엄마는 또 신을 찾아가 빌기도 하고 점쟁이를 찾아가 점괘를 듣는 등 며칠을 그렇게 분주하게 돌아다니다가 결국 아버지가 죄업을 청산할 수 있는 방법을 찾아냈다. 엄마가 찾아냈다는 방법이란 바로 신을 위해 일하는 것으로, 마을에 행운을 가져다주는 일을 돕는 것이었다. 미국에서 범죄를 저지른 사람이 지역 사회에서 노동을 하며 사회에 해를 끼친 것을 만회하는 것과 비슷한 논리였다.

나는 우스갯소리로 이렇게 말했다.

"신들도 생각은 신세대이네요."

그러자 엄마는 사뭇 진지한 표정으로 고개를 끄덕이며 말했다.

"신들께서도 시대에 뒤처지면 안 되니까."

엄마는 또 며칠간을 신을 찾아가 빌며 아버지가 신을 도와 일할 수 있는 장소를 알아냈다. 그곳은 바이샤촌(白沙村, 푸젠성 동남부 연해에 위치한 농촌 마을)이라는 곳에 있는 전하이궁(鎭海宮)이라는 사찰이었다.

바이샤촌은 이 일대에서 유명한 관광지로, 고향 집이 있는 마을에서 흐르는 강 물줄기가 이곳을 거쳐 바다로 흘러 들어간다. 삼각형 모양을 띤 바이샤촌은 삼면에 모두 고운 흰 모래가 깔려 있다. 그 때문에 예전부터 학교에서 소풍을 갈 때도 꼭 바이샤로 갔다.

전하이궁은 강물이 바다로 흘러 들어가는 어귀 쪽에 위치했다. 어렸을 적 바이샤에 놀러갈 때마다 집 근처 항만에서 쉬고 있는 어선이 보였다. 강줄기를 따라 천천히 걷다 보면 강어귀에 도착하게 되는데, 강어귀에 서서 맞은편 전하이궁 사찰이 있는 방향으로 절을 했다. 절을 하고 나면 정박해 있던 배가 다시 바다를 향해 항해를 시작했다.

아버지가 선원이었을 적에는 매주 두세 번씩 바다로 나갔다. 처음으로 그 사찰을 찾아가는 길에서 엄마는 내게 말했다.

"네 아버지가 그 절을 향해 절을 하신 것만 해도 몇 천 번은 될 테니 그곳에 계신 신께서도 네 아버지를 안타깝게 여기시고 받아 주실게야."

아버지를 그 사찰로 보내 신의 일을 돕도록 만드는 과정은 생각보다 간단했다. 엄마는 향촉에 불을 붙인 뒤 집 안에서 모시는 신에게 고했다.

"전하이궁에 계시는 신께서 저희 남편을 신을 위해 일하는 자로 받아 주시겠다는 답을 주셨습니다. 그러니 부디 신께서 그이를 그곳으로 보내 주시옵소서."

그런 다음 엄마와 나는 서둘러 제수용품을 챙겨 전하이궁을 찾아갔다.

나는 오토바이에 엄마를 태워 그곳까지 모시고 갔다. 우리 마을에서 바이샤까지는 대략 20㎞ 정도의 거리였다. 오토바이가 달리는 길은 전부 모래밭이었으며, 바닷바람이 세차게 불어 댔다. 나는 엄마가이 날을 오래오래 기억할 수 있도록 느린 속도로 오토바이를 몰았다. 엄마는 해변을 가리키며 말했다.

"나와 네 아버지가 여기에 와서 바다를 봤었어."

또 어느 한 음식점을 지나치면서는 이렇게 말했다.

"네 아버지가 고향을 떠나 닝보에 가기로 결정했을 그 해에도 여기서 같이 밥을 먹었었지……."

전하이궁에 도착해서 입구에 들어선 순간 나는 아주 익숙한 느낌이 들었다. 내게 사찰은 신비롭고 기이한 장소였기 때문에 언제 와도 늘 같은 느낌을 받았다. 엄숙하고 경건하면서도 포근하고 따뜻함이 느껴지는 곳, 해가 바뀌어도 신 앞에서 경문을 외고 소원을 비는 중생의 목소리가 가득한 곳, 아마도 내가 생각하는 사찰의 느낌이란 이런 것이 아닐까 싶다.

사찰의 주지 스님은 이미 아버지의 일을 알고 있는 듯했다. 스님은 엄마를 보자마자 반갑게 맞이하며 말했다.

"남편 분께서 오셨습니다. 제가 방금 신께 여쭈었거든요."

스님은 차를 우려 나와 엄마에게 건네주고는 말을 이어서 했다.

"걱정하지 않으셔도 됩니다. 이곳의 신께서 분명히 남편 분을 잘 보살펴 드릴 것입니다. 남편 분께서 어렸을 적부터 이곳의 신과 가깝게 지내시기도 했으니까요."

차향도 좋고 태양도 밝게 빛나는 날이었다. 사찰 안으로 들어가니 돌을 깎아 만든 바닥이 깔려 있었다. 바닥은 흰 파도처럼 하얗게 빛이 났다.

"그럼 그이는 어떤 일을 하게 되나요?"

"남편 분께서 이제 막 오셨는데도 성격이 활발하시더군요. 아마도 이곳저곳 뛰어다니며 소식을 전하는 일을 맡게 되시지 않을까 싶습니다."

"그렇지만 그이가 생전에 걸음이 불편했어요. 혹시 신께 누를 끼치지 않을까요?"

"그건 문제가 되지 않습니다. 신께서는 이미 남편 분께 온전한 다리를 주셨습니다. 남편 분께서 마음이 선한 분이신지라, 비록 청산하지 못한 죄업이 남아 있다 하더라도 이미 좋은 일을 많이 하셨으니 신께서 도와주실 겁니다."

"그럼 다행이고요."

엄마는 안심이 되었는지 살짝 미소를 지었다. 그 다음에는 아버지와 이 사찰에 관한 이런저런 이야기가 이어졌다.

아버지에게 보내는 작은 배

그렇게 오후 한나절을 앉아 이야기를 듣다 저녁밥을 할 시간이 다 되자 엄마는 하는 수 없이 자리에서 일어났다. 엄마는 돌아가기 전 몇 번을 망설이다 결국 참지 못하고 물었다.

"저희 남편이 잘하고 있는지, 신을 성가시게 하고 있는 것은 아닌지 스님께서 대신 여쭤봐 주실 수 있나요?"

스님은 엄마의 애타는 마음을 이해했는지 곧장 신 앞에서 점괘를 보았다.

"동작이 굼뜨고 일도 그냥저냥 하는 수준이나 신께서 이해해 주셨답니다."

그러자 엄마는 갑자기 신이 모셔져 있는 곳 앞으로 가 절을 하기 시작했다.

"제 남편은 생전에도 느릿느릿 행동이 굼뜬 사람이었습니다. 부디 신께서 너그럽게 봐주시옵소서." 그러고는 아버지에게 훈계하듯 조곤조곤한 목소리로 "여보, 잘 좀 해 봐요. 신께 폐를 끼쳐선 안 돼요." 라고 말했다.

엄마는 영 마음이 놓이지 않는지 다음 날에도 점심을 먹고 난 뒤 그곳을 찾아갔다. 아버지가 신의 일을 돕는 모습은 눈에 보이지도 귀에 들리지도 않지만, 엄마는 여전히 날 데리고 아버지가 어떻게 하고 있는지 알아보러 갔다.

주지 스님이 처음 이곳에 온 날처럼 차를 우려 주었다. 햇살도 그날처럼 밝게 빛나고 있고 엄마는 그때처럼 스님과 아버지와 이곳 절에 관한 이런저런 이야기를 나누었다. 떠나기 전 엄마는 역시나 참지 못하고 스님에게 아버지가 잘하고 있는지 물었고, 스님 또한 그날처럼 점괘를 봐 주었다. 그날 스님은 이렇게 답을 주었다.

"오늘은 나아지셨다고 하시는군요."

"정말인가요? 너무 다행이네요. 칭찬의 의미로 내일은 당신이 좋아하는 오리 수육을 만들어 올게요."

그렇게 다시 오토바이를 타고 삼사십 분이 넘는 길을 달렸다.

또 다음 날 엄마는 점심을 먹고 난 뒤 사찰에 가자고 했다. 당연히 손에는 오리 수육이 들려 있었다.

스님이 주는 답도 갈수록 좋은 쪽으로 바뀌었다.

"나쁘지 않군요.", "갈수록 좋아지고 계십니다.", "아주 잘하고 계시네요. 신께서 매우 만족해하십니다."라고 말했다. 엄마는 전하이궁에 갈 때면 얼굴이 항상 싱글벙글했다.

그렇게 아버지가 그곳에서 신의 일을 돕기 시작한지 어느새 만 한 달이 다 되었다. 엄마가 이전에 봤던 점괘에서는 아버지가 그곳에서 만 한 달간 일을 하고도 죄업을 청산하지 못할 경우 그때는 다시 다른 절에 가야 한다고 했다. 그렇게 된다면 아버지를 받아 줄 다른 신을 다시 찾아야 했다.

그날 정오가 지난 뒤 출발하려는데, 엄마 표정이 마치 합격자 발표를 앞두고 있는 사람처럼 초조해 보였다. 전하이궁으로 가는 내내 엄마는 계속 묻고 또 물었다.

아버지에게 보내는 작은 배

"네 생각에는 아버지가 이번 달에 합격할 것 같니? 네 아버지가 분명 실수도 저지르셨을 텐데 신께서 이해해 주셨을까? 네 생각에는 아버지가 그곳에서 즐겁게 일을 하셨을 것 같니?"

나는 엄마의 질문에 아무 대답도 하지 못했다.

사찰에 도착했을 때 역시나 스님은 이번에도 차를 우려 주었다.

여유롭게 차를 마시고 할 정신이 아니었던 엄마는 스님에게 물었다.

"그이가 합격했을까요?"

그러자 스님이 답했다.

"이번에는 제게 묻지 마십시오. 여기서 좀 쉬고 계시다가 저녁쯤 되면 보살님께 스스로 물어보십시오."

하지만 이날만큼은 엄마도 차를 마시고 이야기를 나눌 마음의 여유가 없었다. 엄마는 사찰 안에 마련돼 있는 대나무 의자에 조용히 앉아 해가 바다 너머로 지기만을 기다렸다. 이다음에 이어질 아버지의 운명을 기다리며 말이다.

너무 긴장한 탓인지 아니면 너무 지쳤던 탓인지 뜻밖에도 엄마는 기다리는 동안 잠이 들었다.

전하이궁에 서서 바깥 풍경을 바라보니 어느새 태양은 오렌지색으로 물들어 곧 바다 너머로 사라질 준비를 하고 있었다.

나는 엄마를 살살 치며 말했다.

"점괘를 보실 때가 된 것 같아요."

내 손길을 느낀 엄마는 순간 졸음에서 깨어났다. 그런데 잠에서 깬 엄마의 얼굴에는 미소가 지어져 있었다.

"점괘를 볼 필요가 없어졌어."

엄마가 말했다.

엄마는 꿈속에서 20대 초반일 때의 모습으로 돌아간 아버지를 만났다고 했다. 피부는 하얗고 빛이 났으며 육신은 이제 막 태어난 것처럼 튼실해 보였으며 세월의 흔적이라곤 보이지 않았다고 했다. 머리는 짧게 잘랐으며 몸은 한결 가벼워 보였다고 했다. 아버지는 엄마에게 손을 흔들며 아득히 먼 곳으로 걸어갔고, 그 모습이 점점 희미해지다 완전히 사라졌다고 했다.

"아버지가 떠나신 것 같구나. 얽매였던 것들로부터 벗어나셨나 봐."

말을 마치자마자 엄마의 눈에서 눈물이 뚝뚝 떨어졌다.

전하이궁을 떠나려는 순간 엄마는 고개를 돌려 사찰 안에 단정하게 앉아 있는 신을 향해 미소를 방긋 지었다. 나는 그 옆에서 양손을 모아 합장한 채 인사를 올렸다.

"엄마가 의지하는 모든 신들이시여, 감사합니다."

나는 다시 한번 신의 존재를 믿게 되었다.

아버지에게 보내는 작은 배

묘령의 여인, 장메이리

장메이리(張美麗)는 정말 아리따운 여인이다. 이 사실은 뒷날 내 눈으로 직접 확인한 바다. 물론 그 전까지는 그 이름 자체가 하나의 전설이었다.

내가 초등학교에 다녔을 때다. 학교에 가려면 매일 편평한 돌길을 따라 걸어야 했다. 돌길 주변에는 돌을 깎아 만든 집들이 있었다. 해 질 무렵이 되면 연지를 찍어 바른 것 같은 하늘의 빛깔이 길바닥까지 물들였는데, 그 시각의 골목 풍경이 유난히도 아름다웠던 기억이 난다.

매일 해 질 무렵이 되면 한 여인이 구슬프게 우는 소리가 들렸다. 여인의 울음소리가 들리는 그 집은 학생들 사이에서 여자 귀신이 사는 곳으로 불렸다. 그 여자 귀신의 이름이 바로 '장메이리'였다.

나이가 어릴 때는 왕성한 신체 변화와 어쭙잖은 지식이 내면에서 호기심과 욕구가 샘솟는 것을 방해한다. 그렇기에 협객, 여자 귀신, 사랑에 얽힌 전설 같은 이야기는 나이 어린 친구들의 호기심을 자극하기에 딱이었다.

그런 점에서 위의 세 가지 요소를 다 갖춘 장메이리의 이야기는 단연 학교에서 인기 만점이었다. 소문에 따르면 본래 영리하고 아리따운 여인이었던 그녀는 증기선(증기 기관으로 움직이는 배)을 타고 마을에 물품을 공급하는 일을 하던 외지 사내를 좋아하게 됐다. 그 남자는 체구가 훤칠하고 불의를 보면 참지 못하는 성격을 지닌 사내였다고 한다. 우리 마을에서는 결혼 전 여자가 처녀성을 잃는 것은 절대 안 될 말이었다. 하지만 그녀는 제멋대로 그 사내에게 자신을 내어 주었다. 둘은 몰래 도망치려 했으나 결국 붙잡히고 말았고 그 뒤 장메이리는 자살을 했다고 한다. 장메이리의 이야기는 그렇게 한순간에 '불미스러운 사건'으로 낙인찍혀 버렸다. 한편 그 시절 연해에 위치했던 우리 마을은 네온사인이 반짝이는 술집과 밀수품을 파는 장사꾼들로 북적였다.

마을 사람들은 너 나 할 것 없이 마음속에서 강렬한 충동을 느꼈다. 때로는 무도회장에 다녀온 사람들이 전하는 뽀얀 허벅지, 금빛이 번쩍이는 벽면의 모양새가 어떨지 궁금하면서도 이내 다시 도덕군자인 양 점잔을 빼며 목소리를 내리깔았다.

그러나 금전적으로 부유해질수록 사람의 마음속에는 각종 욕망들이 샘솟기 마련이다. 돈은 배고픔과 가난함을 해결해 주고, 사람의 마음을 여유롭게 만들어 주기 때문이다. 예전에 가난했을 땐 사람들이 마음속에 안전밸브가 장착돼 있는 것처럼 내면에 숨겨 둔 욕망을 들여다보려 하지 않았다. 하지만 이제는 달라졌다. 사람들이 자기 자신을 직면하기 시작한 것이다.

남녀노소를 막론하고 모두가 예민했던 그 시기에는 남자는 남자끼리 여자는 여자끼리 따로 몰려다녔다. 모두 예전에 가난했을 적에는 이 정도로 불편하게 살지 않았다며 투덜거렸다. 그러면 그 말에 수긍한다는 듯 다들 고개를 끄덕이지만, 사실 속으로는 저마다 다른 생각을 품고 있었다.

장메이리는 모든 안 좋은 행동의 욕받이가 되었다. '타락의 상징'이었던 장메이리는 사람들이 욕망의 벼랑 끝에 매달려 있을 때마다 반복적으로 거론하고 상기하는 인물이었다. 또한 장메이리에 관한 이야기는 마을 아이들을 가르칠 때 안 좋은 예로 들기 좋았다. 이를테면 어른들은 외지 사람하고 말을 섞지 말아라, 남학생과 따로 만나서도 안 된다, 머리 염색을 하는 그런 미용실은 근처에도 가지 마라 등 해서는 안 되는 것들을 일러 주고 난 뒤 가장 마지막에는 꼭 이 말을 덧붙였다.

"안 그러면 너도 장메이리처럼 온 마을에 안 좋은 소문이 날 거야."

하지만 타락한 여자로 폄하되던 '장메이리'의 이미지는 시간이 흐르면서 예기치 않게 '신화'로 바뀌었다.

장메이리에 관한 많은 '카더라' 소문은 시간이 흐를수록 더 많아졌다. 장메이리가 애인과 데이트할 때 어떤 식으로 한다더라, 남자들이 장메이리 몸에서 나는 향기를 맡으면 잊지를 못한다더라, 장메이리의 남자가 실은 공산당 개국 공신의 후손이라더라 등……

이런저런 말 중 우리 남학생들의 마음을 유일하게 흔든 소문은 바로 '장메이리가 야한 달력에서 오토바이에 기대어 포즈를 취하고 있는 여자처럼 생겼다.'라는 말이었다.

그 당시 우리 남학생들 마음속에서는 말로 설명하기 어려운 어떤 충동이 생겨나기 시작했는데, 뒷날 우리는 그것이 성 충동이라는 것을 깨달았다. 남학생들끼리는 몰래 모아 둔 야한 사진을 서로 바꿔보기도 했다. 특히 우리 남학생들은 야밤에 '오토바이 걸'처럼 섹시한 장메이리를 떠올릴 때마다 온몸이 뜨거워지는 전율을 경험했다.

당시 우리 마을 학생들에게 '섹시 여신'을 뽑으라고 했으면 단연코 장메이리가 뽑혔을 것이다. 《홍러우멍(紅樓夢, 청나라 때 조설근이 쓴 장편 소설)》에 빠져 있던 내 짝꿍은 장메이리는 분명 '신비로운 분위기를 풍기는 선녀'일 것이라고 말하기도 했다.

그 시절 어른들은 머리에 염색을 하고 살짝 눈에 띄는 차림새를 한 외지 여자들이 지나가는 것만 봐도 아이들의 눈을 가리며 "아이고, 요사스러워라. 애들은 저런 거 보면 안 돼."라고 말했다. 하지만 2년 가까이 시간이 흐른 뒤에는 마을 아줌마들도 머리 사이사이에 부분 염색을 하는 브릿지 스타일을 하기 시작했으며, 서로 질세라 경쟁적으로 별의별 유행하는 색깔로 머리를 물들였다. 그렇게라도 하지 않고서는 남편을 꼬여 내는 여우 같은 여자들을 당해 낼 재간이 없었기 때문이다.

길거리에는 당시 부의 상징이었던 휴대폰을 들고 중저음 목소리로 통화를 하던 사업가들과 어디서 불쑥 튀어나왔는지 모를 짙은 화장을 한 여자들 천지였다.

그 사이 장메이리의 전설은 완전히 잊혀졌다. 매혹적으로 반짝거리는 네온사인과 온 거리를 휩쓸고 다니는 '아가씨들' 이야기에 완전히 묻혀 버렸다. 나중에는 골목 끝에서 들리던 구슬픈 울음소리마저 사라졌다.

그런데 이상하게도 나는 이유 모를 서운함이 들었다. 장메이리의 모습을 그토록 많이 상상했건만, 이제 그녀에 관한 이야기는 거의 들을 수가 없었다.

나는 도저히 궁금증을 참을 수 없어 옆집 뚱보 친구를 끌고 탐험을 떠나기로 결심했다. 우리 두 사람은 각자 손전등, 새총, 부적 여러 장을 챙겼다. 뚱보 녀석은 망자를 위해 경을 읽어 주는 도사였던 자신의 할아버지 방에서 몰래 복숭아나무로 만든 목검도 챙겨 왔다. 한 절반쯤 걸어왔을 때 뚱보 녀석이 내게 왜 이런 탐험을 하려는 것인지 물었다.

나는 한참을 멍하게 있다가 대답했다.

"넌 장메이리가 어떻게 생겼는지 안 보고 싶어?"

뚱보 녀석 또한 한참을 머뭇거리다 대답했다.

"보고 싶지. 그런데 무섭기도 해."

우리는 결국 계속 가 보기로 했다.

그녀의 집 문 앞에 다가갈수록 나는 느닷없이 뜨겁게 달아오르는 느낌이 들었다. 심지어 바지 중앙의 그곳이 불쑥 튀어나오기까지 했다. 나는 이번 탐험의 본질이 무엇인지 생각했고, 그럴수록 흥분은 극도로 치달았다.

뚱보 녀석이 목검으로 나무문을 슬쩍 밀어 보니, 두 여자의 대화가 살짝 열린 문틈 사이로 새어 나왔다. 문틈 사이로 삐쩍 마르고 창백한 얼굴이 내 눈동자에 들어오는 순간 상대의 눈동자 역시 나를 향하고 있다는 사실을 깨달았다. 뚱보 녀석도 상대의 시선을 느꼈는지 큰 소리로 "귀신이다!" 하고 소리를 지르며 삼십육계 줄행랑을 놓았다.

나 또한 그 순간 내 눈으로 본 것이 귀신이라 확신했다. 여러 생각할 틈도 없이 냅다 집으로 줄행랑을 친 나는 심장이 터질 것처럼 가슴이 쿵쾅거렸다. 하체 쪽의 중요 부위는 이미 통제력을 상실하고 솟아 있었다.

당연히 그날의 탐험에 대해서는 가족 누구에게도 말하지 않았다. 하지만 그날 밤 보았던 그 창백하고 삐쩍 말랐던 얼굴이 머릿속에 너

아버지에게 보내는 작은 배

무 선명하게 각인되어 어디를 가도 불쑥불쑥 자꾸 생각이 났다. 허옇던 그 얼굴이 서서히 선명하게 떠오르면서 그녀의 두 눈이 깜박거리며 나를 쳐다보던 모습이 떠올랐다. 나는 더는 그녀가 무섭게 느껴지지 않았다. 대신 그녀가 내 머릿속을 자꾸만 파고 들어와 나는 한동안 계속 생각에 잠긴 사람처럼 보냈다.

그렇게 며칠을 멍하게 있던 나는 심지어 밥을 먹을 때도 정신을 놓고 있다 헛젓가락질을 했다. 그렇게 헛젓가락질을 세 번이나 해 대자 이를 보다 못한 엄마는 화가 나 내 머리를 쥐어박으며 말했다.

"이 녀석이 귀신한테 홀렸나?"

엄마가 무심코 던진 말은 오히려 나를 공포 속으로 밀어 넣었다.

'설마 정말 귀신에게 홀린 건 아니겠지?'

그 뒤로 며칠이 더 지났지만 나는 그 얼굴을 떠올리기만 해도 오싹한 기분이 들었다. 나는 부모님 몰래 사당을 찾아가 절을 올리고 부적을 한 뭉치 구해 와 그것을 몸에 지니고 다녔지만 문득문득 그 얼굴이 떠올랐다. 심지어 그 얼굴의 주인이 날 보고 웃는 모습까지 눈에 아른거려 질겁할 지경에 이르렀다.

계속되는 환영의 등장으로 나는 거의 밤잠을 자지 못했다. 그보다도 몽정을 할 때마다 온몸의 기가 다 빨려 나가는 느낌에 창피하고 낯뜨거워 혼이 났다. 그날 오후 나는 결국 용기를 내어 엄마한테 내가 여자 귀신에게 홀렸다는 사실을 시인해야겠다고 마음먹었다. 그런데 때마침 예상하지 못한 소식을 접했다. 청첩장을 손에 들고 귀가한 엄마가 웃으며 골목 끝자락에 사는 장메이리가 결혼을 한다고 말했다.

'죽은 사람이 아니었어?'

어떻게 이런 일이 있을 수 있지? 모두 그녀가 수치스러운 행동을 저지르고 죽었다고 생각했다. 그런데 아직도 잘 살고 있다니 도무지 믿겨지지가 않았다. 알고 보니 그녀와 정을 통했던 그 외지 사내가 사업에 크게 성공하여 그녀와 결혼까지 하게 됐다고 한다. 물론 그녀의 부모님은 여전히 자신들의 딸자식을 매우 부끄러워했지만, 어쨌건 그런 딸을 출가시켰으니 다행이라면 다행인 일이기도 했다.

당시 장메이리의 혼례는 지나치게 호화스럽고 요란했다. 신부 쪽에서 예물을 준비하는 것은 우리 고향의 풍습인데, 그 예물이 보통의 경우보다 두 배나 됐다. 결혼식 답례품으로 이웃에게 나눠 주는 사탕 역시 가장 비싸고 좋은 것으로 준비했다. 결혼식 피로연도 고향 마을에서 가장 좋은 호텔에서 열렸는데, 신부인 장메이리와 베일에 싸인 그녀의 남편은 피로연이 시작할 때 잠깐 나타나 사람들과 건배만 한 뒤 곧바로 친지들만 들어갈 수 있도록 마련된 별도의 방으로 들어가 모습을 드러내지 않았다.

다음 날 장메이리는 남편의 본가가 있는 동북 지역으로 떠났다.

내가 아는 것이라고는 동북 지역이 우리 고향에서 정북향 쪽이라는 사실뿐이었다. 가끔씩 마을의 유일한 대로에 서 있노라면, 이 길을 따라 북쪽으로 계속 걷고 걷다 보면 어느 길거리에서 장메이리와 마

아버지에게 보내는 작은 배

주치게 되지 않을까 하는 상상을 했다.

나는 언젠가 내가 그녀가 있는 곳에 다다르게 될 것이라는 믿음이 있었다. 그리고 그때가 되었을 때 그녀를 알아보기 위해 나는 그녀의 얼굴을 계속 상상하고 떠올렸다.

하지만 시간은 흐르는 물과 같아서 기억 속 그녀의 얼굴은 점점 희미해졌고, 어느 날 문득 그녀의 존재를 완전히 잊어버린 나를 발견했다.

이런 게 인생일까? 나는 갑자기 서글픈 생각이 들기 시작해 시 몇 소절을 쓰기까지 했다.

사실 나 같은 책벌레가 청춘을 어찌 이해했겠는가.

장메리이의 청춘이야말로 진정한 청춘이라 말할 수 있지 않을까.

그렇게 2년이라는 시간이 흘렀고 어느 날 갑자기 장메이리가 돌아왔다. 그녀는 허벅지가 다 드러나는 치파오(旗袍, 원피스 형태의 중국 전통 의상)를 입고 머리는 당시 가장 유행하는 헤어스타일이었던 올림머리를 하고 있었으며, 목걸이와 반지를 주렁주렁 차고 나타났다.

소문에 의하면 그날 그녀는 매우 값비싼 차에서 내렸다고 하는데, 그때 나는 학교 수업 시간이라 그 상황을 직접 보지는 못했다. 하지만 머릿속에서는 마을 사람들이 우르르 몰려나와 그 광경을 구경하는 장면이 계속 상상됐다.

며칠이 지난 뒤 나는 그녀에 관한 최신 소식을 듣게 되었다. 알고 보니 그녀는 이혼을 하고 돌아온 것이었다.

하지만 이혼이 무엇인가? 그건 우리 마을 사람들의 상식으로는 생각조차 해 본 적 없는 그런 단어였다.

어느 날 그녀는 내가 다니는 학교 앞에 가게를 하나 차렸다. 가게 바깥에는 오색 천 테이프가 펄럭였고, 가게 안은 저녁이 되면 붉은색 등이 켜졌다.

"저기가 장메이리가 차린 가게래."

길거리의 사람들 모두가 그렇게 말했다.

소문에는 그녀가 고향에 돌아온 지 사흘째 되는 날 집에서 쫓겨난 뒤 이곳으로 이사를 왔다고 한다. 내 눈으로 유일하게 확인한 것은 그 가게에 붉은색 등이 켜진 지 사흘째 되던 날 골목 모퉁이에 붙은 붓글씨로 적은 한 장의 성명서였다. 내용은 즉 이러했다.

'저희 가족은 장메이리와 모든 관계를 끊었으니 앞으로 그녀의 생로병사는 저희 가족과 무관한 일임을 알려 드립니다.'

의외로 글씨의 필체는 매우 정갈하고 단정했으며, 글씨의 한 획 한 획에 힘이 실려 있었다. 글씨만 보아도 학식과 교양이 있는 집안임을 짐작케 했다. 하지만 그것을 구경하는 사람들은 다들 입을 가리고 몰래 비웃었다.

나는 매일 학교 가는 길에 그 가게 앞을 지나갔다. 매일 아침 7시가 좀 넘은 시각, 늘 그렇듯 가게 문은 굳게 닫혀 있었다. 가게 바깥에는 온갖 메모가 붙어 있었다. 나는 몇 번이고 그 안에 들어가 보고 싶었으나 그럴 만한 배짱이 없었다. 일주일 뒤 어느 날 새벽 5시 30분에 눈을 뜬 나는 그 안에 들어가 보기로 결심했다. 가게 입구에는 개발새

아버지에게 보내는 작은 배

발 갈겨쓴 메모들이 붙어 있었다. 메모에는 '파렴치한 년', '천한 년', '여우 같은 년, 죽어라!' 등 입에 담을 수 없는 욕들로 가득했다.

나는 그 메모들을 보면서도 주변에 누가 지나가지 않는지를 살폈다. 그리고 멀리서 누군가 걸어오는 것이 보이기라도 하면 서둘러 자전거에 올라타 학교를 향해 정신없이 페달을 밟았다.

장메이리가 차리려는 가게는 무엇일까? 이 의문은 그녀를 다시금 장안의 화제의 인물로 만들었다. 어떤 이는 그곳이 술 접대가 이뤄지는 룸살롱일 것이라 말했다. 가게 면적이 작아 보여도 문을 열고 들어가면 지하에 두 층이 더 있고, 각 층마다 접대를 하는 아리따운 아가씨들이 그곳을 찾은 손님을 살갑게 맞이해 준다고 했다.

또 누군가는 그곳이 고급 안마소라고 했다. 가게 안에는 해외에서 수입해 온 안마 의자가 있는데, 거기에 누우면 온몸이 저릿저릿하게 주물러져서 일어나려 해도 일어나지지 않을 정도라 했다.

매일 밤 남학생 기숙사에서는 온통 장메이리의 가게 이야기뿐이었으며, 이야기를 마친 뒤에는 각자 상상의 나래를 펼치느라 바빴다.

그러던 어느 날 갑자기 '허우대 형님'이 나타났다. 허우대 형님이란 우리 마을 학생들이 붙인 장메이리 남편의 별명이다.

처음에는 아무도 믿지 않았다. 하지만 시간이 흐르면서 사람들은 그의 실체를 두 눈으로 확인하게 되었다. 그 사내는 저녁 무렵이 되면 바깥에 의자를 두고 앉아 바람을 쐬었다. 그러고 나면 밤새 길거리에서 시끄럽게 싸우는 소리, 접시가 깨지는 소리가 들렸다. 하지만 다음 저녁 무렵에도 그 사내는 아무 일 없었다는 듯 의자를 가지고 같은 자리로 나와 바람을 쐬었다.

그 가게 안에서는 대체 무슨 일이 벌어지고 있는 것일까? 어쩌면 당사자조차 말하기 어려운 사정이 있는 것은 아닐까? 어쨌든 간에 그 가게의 정체는 결국 밝혀졌다. 어느 날 그녀의 가게 앞에 쳐져 있던 오색 천 테이프가 사라지고 가게 문이 활짝 열려 있었다. 그리고 입구에 걸린 간판에는 '아름다운 횟집'이란 뜻을 지닌 '메이메이(美美) 횟집'이라고 쓰여 있었다.

그날 이후부터는 장메이리의 모습을 온전하게 볼 수 있었다. 그녀는 늘 입가에 미소를 띠며 계산대 앞에 서서 손님을 맞이했다. 하지만 마을 토박이들은 결단코 그곳에 가지 않았다. 그 가게를 찾는 사람은 화물선을 타고 외지에서 건너온 상인들뿐이었다.

장메리이의 가게는 우리 학교가 있는 곳에서도 한눈에 알아볼 수 있을 정도로 눈에 띄었다. 그녀의 가게는 이 마을에 전혀 걸맞지 않은 이질감이 다분히 느껴졌다. 금테가 둘러진 식기, 크리스털로 꿰어 만든 발, 가죽 재질의 의자, 심지어 일하는 종업원들도 모두 외지에서 건너온 늘씬한 미인들이었다. 마을 사람들은 그곳을 '아주 요사스럽고 야시시한 분위기'를 풍기는 곳이라고 표현했다.

장메이리의 가게는 우리 마을과는 너무나 대조적인 분위기를 풍기는 곳이었다. 마을 사람들은 장메이리가 어떤 세력을 대신해 이 마을

　　　　　아버지에게 보내는 작은 배

을 잠식시키고 있다고 떠들었다.

이 소리 없는 전쟁의 끝은 결국 장메이리의 승리로 귀결되는 듯해 보였다. 어느새 장메이리 가게 근처의 식당 모두 그녀의 가게를 모방하기 시작했다. 몇몇 마을 토박이 사장님들도 '부득이하게' 메이메이 횟집을 드나들었다.

그곳에 갔다 온 사람들은 하나같이 이렇게 말했다.

"어쩔 수 없지, 뭐. 외지 손님들이 전부 여기만 좋아하니까."

얼마 지나지 않아 마을 촌장님의 아들이 결혼을 하게 되었는데 피로연이 열리는 장소 중 그녀의 가게도 포함되어 있었다.

그날 오후 나는 유독 긴장이 됐다. 아버지 역시 그 결혼식에 초대되었는데, 아버지는 주최자의 특별 배려로 메이메이 횟집으로 가게 되었다. 그곳에 초대된 사람 모두 각지의 상인으로 사업을 논하기에 더없이 좋은 장소였다.

나는 자발적으로 나서 내가 아버지를 모시고 가겠다고 말했으나 엄마는 단칼에 싹을 잘라버리듯 안 된다고 못을 박았다. 하는 수 없이 나는 창가 앞에 엎드린 채 쭈뼛쭈뼛 눈치를 보며 밖을 나가는 아버지를 지켜보기만 해야 했다.

"너무 맛있고 좋은 식당이었어."

아버지는 집에 돌아와서 이렇게 말했다. 사실 그 말은 아버지가 말할 수 있는 유일한 감상평이자 이 마을 사람들이 할 수 있는 유일한 평가였다. 또 실상 장메이리의 가게에서 파는 음식 맛만큼은 그녀와 마을 사람들과의 관계를 새롭게 정립할 만큼 훌륭했다.

어느 날 학교 내 일부 건물을 수리하게 되어 마을의 가장 큰 어르신인 촌장님이 사람들에게 기부 동참을 호소하게 됐다. 상점을 운영하는 사장도, 가전제품 사장도 모두 선뜻 나서지 못하고 머뭇거린 반면 장메이리는 적극적으로 나섰다. 그녀는 혼자 학교 교장실을 찾아가 5만 위안(약 867만 원)이나 되는 돈을 기부했다.

당시 5만 위안이면 작은 집을 한 채 지을 수 있을 정도로 엄청나게 큰돈이었다.

하지만 정작 교장은 머뭇거리며 그 돈을 받지 않았다. 그리고 "생각을 더 해 봐야겠다."라는 말과 함께 그녀를 돌려보냈다. 결국 학교에서 발표한 기부 명단에 장메이리의 이름은 없었다.

얼마 뒤 우리 동네의 오래된 사당에서도 작은 공사를 해야 하는 일이 생겼다. 장메이리는 그때도 기부를 자처했지만, 역시나 공개된 기부 명단에 그녀의 이름은 빠져 있었다.

그해 말 마조신을 모시는 사당에 조그마한 광장을 확장하는 공사가 있었는데, 장메이리는 그때서야 기부 명단에 제 이름을 올릴 수 있었다.

'5만 위안: 신자 장메이리'

5만 위안은 기부금 중 가장 큰 금액이었지만, 그녀의 이름은 기부 명단의 가장 아래에 새겨졌다. 그럼에도 장메이리는 무척이나 기뻐했

아버지에게 보내는 작은 배

다. 그녀는 한동안 수시로 마조신 사당을 찾아와 허리를 숙여 그곳에 새겨진 자신의 이름을 보며 배시시 미소를 지었다. 나 또한 자주 마조신 사당 근처의 잡화점에 눌러 앉아 그녀가 혼자 한 송이 꽃처럼 아름답게 웃는 모습을 지켜봤다.

내가 고등학교에 진학했을 즈음에는 장메이리도 진(鎮, 행정 구역 단위) 기업 연합회 부회장이라는 신분을 갖게 되었다. 하구에 자리를 잡은 장메이리의 가게 '메이메이 횟집'은 어느덧 층수가 5층 높이만큼 높아져 있었다.

교내 우수한 학생을 격려하는 연회 역시 그녀의 찬조로 이뤄졌다. 금빛으로 번쩍이는 큰 홀에서 그녀는 연설 원고를 손에 쥔 채 "조국을 위해 헌신해야 한다.", "국가 건설에 힘을 보태겠다." 같은 듣기에 거창한 말들을 읊었다.

그녀는 이미 턱이 접히고 두터운 화장으로도 얼굴의 주름들이 가려지지 않는 나이가 되었지만 그래도 그녀의 미모는 여전히 아름다웠다.

사실 마을 어른들은 학교에서 장메이리의 호의를 받아들인 것을 탐탁지 않게 생각했다. 왜냐하면 당시 장메이리는 메이메이 횟집의 사장이면서 그 옆에 있는 해상 유원지의 사장이기도 했기 때문이다. 그 해상 유원지라는 곳에서 노래방, 무도회장, 커피숍은 물론 온갖 '떳떳하지 못한 사업'이 자행되고 있다는 소문이 돌았다. 그중 학생들 사이에서 돌았던 가장 흉측한 소문은 그곳에서 마약을 판다는 소문이었다. 예전에 퇴학했던 어느 학생이 그곳에서 성병에 감염되었다는 소문도 있었다.

이에 학교 간부들은 학생들에게 그 유원지 근처에 얼씬도 하지 말라고 누차 경고했으며, 학부모들도 매일 저녁 그곳에 관한 안 좋은 소문에 대해 이야기했다. 나는 장메이리를 향한 마을 사람들의 마녀사냥이 다시 시작되었음을 직감했다.

벽을 따라가다 보면 메이메이 횟집 옆에 바로 해상 유원지가 있었다. 그날 연회에 참석한 나는 식탁 쪽에서 창가 쪽으로 점점 자리를 옮겨 네온사인이 켜져 있는 그 유원지를 훔쳐봤다.

그 유원지 안에는 큰 건물들이 모여 있었는데, 중앙에 위치한 건물이 바로 무도회장이었다. 그 주위를 유럽풍의 작은 건물들이 둘러싸고 있었다. 들은 바에 의하면 건물마다 각각의 콘셉트가 있는데, 어느 건물은 서정적인 분위기의 술집, 어느 곳은 디스코텍, 또 어느 곳은 고급 카페라 했다.

연회가 끝난 뒤 선생님은 기자 단장이었던 내게 '우수 기업 대표' 장메이리의 인터뷰를 맡겼다. 인터뷰는 그녀의 사무실에서 진행하기로 했다.

그날 그녀는 검은색 스타킹을 신고 사업가 분위기를 풍기는 투피스 정장을 차려입고 나타났다. 나는 말을 꺼내기 전부터 온몸이 땀으로 흠뻑 젖었다. 난생 처음 그녀와 대화라는 것을 나누게 되었으니 긴장하지 않을 수 없었다.

반면 한쪽에서는 선생님이 내 귀에 대고 이번 인터뷰는 상대가 원해서 형식적으로 하는 것이기에 기사로 쓸 필요가 없다고 일러 주었다.

나는 그 인터뷰가 장메이리에게는 하나의 의식, 일종의 인정을 받기 위한 의식이라는 것을 알고 있었다. 나는 말을 더듬으며 중고등학생에게 해 줄 조언이 있는지 물어보는 등 따분한 내용의 질문을 이어 갔다. 그녀는 덕망이 높은 여인들이 사용할 법한 단어와 동작을 사용하려고 노력하며 답변을 했다.

그녀는 그날의 인터뷰가 꽤나 만족스러웠는지 인터뷰 도중 학교 기자단 설립에 기부를 하겠다는 의사를 밝혔다. 선생님과 그녀는 손을 맞잡고 기자단 설립을 축하했으며, 그날 인터뷰 또한 순조롭게 잘 마쳤다.

그녀의 사무실에서 나갈 때 나는 참지 못하고 고개를 돌려 그녀를 슬쩍 한 번 더 보았다. 그녀는 갑자기 긴장이 풀린 사람처럼 뒤통수를 의자 등받이에 기대고 있었다. 사장 의자에 축 늘어져 있는 그 모습에서는 말할 수 없는 고단함과 초췌함이 느껴졌다.

마을 어른들, 학부모, 학교에서 금지할수록 아이들의 모험심이 자극되었다. 일부 성미 급한 학생들은 몰래 그 유원지에 숨어들어 갔다 온 뒤 흥분한 표정과 말투로 그 안에서 목격한 '신세계'를 친구들에게 들려주었다.

학생들 사이에서 그 유원지에 가 봤냐, 안 가 봤냐는 그저 경험이 있고 없고의 차이에 불과했으나, 학부모 사이에서는 그곳에 가고 안 가고의 유무가 모범생과 불량 학생을 나누는 기준이 되었다.

어느새 내 귀에도 갈수록 많은 소문이 들려왔다. 듣자 하니 유원지 안에서 사대천왕으로 유명해진 이들이 그 안에서 각각 다른 종류의 사업을 했는데, 그들이 학교 학생들까지 사업에 끌어들이려 한다는 소문이 돌았다.

나는 그 소문을 믿지 않았다. 내 추측하건대 유원지에서 일하는 직원이 허세를 부리려고 만들어 낸 이야기가 아니었을까 싶다. 이유가 어찌되었건 이 모든 불미스러운 일들이 생긴 이유는 그 유원지가 존재하고 있기 때문이었다.

마을 사람들의 분노는 점점 쌓여만 갔고, 마을 어른들과 부녀자들은 집집마다 돌며 어떤 어떤 것을 금지해 달라는 청원서에 서명을 부탁했다. 반면 장메이리는 마을 사람들의 배척에 반격하기 위해 진(鎭) 정부의 건물을 짓는 데 무려 이십만 위안(약 3,400만 원)이나 기부했다.

그렇게 마을 사람들과 장메이리 간의 팽팽한 대치는 계속 이어졌고, 모두 크게 사건 하나가 터지기만을 기다렸다.

그 사건은 결국 내가 고등학교 3학년 첫 방학 때 터지고야 말았다. 유원지 안에서 심각한 폭력 사건이 발생했는데, 현장에서 맞아 죽은 한 사람이 하필 마을 유지 어르신 중 한 사람의 아들이었던 것이다.

마을 사람들이 모두 몰려나와 유원지 문 앞에서 돌을 던지고 욕을 쏟아 내며 유원지의 폐업을 요구했다. 그야말로 대토벌 작전을 방불케 하는 광경이었다.

그날 오후 나는 학생 기자 신분으로 현장을 찾았다. 어른이며 아이며, 이 일에 상관이 있는 사람이든 없는 사람이든 모두 그곳에 모여 있었다. 사람들은 몇 년 전 그때처럼 '뻔뻔한 년 같으니라고!', '천한 년', '여우 같은 년, 죽어라!' 등 온갖 욕설을 내뱉었다.

그때 장메이리가 중앙 건물의 옥상에서 모습을 드러냈다. 그녀는 확성기를 손에 들고 유원지를 에워싸고 있는 사람들을 향해 소리쳤다.

"그건 불의의 사고였어요. 마을 주민 여러분, 이해 부탁드립니다. 아무쪼록 제가 잘 처리하도록……."

그녀가 말을 마치기도 전에 어떤 사람이 돌맹이를 집어 이를 악물고 그녀가 있는 곳을 향해 던졌다. 하지만 돌맹이가 그녀가 서 있는 곳까지 날아갈 리 만무했다.

그때 사람들이 길을 비키는 사이로 그녀의 모친이 천천히 걸어 나왔다. 그러고는 옥상 위에 서 있는 장메이리를 향해 울면서 소리쳤다.

"넌 불길하고 더러운 아이야. 왜 그때 죽지 않았어! 너 같은 화근덩어리가 왜 아직도 살아 있는 게야!"

확성기를 들고 있던 장메이리는 정말 오랜만에 모친의 얼굴을 보았는지 울먹이며 소리쳤다.

"엄마, 믿어 주세요. 전 정말 하늘에 맹세코 지금까지 단 한 번도 인간으로서 해서는 안 되는 일을 한 적이 없어요. 정말 단 한 번도 없다고요!"

하지만 그녀의 모친은 이미 이성을 잃은 상태였다.

"넌 마귀야! 넌 마귀라고! 그때 내가 널 목 졸라 죽였어야 했는데!"

그때 옥상 위에 올라온 장메이리의 남편이 그녀를 데리고 건물 안으로 들어갔다.

사람들은 다시 또 고함을 지르고 욕설을 내뱉었고, 그렇게 한참 동안 시끄럽던 소리는 점점 잠잠해졌다.

정작 나는 그날 저녁의 요란 법석했던 사건을 모르고 있다가 다음날 아침이 되어서야 듣게 되었다. 장메이리는 그날 저녁 자신의 조상이 모셔져 있는 사당 문 앞에서 대성통곡하며 자신은 절대 부끄러운 행동을 한 적이 없다고 하늘에 맹세했다고 한다.

"사랑을 욕심냈던 것 말고는 몸을 판 적도, 마약을 판 적도 없습니다. 전 그냥 제가 아름답다고 생각한 것, 제가 옳다고 생각한 것, 제가 좋아하는 것을 하면서 돈을 번 것이지 누군가에게 죄를 짓는 일은 정말 하지 않았어요……."

그녀는 울음을 그친 뒤 사당 벽을 세차게 들이박았다고 한다.

이튿날 아침 사당을 지키는 어르신이 사당 문 입구에 쓰러져 있는 장메이리의 시신을 발견했는데, 시체에서 흘러나온 피가 오랫동안 눌려서 뭉쳐 있는 재 가루처럼 이미 응고되어 굳어 있었다고 한다.

마을 규율에 따라 사람이 죽으면 그 사람의 본가 또는 마을 촌장네

아버지에게 보내는 작은 배

사당에서 불사(佛事)를 진행한 다음 다시 장례를 치르고 마지막에 목패를 사당에 안치시켜야 하며 그렇게 해야 영혼이 안식을 취할 수 있다고 한다.

하지만 그녀의 본가는 물론 촌장네에서도 이를 거부했다. 설에 의하면 안식을 취하지 못하는 영혼은 오갈 데 없이 여기저기를 떠돌아다니게 된다고 한다. 또한 이는 한 인간에게 내리는 가장 가혹한 벌이기도 하다. 장메이리는 결국 고독한 영혼이 되어 버렸다. 뒤에 그녀의 남편이 이 사실을 알게 되어 그녀를 위해 성대하게 장례를 치러 주었다. 마을 사람들 어느 누구도 그녀의 장례에 참석하지 않자, 그녀의 남편은 옆 마을에서 곡소리를 내는 사람 몇 명을 구해 왔다. 그리고 그녀의 장례식장에서는 삼일 밤낮 동안 '아이고, 아이고' 하는 곡소리가 끊이지 않고 들렸다.

장례를 치르고 난 뒤 그녀의 남편은 모든 사람을 돌려보냈다. 그러고는 유원지 전체를 불태워 버렸다.

아무도 소방서에 전화하지 않았고, 소방차 또한 오지 않았다. 마을 사람들은 냉정하리만큼 차가운 눈빛으로 밤새 유원지가 타는 모습을 지켜봤다. 연기와 불이 잦아들었을 쯤 누군가 나타나 폭죽을 터뜨리기 시작했다.

마을 풍습에 따르면 집안의 아픈 사람이 병이 나으면 폭죽을 터뜨려야 한다고 한다.

어느새 대학을 졸업한 지 6년이 지났다. 어엿한 사장님이 된 한 고등학교 동창에게서 졸업 10주년 기념으로 다 같이 모이자는 연락을 받게 됐다. 내게는 특별히 먼 베이징까지 초대장을 보냈는데, 그 초대장은 전통 방식대로 붉은색 종이에 금테가 둘러져 있었다. 그런데 초대장을 열어 보니 모임 장소가 다름 아닌 해상 유원지였다.

그 사건 이후 나는 대학 입학과 함께 고향을 떠났기 때문에 잘 몰랐는데, 알고 보니 그 뒤로 유원지가 다시 개장했다고 한다.

새롭게 개장한 유원지는 장메이리가 운영했던 유원지와는 완전히 달랐다. 원래는 유원지에 들어서자마자 바로 앞에 큰 건물이 있었는데, 지금은 그곳이 모두 잔디밭으로 변해 있었다. 그러나 주변을 병풍처럼 둘러싸고 있던 작은 건물들은 여전히 존재했다. 그 주변으로는 온통 묵직한 저음 스피커가 웅웅거리며 울리는 소리가 가득했다. 또한 가는 길마다 한껏 멋을 낸 남녀 커플들이 서슴없이 애정을 표현하고 있었다.

그날 나는 늦게 도착했고, 동창 대부분은 먼저 도착해 모여 있었다. 나는 스스로 이 질문은 하지 말아야지 하고 생각했지만, 결국엔 참지 못하고 묻고 말았다.

"이 유원지는 어쩌다 또 짓게 된 거야?"

그러자 사업을 한다던 그 동창이 피식 웃으며 대답했다.

"수요가 있으면 당연히 누군가 그것으로 돈 벌 궁리를 하지 않겠어? 마을에 돈 많은 사람이 이렇게 많은데, 그럼 돈을 소비할 곳도 있어야 하지 않겠어?"

나는 더는 묻지 않았다.

"욕망이 있는 곳에 돈 벌 기회도 있는 거야. 이건 돈이 내게 가르쳐 준 교훈이야."

그 동창은 아랑곳하지 않고 계속 자기 할 말만 했다.

테이블을 돌며 술을 마시던 도중 한 친구가 나를 놀리기 시작했다.

"아, 맞다. 장메이리가 네 이상형 아니었어?"

나는 순간 얼굴이 벌겋게 달아올라 아무 대답도 하지 못했다. 그러자 옆에 있던 한 동창도 덩달아 놀렸다.

"뭘 그렇게 부끄러워해. 나도 혼자 상상하면서 욕구 해소했던 적 많아."

그때 누군가가 장메이리를 향해 건배를 제안했다. 그러자 그 사업가 동창이 말을 가로채며 이렇게 외쳤다.

"뜨거운 피가 끓는 청년들이여, 이 작은 마을에 계몽의 바람을 불러일으킨 위대한 창시자, 아름다운 운동가, 성(性) 개방 개혁가……"

그리고 마지막 구절은 모두가 다 같이 목이 찢어져라 소리쳤다.

"위대한 장메이리를 위해 건배!"

나는 조용히 술잔을 들고 구석으로 자리를 옮겼다. 마침 내 눈에 그 잔디밭이 들어왔다. 나는 자꾸만 그날 밤 보았던 그 집과 창백했던 그녀의 얼굴이 떠올라 혼잣말로 이렇게 중얼거렸다.

"그냥 시골 아가씨처럼 살았다면 자살할 일도 없었겠지."

동창들은 여전히 시끌벅적하게 마을에 떠도는 별의별 야한 이야기를 하느라 정신이 없었다. 나는 불현듯 속에서 화가 치밀어 술잔을 바닥에 세게 던지고는 그대로 바깥으로 뛰쳐나가 정신없이 질주했다. 내 눈에 더는 그 구역질 나는 유원지가 보이지 않을 때까지.

　　　　　　　　　　　　　　　　　　아버지에게 보내는 작은 배

두 친구, 아샤오와 아샤오

아샤오와 아샤오, 이 둘은 다른 사람이다.

그중 한 아샤오는 내가 초등학교 5학년이 되기 전에 알았던 친구로, 우리 앞집에 살았던 녀석이다.

그 친구의 집은 전형적인 민난 전통 양식으로 지어진 주택으로, 왼쪽 변과 오른쪽 변에는 일상생활을 하는 공간으로 지어진 집채가 있고, 그 중앙에는 신을 모시고 제사를 지내기 위해 마련된 사당이 있다. 민난 지역에서는 이렇게 집집마다 신을 여럿 모셨으며, 명절이 되면 거의 온종일을 집 안 사당에서 분주하게 보냈다.

본래는 사당 양 옆쪽의 곁채와 그 중간에 마당이 한데 어우러지게 지어야 하는데, 집을 지을 당시 아샤오네 형편상 그 모든 구조물을 한

번에 지을 능력이 안 되어 마당 부분은 그냥 공터로 남겨 두었다. 대신 공터 주변을 울타리로 두르고, 안쪽에는 종려나무를 심었으며 공터 안에서 깜둥이 똥개를 한 마리 키웠다.

아샤오네 집은 바닷가 근처에 사는 전형적인 어민 가정의 가옥 형태였다. 아샤오의 아버지는 나이가 어렸을 적부터 고기를 잡으러 다녔고, 그의 큰형과 둘째 형도 초등학교를 졸업한 뒤 고기잡이에 뛰어들었다. 아샤오의 어머니는 고기를 잡는 그물망을 고치는 일을 맡으면서 남편과 아들이 수확해 온 해산물을 시장에 가져다 팔았다. 당시 아샤오는 아직 초등학생도 되지 않은 나이에도 내게 몇 번이고 맹세하듯 말했다.

"난 절대 고기잡이 같은 건 하지 않을 거야!"

나는 그의 어머니 '우시(烏惜)' 아주머니를 좋아했다. 왜냐하면 엄마와 함께 아주머니네 가는 날에는 해산물을 배 터지게 먹을 수 있었기 때문이다. 우시 아주머니는 생전 환하게 웃을 줄만 알고 다른 표정은 지을 줄 모르는 사람처럼 늘 웃는 얼굴이었다. 아주머니는 나를 볼 때마다 항상 먹을 것을 찾아 챙겨 주었다. 또 명절이면 이유를 만들어 우리 집에 생선과 새우 한 꾸러미를 선물로 보내 주었다. 이따금씩 아샤오의 아버지와 그의 형이 놀러 와 내게 장난을 걸며 놀아 주기도 했다. 심지어 아샤오네 집에서 기르는 개도 내가 골목 어귀에 들어 설 때쯤 멀리서 꼬리를 흔들며 나를 반겨 주었다.

그런데 딱 한 사람, 아샤오만은 늘 구석에 조용히 처박혀 우리 두

　　　　　　　　　　　　　　　아버지에게 보내는 작은 배

집 사이의 교류에 참여하지 않았다. 아샤오는 매우 조용한 친구였다. 그 녀석은 마치 영원히 어떤 생각에 골몰히 빠져 있을 것만 같은 사람처럼 현실과 동떨어져 있는 느낌을 풍겼다. 녀석이 유일하게 내게 말을 걸었던 날은 우리 엄마가 우시 아주머니에게 내가 또 학년 전체 1등을 했다며 자랑하는 말을 들었을 때다. 녀석은 손짓으로 거만하게 나를 부르며 말했다.

"어이, 헤이거우다(黑狗達, 작가의 어린 시절 별명), 넌 공부 열심히 해서 꼭 이 촌구석을 떠나렴."

당시 나는 우리 마을이 아주 크다고 생각했고, 그다지 절실히 이곳을 떠나야겠다는 생각이 들지도 않았다. 하지만 마음속으로는 왠지 모르게 녀석의 생각이 대단하다고 느끼기도 했다. 그리고 우리 마을 정도로는 눈에 차지도 않는 저 녀석의 포부는 얼마나 클지 궁금했다. 하지만 아샤오는 학업 성적이 좋은 친구는 아니었다. 다들 녀석의 그런 건방지고 오만한 태도가 그의 괴팍한 성격 때문이라고 생각했다. 주변 이웃들도 녀석을 '괴팍한 아샤오'라고 부르기 시작했다.

또 한 명의 아샤오는 고급 승용차를 타고 우리 동네로 왔다. 나는 아직도 그날 오후 텔레비전에서만 보던 자동차 한 대가 골목 어귀의 한 흙길에 세워져 있던 것이 기억난다. 협소한 공간 때문에 골목 안까지 들어오지 못하고 앞뒤로 뺐다 넣었다 하는 차에서는 매캐한 매연이 뿜어져 나왔다. 그 주변을 둘러싸고 있던 사람들은 온통 먼지투성이가 됐다.

구경하는 사람 사이에서 나는 맨발로 서 있었다. 당시 우리 마을에서도 흰색 운동화와 세일러복 스타일의 교복이 유행했지만 나는 운동화를 신었을 때 느끼는 답답함과 발에 습기가 차는 느낌이 너무나 싫었기에 평소 습관적으로 얇은 슬리퍼를 신고 다녔다. 선생님은 그런 나에게 "운동화를 신지 않고 자꾸 맨발로 수업에 온다면 학교에서도 그 빈티 나는 슬리퍼를 신지 못하게 할 거야."라고 엄포를 놓았다. 나는 아예 운동화를 책가방에 처박아 둔 채 비가 오든 날이 덥든 늘 맨발로 다녔다. 그렇게 한참을 지내다 보니 어느새 발바닥에는 유리를 밟아도 아프지 않을 정도의 두꺼운 굳은살이 생겼다. 나는 그런 내 발을 자랑스럽게 여기며 친구들에게 나를 '맨발의 도사'라고 부르도록 강요했다.

아무튼 또 다른 그 아샤오라는 아이가 차에서 내렸을 때 그는 텔레비전 속 도련님처럼 가죽 신발을 신고 멜빵바지를 입고 있었으며, 단정하게 빗어 넘긴 머리 스타일도 부잣집 도련님스러웠으며, 피부색도 녀석이 입고 있던 흰 셔츠처럼 뽀앴다.

아샤오의 그러한 차림새는 눈부실 정도로 빛이 났다. 그 빛에 주변 사람 모두가 시커멓게 보일 정도였다.

그 아샤오는 우리 집 동편에 사는 이웃인 '아웨(阿月)' 아주머니의 조카였다. 그의 부모님은 홍콩에서 공사 하도급 사업으로 부유해졌는데, 그의 형은 이미 홍콩 이민 수속을 마친 상태였다. 마지막으로 남은 사람이 아샤오인데, 이민 수속을 마치기까지 일이 년 정도 시간이 걸려 그 시간 동안 잠시 이곳에 머무는 것이었다.

사람들은 그를 '홍콩 아샤오'라고 불렀다. 그에게 딱 어울리는 별명이었다. 그 이름을 들으면 마치 '홍콩'이 그의 성씨처럼 느껴졌다.

홍콩 아샤오는 이 작은 시골 마을에서 나고 자란 아이들의 마음에 반향을 불러일으켰다. 어쩌면 인디언이 처음 유럽인을 봤을 때도 이런 기분이 아니었을까 싶다.

그날부터 홍콩 아샤오가 사는 집 주변에는 늘 몰래 그 집을 훔쳐보는 아이들이 있었다. 그 아이들은 홍콩 아샤오의 모든 것을 궁금해했다. 홍콩 아샤오는 말할 때 눈썹을 올리며 말하길 좋아했으며, 머리 가르마도 홍콩의 유명 배우인 귀푸청(郭富城)처럼 항시 사대 육으로 빗고 다녔다. 또한 녀석은 휘파람 불기를 좋아했으며 샤워도 매일 여러 번 했다. 얼마 뒤 맨발로 사방을 누비고 다니던 마을 꼬맹이들도 하나둘씩 말을 할 때 눈썹을 치켜올리고, 머리 가르마는 사대 육으로 넘기고 다녔으며, 또 너나 할 것 없이 휘파람을 불기 시작했다. 어떤 아이들은 몰래 그가 샤워하는 장면을 훔쳐보기까지 했다.

아웨 아주머니네도 비교적 부유한 축에 속했는데, 그녀의 집은 당시 그 부근에서 유일한 이층집이었다. 그녀의 집 옥상에는 매일 새로 빤 홍콩 아샤오의 흰 티셔츠와 속옷 빨래가 바람에 날리고 있었다. 녀석의 흰옷은 너무 밝아 눈이 부실 정도였다. 마치 문명의 깃발이 휘날리듯 그곳에서 거만하게 자태를 뽐내고 있는 것처럼 보였다. 한참 호기심 많을 나이인 마을 아이들은 바람에 흩날리는 그 새하얀 옷을 보며 뭐라 표현하기 어려운 흥분감을 느꼈다. 홍콩 아샤오가 마을에 온 지 3일째 되는 날 어떤 아이가 좀 더 그의 은밀한 비밀을 캐내기 위해 전봇대에 오르다 추락하는 일이 벌어졌다. 다행히 그 시절의 땅바닥 은 시멘트 바닥이 아닌 흙바닥이어서 바닥에 떨어진 아이는 가벼운 찰과상 정도만 입고 크게 다치지는 않았다.

마을에서 이러한 사건 사고가 퍼져 나가는 것을 부끄럽게 생각한 어른들은 아무 일도 없었던 것처럼 행동했다. 그들은 일부러 못 본 척 하거나 잘 모르겠다는 식의 태도로 일관했다.

그때 나는 이미 마음속으로 내가 그 홍콩 아샤오와 친해질 일은 없 을 것이라고 단정 지었다. 사실 같은 동네 아이들로 구성된 '슬리퍼 군단'에서 나는 공부를 가장 잘하는 아이였기 때문에 어른들과 동년 배 친구들의 관심은 모두 내 차지였다. 물론 나 역시 홍콩 아샤오가 궁금했지만, 막상 녀석에게 원래 내가 누리던 관심의 눈길을 빼앗기 니 허탈감이 적잖게 밀려왔다.

나는 녀석의 모든 것에 관심이 없는 척 행동했다. 그러던 어느 날 아웨 아주머니가 자신의 집에서 아샤오와 함께 놀라며 나를 초대했다.

"네가 공부를 그렇게 잘한다면서. 동네 개구쟁이 아이들이랑 어울 리면 괜히 나쁜 물이 들 수도 있으니 네가 우리 아샤오와 친하게 지 내 주지 않을래?"

나는 순간적으로 흥분되는 마음을 주최할 수가 없었다.

아버지에게 보내는 작은 배

첫 만남부터 나는 허둥거렸다. 손은 땀으로 흥건했고 말할 때는 살짝 더듬기도 했다. 다행히 녀석의 태도는 차분했다.

그의 몸에서는 향수 냄새가 났다. 흰색 티셔츠를 입고 있던 그는 새하얀 건치를 보이며 웃는 얼굴로 내게 말을 걸었다.

"내 이름은 아샤오야. 네가 이 동네에서 공부를 가장 잘하는 아이라며?"

나는 고개를 끄덕였다.

"나보다 두 살 많지?"

나는 또 고개를 끄덕였다.

"헤이거우 형!"

그날 집에 돌아오고 나서 얼마 지나지 않아 일찌감치 내가 오기만을 기다렸던 슬리퍼 군대 친구들은 파리 떼처럼 내게 몰려와 하나부터 열까지 꼬치꼬치 캐물었다. 그때도 나는 괜스레 무게를 잡으며 "아주 친절하고 예의를 차리는 아이인 건 맞는데, 호락호락한 인물은 아닌 것 같아."라고 말했다. 말은 그렇게 했지만 이미 내 마음은 녀석에 대한 호감으로 가득 차 있었다.

아샤오의 친척들은 그가 혼자 외로울까 봐 걱정이 되면서도, 그가 동네 아이들과 어울리면서 나쁜 물이 들까 봐 그에게 보디가드 2명을 붙여 주었다. 그 보디가드는 바로 아샤오의 사촌 동생들로, 한 명은 키가 크고 말랐으며 또 한 명은 키가 작고 뚱뚱했다. 아샤오는 그 둘에게 말할 때 항상 "너희들, 이거 이거 해……."라는 식의 명령조로 말했다. 아샤오가 나의 어떤 점이 마음에 들었는지는 몰라도, 처음 만난 날 이후 녀석은 자신의 두 사촌 동생에게 번갈아 가며 나를 불러오라고 시켰다. 그들은 내게 "같이 구슬치기 할래요?"라고 묻거나 아니면 "같이 술래잡기 할래요?" 혹은 "같이 윷놀이 할래요?"라고 물었다.

슬리퍼 군단 아이들은 이러다가 나를 잃을지도 모른다는 생각이 들었는지 아샤오의 사촌 동생이 우리 집을 찾아올 시각에 맞춰 사람을 보냈다. 그들은 일부러 아샤오의 사촌 동생이 제안한 시간과 똑같은 시간을 내게 통보했다.

드디어 결정의 순간이 다가왔다. 내가 우물쭈물 망설이는 사이 아샤오의 사촌 동생이 또 날 찾아왔다.

"우리 형이 홍콩에서 가져온 만화책 같이 볼 건지 물어봤어요. 아 그리고 닌텐도 게임기도 있대요."

나는 결국 아샤오를 선택했다. 그리고 그날 슬리퍼 군단은 나에게 절교를 선언했다.

내게 아샤오는 함께 있으면 너무 즐거운 친구였다. 아샤오는 만화책, 게임기, 퍼즐, 목제 블록 등 항상 신기하고 새로운 장난감을 많이 갖고 있었다. 게다가 녀석의 두 사촌 동생은 아샤오가 목이 마르다고 하면 차가운 음료(홍콩에서 가져온 과립형 주스)를 대령해 주고, 그가 덥다고 하면 미니 선풍기(홍콩에서 사 온 것)를 틀어 주는 등 온갖 심부름을 대신해 줬다.

아버지에게 보내는 작은 배

그의 사촌 동생들을 보면 아샤오가 정말 안하무인인 왕자처럼 보였다. 아샤오는 사촌 동생이 오디(뽕나무 열매)를 여러 개 집어먹기라도 하면 눈을 살짝 흘겼고, 그럼 그의 동생은 곧바로 고개를 돌린 채 아무 말도 하지 않았다. 그는 게임을 할 때도 내가 자신을 이기는 것은 상관하지 않으면서, 사촌 동생이 자신보다 잘하면 신경질적으로 동생의 이름을 불렀고, 그럼 상황은 다시 역전됐다.

슬리퍼 군단은 바깥 공터에 서서 종이를 돌돌 말아 확성기를 만든 뒤 '배신자! 줏대 없는 놈!'이라며 욕을 계속 퍼부었다. 나는 그 소리를 듣고도 꿋꿋이 참으며 아무 말도 하지 않았다. 오히려 아샤오가 혼자 집 밖으로 나가 그들을 향해 소리를 버럭 질렀다.

"시끄럽게 뭐하는 짓이야! 멍청한 녀석들!"

나는 전쟁이 시작됐음을 직감했다. 슬리퍼 군단이 자주 사용하는 필살기는 바로 '소똥 폭탄'이었다. 그 소똥 폭탄은 당시 마을 아이들에게는 아주 고급 무기였다. 그 모양새는 거대한 성냥 막대와 같았는데, '칙' 하고 불을 붙이면 정해진 시간 안에 폭발했다. 폭탄이 터지기까지는 1분이 걸리는데, 그보다 더 빨리 30초 만에 터질 때도 있었다. 어쨌든 이 장난의 핵심은 시간을 얼마나 칼같이 맞추느냐에 달려 있었다. 미리 준비해 둔 소똥 위에 폭탄 막대를 꽂아 두는데, 때마침 아샤오와 내가 녀석들의 함정을 미처 발견하지 못하고 그 위를 밟고 지나간다면 소똥이 갑자기 사방으로 튀게 될 것이다. 그럼 우리는 온몸에 소똥을 뒤집어쓰게 될 것이고, 그렇게만 된다면 작전은 성공한 셈이다.

그러나 그 방법은 내게 너무 익숙한 수법이었다. 몇 번이고 내가 성공적으로 피해 가자 슬리퍼 군단은 단단히 화가 나 아예 소똥 폭탄을 나와 아샤오에게 직접 던졌다. 화가 난 아샤오는 집에 돌아가 새를 잡을 때 사용하는 엽총을 들고 나와 어설프게 조준을 하며 허공에 대고 총알을 발사했다.

"탕!"

총알이 발사되며 나는 소리는 파도가 출렁이듯 귓가에 계속 맴돌았다. 슬리퍼 군단 아이 모두 일제히 얼음처럼 굳어 버렸고 나 역시 그러했다.

"어이, 촌놈들. 놀랬냐?"

남을 욕할 때도 그의 치아는 하얗게 빛났다. 하지만 오만하기 그지없는 녀석의 어투에서 나는 괜스레 오싹한 기분이 들었다.

슬리퍼 군단 아이들과 함께한 오랜 우정을 잃는 게 싫었던 것인지, 아니면 홍콩 아샤오의 오만한 태도가 거슬렸던 것인지 나는 점점 슬리퍼 군단 친구들과 아샤오 사이에서 균형을 찾아 가기 시작했다. 나와 홍콩 아샤오는 처음 만나고 며칠간은 거의 붙어있다시피 지냈지만 총기 사건 이후 나는 그동안 그와 보낸 시간의 절반은 슬리퍼 군단 아이들과 노는 데 보냈다.

녀석도 나의 심경 변화를 느꼈는지, 그는 경쟁을 하듯 자신이 갖고

아버지에게 보내는 작은 배

있는 모든 보물 이를테면 홍콩에서 가져온 퍼즐, 홍콩에서 가져온 레코드 음반, 홍콩에서 가져온 원격 조종 비행기 등을 아낌없이 풀었다. 녀석은 자신과 나 사이에 보이지 않는 벽이 생겼음을 확실히 느끼게 되자 그때부터는 쌀쌀맞은 말투로 "시간 되면 놀러 와. 네가 시간이 안 된다면 나 혼자 놀지 뭐."라고 말했다.

나는 아샤오가 자신이 실패했다는 것을 인정하기 전에 먼저 내게 선을 그은 것이라 생각했다.

나는 가끔은 그런 아샤오가 안쓰럽게 느껴졌다. 특히 친해지고 나서부터 그런 생각이 더 들었다. 나는 아샤오가 외로운 아이라고 생각했다. 그의 외로움은 모두 그의 부모로 인해 생긴 것이다. 홍콩에 가기 위한 준비를 하는 모든 과정이 그에게는 벅찼을 것이다.

물론 그 시절 홍콩은 이곳보다 더 좋은 세상이었다. 그는 머지않은 미래에 자신이 가게 될 목적지를 떠올리며 늘 '나는 금방 이곳을 떠날 사람'이라는 마음 상태로 지냈을 것이다. 그러면서 스스로가 이곳 사람들을 무시해도 된다고 생각했을 것이다.

하지만 그래 봐야 아샤오는 아직 어린아이였고, 그에게는 친구가 필요했다.

어쩌면 녀석이 날 선택한 이유는 단지 내가 이 근방에서 공부를 가장 잘하는 아이였기 때문일 것이다. 어쩌면 녀석은 그것을 상위 계급 사람이 보여 주는 관심이라 여기는 동시에, 내게 정복감을 느꼈을 것이다.

내가 자신과 거리를 두기 시작하자 그는 자주 제 형의 사진을 꺼내 보여 줬다.

사실 아샤오는 그의 친형과 함께할 기회가 많지 않았다. 아샤오의 어머니는 어린 아들을 몹시 아꼈다. 아샤오가 어렸을 적부터 그의 부모님은 홍콩에서 일했는데, 그들은 어린 자식이 고생할까 봐 아샤오만 고향에 남겨 두었다. 그러고는 매월 친척에게 돈을 두둑이 부쳐 그를 잘 보살펴 달라고 부탁했다. 하지만 아샤오의 형은 부모님과 함께 살며 그들의 공사 일을 거들었다.

이렇듯 아샤오의 형은 어렸을 적부터 홍콩에서 자랐으며, 이제는 꽤나 '홍콩 사람'처럼 보였다. 사진 속 아샤오의 형은 장발의 머리 스타일을 하고 있었으며 귀도 뚫은 것처럼 보였다. 여름에는 흰색 셔츠에 가죽 신발을 신고 있었으며 가끔 목에 실크 머플러도 매고 있었다.

아샤오는 그런 형을 무척 자랑스럽게 생각했다. 하지만 내 눈에는 그가 우러러보는 것이 실은 제 형이 아니라 홍콩으로 보였다. 우리가 흑백텔레비전에서 빌딩 숲 사이로 바쁘게 움직이는 사람들을 볼 때 느끼는 감정처럼 말이다.

물론 마천루가 높이 솟아 있는 도시를 거닐 일은 우리에게 너무나 머나먼 미래의 이야기였지만, 아샤오에게는 곧 다가올 미래였다.

아샤오는 몇 번이고 머리를 기르려고 했으나 번번이 할아버지 손에 머리가 잘려 나갔다. 또 한 번은 침으로 제 귓불에 구멍을 뚫다가 피를 철철 흘려 그의 할아버지가 급히 아샤오를 병원에 데려간 일도

아버지에게 보내는 작은 배

있었다. 물론 이제는 그런 것을 다 포기했지만, 종종 형 사진을 꺼내 혼자 넋을 놓고 봤다.

아샤오와 거리를 두기 시작한 뒤로 나는 매번 슬리퍼 군단 친구들과 후다닥 집으로 돌아갔다. 그러다 아샤오를 만나게 되면 그는 내게 제 형 이야기를 들려주었다.

"우리 형은 정말 멋진 사람이야. 텔레비전에 나오는 사람들처럼 오토바이에 여자를 태우고 엄청 빠른 속도로 달린대. 그러다 아버지 회사에 도착하면 다시 양복으로 옷을 갈아입는다는데 그 모습도 정말 끝내줘."

한번은 아샤오가 내게 아주 비밀스럽게 "우리 형 마약 해."라고 했다. 그는 담배 한 개비를 꺼내 보여 주며 내 귀에 가까이 대고 "이거 마약이야."라고 속삭였다. 녀석은 그 말을 하면서 마치 자신이 천당으로 가는 열쇠를 손에 쥐고 있기라도 한 듯 우쭐거리는 표정을 짓고 있었다.

아샤오는 내게 그 담배 개비를 보여 주고 난 뒤 조심스럽게 그것을 손수건으로 싸서 철제 함 안에 넣었다. 그 철제 함을 다시 침대 밑으로 밀어 넣는 것을 보아하니, 그것이 녀석에게 매우 소중한 물건임을 알 수 있었다.

나는 그런 아샤오의 모습을 볼 때마다 점점 그에게서 멀어졌다. 왜냐하면 녀석의 마음속에서 강렬하면서도 무서운 욕망이 요동치고 있는 것을 느꼈기 때문이다. 그는 당장이라도 도시로, 홍콩으로 떠날 사람 마냥 기대감에 부푼 채 자신이 상상해 오던 홍콩인처럼 생활했다.

물론 나 또한 텔레비전에 나오는 고층 빌딩 숲을 볼 때 뜨거운 열망을 느꼈던 것을 인정한다. 그러나 나는 그런 것들을 보면서 그다지 현실적으로 느끼지 않았다. 오히려 나와는 거리가 먼 것으로 보였다. 반면 아샤오는 현실과 이상이 뒤틀린 일상을 살고 있었다. 그가 몸에 걸치고 있는 것들은 세계에서 가장 발달한 지역에서 공수해 온 것이었지만 정작 그의 몸은 몇 십 년이나 낙후된 시골 촌구석에 매여 있었기 때문이다.

역시나 그날 밤 아샤오는 나를 제집으로 불렀다. 그는 내게 두터운 돈뭉치를 꺼내 보이며 말했다.

"있잖아. 어디 가면 오토바이를 살 수 있는지 알아? 텔레비전에 나오는 그런 오토바이 말이야. 알면 나 좀 거기로 데리고 가 줘. 난 오토바이를 타고 신나게 질주할 거야."

하지만 당시 우리 마을에는 오토바이를 살 수 있는 곳이 없었을 뿐더러 오토바이를 사러 가려면 60km나 떨어진 시내로 가야 했다. 하지만 녀석은 계속 안달 난 사람처럼 "그럼 마약은? 대마는 어디서 사?"라며 내게 캐물었다.

결국 그날 저녁 시간은 아샤오와 어느 한 지하 오락실에 가 슬롯머신 게임을 하는 것으로 마무리를 했다. 녀석은 게임머니로 환전하기 위해 슬롯머신에 몇 백 위안씩 계속 돈을 넣었으나 게임을 하는 족족 돈을 다 잃었다. 그날 나는 마음속으로 홍콩 아샤오와 멀어져야겠다고 결심했다.

아샤오는 상상이 만들어 낸 환상 속에서 살고 있었다. 나는 녀석의 그런 열망이 나에게까지 물들까 봐 두려웠다. 왜냐하면 내 마음속에서도 아샤오의 열망과 비슷한 욕구가 꿈틀거리는 게 느껴졌기 때문이다.

솔직히 나는 그 두 아샤오가 어떻게 친해진 것인지 모르겠다. 홍콩 아샤오는 한참 동안 나를 부르지 않았다. 당연히 나 또한 먼저 그를 찾아가지 않았다. 그러던 어느 날 아웨 아주머니가 내게 아샤오의 수학 성적이 떨어졌다며 그의 공부를 봐 달라고 했다. 아주머니 말로는 녀석이 수학 시험에서 12점을 받았다고 했다.

나는 아샤오의 시험지를 보고 한참을 웃었다. 녀석은 이분의 일 더하기 삼분의 일과 같은 엄청 간단한 문제도 풀지 못했다. 나는 녀석을 놀려 주려고 단단히 마음을 먹었다.

그런데 녀석의 방에 들어가자 그의 곁에는 촌티가 풀풀 풍기는 아샤오가 있었다. 둘은 머리를 맞대고 나무 재료로 공룡을 만들고 있었다. 무엇보다 다른 사람과는 말을 세 마디 이상 나누지 않으려는 그 촌뜨기 아샤오가 홍콩 아샤오 앞에서는 과장된 웃음소리를 내며 "와, 이 공룡 진짜 멋지다. 정말 울음소리를 낼 것만 같아."라며 말하니, 나로서는 조금 당혹스러울 수밖에 없었다.

나는 비굴하게 홍콩 아샤오의 비위를 맞추는 녀석의 모습을 보며 처음에는 반감이 밀려왔다. 하지만 이내 녀석을 보며 나는 입 밖으로는 차마 표현할 수 없는 비애를 느꼈다. 나는 촌뜨기 아샤오가 왜 홍콩 아샤오만 편애하는지 알 것 같았다. 녀석은 홍콩 아샤오를 좋아하는 게 아니라, 홍콩 아샤오에게서 풍기는 '홍콩' 냄새를 좋아했던 것이다.

그날 밤 나는 문제를 정확히 푸는 방법만 일러 준 뒤 급히 짐을 챙겨 나섰다. 그러자 홍콩 아샤오가 급히 내 뒤를 쫓아오며 셋이 함께 놀이를 하지 않겠냐고 물었다. 그의 뒤에는 촌뜨기 아샤오도 함께 있었다.

나는 촌뜨기 아샤오가 홍콩 아샤오의 등 뒤에서 홍콩 아샤오처럼 웃는 얼굴로 내게 인사를 건네는 모습을 보고 뭔지 모를 씁쓸함을 느꼈다. 그래서 나는 "됐어. 난 안 놀래."라고 말한 뒤 고개를 돌려 획 가 버렸다.

그날 이후부터는 아웨 아주머니가 자주 날 찾아와 아샤오의 공부를 부탁했지만 나는 갖은 핑계를 다 대며 거절했다. 나는 거기서 촌뜨기 아샤오와 마주하는 것이 두려웠다. 녀석의 그런 보잘 것 없고 비굴한 모양새를 볼 때마다 내 스스로도 보잘 것 없고 작아지는 기분이 들었기 때문이다.

어느 날 갑자기 촌뜨기 아샤오에 관한 안 좋은 소문이 들려왔다. 녀석이 부모님을 속이고 매일 정시에 등하교를 하는 척하며 장장 3주 씩이나 학교에 가지 않았다는 것이다. 그가 학교 대신 간 곳은 마을에

아버지에게 보내는 작은 배

새로 생긴 공업 단지였다. 그곳에서는 외지 노동자들을 막무가내로 핍박하며 그들에게 개 짖는 소리를 내라고 시키며, 그 소리를 내지 않으면 가차 없이 마구 때리는 일이 허다하게 일어났다. 급기야 촌뜨기 아샤오 녀석은 부모님 방에 몰래 들어가 몇 백 위안을 훔치려다 발각되기까지 했다.

녀석의 어머니인 우시 아주머니는 아들의 비행에 괴로워하면서도 남편 앞에서 울지도 못해 매번 사건 사고가 터질 때마다 몰래 우리 집에 찾아와 엄마에게 하소연했다. 물론 엄마가 해 줄 수 있는 것은 위로뿐이었다.

"애들은 원래 다 그렇게 말썽 피우면서 크고 그래요."

나는 그 옆에서 아무 말도 하지 않았다. 나는 촌뜨기 아샤오 녀석이 지금 병에 걸린 것이라고 생각했다. 그 병의 이름은 홍콩 아샤오에게서 옮은 '홍콩 병'이다. 나는 길에서 몇 번 녀석과 마주친 적이 있는데, 녀석의 말투와 머리 스타일 모두 홍콩 아샤오의 모습 그대로였다. 심지어 웃을 때 입꼬리를 살짝 들어 올리는 세세한 것까지 똑같았다. 나는 참지 못하고 엄마와 아주머니의 대화에 끼어들었다.

"아주머니, 홍콩 아샤오와 어울리지 못하게 하세요."

그 순간 우시 아주머니는 큰 충격을 받은 듯해 보였다. 왜냐하면 그녀는 이제껏 홍콩 아샤오가 자신의 아들과 어울리는 것을 자랑으로 생각했기 때문이다. 그러자 엄마는 세게 내 뺨을 후려치며 "어른들 말에 함부로 끼어드는 거 아니야!"라고 호통을 쳤다.

나의 그 발언은 결국 녀석들의 귀에까지 퍼졌다. 그 뒤로 길에서 두 아샤오와 마주치면 한 녀석은 싸늘하게 등을 돌려 나를 못 본 체했으며, 또 한 녀석은 내게 시비를 걸었다. 내게 싸움을 걸었던 녀석은 역시나 촌뜨기 아샤오였다.

하지만 내 옆에는 항상 슬리퍼 군단 친구들이 있었고, 나와 그들은 서로 다툼 없이 평화롭게 지냈다. 시간은 그렇게 흘러갔고, 나와 두 아샤오와의 왕래도 완전히 끊겼다.

그 뒤로 계속 들려온 소식에 따르면 촌뜨기 아샤오는 또 사람을 때려 학교에서 징계 처분을 받았고, 나중에는 퇴학까지 하게 됐다. 그리고 시간이 더 흘러 어느 날 홍콩 아샤오가 일주일 뒤에 홍콩으로 간다는 소식을 듣게 됐다.

아웨 아주머니는 손에 나무로 만든 공룡과 닌텐도 게임기를 들고 우리 집을 찾아왔다. 그것들은 홍콩 아샤오가 가장 아끼는 장난감이었다. 아주머니는 녀석이 내게 이것들을 선물로 주고 싶어 한다고 말했다.

그녀는 내게 "너희 둘 사이에 무슨 일이 있었는지는 모르겠다만, 그래도 우리 아샤오는 너를 가장 좋아했단다. 나중에 시간이 되거든 우리 집에 놀러 오렴."이라고 말했다.

홍콩 아샤오의 말투와 행동을 보아하니 내가 올 것을 알고 진작부터 준비한 티가 확 났다. 녀석은 내가 오기 전 수차례 연습을 한 듯 줄

아버지에게 보내는 작은 배

곧 점잖을 떨었다. 물론 그러면서도 표정은 여전히 거만했다.

홍콩 아샤오는 마치 영화 속 사내들이 호형호제하는 것처럼 팔로 내 어깨를 감싸며 나를 제 방으로 데려갔다. 그는 침대에 앉아 종이를 한 장 꺼낸 뒤 그 위에 삐뚤삐뚤 글자를 적기 시작했다. 녀석의 주소였다.

"너한테만 알려 주는 거야. 시간 날 때 나한테 편지 보내."

그는 눈썹을 치켜올리며 이렇게 말했다.

나는 막상 그 상황에서 바보 웃음을 지으며 이렇게 답했다.

"홍콩에 편지를 부치려면 항공 우편을 이용해야 하는데, 그건 너무 비싸."

그러자 녀석이 깔깔 웃으며 말했다.

"우리 사이에 그깟 돈 몇 푼이 별거야? 나중에 홍콩에 오면 내가 한 번에 다 영수증 처리해 줄게."

그러고는 내게 미리 준비해 둔 선물을 건네주었다. 그가 준비한 선물은 내가 가장 좋아하는 물리 참고서였다. 그 물리 참고서는 두께가 상당한 책으로 한 권에 오십 위안(약 8,600원)이나 했는데, 그 금액은 당시 내가 6개월을 꼬박 모아야 만들 수 있는 돈이었다.

"아웨 이모가 네 물리책을 내게 보여 주셨는데 너무 낡았더라고. 안에 연습 문제가 있으니 풀어 봐. 선물이 너무 초라하지?"

녀석은 금세 다시 거들먹거리기 좋아하는 허세덩어리로 돌아왔다.

그가 마을을 떠나던 그날 오후는 토요일이었는데, 때마침 그때 나는 시내에서 열리는 경시 대회에 참가한 상태였다. 나중에 들은 이야기로는 녀석이 우리 집을 찾아와 문을 두들기며 계속 내 이름을 불렀지만 날 찾지 못했다고 한다.

녀석이 이곳에 처음 왔을 때처럼 떠날 때도 고급 승용차가 그를 데리러 왔다고 한다. 또한 마을의 어른과 아이 모두 그 주위에 몰려들어 다른 차원의 세계로 떠나는 그를 지켜봤다고 한다.

그날 밤 집에 돌아온 내게 마을 아이들은 신이 난 목소리로 "너 이번에 체면 한 번 제대로 세웠어!"라고 말했다. 하지만 나는 괜스레 마음이 텅 빈 느낌이 들어 혼자서 몰래 아웨 아주머니네를 찾아갔다. 홍콩 아샤오가 지내던 방의 창문 너머로 보이는 것이라곤 온통 칠흑 같은 어둠뿐이었다.

고개를 돌리니 어디선가 한 아이가 우는 소리가 들렸다. 나는 그 우는 아이가 남겨진 아샤오임을 짐작했다. 듣자 하니 녀석은 홍콩 아샤오를 배웅하러 나가지 않았다고 한다.

나 역시 머리로는 진작부터 나와 홍콩 아샤오가 다른 세계의 사람이고, 녀석은 이미 다른 세계로 떠난 외계인이라 여겼지만, 막상 그의 빈자리를 보고 나니 이전에 있었던 일들이 한낱 꿈처럼 느껴졌다. 얼마 뒤 나는 다시 '맨발의 도사'로 돌아왔다. 사실 크게 대단할 것도 없던 그 아이 역시 마을 사람들의 기억에서 빠르게 잊혔다. 그리고 언제 그랬냐는 듯 분주한 일상을 이어 갔다.

홍콩 아샤오의 존재를 언급하는 사람은 단 한 명뿐, 바로 우리 집

아버지에게 보내는 작은 배

앞에서 사는 촌뜨기 아샤오였다.

그를 이발소에 데려가 홍콩 스타일의 머리로 잘라 줄 홍콩 아샤오가 없으니, 녀석은 직접 가위로 제 머리를 그와 비슷하게 잘랐다. 또 공사장에서 함께 으스댈 홍콩 아샤오가 사라지고 나서도 그는 여전히 매일 밤 길거리를 지나가는 외지 노동자에게 개 짖는 소리를 내 보라며 윽박을 질렀다. 그는 몇몇 사람에게 그 광경을 보러 오라고 말했지만 모두 거절당했다.

공부를 포기한 아샤오가 선택할 수 있는 미래는 단 하나, 바로 어부가 되는 것이었다. 처음 몇 번은 반항도 하고 심지어 제 아버지와 대판 싸운 뒤 가출을 감행하기도 했다. 아샤오가 실종된 지 수개월이 지났을 쯤, 피골이 상접한 몰골을 한 아샤오가 집으로 돌아왔다. 다시 돌아온 그는 어부가 되겠다고 약속했다. 대신 오토바이 한 대를 꼭 사 달라는 조건을 걸었다. 아들이 엇나가지 않고 제자리로 돌아오기를 바랐던 그의 부모는 한참 동안 상의한 끝에 그의 조건을 들어주기로 했다.

고기잡이는 만조 시간에 맞춰 나가야 하는 일로, 매일 새벽 대여섯 시가 되면 오토바이를 시동 거는 소리가 들렸다. 그리고 오토바이가 출발하는 소리가 골목길에 퍼져 나갔다. 아샤오는 매일 그렇게 아버지를 태우고 먼저 바다로 나가 그물 치는 일을 했다. 그의 큰형과 작은형은 철컥철컥 소리가 나는 자전거를 타고 그들을 뒤따라갔다.

오후 서너 시가 되면 아샤오네 집 사내들이 고기잡이를 마치고 집으로 돌아왔다. 바닷바람을 맞으며 뜨거운 햇볕 아래서 일하다 보니 아샤오의 피부도 점점 까무잡잡해졌다. 아샤오는 매번 일을 마치고 해산물이 잔뜩 담긴 광주리를 집에 내려놓고는 다시 오토바이에 올라타 홀연히 사라졌다. 아무도 그가 어디로 가는지 몰랐다. 뒷날 그를 목격한 이들의 말로는 아샤오가 오토바이를 타고 해안선 도로를 달리는데, 있는 힘껏 소리를 지르며 시속 $100km$ 이상의 속도를 만끽하고 있었다고 한다.

나는 어느 순간부터 서서히 아샤오가 머리를 장발로 기르고 있는 것을 발견했다. 그가 오토바이를 몰고 우리 집을 지나칠 때마다 나는 늘 이런 생각을 했다.

'저 녀석, 지금도 홍콩 아샤오가 되고 싶어 하던 그 사람이 되기 위해 노력하는 걸까?'

정말이지 나는 홍콩 아샤오에게서 편지를 받게 될 줄은 생각하지도 못했다. 녀석이 떠난 지도 벌써 3년이 지났고, 어느덧 나는 대입 수능 시험을 앞두고 있었다.

편지 봉투에는 '무슨 무슨 고등학교'라고 갈겨 써 있었고, 그 옆에 받는 사람으로 내 이름이 쓰여 있었다. 다행히 학교에서 우편 업무를 담당하는 이모님이 5천 명이 넘는 전 학년 학생의 이름을 일일이 확인하여 나를 찾아내었다. 어쩌면 그 편지가 '홍콩'에서 온 편지였기 때문에 그렇게까지 신경을 쓴 게 아닐까 싶다.

아버지에게 보내는 작은 배

녀석의 글씨체는 여전히 삐뚤빼뚤한 악필이었다. 문자가 '번체(繁體)'로 바뀐 점만이 달라진 모습이었다.

보고 싶은 '헤이거우다'에게

오랜만이야.

나는 홍콩에서 아주 잘 지내. 홍콩은 아주 아름다운 곳이야. 고층 빌딩도 아주 많아. 기회가 되거든 나 보러 놀러 와.

그런데 아직 광둥어가 익숙하지 않아서 친구를 많이 못 사귀었어. 그러니까 나랑 편지 자주 하자. 이야기를 나눌 친구가 없거든.

그리고 우리 집 주소가 바뀌었는데, 편지는 그 주소로 보내……

나는 홍콩에서 지내는 녀석의 삶이 순탄하지 않음을 짐작했다. 불현듯 이런 상상이 들었다. 흰색 셔츠에 흰 치아를 가진 아이들로 가득한 교실에서 콧대 높은 아이들이 등 뒤에서 아샤오에게 촌티 나는 시골뜨기라고 수근거리는 모습이 떠올랐다. 나는 괜스레 마음이 괴로웠다. 나는 편지를 가지고 우시 아주머니네를 찾았다. 마침 촌뜨기 아샤오가 집에서 기타를 치고 있었다. 당시 가장 유행하던 홍콩 드라마에서 주인공이 늘 기타를 쳤기에, 기타를 배우는 것이 젊은이들 사이에서 한창 유행이었다.

나는 홍콩 아샤오의 편지를 그에게 보여 줬다.

그는 순간 어안이 벙벙해졌지만 편지를 건네받지는 않았다.

"걔가 너한테 편지를 썼어?"

그제야 나는 홍콩 아샤오가 그에게는 편지를 보내지 않았음을 깨달았다.

촌뜨기 아샤오는 편지를 가로챈 뒤 그것을 옆에 있던 난로에 던져버렸다. 홍콩 아샤오가 보낸 편지와 그에게 답장을 보낼 주소가 그렇게 불에 타 사라져 버렸다.

나는 그제야 내가 경솔하고 생각이 짧았다는 사실을 깨달았다. 그날 이후로 두 아샤오와 나와의 거리는 더욱 멀어졌다. 내게 답장을 받지 못한 녀석은 분명 나를 욕하며 우리 집 주소를 적어 둔 종이를 버렸을 것이고, 또 다른 한 녀석은 편지를 받지 못해 상처를 받았는지 나를 더 멀리했다.

고등학교 3학년의 마지막 학기가 되자 선생님들은 입이 닳도록 놀 생각은 접고 고층 건물이 빽빽한 대도시에서 사는 미래를 상상하며 노는 것은 그때 가서 실컷 놀라고 이야기했다. 또한 가끔씩 대도시에 입성한 이들의 예를 들며 어떤 어떤 학생은 베이징에 있는 대학에 합격해 베이징에서 살면서 어쩌고저쩌고 등 설명을 하며 우리들의 베이징 입성이 마치 '해피엔드'인 것 마냥 확신했다. 물론 아무도 '베이징 입성이 모든 행복의 종점'이라는 말에 의구심을 품지 않았다. 전교의 모든 고3 학생들은 고향을 떠날 준비를 하며 온종일 학교에서 살다시피 했다. 마치 학교 전체가 하나의 우주선이 되어 더 나은 세상으로 날아갈 준비를 하고 있는 것처럼 느껴졌다.

나 역시 학교에서 살다시피 하는 학생 중 한 명이었고, 온 정신을 공부에만 쏟았다. 그렇게 대입 수능 시험이 끝났고 내가 집에 돌아왔을 때 엄마는 그제야 나더러 아샤오에게 가 보라고 말했다.

오토바이를 타고 해변을 질주하던 아샤오는 갑자기 오토바이가 휘청거려 그대로 굴러떨어졌는데, 떨어질 때 머리가 땅에 먼저 닿았다고 한다. 알고 보니 이미 두 달 전에 발생한 일이었다. 사고 당시에는 위독하다는 통보를 받았으나, 다행히 기적적으로 살아났다고 한다.

그의 집을 찾아갔을 때 녀석은 침대에 누워 있었다. 다친 머리는 이미 실밥까지 다 뽑은 상태였다. 그러나 사고로 앞이마가 푹 꺼져 있었다. 아샤오는 내가 놀라는 표정을 짓자 우스갯소리로 "내 얼굴 끝내주지? 이 꼴이 될 정도로 다쳤는데도 죽지 않았지 뭐야. 게다가 후유증도 전혀 없어. 보기에 좀 그렇긴 하지만 난 이대로도 좋아. 이 모양새로 나가니까 좀 놀 줄 안다는 녀석들과도 어울리기 쉽더라고……."라고 말했다.

두 달 뒤 나는 타지 대학으로부터 합격 통보를 받고 마을을 떠나게 되었다. 나는 아샤오에게 작별 인사를 했다. 그때 녀석은 이미 아버지와 형들과 함께 고기잡이 일에 뛰어든 상태였다. 다만 그날 사고 이후로는 오토바이를 타지 않고 철컥철컥 소리가 나는 자전거를 몰고 다녔다. 그렇게 결국 아샤오는 작은 시골 마을의 어부가 되었다.

시간이 흘러 대학을 졸업한 나는 늘 상상해 왔던, 홍콩과 어깨를 견줄 수 있는 도시 베이징으로 왔다. 물론 그때도 이미 나는 베이징 입성이 모든 여정의 끝이 아니라 시작이라는 것을 알고 있었다.

대도시에서의 삶은 초조하고 숨 막히는 일상의 연속이었다. 매일 인파로 미어터지는 지하철을 타면서 나는 내 자신이 통째로 사라질 것만 같은 느낌을 받으며, '인간이 어쩌면 이렇게도 보잘 것 없는 존재가 될 수 있는 것일까'라는 생각을 했다. 반면 나의 고향에서는 모든 사람이 고단하고 어렵게 살면서도 삶의 흥취를 느끼며 살았다. 나는 그것이 사람답게 사는 것이라 생각했다.

그런 생각이 들 때쯤 나는 가끔씩 고향에 있는 아샤오를 떠올렸고, 괜스레 녀석에게 질투가 났다. 듣자 하니 그사이 아샤오는 결혼을 해서 아들을 얻었고, 제 능력으로 땅을 사 그곳에 마당이 있는 집을 지었고 마당에는 개도 한 마리 키우고 있다고 했다.

나는 매일 경추 통증을 참으며 업무 스트레스에 시달렸으며, 일을 마친 뒤에는 공허함이 밀려왔다. 유일하게 나를 지탱해 준 것은 나의 직업이 주는 성취감이었다. '나는 글을 쓰는 사람이다.', '나는 세계적으로 유명한 잡지사에서 일하고 있다.', '내가 쓴 글을 모든 사람이 보고 있다.'라는 생각 덕분에 조금이나마 심리적 압박감을 내려놓을 수 있다.

고향 친구와 전화로 "너 이 자식, 요즘 잘나간다며?" 등 가식적인 말을 주고받다 전화를 끊고 나면 공연스레 마음이 헛헛해졌다.

그날 밤 나는 습관적으로 나의 블로그에 올라온 평론을 읽다가 어

아버지에게 보내는 작은 배

느 한 댓글을 보고 깜짝 놀랐다. 그 댓글에는 '너 헤이거우다 맞아? 그 시골 마을에 살던 헤이거우다 맞아? 나 아샤오야. 나 지금 홍콩에 있는데 나한테 전화해 줄 수 있니? 내 전화번호는……'라고 쓰여 있었다.

아샤오였다. 홍콩으로 떠난 그 아샤오였다.

그러나 나는 6개월이 지나서도 그에게 전화를 걸지 않았다. 전화를 걸까 말까 망설였다기보다는 그냥 덜컥 겁이 났다. 나는 녀석이 어떻게 살고 있는지 알고 싶지 않았다. 녀석이 잘살고 있든 못살고 있든 녀석의 근황을 듣는 것 자체가 두려웠다.

그러다 6개월 뒤 갑자기 홍콩으로 출장을 꼭 가야 할 일이 생겼다. 나는 녀석의 전화번호를 종이에 베껴 썼다. 하지만 여전히 전화를 걸지 말지 결정을 내리지 못했다.

일정을 마친 뒤 나는 혼자 텅 빈 호텔에 누워 있다가 불현듯 전화를 걸 결심을 했다.

"여보세요? 누구시죠?"

"아샤오니?"

"어?"

그는 순간 놀랬는지 말을 멈칫했다.

"헤이거우다! 너 지금 홍콩이야? 드디어 날 만나러 왔구나!"

내 목소리를 기억하고 있는 것이 놀랍기도 하면서 홍콩에서 사는 삶이 얼마나 외로웠을지 짐작이 됐다. 아예 아주머니의 손에 이끌려 처음 녀석과 만났을 때처럼 나는 또 온몸에 땀이 날 정도로 긴장했다.

나는 길거리의 한 식당에 들어가 자리를 잡고 앉은 뒤 머릿속으로 계속 상상했다. 녀석은 어떤 모습일까? 분명히 머리는 장발이겠지? 최신 유행하는 옷을 입고 귀에는 귀걸이를 하고 있겠지? 결국 녀석이 바랐던 모습처럼 변해 있겠지?

아샤오가 가게 안으로 들어왔을 때 나는 한눈에 그를 알아봤다. 키는 컸지만 이목구비의 생김새는 그대로였으며, 머리는 단정하게 자른 짧은 머리였다. 하지만 귓볼에는 귀걸이를 했던 흔적이 남아 있었다. 옷차림새는 여전히 매우 깔끔했다. 그런데 등 뒤에는 그의 차림새와는 그다지 어울리지 않는 캔버스 가방을 매고 있었다.

아샤오는 나를 보자마자 담배로 시커멓게 변한 치아를 드러내며 웃었다. 그는 두 팔을 벌려 나를 껴안았다.

"그때 왜 나한테 답장하지 않았어?"

그가 물었다. 나는 해명을 할까 말까 고민하다 결국 하지 않기로 했다.

허세는 여전했다. 그날 저녁 아샤오는 나를 홍콩 시내가 다 보이는 어느 한 고급 술집에 데려갔다. 차창 밖으로는 홍콩의 야경 명소인 빅토리아 파크(Victoria Park)가 반짝이고 있었다.

옛이야기를 하며 어느 정도 분위기가 무르익었을 쯤 나는 결국 말을 꺼내고야 말았다.

아버지에게 보내는 작은 배

"그럼 지금은 어떻게 지내?"

"나야 아주 열심히 일하면서 지내고 있지. 물론 너만큼 잘나가는 건 아니지만."

"어떤 일을 하는데?"

아샤오는 술잔을 매만지며 말을 얼버무리다, 마치 큰 결심을 내린 듯 입을 열었다.

"나는 방범 문 설치 일을 하고 있어."

그는 곧바로 덧붙여 설명했다.

"그래도 난 고급 기술사에 속하는 편이야. 한 달에 1만2천 홍콩 달러(약 191만 원) 정도를 벌거든."

나는 어떻게 대화를 계속 이어 가야 할지 몰랐다. 대화의 화제를 찾지 못해 어쩔 줄 모르기는 녀석이나 나나 마찬가지였다.

아샤오는 애써 대화를 이어 가기 위해 자신이 홍콩 친구들에게 무시당했던 이야기, 그래서 친구를 사귀지 못하고 도시 생활에 염증을 느꼈던 시간, 부모님의 사업 실패 등에 대한 지난 이야기들을 털어놓았다.

"어느 순간 문득 내가 무시했던 그 시골 마을이 바로 내 집이란 생각이 들더라."

아샤오는 이렇게 말한 뒤 자조하는 말투로 말을 이었다.

"뭐, 그것도 나 혼자만의 생각이겠지? 나한테 집이 어디 있어……."

나는 녀석의 그 말 속에 많은 사연이 담겨 있음을 짐작했다. 나는 속으로 생각했다.

'어째서 집이 없다는 거야? 네 부모님은?'

어느새 밤 10시가 넘었고, 아샤오는 이만 버스를 타고 돌아가야겠다고 말했다. 나는 아샤오를 버스 정류장까지 바래다줬다.

정류장에는 이미 사람들이 길게 줄을 서 있었다. 어떤 이는 저렴해 보이는 양복에 넥타이를 매고 있었으며, 어떤 이는 전기 기구 상점 로고가 그려진 옷을 입고 있었으며, 또 어떤 이는 미용실에서나 볼 수 있는 앞치마를 메고 있었다.

버스에 올라타려는 순간 아샤오가 갑자기 내게 말했다.

"내가 사는 곳에 가서 이야기를 좀 더 나눌 수 있을까? 우리 정말 오랜만에 봤잖아. 밤새도록 이야기하는 건 좀 그런가?"

나는 잠깐 생각해 보고 그렇게 하자고 답했다.

아샤오가 탄 버스에 붙어 있는 정거장 표지에는 톈수이웨이(天水圍) 행이라고 쓰여 있었다. 나는 톈수이웨이가 홍콩에서 어떤 의미인지 알고 있었다. 차창 밖으로 고층 빌딩들이 스치듯 지나갔다. 아샤오는 신이 난 사람처럼 내게 하나하나 설명하며 그간 이곳에서 겪었던 자신의 사연을 들려주었다.

그러는 동안 버스는 계속 도심 바깥을 향해 달리고 있었고, 반짝이는 야경도 점점 멀어졌다.

"거의 다 왔어."

아버지에게 보내는 작은 배

아샤오가 말했다.

그때 버스는 기다란 현수교 위를 지나고 있었다.

"이 다리는 칭이대교(青衣大橋)라고 부르는데, 아시아에서 가장 긴 현수교래. 내가 타는 버스가 매일 여기를 지나가."

"그렇구나."

나는 예의상 고개를 끄덕이며 대답했다.

그는 창밖의 다리를 보며 혼잣말을 하듯 중얼거리며 말했다.

"내가 홍콩에 온 지 3년째 되던 해 아버지가 암에 걸리셨어. 비인 두암이었는데, 그것 때문에 건설 회사도 문을 닫고, 여기저기 병원을 찾아다니셨어. 희망이 아예 없었던 건 아니었는데, 형이 아버지 병이 자기한테 짐이 될까 봐 집안의 돈을 모두 가지고 달아났어. 결국 나와 어머니는 집을 판 돈으로 아버지 병을 치료하는 데 썼어. 그러던 어느 날 아버지가 혼자 차를 몰고 이곳에 와 여기서 투신하셨어. 밥벌이를 해야 하는 나는 지금도 매일 같이 여기를 지나야 해."

나는 무슨 말을 이어 가야 할지 몰라 벙어리처럼 아무 말도 하지 못했다.

아샤오는 말을 계속 이어 갔다.

"도시란 참 구역질이 나는 곳이야. 아버지가 병에 걸리셨을 때 어떤 친구도 남아 있지 않았어. 아버지가 돌아가셨을 때도 장례식장에는 나와 어머니뿐이었어."

아샤오는 잠시 말을 멈추더니 이내 "하하" 소리를 내며 멋쩍게 웃었다.

내가 무슨 말이라도 하려고 애를 쓰는 것이 녀석의 눈에도 보였는지 그는 내게 이렇게 말했다.

"난 괜찮아. 근데 참 웃기더라. 홍콩 신문에 아버지 사건이 보도됐는데, 세상에 신문 헤드라인 뉴스에 나온 거 있지? 넌 이게 믿겨지니? 난 그날 그 신문을 아직도 갖고 있어."

고개를 돌린 그는 입가에 옅은 미소를 띠고 있었지만 얼굴은 이미 눈물범벅이 되어 있었다.

버스는 아직도 다리 위를 달리고 있었으며, 차창 밖으로 다리 위의 등불이 빠르게 스쳐 지나갔다. 창밖이 밝아졌다 어두워졌다하면서 버스 안 사람들의 노곤한 모습이 차창에 반사되어 보였다.

사람들 대부분은 곯아떨어져 있었다. 그들은 아침 7시 정각에 집 앞에서 시내로 가는 이 버스를 기다리는 사람들이다. 그들은 버스에 올라타기 전 화장을 하고 옷매무새를 단정히 한 뒤 도시로 나갈 준비를 한다. 그들은 도시의 이곳저곳으로 흩어져 수리공, 접시 닦이, 전기 제품 판매, 미용실 보조 등 각자의 위치에서 맡은 일을 한다. 일을 마치고 나면 다시 급하게 뛰어와 이 버스에 올라탄 뒤 도심에서 한두 시간 떨어져 있는, 그들이 집이라 부르는 그곳으로 돌아간다. 그리고 또 다음 날을 준비할 것이다.

그들 모두 이 도시의 구성원이다. 이 도시는 한때 시골 마을에 살던 우리가 가장 아름다운 '천당'이라 부르던 곳이다. 그리고 그들은

아버지에게 보내는 작은 배

우리가 한때 부러워하던 그 천당에서 살고 있는 사람들이다.

아샤오는 고개를 돌려 차창을 열었다. 차창 사이로 바람이 조금씩 들어왔다. 나는 문득 고향 마을에서 다시 또 오토바이를 몰고 다니는 그 아샤오가 떠올랐다.

그 시각 녀석은 해변에 내일 고기잡이에 쓸 그물망을 준비해 둔 뒤 오토바이를 타고 해안선을 따라 집으로 돌아가는 중일 것이다. 아내와 아들이 기다리고 있는 자신의 집으로. 듣자하니 녀석이 검둥이 강아지도 한 마리 키우는데, 그 검둥이 강아지는 그가 골목 입구에 들어서기도 전부터 그 앞까지 뛰어가 주인을 반갑게 맞이한다고 한다.

천재 '원장'

열한 살이 되었을 즈음 나는 어떤 병을 앓았다. 그렇다고 아주 심각한 병에 걸렸던 것은 아니다. 그냥 사람과 대화하기를 꺼려하고 밥도 잘 안 먹고 누구하고도 눈을 마주치려 하지 않는 정도였다. 동네 의사들은 이런 증세의 병은 거들떠보지도 않았다. 어쩌면 이해를 못하니까 하찮게 생각하는 것일지도 모른다. 당시 사람들은 물질적으로 풍요롭지 않았기 때문에 상대방에 대한 인내심 또한 부족했다. 그러니 이런 나의 상태를 병 증세랍시고 얘기했을 때 그냥 잡생각에 빠진 것이라고 생각하는 게 당연했다.

"아이를 그냥 잠깐 내버려 두세요. 그럼 알아서 좋아질 거예요."

의사는 이렇게 말했다.

아버지에게 보내는 작은 배

그 의사는 내가 기르던 고양이 한 마리와 증조할머니가 키우던 소 한 마리를 치료한 적이 있다. 의사는 고양이와 소에게 같은 주사제를 사용했는데, 고양이한테는 주사를 한 대만 맞히고 소한테는 두 대를 놓았다. 그날 밤 고양이는 즉사했으나, 증조할머니가 기르던 소는 한 달이나 더 버텼다. 증조할머니는 소가 금방이라도 죽을 것처럼 보이자 도축자를 불러 소를 죽였다.

"죽은 소의 고기는 먹는 게 아냐."

증조할머니가 도축자를 부른 이유였다.

소를 도축하는 과정이 끝나자 증조할머니는 바구니를 들고 전족을 한 발로 분주히 이곳저곳 친척집에 들러 쇠고기를 나눠 주었다. 할머니는 특별히 그 의사 집에도 들렀다. 그 의사는 증조할머니가 입을 떼기도 전에 먼저 말을 꺼내길 "저한테 고마워하셔야 해요. 저 아니었으면 그 댁에서 기르던 소는 한 달도 못 버텼을 거예요."라고 했다.

내 상태에 대한 의사의 진단을 듣고 엄마는 가장 먼저 다급히 아버지를 찾았다.

"아무래도 간단하게 생각할 문제가 아닌 것 같아요. 동네 의사가 방법을 못 찾으니 우리가 나서서 직접 찾아봐요."

그러나 아버지는 뭔가 깊게 고민하는 것을 귀찮아하는 사람이었다. 온종일 친구와 어울리다 집에 들어온 아버지가 내놓은 처방은 이러했다.

"같이 놀 친구가 없어서 그런 게 아닐까? 친구를 붙여 줘 봅시다."

다음 날 엄마는 원잔(文展)을 데리고 와 우리 집에서 나와 놀게 했다. 그것이 우리의 첫 만남이었다.

물론 그렇다고 원잔이 엄마가 심사숙고하여 고르고 골라 데려온 아이는 아니었다.

어느 토요일 엄마는 자신의 점심밥을 가지고 근처 이웃집으로 갔다가 원잔을 데려왔다. 원잔네 집은 우리 집 뒤쪽에 있었다. 원잔은 나보다 한 살이 많았다. 공부도 '꽤' 잘한다고 했다. 엄마는 그를 소개할 때 특히 공부를 잘한다는 사실을 강조해서 말했다.

그날 원잔의 표정이 어땠는지는 기억나지 않는다. 그냥 그 순간 내가 '어?' 하고 소리를 낸 뒤 손으로 눈을 가리고 계속 잤던 기억밖에 나지 않는다. 당시 나는 밥 먹고 자고, 일어나서 멍하게 있다 다시 밥 먹고 잠자기를 반복했었다.

내가 냉담하게 굴어도 원잔은 포기하지 않았다. 당시 그가 나를 엄청 열심히 관찰했던 기억이 난다. 녀석은 내 방 안의 물건을 유심히 살펴본 뒤 차분한 얼굴로 내 침대 끝자락 쪽에 걸터앉았다. 당시 녀석의 행동과 말투에서는 경건함이 느껴졌다. 어쩌면 원잔은 이미 그때부터 스스로를 하늘의 명을 받은 사람이라 생각하고 있었을지도 모른다. 그리고 나는 그가 계몽시키고 싶은 혹은 구해 주고 싶은 첫 번째 사람이었을지도 모른다.

원잔이 나를 흔들며 말했다.

아버지에게 보내는 작은 배

"일어나서 같이 이야기하지 않을래?"

"재미없어."

"그래도 얘기 좀 하자. 너 평생 이렇게 살 생각이야?"

다른 사람은 어떻게 생각할지 모르겠지만, 내가 지켜본 사람들은 나이가 열두 살, 열세 살 즈음 되면 유독 '인생', '꿈' 이런 단어를 좋아했다. 당시 나는 그런 단어를 읽으면 나도 모르게 가슴이 두근거렸다. 그래서 마음이 술렁이면 괜히 이렇게 대꾸했다.

"딱히 할 얘기도 없는데 무슨 얘기를 하자는 거야. 귀찮게 하지 마. 난 그냥 모든 게 지루하고 재미없게 느껴져서 이러고 있는 것뿐이야."

"네가 지루하고 재미없다고 느끼기 때문에 나랑 이야기를 해야 하는 거야. 우리한테는 상상하던 삶을 살아 볼 기회가 있어. 우리는 우리가 살고 있는 이곳의 모든 것으로부터 벗어날 수 있어."

생각하지도 않게 녀석의 그 말은 나를 벌떡 일어나게 만들었다. 원장은 그때 내가 무엇 때문에 힘들어하고 있는지 짐작하고 있었다. 어쩌면 원장도 나와 같은 이유로 괴로워했던 경험이 있었기에 짐작이 가능했던 것일지도 모른다. 그해 내 나이는 열두 살이었다. 당시에는 마을에 시멘트 도로가 아직 깔리지 않았을 때로 온통 흙길 아니면 자갈길뿐이었다. 마을 안에 나 있는 골목길은 마을 구석구석 닿지 않는 곳이 없었고 어느 집이든 시끌벅적한 것이 일상이었던 시절, 나는 내가 살아가야 할 삶에 대해 생각하기 시작했다. 내 머릿속에 그려지는 나의 미래는 이 시골 마을의 여느 어른이랑 다르지 않았다. 하지만 나는 그런 삶이 즐겁게 느껴지지 않았다. 또한 그것이 나를 두렵게 만들었다.

당시의 내 눈에는 그 시골 마을이 너무 무료하게 느껴졌다. 내가 앞으로 살아가게 될 삶 또한 그렇게 느껴졌다. 그런 나를 벌떡 일어나게 만든 것은 다름 아닌 원장의 표정이었다. 녀석의 표정은 억지스러우면서도 진솔함이 느껴졌다. 그는 두 팔을 벌려 자신이 한 마리의 솔개가 되는 상상을 했다. 하지만 그는 너무 볼품없어 보일 정도로 마른 몸을 갖고 있었다.

"그래서 우리는 우리의 삶을 창조해야 해."

나는 그가 말했던 이 말을 한 글자도 빼먹지 않고 똑똑히 기억하고 있다. 그때 나는 이 말을 듣고 이런 생각을 했다.

'어떻게 이런 말을 이렇게 눈 하나 깜짝 안 하고 진지하게 말하는 사람이 있을 수 있지?'

원장이 그 말을 했을 때 일이 초 정도는 내 머릿속에서 초원, 넓은 바다, 우주와 같이 드넓고 무한한 것들이 스쳐 지나갔다.

나는 몸을 벌떡 일으켜 앉은 뒤 녀석을 쳐다보았는데 살짝 어질어질한 느낌이 들어 녀석에게 이렇게 말했던 기억이 난다.

"일단 잠부터 자야겠어. 내일 다시 얘기하자."

그가 작별 인사를 하기 전 나는 힘겹게 눈을 뜨고 그의 얼굴을 유심히 보았다. 그런데 놀랍게도 녀석은 언청이였다.

다음 날 나는 원잔을 찾아갔다. 다시 사람에게 관심을 갖기 시작한 나는 그제야 녀석의 모습이 자세하게 눈에 들어왔다. 그는 아랫도리며 윗도리며 제 몸에 맞지 않는 옷을 입고 있었다. 그는 어느 선배가 입었던 옷처럼 보이는 낡은 정장 바지와 와이셔츠를 입고 있었다.

원잔의 가슴팍은 빨래판이 생각날 정도로 볼품없이 야위었다. 그런데도 그는 아랑곳하지 않고 셔츠의 앞 단추를 세 개나 풀고 다녔다. 셔츠가 펄럭이는 사이로 공기가 들어올 때 공중에 두둥실 떠오르는 그런 느낌을 받지 않았을까 싶다.

가장 눈길을 끌었던 것은 뭐니 뭐니 해도 그의 입술이었다. 그의 입술은 어느 한 각도로 뻗쳐 있어 유독 눈에 띄었다.

내 기억에 나이가 어린 아이들은 아무 생각 없이 타인의 신체 결함을 찾아내 놀리는 등 고약한 행동을 하는 경우가 많았다. 아이들은 자신에게 어떤 결함이 있다는 사실을 인지하는 순간 늘 전전긍긍하며 그것을 숨기기에 바빴다. 행여 자신의 결함이 발각되어 소문이라도 날까 봐 두려워했으며, 심지어 평생을 숨어 지내는 이들도 있었다.

내 눈으로 직접 목격한 몇몇 아이들은 신체적 결함 때문에 놀림을 받고 따돌림을 당하면서 스스로를 형편없는 존재로 여기며 정말로 결함 있는 인생을 살았다. 그래서인지 나는 녀석에게 존경심이 일었다. 왜냐하면 원잔은 내가 본 사람 중 유일하게 자신이 가진 결함을 극복한 아이였기 때문이다.

나는 원잔의 집에 가서야 이 근방에 사는 아이들의 절반 이상이 매주 일요일 오후에 이곳에 모인다는 사실을 알게 됐다. 그들은 원장네 집 거실에 여기저기 흩어져 앉아 원장이 정해 주는 그날 오후의 할 일을 기다리는 듯해 보였다.

반면 원장은 의식적으로든 무의식적으로든 매일 여러 아이들과 이야기를 나눴다. 이야기를 나누면서 더 많은 사람들이 모이기를 기다렸다. 어느 정도 인원수가 모이면 그제야 자리에서 일어나 그날의 할 일을 선포했다.

"이제 다 같이 바닷가로 나가 조개를 캐자!"

그는 또 "누구와 누구는 집에 가서 괭이를 몰래 가져오고, 누구랑 누구는 최대한 큰 저울을 가져오도록 해. 우리가 캐낸 조개를 팔아 돈으로 바꿀 거야. 그리고 누구랑 누구는 짐을 짊어 메는 것을 맡아 줘." 라고 말하며 각자가 맡아야 할 역할을 정리했다. 역할 분배가 끝난 뒤 아이들은 원장의 집에서 위풍당당한 자세로 길을 나섰다. 원장은 바닷가로 걸어가는 도중에도 해변 수풀에 사는 흰 뱀의 전설과 어느 촌마을의 유래와 같은 적절한 화젯거리를 찾아 이야기를 들려주었다.

솔직히 여느 어린 애들끼리 모여 노는 것과 크게 다르지 않았다. 유일하게 다른 점이 있다면 그건 바로 모든 행동이 원장의 지휘 아래 이뤄진다는 사실이었다.

사실 자유롭게 움직이기를 좋아하는 아이들에게 누군가의 지시를 따르라고 하는 것은 받아들이기 힘든 일이다. 게다가 원장이 종종 이렇게 아이들을 모아서 활동하는 것에 흥미를 느끼지 못하는 사람은 나뿐만이 아니었다. 내가 보기에 절반 정도 아이들은 마음이 콩밭에 가 있는 것처럼 보였다.

나는 원장이 위로 뻗쳐 있는 그 언청이 입술로 특이한 발성을 내며 그날 오후에 할 일을 정해 주는 것을 볼 때마다, 이렇게 많은 아이들이 학교에 수업을 들으러 오는 것처럼 매일 정해진 시간에 원장의 집으로 모이는 이유가 무엇일까 참으로 궁금했다. 또한 원장은 어떻게 이 많은 아이들 사이에서 독보적인 존재가 된 것일까, 그의 무엇이 그를 비웃거나 그에게 반항할 생각조차 잊게 만든 것일까 궁금했다.

그 이유는 그가 다른 아이들보다 더 높은 이상을 갖고 있었기 때문이다. 이것이 뒷날 내가 찾아낸 답이다. 허무맹랑한 답처럼 들릴지 몰라도, 원장이 품고 있는 이상은 그의 단단한 체력과 정신력으로 똘똘 뭉쳐 있었다.

나는 '원장 부대'에 가입했다. '원장 부대'라는 명칭은 나중에 '맨발 부대'로 바뀌었는데, 그 즈음 나는 원장이 어떤 위대한 일을 하고 있다는 소식을 듣게 됐다.

원장 부대의 활동 시간은 칼같이 정확했다. 평일에는 매일 학교 수업이 끝나는 시각인 오후 4시 30분부터 저녁밥을 먹기 전인 6시까지 활동했으며, 주말인 토요일과 일요일은 오후 내내 활동했다.

토요일과 일요일은 무리를 지어 야외로 나가 놀이를 했는데, 놀이 내용의 대부분은 군고구마 구워 먹기, 수영하기, 조개 잡기 뭐 이런 것들이었으며, 월요일부터 금요일까지는 다 같이 모여 공부를 한 뒤 다이아몬드 게임(중국식 체커 게임으로, 2~6인용 전략 보드 게임), 장기, 바둑, 부루마블 등과 같은 보드 게임을 했다.

사실 아이들은 다이아몬드 게임을 할 때 놀이 자체보다도 서로 입씨름을 하고 수다를 떠는 것에 더 집중했다. 이곳에 모여 있는 아이들은 습관적으로 과장된 목소리로 원장이 지금 하고 있는 위대한 일에 대해 이야기했다.

"원장이 그 일을 끝내고 나면 학교 교장 선생님처럼 위대한 사람이 되겠지?"

"아마도. 어쩌면 마오 주석님(毛主席, 중국인들은 마오쩌둥(毛澤東)을 이렇게 부름)만큼 위대한 사람이 될지도 몰라."

나는 궁금해서 원장이 하고 있다는 위대한 일이 무엇인지 그 아이들에게 물었다. 그러자 그들은 나를 무시하듯 한심하게 쳐다보며 말했다.

"너 같은 애는 이해 못 해. 원장은 지금 아주 위대한 일을 하고 있는 중이야."

끝내 궁금증을 참을 수 없었던 나는 결국 아이들이 모두 집으로 돌아가고 난 뒤 원장을 붙잡고 우물쭈물하며 그에게 물었다.

"애들 말로는 네가 지금 엄청 위대한 일을 하고 있다고 하던데, 그게 무슨 일이야?"

원장이 웃음을 터뜨리자 언청이 입술 안쪽이 드러나 보였는데, 그 모습이 살짝 묘하게 느껴졌다.

아버지에게 보내는 작은 배

"뭔지 한번 볼래?"

나는 고개를 끄덕였다.

"보통 다른 애들한테는 보여 주지 않는데, 너한테는 보여 주기로 결정했어."

그는 말을 마친 뒤 나를 데리고 자신의 방으로 들어갔다.

원잔은 그의 형과 한 방을 같이 사용했는데, 방에 들어서는 순간 두 형제의 사이가 그다지 좋지 않다는 것을 느낄 수 있었다. 왜냐하면 방 안이 두 구역으로 정확하게 나뉘어져 있었기 때문이다.

그는 침대 밑에서 황갈색 가죽 트렁크를 하나 꺼냈다. 아마도 그의 어머니가 결혼했을 당시 마련해 온 혼수 중 하나인 듯해 보였다. 가죽 트렁크를 열자 그 안에는 종이 뭉치가 한가득 있었다. 종이 뭉치 아래에는 책 여러 권이 또 한가득 들어 있었다.

원잔은 조심스럽게 그 종이 뭉치를 꺼내 한 장 한 장씩 바닥에 펼쳐 놓았다. 그러고는 목소리를 중저음으로 깔고는 내게 설명했다.

"봐 봐, 이건 연도야. 매년 이 나라에서 발생한 사건 중 내가 중요하다고 생각하는 역사적 사건을 연도별로 정리한 거야. 그리고 이 사건들이 초래된 근본적인 원인에 대한 내 생각도 같이 적어 놨어……. 난 9살 때부터 매일 저녁밥을 먹고 혼자 이걸 정리했어. 있잖아, 내가 만약 18살이 되기 전까지 1천 년이 넘는 역사적 사건을 모두 정리해 낸다면 말이야, 어쩌면 내가 엄청나게 대단한 사람이 될 수 있을 것 같은 생각이 들어."

그 말을 하는 녀석의 얼굴은 피부 안쪽 혈관이 터졌다고 착각할 정도로 붉으락푸르락해졌다.

나 역시 알 수 없는 뜨거운 열기가 걷잡을 수 없이 번지는 느낌이 들었다. 급기야 머리 정수리에서 땀이 삐질삐질 나고 온몸의 모공이 활짝 열려 있는 것만 같은 기분이 들었다. 나는 휘둥그레진 눈으로 녀석을 바라봤다. 심지어 그 순간 원장이 이미 위대한 사람으로 느껴졌다.

그날 이후부터 나는 매일같이 발이 닳도록 원장의 집을 찾았다. 일단은 사무적으로 그곳에 모여 있는 다른 아이들과 어울려 놀이를 마친 뒤 몹시 안달 난 사람처럼 원장에게 물었다.

"정리 시작하려고?"

원장은 늘 웃는 얼굴로 대답은 하지 않았다. 하지만 나를 맞이하는 원장의 눈에서는 늘 신성한 빛이 반짝였다. 마치 정말로 우리가 하고 있는 어떤 위대한 일이 조금씩 이뤄지고 있는 듯한 느낌이 들었다.

당시 나는 성적이 우수한 아이였음에도 이 위대한 사업을 이끌어 가는 원장을 보니 긴장감이 더 고조됐다. 나는 가뿐하게 또 학년 전체 일등을 했지만, 일등 성적표로는 위안이 되지 않았다. 불현듯 초조함이 나를 엄습했다. 심지어 숨이 잘 쉬어지지 않을 정도로 마음이 불안했다. 반드시 무엇인가를 해야만 원장을 따라잡을 수 있을 것이란 생각이 매일같이 나를 따라다녔다.

결국 나는 초조함과 불안함 때문에 어쩔 수 없이 이런저런 구실을 만들어 원장과 이야기를 더 나누려고 했다.

처음에 녀석은 늘 내게 이렇게 말했다.

"조급해할 것 없어. 네가 시험에서 전교 1등을 하면 다시 얘기해 줄게."

내가 정말로 전교 1등 성적표를 가지고 다시 찾아가자, 녀석은 내 성적표를 보고 조금 놀란 듯한 표정을 지었다. 나는 내가 원장을 놀라게 했다는 사실에 내심 의기양양해졌다. 나는 다시 꼬치꼬치 캐물었다.

"이제 내가 뭘 하면 돼?"

"네가 어떤 인생을 살고 싶은지를 생각해 보고 정해. 그런 다음 한 단계 한 단계씩 구체적인 계획을 세우는 거야."

나는 결국 그의 대답을 얻어 냈다. 물론 원장 또한 내가 주변 아이들 중 유일하게 그와 정신적 대화를 나눌 수 있는 사람이라 생각했다.

어쩌면 원장은 아주 오래전부터 마음속에 이 원대한 계획을 품고 있었는지도 모른다. 그날 오후 원장은 그동안 자신이 생각해 온 것들을 온전히 내게 드러냈다.

"이를테면 나는 나중에 반드시 대도시에서 살 거야. 그래서 나는 대학에 입학하거나 성(省) 정부 소재 도시에 있는 직업 전문학교에 입학할 거야. 우수한 고등학교에 진학한 다음 좋은 대학교에 입학하는 건 그렇게 어렵지 않아. 다만 학비가 너무 비싸다는 게 흠이지. 하지만 우리 집은 아주 가난하니까 대학보다는 직업 전문학교에 입학하는 것이 내 형편에 맞을 것 같아. 좋은 직업 전문학교에 입학하려면 점수가 1점이라도 높거나 낮으면 안 돼. 반드시 자신의 점수를 일정하게 유지해야 해. 물론 대도시 입성은 시작에 불과해. 나는 대도시에 남아서 성장할 기회를 잡을 거야. 그러려면 반드시 리더십을 길러야 해. 그럼 뒷날 학교에서 학생회장도 맡을 기회가 생길 거야. 학생회장은 많은 기업과 접촉할 기회가 있으니 나는 반드시 그 기회를 잡아 그들이 나를 발견하고 선택하도록 만들 거야."

"그럼 네가 매일 아이들 여러 명을 모아 함께 노는 것도 일종의 리더십을 기르는 훈련 같은 것이겠네?"

그제야 나는 이제껏 원장이 한 행동을 모두 이해했다. 그는 으쓱해하며 고개를 끄덕였다.

"내가 지금 중국 역사를 요약해서 정리 중인데, 고등학교 입학 시험에 나오는 작문 시험에서 역사 지식을 충분히 활용한다면 분명 좋은 점수를 받을 수 있을 거야. 그리고 공무원 시험에서도 역사와 고사를 활용해서 이치에 맞게 잘 설명해 낸다면 충분히 가점을 받을 수 있을 거라 생각해."

그 순간 나는 거의 호흡이 멎을 것만 같았다. 그리고 지금껏 나는 너무나 순진하고 멍청하게 살아왔다는 생각이 들었다.

"난 어떻게 해야 그런 인생을 살 수 있을까?"

놀라움과 막막함 그리고 두려움 때문에 나는 내 입으로 이런 추상적인 말을 내뱉었다.

"네 길을 찾아야지."

원장은 아주 확신에 찬 목소리로 말했다.

아버지에게 보내는 작은 배

"대도시에서 널 기다리고 있을게. 난 널 믿어."

그는 이렇게 말하면서 내 어깨를 가볍게 토닥였는데, 이런 행동은 아마도 항일 전쟁을 주제로 한 연속극 안에 나오는 군인의 행동을 보고 배운 것이 아닐까 싶다.

어쩌면 원장 자신조차도 그가 하는 말이 나를 완전히 무너지게 만들었다는 사실을 의식하지 못했을지도 모른다.

그해 여름 방학 동안 나는 나 스스로의 모든 것을 부정하며 공허함에 빠져 있었다.

친구와 장난치며 노는 것이 의미가 있는 일일까? 시험에서 1등을 한들 그것 또한 의미가 있는 일일까? 엄마가 매주 외할아버지와 외할머니 등 어른들을 찾아가 문안을 여쭤야 한다고 시키는 일은 의미가 있는 일일까? 아무 목표도 없이 이런 생각들을 하는 것은 의미가 있는 일일까?

당시 나는 내가 던지는 이 질문에 답을 해 줄 수 있는 존재는 이 세상에서 오직 원장뿐이란 생각이 들었다.

그해 여름 방학 원장의 인생 전략에 변화가 조금 생긴 듯해 보였다. 여름 방학에는 매일 수업에 갈 필요도 없는데, 그는 '맨발 부대'의 활동을 일요일 오후에만 하는 것으로 확 줄였다. 또한 활동을 하는 시간에도 여러 가지 실험적인 활동을 했다. 원장은 나머지 시간에는 항상 혼자 집 안에 처박혀 나오질 않았다.

나는 답답한 마음에 계속 원장을 찾아가 귀찮게 했다. 하지만 그는 늘 이 말로 내게 선을 그었다.

"자기가 갈 길은 자기가 생각하는 거야. 내가 네 인생의 답을 가르쳐 줄 순 없어."

그 뒤로 나는 밤새 잠이 오지 않아 쇼펜하우어, 니체, 칸트 등과 같은 인물이 나오는 철학책을 이해가 되든 말든 미친 듯이 읽기 시작했다. 그 당시 내 모습을 기억하는 엄마의 말에 따르면, 그때 내가 흐리멍덩한 눈빛으로 혼잣말을 자주 했다고 한다.

어느새 나에게 관심이 없던 사람들도 나의 증세를 알아차릴 정도로 이번 병의 증세는 지난번보다 더 심각했다. 엄마는 그때도 나를 도와줄 사람이 원장밖에 없다고 생각했던 것 같다.

결국 원장은 못 이기는 척하며 여름 방학이 끝나고 나서야 나를 다시 찾아왔다.

내 방에 들어오던 녀석의 표정에서 뭔지 모를 조바심이 느껴졌다.

"네가 귀찮게 한 탓에 내가 이번 여름 방학 안에 계획했던 목표를 80%밖에 달성하지 못했어. 내년이면 난 중학교 3학년이야. 이건 나한테 전투나 다름없어. 그러니까 더는 날 귀찮게 하지 않겠다고 약속해 줘."

나는 녀석의 말에 고개를 끄덕였다.

"그리고 일러 줄 게 있는데, 당장 미래의 큰 목표를 찾지 못하고, 또 그것 때문에 괴로운 마음이 드는 건 지극히 정상인 거야. 어릴 때

아버지에게 보내는 작은 배

부터 자기 자신이 어떤 형태의 인생을 꾸려 나갈 수 있을지를 아는 사람은 몇 명 안 돼. 그러니까 일단은 너도 눈앞에 놓인 일을 하나하나씩 잘 해내 봐."

"그럼 어째서 넌 그렇게 빨리 네 자신이 어떤 삶을 살게 될지를 알게 된 거야?"

그 순간 나의 그 질문이 그의 마음을 '훅' 파고들었는지 원장의 두 눈동자가 갑자기 커졌다. 그는 내 쪽으로 고개를 돌린 뒤 마치 큰 결심을 마친 사람처럼 정중한 목소리로 내게 그 답을 공개했다.

"왜냐하면 그건 내가 천재이기 때문이야."

그 답을 공개하고 난 원장은 그제야 오늘 우리 집에 온 목적이 떠올랐는지 내게 이렇게 말했다.

"하지만 너도 인재야. 그러니까 조급해하지 않아도 돼. 일상을 충실히 잘 지내다 보면 삶이 너한테 답을 주는 날이 올 거야."

"정말이야?"

"정말이지, 그럼."

그 순간 나는 나도 모르게 원장 앞에서 눈물을 터뜨렸다.

그해 여름 방학이 지나고 원장은 중학교 3학년이 되었다. 그가 말한 것처럼 그는 첫 번째 전투를 치르고 있었다.

한편 당시에는 좀 별난 정책이 하나 있었다. 우수한 직업 전문 대학교는 어떤 점수 구간에 속한 우수한 학생만을 모집했기 때문에 원잔의 계획대로라면 그의 성적이 반드시 그 점수 구간에 들어가야만 했다. 나는 그 점수 구간에 들어가는 것이 얼마나 어려운 일인지 알고 있었다.

그에게 버려졌다는 서러움 때문이었을까, 아니 어쩌면 자신은 나와는 수준이 다른 천재라고 했던 말 때문이었을까, 나는 더는 원장의 집을 찾아가지 않기로 결심했다. 하지만 원장이 매일 등교를 할 때마다 우리 집을 지나쳤기 때문에 그와 나는 어쩔 수 없이 마주칠 수밖에 없었다.

나는 그와 마주치는 것이 괜히 신경 쓰이고 긴장됐다. 녀석과 마주칠 때마다 나의 초라한 모습이 고스란히 드러날 것만 같아 나도 모르게 자꾸 불안감이 불쑥 튀어나왔다.

하지만 녀석은 매번 나와 마주칠 때마다 유난히 반가워하며 굳이 나와 함께 걸어가려고 했다. 같이 걸어가는 동안 그는 굳이 내게 자신이 이미 이룬 목표들에 대해 구구절절이 설명했다.

"지난번에 과목 시험을 봤는데 난 정확하게 90점을 받았어. 사실 이번에는 내가 예상했던 것보다 1점을 더 받긴 했는데, 어쨌든 난 이제 내 점수를 정확하게 장악할 수 있게 됐어."

난 그냥 살짝 웃으며 듣기만 했다.

"너는?"

"난 모르겠어. 일단 작은 일부터 해 보고 큰일은 나중에 다시 생각해 보려고."

아버지에게 보내는 작은 배

"그래, 조급해할 것 없어. 스스로 생각이 분명해질 때가 오면 불현듯 깨닫게 될 거야."

그는 이렇게 말하며 나를 격려했다.

사실 원장에게 버림받았다고 생각하는 사람이 나뿐만은 아니었다. 시간이 정말로 부족했을 수도 있고, 원장 스스로 리더십 훈련의 단계별 목표를 이미 달성했다고 생각해서인지 그의 집에서 이뤄지던 '맨발 부대'의 활동은 갈수록 축소되었다. 급기야 나중에는 토요일 2시부터 3시까지 이 짧은 한 시간만 자신의 집에 오는 것을 허락했다.

많은 아이들이 이런 원장의 갑작스러운 태도 변화를 납득하지 못했다. 그리고 전부 내게 와 그 이유를 물었다.

"어쩌면 원장은 뼛속까지 이기적인 사람일지도 몰라. 우리가 필요 없어지니까 버린 거야."

그 말을 내뱉는 순간 나 스스로조차 소스라치게 놀랐다. 나는 내가 그의 노예가 되어 가고 있다는 사실을 의식하게 되었고, 그로 인해 나는 더욱 원장이 밉고 원망스러웠다.

심지어 나는 몰래 이런 상상까지 했다.

'녀석이 실패하면 어떤 표정을 지을까?'

그러나 나는 의도하지 않게 생각보다 빨리 그 표정을 목격하게 되었다. 엄마는 매번 무심코 내게 원장의 소식을 들려주었다.

"원장이 스트레스가 많나 보더라. 매번 시험을 볼 때마다 두통을 심하게 앓는다고 하더라. 성적이 떨어지면 밤새 잠을 못 자서 머리카

락도 계속 빠지고 있대. 그래서 원장 부모님이 걱정이 많으시더라. 시간 나면 네가 아이들을 데리고 원장 좀 찾아가 보렴."

"원장은 우리를 필요로 하지 않아요. 우리가 원장을 이끌어 줄 능력도 없고요. 왜냐하면 원장은 우리보다 훨씬 대단한 아이거든요."

첫 번째로 한 말은 화가 나서 한 말일지 몰라도, 그다음 두 번째, 세 번째로 한 말은 정말로 내가 우려하고 있는 사실을 있는 그대로 말한 것이었다.

결국 어느 날 학교 등굣길에 나는 원장을 쫓아가 무슨 말이라도 걸어 보려고 했다.

당시 아주 민감한 상태였던 원장은 내가 저에게 위로랍시고 듣기 거슬리는 말을 꺼낼까 봐 내가 입을 떼기도 전에 아주 거만한 목소리로 이렇게 말했다.

"네가 나한테 조언을 해 줄 수 있다고 생각하는 거야?"

말투는 일관적으로 도도했지만, 녀석이 화가 난 것인지 언청이 입술에서 새어 나오는 비음이 유독 크게 들렸다.

내가 살았던 민난이라는 이 작은 시골 마을에는 진(晉)나라 때부터 사람이 정책해 살았다고 한다. 그래서 내가 살던 곳에서는 당시의 수많은 제도들을 따랐는데, 그중 하나가 바로 매년 정월 대보름이 되면 진(鎭) 교육위원회에서 그해 성적이 우수한 몇 명 학생에게 장학금을 수여하는 일이었다.

예전에는 원잔이 늘 그해 같은 연령의 학생 중 절대적인 1등이었다. 나 역시 늘 상위 3위권을 다투는 학생 중 한 명이었다. 그해 정월 대보름에는 아직 나 자신에 대한 회의감에서 벗어나지 못했을 때라 성적도 6등에 그쳤다. 나는 결단코 그런 성적으로 장학금을 받고 싶지 않았다. 그러나 엄마는 "장학금 받으면 그거 다 너 줄게."라며 나를 격려해 주었다. 6등 장학금은 50위안(약 8,500원)으로 그 정도면 만화책 두 권을 살 수 있는 돈이었다. 결국 나는 못 이기는 척 장학금을 받기로 했다.

고대 제도에 따라 설립된 장학금 제도이기 때문에 장학금을 수여하는 과정도 옛날 방식을 따랐다. 먼저 현지에서 가장 명망이 높은 문인이 장학금을 기부한 향신(鄉紳, 퇴직 관리로서 그 지방에서 학문과 덕망이 높은 사람)의 명단을 읊었다. 그 다음에는 다시 같은 어조로 장학금을 받을 학생들을 한 명씩 호명했다. 호명하는 순서는 저학년부터 고학년 순으로, 장학금의 금액 역시 그 순서대로 높아졌다.

어릴 때는 그 호명하는 소리가 그렇게 듣기 좋을 수가 없었다. 소리와 곡절(曲折)이 조화로움을 이루는 발성이 내 귀에는 무척 멋있게 들렸다. 게다가 나이든 어르신의 입에서 내 이름이 호명되면 마치 내가 대단한 능력자라도 된 듯한 기분이 들었다. 하지만 그날은 빨리 호명이 끝나기만을 기다렸다. 그날따라 호명을 하는 그 어르신의 목소리가 유독 느긋하게 들렸다. 나는 초조하게 주변을 두리번거리며 장학금을 받으러 온 학생들을 살펴보았다. 뭔가 이상하다는 생각이 들었을 즈음 이미 원잔이 속한 학년의 장학생을 호명하는 순서가 됐다. 그런데 놀랍게도 그 명단 안에 원잔의 이름이 없었다.

갑자기 심장이 쿵쾅쿵쾅 뛰었다. 나는 장학금을 받는 것도 잊어버리고 그대로 집으로 뛰어갔다. 나는 집에 오자마자 엄마를 찾았다. 그러고는 숨을 헐떡이며 "엄마! 원잔 이름이 없어요! 장학생 명단에 없었다고요! 원잔이 시험을 망쳤나 봐요! 원잔이 망했다고요!"라고 소리쳤다.

엄마는 그런 나를 어처구니가 없는 표정으로 쳐다보며 말했다.

"원잔이 어떻게 시험을 망칠 수가 있어? 다른 아이도 아니고 원잔이 말이야."

그 소식은 다른 아이들 귀에까지 들어갔다. 하지만 뒤에 우리가 내린 공통된 결론은 이러했다. 원잔이 시험을 망친 것이 아니라 성적을 등록하는 것을 잊어버려 장학금 받을 기회를 놓친 것이라고 말이다.

우리는 몇 차례 원잔을 찾아가 우리가 내린 결론이 사실인지 확인하려 했다. 하지만 원잔은 그해 겨울방학 그리고 그 뒤로도 계속 우리와 하는 만남을 거부했다.

예전의 원잔은 우리가 그의 집에 가서 놀 수 있도록 자신의 부모님한테 집 대문을 계속 열어 놔 달라고 부탁했다. 하지만 그해 겨울 방학부터 원잔의 집 대문은 항상 굳게 닫혀 있었다. 우리는 문밖에서 계속 문을 두들기며 그의 이름을 불렀지만 돌아오는 대답은 매번 원잔어머니의 통보였다.

아버지에게 보내는 작은 배

"원장은 지금 공부 중이란다. 다음 학기에 고등학교 입학시험을 치러야 하기 때문에 너희들과 놀 시간이 없단다."

그렇게 서서히 원장을 따르던 맨발 부대는 와해됐다. 아이들은 삼삼오오 새로운 무리를 만들어 각자 놀기 시작했다. 그리고 나는 다시 의도하지 않게 혼자가 되어 온종일 집에 처박혀 있었다. 집에 있는 시간이 너무 무료하게 느껴질 때면 나는 대충 생각나는 대로 글을 써 내려갔다. 글을 다 쓰고 나면 내가 쓴 글을 읽으며 스스로에게 이야기를 들려주었다.

내가 몹시 걱정스러웠던 엄마는 사람들을 만날 때마다 "설마 저렇게 책만 읽다가 머리가 고장 나는 건 아니겠지?"라며 걱정을 털어놓았다. 하지만 엄마의 근심을 더 깊게 만든 소리가 있었으니, 그것은 바로 "옆집 원장을 봐. 걔도 점점 이상하게 변하고 있잖아."라는 말이었다.

나도 그렇게 변할지도 모른다는 생각이 든 엄마는 과감한 결정을 내렸다. 엄마는 반 학기 정도 나를 학교에 보내지 않고 뱃일을 하러 닝보로 가는 아버지 손에 딸려 보냈다.

당시 닝보는 내가 살던 시골 마을과는 비교도 안 되는 대도시였다. 내가 닝보에서 지내던 곳은 뒷날 '라오와이탄(老外灘)'으로 개발된 지역에 위치한 한 호텔이었다. 난 그곳에서 대도시의 공기를 마시며 활기가 넘치는 도시 아이들을 사귀게 되었다. 비록 지금 기억나는 것은 많지 않지만 그곳에서 지내는 동안 고향 동네에서 있었던 수많은 사건이 내 머릿속에서 거의 잊혀져 갔다.

다시 집에 돌아왔을 때는 이미 기말고사가 코앞에 다가온 때였다. 또한 그 주에는 중학교 3학년 학생들이 고등학교 입학시험을 조금 앞당겨 치르게 되었다.

그 시기가 되니 불현듯 다시 원장이 떠올랐다. 물론 나 또한 집에서 지난 반 학기 동안 하지 못한 공부를 하느라 적잖게 고생을 했다. 그럼에도 불구하고 나는 삼사 일에 한 번씩 원장의 집을 찾아가 그의 집 문을 두들겼다. 나는 직접 얼굴을 보고 그에게 내가 닝보에서 사 온 엽서를 주고 싶었다. 나는 그 엽서가 그의 결심을 더욱 확고하게 굳혀 줄 것이라 생각했기 때문이다. 하지만 문은 여전히 열리지 않았다.

고등학교 입학시험이 끝난 뒤로는 나를 피 말리게 했던 기말고사가 다가왔고 어느새 또 여름 방학이 시작됐다.

닝보에 다녀온 경험과 그곳에서 가져온 갖가지 물건 때문에 뜻하지 않게 우리 집은 주변 아이들의 새로운 집결지가 되었다. 그들은 도시에서 건너온 물건들을 이리 보고 저리 살펴봤으며 내게 대도시 생활에 대해 꼬치꼬치 캐물었다.

처음에는 내게 쏟아지는 관심을 즐겼다. 하지만 질문이 많아지니 점점 그들의 관심이 성가시게 느껴졌다.

'그냥 하나의 도시일 뿐인데 그게 그렇게 궁금해 안달이 날 일인가?'

아버지에게 보내는 작은 배

그 순간 생각이 난 사람 역시 원장이었다. 하지만 그의 집 문은 여전히 굳게 닫혀 있었다.

어느덧 여름 방학도 절반 이상이 지나갔다. 이미 인내심을 상실한 나는 내게 대도시 생활을 물으러 오는 친구들을 모두 내쫓았다. 그러고는 다시 옛날처럼 집 안에 틀어박혀 공상에 빠져 있었다.

그날 오후 또 늦잠을 잔 나는 침대 위에 누워 있다가 불현듯 엄마가 어떤 사람과 격앙된 목소리로 대화를 나누는 것을 들었다. 특이한 발음이었지만 목소리가 힘이 있고 단호했다. 나는 흥분을 감추지 못하고 침대에서 벌떡 일어났다. 내 예상대로 그 사람은 원장이었다.

그는 걸어 들어오면서 두 팔을 펼치며 말했다.

"내가 해냈어. 나 푸저우에 있는 직업 전문학교에 붙었어. 합격선에서 딱 1점 넘었어. 내가 보기 싫은 녀석들을 다 제치고 합격했어."

나는 원장의 말속에 가시가 돋쳐 있는 말들을 반박할 정신도 없이 흥분에 차올라 환호했다. 원장이 대도시에 갈 수 있게 돼서 혹은 뭐 그런 이유 때문에 흥분한 것은 아니다. 대도시는 내게 이미 큰 감흥을 주지 못하는 그런 곳이었다. 내가 흥분한 이유는 그가 다시 살아났기 때문이다.

그는 여전히 흥분에 가득 찬 목소리로 앞으로 자신이 대도시에서 보내게 될 새로운 생활에 대해 이야기를 늘어놓았다. 또한 그는 말 한 마디, 글자 한 자에 자부심을 가득 싣고 내게 말했다.

"있다가 나랑 같이 거주위원회(居委會)에 가지 않을래? 입학할 학교에서 내 거주지를 푸저우로 옮겨야 한다고 해서 말야."

나는 당연히 그러겠다고 답했다. 원잔에 대한 나의 관심에 보상이라도 받는 듯, 그는 내게 진지하게 이렇게 말했다.

"도시에 가서 매주 너한테 편지를 쓸게. 네가 도시에 입성하게 되는 날까지 너한테 나의 도시 생활의 모든 것을 알려 줄게."

당시 내게 그의 이런 선심은 기쁨에 몸 둘 바를 모를 정도로 감동을 주지는 못했다. 하지만 설사 그렇다 해도 원잔 앞에서는 고개를 끄덕이며 기뻐해야 한다는 것 정도는 나도 알고 있었다.

원잔은 그렇게 우리 마을의 모범이 되는 이미지를 남기고 도시로 떠났다. 동네를 떠나는 날 원잔 아버지 친구가 트랙터에 그를 태워 버스를 타는 곳까지 바래다 주기로 했다. 원잔이 짐을 들고 트랙터에 올라타려 할 때 그의 부모님은 이미 아들의 빛나는 미래를 본 사람들처럼 기쁨의 눈물을 흘렸다. 한편 원잔네 집과 늘 사이가 좋지 않았던 그의 숙부도 그날은 온 집안 사람들을 다 데리고 나와 그에게 덕담과 함께 특별히 부탁도 건넸다.

"앞으로 우리 집 아이들도 잘 부탁하마."

원잔은 이미 성공한 영웅처럼 인사를 건네는 사람마다 일일이 대답을 했다.

드디어 트랙터에 올라타려는 마지막 순간 원잔은 특별히 내 쪽을 보며 큰 소리로 소리쳤다.

아버지에게 보내는 작은 배

"헤이거우, 도시에서 널 기다리고 있을게!"

나는 그에게 손을 흔들었다. 그리고 내심 그가 여전히 나를 가장 좋게 보고 있다는 것이 뿌듯하게 느껴졌다.

역시나 원잔은 내게 약속을 지켰다. 그가 떠나고 2주쯤 되었을 때부터 나는 그에게서 편지를 받기 시작했다.

편지에서도 그가 특별히 신경을 썼다는 게 느껴졌다. 편지 봉투와 우표 모두 푸저우시 도시 건립 기념으로 발행된 것들이었다. 편지지에는 그가 다니고 있는 학교의 이름과 로고가 인쇄되어 있었다.

그가 내게 보낸 첫 번째 편지에는 도시에 대한 첫 인상 이야기가 주를 이뤘다. 또한 그의 탐험 계획에 관한 이야기도 담겨 있었다. 원잔은 일주일 내에 수업 외 시간에 간선 도로를 따라 도시의 주요 도로를 돌아다니며 한 도시가 어떻게 운영되고 성장하고 있는지 느껴 보는 시간을 가질 생각이라고 했다.

두 번째 편지에서 원잔은 곧 일주일간 군사 훈련을 받게 될 예정이라고 했다. 그는 군사 훈련이 인간의 의지를 단련시키는 훈련이라며, 이를 아주 똑똑하고 칭찬받을 만한 교육 방식이라고 표현했다. 게다가 그는 의지력은 자신이 갖고 있는 장점이기 때문에 군사 훈련을 계기로 동급생들이 자신을 존중하게 될 것이라고 생각했다.

군사 훈련 때문인지 세 번째 편지는 일주일 정도 늦어졌다. 마지막 세 번째 편지 안에서는 그가 조금 지쳐 있는 것이 느껴졌다. 그는 군사 훈련에 관한 자세한 이야기는 하지 않고, 자신의 언청이 입술이 같잖지도 않은 녀석들의 공격 대상이 되었다는 이야기와 그들이 다른 것으로는 자신을 뛰어넘을 수 없다는 것을 깨닫고 악의적으로 공격을 하는 것이라는 이야기만 했다. 또한 그는 편지에서 '하지만 내가 비굴하게 녀석들과 타협할 일은 없을 거야. 난 알아, 내가 녀석들의 수준보다 훨씬 뛰어나기만 하면 그들도 날 두려워하게 될 거야.'라고 말했다.

그 뒤로 네 번째 편지는 오지 않았다.

2주일을 기다려도 편지가 오지 않자 나는 걱정되는 마음에 원잔네 집을 찾았다. 문 밖으로 나오는 사람은 그의 형이었다. 그의 형은 일찌감치 공부를 포기했는데, 내 기억에 남아 있는 그의 형은 늘 원잔과는 정반대의 삶을 사는 사람이었다. 공부를 열심히 하지 않아 지금은 변변한 일자리도 없는 사람의 대명사로 인식되고 있어 그의 부모님은 그를 창피해했다.

"형, 원잔한테 무슨 일이 생겼는지 아세요? 원잔이 제게 편지를 보내기로 한 때가 지났는데, 혹시 무슨 일이 생긴 게 아닐까 해서요."

"난 개랑 연락 안 해. 그 자식이 나랑 대화하기 싫어하는 거 너도 알잖아. 뭐 듣기로는 학교에서 언청이 입술 때문에 놀림을 받은 모양인데, 그러다 싸움이 붙었나 봐. 아무튼 그 자식 학교에서 부모님 중 한 사람은 푸저우에 오라고 한 모양인데, 차비가 좀 비싸야지. 그래서 두 분 다 안 가고 싶어 하셔."

나는 황급히 집으로 돌아와 원잔에게 편지를 썼다. 나는 편지에 매우 완곡한 표현을 써 가며 그에게 혹시 지금 어려운 도전에 직면한 것인지 물었다. 그래야만 원장이 거부감 없이 내 편지를 읽을 것이라는 사실을 알았기 때문이다.

그는 약속한 시간보다도 3주나 더 늦게 내게 답장을 보냈다. 편지 내용은 아주 간단했다.

걱정하지 마. 예상하지 못한 도전에 직면하긴 했지만, 이 역시도 미리 생각하지 않았던 바는 아냐. 이번 학기가 끝나기 전에 이 문제를 처리할 계획이야. 그래서 말인데 당분간 너한테 편지 쓸 시간이 없을 것 같아. 여름 방학 때 다시 만나서 얘기하자.

하지만 원장은 여름 방학이 되기도 전에 집으로 돌아왔다. 그는 내게 돌아온 이유에 대해 말하길 수업이 너무 시시해서 나중에 한꺼번에 시험을 치르기로 했다고 했다.

다른 친구들도 줄줄이 원장을 만나러 갔다. 그들은 원장에게서 시골 바깥의 생활은 어떠한지 이야기를 듣고 싶어 했다. 처음에는 원장도 매일 신나서 도시의 이모저모에 관해 이야기를 해 주었다. 하지만 일주일도 채 가지 못해 원장네 집 대문은 다시 굳게 닫혔다.

누군가 문을 두들기면 원장네 어머니가 "원장이 너희들과 대화하는 것이 재미가 없다는구나. 원장이 혼자 조용히 어떻게 큰일을 해 나갈지 생각하고 싶다는구나."라고 말했다.

그전까지 나는 원장에게 인정받은 사람이라고 착각하고 있었다. 왜냐하면 원장이 마을의 다른 아이들과는 대화 수준이 맞지 않는다고 생각했지만 나는 그가 세운 기준에 부합하는 사람이라 여겼기 때문이다.

나는 아이들이 모두 돌아간 뒤에도 끝까지 그의 집 문을 두들겼다. 대도시 생활이 어쩌고저쩌고 그런 말이 듣고 싶어서가 아니었다. 단지 난 원장이 자연스러워 보이지 않고 어딘가 힘들어 보였기 때문에 그를 만나 보려는 것이었다. 녀석은 아픈 게 분명했다.

다른 아이들과는 만남 자체를 거부했지만, 최소한 내게는 집 안까지 들어오게 해 줬다. 그는 여전히 애써 자신이 대화를 이끌어 가려고 했다. 하지만 나는 그가 말을 할 때 자꾸 숨차 하는 것을 느꼈다. 삐쩍 마른 열댓 살 소년이 말을 할 때마다 숨이 찬다는 것은 그의 마음속에 엄청난 무엇인가가 그를 짓누르고 있음을 의미했다.

원장과 대화를 할 때 내가 써먹는 전략이 하나 있는데, 그건 바로 그에게 가르침을 구하는 자세로 대화에 임하는 것이다. 나는 그 방식이 그에게 안정감을 주고 그의 마음을 편하게 해 주는 것이라 생각했다. 나는 그에게 내년 고등학교 입학시험을 준비해야 하는 고충을 털어놓았다. 나는 그에게 "우리 부모님은 담이 작고 소박한 분들이라 그런가, 내가 사범 전문 대학교에 입학해서 졸업 뒤 초등학교 선생님이 되길 원해서. 물론 학교 선생님이 되면 아주 편하고 단순한 일상을 살게 되겠지. 하지만 나는 바깥세상에 나가 대학을 경험해 보고 싶고,

　　　　　　　　　　　아버지에게 보내는 작은 배

다른 성(省)에서 생활도 해 보고 싶어."라고 말했다.

나의 예상대로 원잔은 내게 절대 사범 전문 대학교에 가면 안 된다고 말리며 "참 사람 질리게 만드는 이놈의 시골 구석탱이!"라고 말했다. 그는 내가 대학 시험을 보는 것은 아주 훌륭한 생각이라고 말했다. 다만 내게 마음의 준비를 단단히 해 둬야 한다고 일러 줬다.

"대도시에 가면 너도 느끼게 될 거야. 우리 같은 시골 출신 사람들이 얼마나 초라하고 구질구질한지 말이야. 아마 너도 네가 자란 이곳이 싫어지게 될 거야. 네 출신이 네 발목을 잡을 수도 있어."

원잔은 이 말을 할 때 표정이 무척 진지했다. 그날 나는 결국 그가 어쩌다 푸저우에서 학교 동창들과 주먹다짐을 하게 됐는지 묻지 못했다. 사실 그날 이후부터 나는 돌연 그와 더는 이야기를 나누고 싶은 생각이 사라졌다. 그와 대화를 하고 나면 마치 물속에서 허우적대는 사람이 다른 사람까지 붙잡고 늘어지는 것처럼 그가 나를 끌고 함께 나락으로 떨어지려고 하는 기분이 들었기 때문이다.

그해 겨울 방학 때도 마을에서는 교육 재단에서 장학금 대회가 열렸다. 여전히 명망 높은 어르신이 예스러운 고향 사투리로 미래의 별이 될 학생들의 이름을 호명했다. 교육 재단의 관례에 따라 그해 직업 전문 대학교와 명문 고등학교에 입학한 학생들을 위주로 장학금이 수여됐다. 원잔의 이름이 크게 적힌 종이는 일찌감치 사당 문 앞에 붙어 있었다. 그러나 원잔은 끝내 장학금을 받으러 오지 않았다.

걱정되기도 하고 궁금하기도 했지만 나는 더는 원잔네 집을 찾아가지 않았다. 나는 그의 머릿속에 혹은 마음속에 이상한 무엇인가가 생겼음을 감지했지만, 그렇다고 그것이 병이라고 단정 지을 순 없었다. 하지만 나는 내심 그 병이 나에게까지 전염될까 봐 두려웠다. 어느 날 나도 나를 키워 준 우리 고향과 나의 친구들을 혐오하게 될까 봐 두려웠다.

그해 원잔이 언제 고향을 떠났는지는 나도 모른다. 그리고 다음 여름 방학 때 그가 고향에 돌아왔는지 안 왔는지 또한 모른다. 그와 나는 옆집 이웃이었지만 나는 우리가 서로 다른 세계에 살고 있는 사람들이라 생각했다.

하지만 고등학교 입학 통지서를 받았을 때 나는 그에게 알려는 줘야 할 것 같다는 생각이 들었다. 나는 원잔의 집에 찾아가 그를 만나려고 했으나 역시나 원잔은 집에 돌아오지 않았다.

"원잔이 내게 그러더구나. 앞으로 어떻게 해서든 방법을 써서 그 도시에 남아 있겠다면서, 다시 이곳에 돌아올 필요가 없게 되는 날이 오길 바란다고."

그의 어머니가 내게 일러 준 말이다.

가끔씩 사람은 이상하리만치 비정상적일 때가 있다. 가령 우리는 누군가를 혹은 어떤 곳을 증오하고 밀어내려고 할수록 더 그 대상에 얽매이게 되며, 또 그럴수록 그 대상을 증오하고 밀어내는 데 자신의 모든 것을 허비하고 만다. 나는 원잔의 그런 집착을 이해해 보려고도 하고 그가 이런 마음 상태로 매일 하루를 보내며 어떤 생활을 하고 있을지 상상해 보기도 했다.

고등학교 3학년이 되었을 때 원장은 내게 이미 실종된 사람이나 다름없었다. 다만 어느 대학에 지원해야 하나 고민이 될 때만큼은 그가 무척 보고 싶기도 했다. 나 역시 녀석에 대한 내 마음이 어떠한지 잘 모르겠다. 어쩌면 그는 우리 같은 시골 출신의 아이들을 대표하면서, 세속의 때가 묻지 않은 순수한 존재일지도 모른다. 당연히 나도 그와 다르지 않았다. 나는 어쩌면 그가 나의 어느 한 부분이라는 생각이 들었다.

그때 이후로 원장은 더는 고향으로 돌아오지 않았다. 그래도 새해가 되면 부모님에게 연락해 자신이 노력하고 있다는 사실을 거듭 강조한다고 했다. 그의 부모님은 여전히 그의 형은 안중에도 없으면서 원장에 대해서만큼은 그가 다시 예전의 모습을 되찾을 것이란 확신을 갖고 있었다. 시골 마을은 워낙 한가하고 바쁜 일이 없기 때문에 그의 형은 20살이 되지도 않은 나이에 일찍 결혼을 해 아이까지 낳았다. 원장이 늘 증오해 오던 '무능한 아버지'의 모습처럼 그의 형은 고향에서 느긋하고 안일한 삶을 살고 있었다.

어느덧 나는 대학에 합격하여 도시로 나가게 되었고, 그곳에서 종종 원장과 닮은 사람들과 마주쳤다. 그들은 하나같이 내게 자신들의 미래 계획에 대해 설명했다. 고향에서 나름 성공했다고 자부하는 그들은 무한한 자신감을 내뿜었다. 하지만 출신 때문인지 그들의 원대한 계획에서도 순박함이 느껴졌다. 야심이 가득하고 똑 부러지는 도시 아이들과는 다른 느낌이었다. 나는 그들과 어울려 지내기를 좋아했다. 하지만 난 그들처럼 뭔가 아득한 계획이나 이상을 갖고 있는 사람은 아니었다. 원잔에게 고마운 것이 하나 있다면, 원잔 덕분에 나는 먼 나중의 일은 잘 생각하지 않게 되었는 사실이다. 너무 많은 것을 생각하다 보면 괴로움만 커지기 때문이다. 그저 하고 있는 일을 하나하나 잘 마치는 생각을 하며, 잘 마무리한 일들이 하나씩 쌓이다 보면 언젠가 훌륭한 결과물이 탄생하지 않을까, 적어도 그 결과가 내가 바라는 모습이지 않을까 하는 기대 정도만 할 뿐이다.

그들은 극도로 흥분할 때마다 저도 모르게 언성을 높였다. 그들의 목청이 높아질 때마다 나는 늘 언청이 입술 때문에 특이한 발성을 내던 원잔이 떠올랐다. 다시 생각해 보면 나는 매번 그들의 얼굴에서 원잔과 비슷한 부분을 찾아냈다. 그러다 문득 나는 이렇게 수두룩 빽빽한 많은 사람 중 언청이 입술과 불굴의 의지를 지닌 원잔은 어떤 삶을 살고 있을까 궁금했다.

대학을 졸업하고 나는 내가 원하던 기자 일을 하게 되었다. 내가 기자가 된 이유는 이 세상에서 가장 아름다운 풍경이 바로 한 명 한 명의 특이한 사람들이라고 생각했기 때문이다. 규모가 큰 잡지사일수록 더 높은 위치에서 더 다양한 사람들을 만날 수 있다는 유혹은 나를 결국 베이징으로까지 이끌고 왔다.

사람은 언제나 긴장의 끈을 놓게 되면 원래의 모습으로 돌아오게 된다. 짐을 숙소에 푼 뒤 나는 가장 먼저 표를 한 장 샀다. 그리고 징산공원(景山公園, 자금성 북쪽에 위치한 공원)의 가장 높은 곳까지 올라갔다. 걸어 올라가는 내내 나는 상상했다.

'만일 원잔이 나라면 지금 그는 눈앞에 펼쳐져 있는 미래를 상상하며 우쭐거리고 있지 않을까?'

하지만 나는 줄곧 삶에 대한 확신이 서지 않았다. 도시라는 곳이 주는 좋은 환경과 기회를 누리면서도 결국 나는 어떤 인생을 살게 될지에 대해서는 답이 떠오르지 않았다.

징산공원의 정상까지 올라온 나는 불현듯 원잔에게 전화가 걸고 싶었다. 원잔의 어머니는 매년 새해마다 우리 집에 찾아와 나와 이야기를 나누었는데, 한번은 내게 원잔의 전화번호를 적어 주었다. 그녀는 내게 그의 전화번호를 건네며 "시간 있을 때 연락 한번 해 보렴." 이라고 말했다. 나는 원잔의 어머니가 여전히 마음을 졸이며 지내고 있음을 짐작했다. 하지만 그녀는 불안한 마음을 입 밖으로 내뱉는 순간 모든 우려가 사실이 될까 봐 차마 말을 꺼내지 못했다.

그와 통화 연결이 되자 수화기 너머로 "어느 형씨이실까? 무슨 좋은 일이길래 전화까지 주셨을까?"라고 말하는 것이 들렸다. 뜻밖에도 그의 목소리에서 그가 언청이인 것이 느껴지지 않았다. 그는 이번에도 자신의 장애에 굴하지 않았지만, 그 방식이 어릴 때와는 사뭇 달랐다.

나는 말을 꺼내려 했으나 결국 한 마디도 하지 못하고 그대로 전화를 끊어 버렸다. 그의 말투에서는 저속함이 느껴졌다. 또 그런 원잔과 어떻게 대화를 나눠야 할지 생각해 본 적도 없었다.

아마도 제 어머니를 통해 내가 그의 근황을 궁금해한다는 이야기를 들었는지, 그때 원잔은 그 전화를 건 사람이 나라는 것을 짐작한 듯했다. 한 일주일 정도 지났을 때 나는 내 블로그에 공개해 둔 이메일에서 원잔이 내게 보낸 메일 한 통을 발견하게 됐다.

원잔은 메일에 나의 '성공'을 열렬하게 칭찬하며 '마침내 네가 어렸을 적 친구 중에서 유일하게 베이징에 입성해 대기업에 다니는 인물이 되었구나.'라는 말을 썼다. 또한 그는 내가 쓴 글들을 보았다며 내 글에 대한 자세한 품평과 그가 생각하는 장단점에 대해 설명했다. 원잔은 가장 마지막에 '난 요즘 큰 계획을 하나 세우고 있는 중이야. 그 계획이 성공하면 나에 대한 모든 사람의 의심을 깨끗하게 지울 수 있을 거야. 그리고 고향 사람들도 그런 나를 자랑스러워하게 될 거야.'라는 말을 덧붙였다.

나는 한참을 고민하다가 그에게 답장을 보냈다.

아무도 널 의심하지 않아. 다들 오랫동안 널 보지 못해서 너랑 다 같이 모일 날만을 손꼽아 기다리고 있어. 이번 설에 고향에 오거든 어렸을 적 친구들과 함께 뭉쳐 보자.

먼 타지에서 직장을 다니면서 깨달은 사실이 하나 있다면, 나는 확실히 집을 그리워하는 사람이었다. 일을 하면서 경제적 능력이 생기고부터 나는 매년 새해 또는 어떤 중요한 날을 핑계 삼아 고향 집에 내려갔다. 그 사이 우리 마을에 깔려 있던 도로도 이미 몇 번이나 바뀌어 있었다. 길가에서 보이는 집들도 더는 옛날처럼 같은 색깔의 벽돌집이 아닌 저마다 생김새가 다른 집들이 여기저기에 생겨나고 있었다. 그새 우리 집 건물도 4층까지 다 지어져 있었다. 4층이 바로 내 서재인데, 4층 베란다에 나가면 원잔의 집과 원잔의 방이 보였다. 원잔네 집은 그때까지도 수리를 하지 않은 상태였다. 매년 설날 집에 오면 나는 늘 책상에 앉아 눈을 위로 치켜뜨며 원잔의 방을 쳐다봤다. 물론 그의 방 창문은 늘 굳게 닫혀 있었다.

그 뒤로 원잔은 내게 메일을 보내지 않았다. 물론 설날에도 고향에 오지 않았다. 물론 나 역시 당분간은 원잔과 연락이 닿기 힘들 것이란 생각을 했다. 그해 설날 나는 불현듯 용기를 내어 어릴 때 친구들 집을 하나둘씩 찾아갔다.

어떤 친구는 이미 결혼을 하여 아이를 안고 내게 말하길 자신은 지금 야시장에서 정육점을 차렸다고 했다. 또 어떤 친구는 어부가 되었는데, 나와 대화를 나누면서 저도 모르게 계속 뒷걸음질을 치다 자신에게서 냄새가 나는지 내게 물었다. 또 다른 한 친구는 의류 공장을 세워 사장님이 되었는데 식사를 하면서 억지로 계속 내게 몇 년간 숙성한 마오타이주(茅臺酒)를 권했다. 취기가 오른 그 친구는 나를 끌어당기더니 목소리에 힘을 주며 말했다.

"우리 형제잖아. 그렇지? 내가 촌스럽다고 날 무시하면 안 돼. 나도 네가 가난하다고 무시하지 않을 거니까. 자, 마시자!"

나는 그제야 깨달았다. 그날 원잔에게 보냈던 메일에 어렸을 적 친구들과 다 같이 뭉치자고 한 나의 제안이 얼마나 순진한 생각이었는지 말이다. 친구들은 이미 저마다 다른 삶을 살고 있었고, 그렇기 때문에 모두가 한 시공간에서 동일한 상태로 함께 어울린다는 것은 불가능한 일이었다. 세월이 지나 나이가 들어 다른 것들은 모두 사라지고 우리 모두가 가장 중요하게 생각하는 무엇인가가 생겼을 때, 어쩌면 그때가 되어서야 우리가 온전히 함께 뭉칠 수 있지 않을까 싶다.

고향에서 베이징으로 돌아온 지 얼마 지나지 않아 엄마가 내게 전화를 했다. 원잔의 아버지가 갑작스럽게 중풍으로 돌아가셨다는 소식이었다.

"원잔이 고향에 돌아와 장례를 치렀는데, 넌 아마 그 아이가 어떻게 변했는지 상상도 못 할 거야. 아주 핼쑥하게 마른 데다 피부는 까무잡잡해지고 머리털은 죄다 빠졌지 뭐니. 사람하고 대화도 하지 않으려고 하더라."

또 한 달이 지나 엄마는 나와 잡담을 하다 원잔이 고향에 내려와 일을 하고 있다는 소식을 전했다.

"원잔네 엄마가 설득해서 데려온 거라고 하더라. 들자하니 인맥을 통해 동네 라디오 방송국에서 수리공 일자리를 얻은 것 같더라. 그 일을 하면서 글 편집을 도와주는 일도 한다더라."

그 소식을 듣고 난 뒤 나는 핑곗거리를 만들어 고향 집에 가 볼 생각을 몇 번이나 했는지 모른다. 그냥 어릴 적 친구가 보고 싶어 갑자기 휴가를 내고 집에 왔다고 하면 엄마의 반응도, 회사 상사의 반응도 어처구니없어 할 게 분명했다.

이유를 찾으려 할수록 뜻대로 되지 않았다. 그렇게 시간을 끌고 끌다가 어느새 한 해가 다 지나갔고 새해가 다가왔다.

나는 고향에 돌아가기 한 달 전부터 자꾸만 원잔과 마주치게 되었을 때의 상황을 상상했다. 나는 그 상황에서 반갑게 그에게 악수를 청할 것인지 아니면 예전 친했을 때처럼 포옹을 할 것인지 계속 망설였다.

이미 서로 안 보고 지낸 지 10년이 더 지나 있었다. 십 몇 년이면 사람 몸 안의 모든 세포가 얼마나 많은 대사 활동을 반복했겠는가. 나는 괜히 또 마음이 불안하고 두려워졌다.

마음이 편하지 않아서인지 나는 일찍 고향에 내려와 놓고도 계속 원잔네 집을 찾아가지 않았다. '그의 집과 우리 집이 이렇게나 가까운데 어쩌다 우연히 마주치는 날이 생기지 않을까? 일부러 찾아가는 것보다는 어쩌면 그런 식의 만남이 더 낫지 않을까?'라는 생각이 들었기 때문이다.

역시나 고향 집에 내려온 지 3일째 되는 날 나는 골목 어귀를 돌다가 멀리서 원잔을 발견했다. 마침 원잔은 골목 끝 쪽에서 걸어오고 있는 중이었다. 아마 집으로 돌아가는 길이었을 것이다. 나는 반가운 마음에 손을 흔들었다. 원장도 고개를 들어 내 모습을 발견한 듯했다. 하지만 그는 못 본 척하고 계속 걷기만 했다. 내가 큰 소리로 "원장!" 하고 소리쳤지만 그는 그 소리를 아예 못들은 척하며 갑자기 갈림길에서 그대로 다른 골목으로 발길을 틀었다.

그날 저녁 나는 엄마에게서 원장이 퇴근길 그 시간에 특별히 밖을 돌아다닌다는 정보를 얻었다. 역시나 원장은 그 시간에 또 나타났다. 나는 여전히 반가워하며 그에게 손을 흔들었지만 그는 이번에도 일부러 나를 피하려고 반대 방향으로 걸어갔다.

나는 원장이 나를 피하고 있다는 사실을 확신했다. 하지만 무슨 이유로 나를 피하는지 이해가 되지 않았다.

이제 곧 얼마 안 있으면 음력설이었다. 나는 결국 원장을 찾아가 보기로 결심했다.

우리 집에서 문을 나서 오른쪽으로 돌아 10m에서 20m 정도 걸으면 원장네 집이었다. 원장네 집 문은 예전 그대로였다. 문을 두들겼을 때 나는 나무 소리도 그대로였다.

"원장, 집에 있니?"

"누구세요?"

문 밖으로 들리는 목소리의 주인공은 역시나 그의 어머니였다.

"저예요. 원장을 보러 왔어요."

문이 열렸다. 원장의 어머니는 환하게 웃으면서 나를 맞이해 주었다.

"지금 자기 방에 있단다. 어릴 때 왔었던 것 아직 기억하지?"

아버지에게 보내는 작은 배

당연히 기억 못 할 리가 없었다.

십 몇 년 만에 들어가 보는 그의 집이었다. 집 안은 내가 기억하던 그 모습이면서도 꼭 그 모습만 있는 것은 아니었다. 사진을 조준하는 초점이 흐렸다가 또렷해지는 것처럼 그 집에 들어섰을 때 눈에 들어온 전체적인 모양새는 옛날과 크게 다르지 않았다. 하지만 집 안 구석구석의 풍경은 예전의 느낌과는 완전히 달랐다. 원잔네 집은 내가 기억하는 것보다 작았고 흙을 바른 벽은 얼룩덜룩했고 곰팡이가 핀 냄새가 났다.

드디어 원잔의 방문 앞에 도착했다. 그의 방은 예전처럼 닫혀 있었다. 나는 방문을 두들겼다. 그러자 문이 열렸고 원잔이 서 있었다.

원잔은 엄마가 말했던 것처럼 몸은 야위었고, 피부는 까무잡잡해졌고, 머리는 듬성듬성 빠져 있었다. 하지만 그런 것보다도 더 큰 변화는 그에게서 풍겨지는 느낌이었다. 허리는 굽어 있고 눈은 게슴츠레 반만 뜨고 있는 것이 지쳐 보이면서도 사람에 대한 경계심이 느껴졌다. 그의 눈빛에서 느껴지는 냉담함은 공격적인 그런 느낌이 아니라 자기 자신에 대한 냉담처럼 느껴졌다.

"오랜만이야, 원잔."

나는 어릴 때처럼 그를 일주일 만에 만난 사람처럼 인사를 건넸다.

내가 찾아올 것이라 전혀 예상하지 못한 눈치였다. 그는 잠시 멍하게 서 있었다.

나 역시 그 순간 그와 포옹이라도 해야 하나 어째야 하나 고민했다.

그의 외모, 그의 눈빛, 그에게서 풍기는 분위기 모두 십 몇 년 전에 내가 알던 그 원장이 아니었다. 겉모습은 못 알아볼 정도로 완전히 달라져 있었지만, 그래도 그의 눈썹, 그의 얼굴의 미세한 표정에는 예전의 원장 모습이 남아 있었다. 지금의 외모에서는 예전 원장의 이미지가 사라지고 없을지 몰라도 그 모습의 주인 또한 원장이다.

결국 원장이 나 대신 결정을 내려 줬다. 그는 악수를 청하지도, 오랜 친구처럼 포옹을 하지도 않았다. 그는 무표정한 얼굴로 의자를 가리키며 말했다.

"앉아."

방 안에는 여전히 창문이 닫혀 있었다. 낮인데도 방에 불이 켜져 있었다. 텅스텐 전구에서 나오는 누리끼리한 빛은 마치 오래된 사진을 보는 듯한 착각을 일으켰다.

나는 애써 예전의 기억을 더듬었다. 왜냐하면 그를 찾아온 것은 나이고, 이 순간이 그와 대화를 나눌 수 있는 시간이라 생각했기 때문이다.

"방은 그대로네? 그때 그 가죽 트렁크는 아직 있어? 그 안에 네가 역사를 요약 정리해 둔 것들이 담겨 있었잖아."

"가죽 트렁크 안에 아버지 옷을 담아서 시체랑 같이 태워 버렸어."

"실례가 됐다면 미안해."

나는 잠깐 동안 침묵한 뒤 말을 이었다.

"그때 네가 역사를 요약 정리하는 것을 보고 내가 얼마나 널 존경했는지 몰라."

"아, 그 시시한 것들은 푸저우에 간 지 얼마 지나지 않아서 다 버렸어."

"아쉽네."

나는 더 무슨 말을 해야 할지 생각이 나지 않았다.

우리는 다시 한참 동안 대화를 주고받지 않았다. 원잔도 내가 나름 노력하고 있는 것을 느꼈는지 다시 대화의 화제를 찾아 말을 꺼냈다.

"라디오 방송국에서 일하면서 네가 쓴 글을 소개한 적이 있어."

"와, 일부러 그렇게까지 관심을 가져 준 거야? 난 대단한 작가 축에도 못 끼는걸."

나는 이때다 싶어 자조 섞인 농담을 꺼내며 대화의 분위기를 가볍게 이어 가려고 노력했다. 그리고 나는 타지에서의 이런저런 나의 생활에 대해서도 이야기했다.

그런데 원잔은 돌연 말을 하지 않았다. 그 침묵은 아주 잠깐 그 서먹서먹한 분위기를 견디면 지나갈 침묵처럼 느껴지지 않았다. 콸콸 쏟아지는 물이 주변에 차오르면서 천천히 나를 집어삼킬 것만 같은 느낌이 들었다. 나는 결국 더 앉아 있지 못하고 자리에서 일어났다.

"내가 시간을 너무 빼앗았네. 이만 가 볼게."

그런데 그 순간 원잔이 갑자기 입을 열었다.

"미안해. 사실 나도 왜 내가 널 싫어하는지 잘 모르겠어."

나는 할 말을 잃고 멍해졌다.

"왜 내가 아니라 하필 너인 거야?"

나는 그가 무엇을 말하려는지 알고 있다. 또한 그 질문이 우리 둘 다 대답할 수 없는 문제라는 것도 안다.

다음 날 나는 비행기 표를 바꿔 예정보다 일찍 베이징으로 돌아갔다. 나는 돌아가는 길 내내 그동안 원잔이 계속 내 마음에 걸려 있던 이유에 대해 생각했다. 나는 무의식적으로 죄책감을 갖고 있었던 것일까? 의도하지 않게 내가 그가 누려야 하는 인생을 살고 있어서? 어쩌면 그와 나 둘 다 본질적으로는 같은 사람일지도 모른다. 고향도 잃고 영원히 멀리 떠나지도 못하는 그런 존재 말이다.

그날 이후 나는 두 번 다시 원잔네 집에 찾아가지 않았다. 매년 설 때 고향 집에 가서도 멀리서 그가 보이면 재빨리 숨었다. 엄마는 그간 있었던 일에 대해서는 모르고 있었기 때문에 매번 계속 내게 그 집 소식을 전했다. 그 사이 원잔은 제 형과의 갈등이 폭발한 모양이었다. 그의 형은 아내가 결혼할 때 마련해 온 혼수로 해산물 식당을 열었고, 장사도 그럭저럭 잘된다고 한다. 예전과는 입장이 달라진 그의 형은 매일같이 원잔을 비아냥거리며 조롱했다고 한다. 현재 원잔의 수입은 1천 위안(약 17만 원)이 조금 넘는 정도이니 그럴 만도 했다. 게다가 원잔은 직장 동료들을 수준 떨어지는 이들로 여기며 무시한 탓에 회사 생활도 갈수록 힘들어졌다. 원잔의 어머니는 여기저기 돌아다니며 그에게 괜찮은 짝을 지어 주려고 했으나, 언청이 입술 때문에 그마저도 순탄하지 않았다. 그렇게 2년을 넘게 버틴 원잔은 다시 또 다른 곳으로 떠났다. 이번에는 그 어떤 도시로도 가지 않았다. 그는 인구가 몇 천 명밖에 되지 않는 작은 시골 마을로 전근 신청을 냈다고 한다. 그곳에서 그는 그 부근의 전파 기지국을 유지 보수해 주는 수리공으로 살아갔다.

　원장과 나, 우리 두 사람 모두 이번 생은 떠돌이 운명인가 보다.

허우퍄오의 세계

첫 만남에서 그는 매우 정중하게 자신의 이름과 그 이름의 의미를 소개했다.

"내 성은 장(張)이고 이름은 허우퍄오(厚樸)야. '호프(HOPE)'라는 영 단어에서 따온 이름이야."

그는 그 영어 단어를 발음하기 위해 입을 최대한 둥글게 모았다.

사람 이름으로 그런 이름을 쓰는 것도, 그 이름에 담겨져 있는 의 미도 너무 특이하지 않은가? 무엇보다 그는 자기 이름을 무척이나 자 랑스러워하는 듯 보였다.

그는 흥분에 찬 목소리로 말을 계속 이어 갔다. 허우퍄오는 제 아 버지를 대단한 사람이라고 소개했다. 비록 초등학교밖에 졸업하지 못

아버지에게 보내는 작은 배

했지만 혼자 힘으로 영어를 공부해서 마을 전체를 통틀어 유일하게 영어를 아는 사람이 되었고, 지금은 시골 학교에서 영어 선생님이자 교장 선생님을 하고 있다고 했다. 또한 그는 아버지가 세계 문명사에 통달한 데다 매일 꾸준히 '보이스 오브 아메리카(미국 연방 정부가 운영하는 국제 방송)' 방송을 듣는다고 했다. 그는 자신의 아버지가 이 마을에서 유일하게 세계관을 갖고 있는 사람이라고 생각했다. 다른 집들은 집에 들어가자마자 오색 타일을 붙여 만든 '복록수희(福祿壽喜, 집안에 재수를 부르는 사자성어)'의 문양을 볼 수 있지만, 자신의 집에 가면 그의 아버지가 직접 그림을 그리고, 마을 도자기 장인의 도움을 받아 만든 세계 지도가 가장 먼저 보인다고 말했다.

"그 세계 지도는 대문과 연결된 벽 전체를 덮을 만큼 커."

허우퍄오는 전 세계를 다 품으려는 것처럼 있는 힘껏 두 팔을 쭉 벌려 가며 설명했다. 그의 표정에는 생동감이 넘쳐흘렀다.

허우퍄오는 마치 광장에서 연설하는 지도자처럼 굉장히 자신만만한 목소리로 자신의 이름과 그 이름에 깃든 의미를 알렸다.

그는 마대 자루처럼 보이는 가방 두 개를 양손에 하나씩 들고 등장했는데, 마치 소림사에서 수련을 하다 온 무승(武僧)처럼 보였다. 몸에 걸치고 있는 옷은 딱 보아도 새 옷이었다. 머리 또한 꽤나 신경 써서 빗은 티가 났다. 다만 날이 너무 더워 온몸이 땀범벅이 되어 옷이 몸에 찰싹 붙어 있었고, 머리카락도 바람에 꺾인 들풀처럼 납작하게 눌려 있었다. 나름 멋스럽게 꾸민다고 꾸민 것 같은데 전혀 그렇게 보이지 않았다. 오히려 완강하고 고집스럽게 서 있는 모습은 그의 표정과 무척 닮아 있었다.

그는 아주 힘찬 목소리로 친구들에게 인사를 하고 자기 소개를 했다. 하지만 나는 이렇게 에너지가 넘치는 사람을 보고 있으면 불편해졌다. 꼭 상대가 내게 어떻게 살아야 할지 생각하라고 강요하는 것 같아서 싫었다. 그런데 이상하게 그의 미소는 좋았다. 얼굴은 인형처럼 생겼는데 피부는 농사를 돕다 온 사람처럼 까무잡잡했고, 웃을 때 덧니 두 개가 보였다. 또한 양 볼에 보조개가 들어갔다. 그 미소는 마음에서 우러나온 미소였다.

내가 살던 고향 마을은 개혁 개방(改革開放, 중국의 대외 개방 정책) 이후 어느 날 갑자기 부유해졌다. 내가 다니던 중학교는 동네에서 가장 좋은 학교였는데, 돈 좀 있다 하는 사람들은 어떻게 해서든 자녀를 그 학교에 보내려고 했다.

새로운 반 친구들을 만났을 때 느끼는 첫 인상은 이렇다. 그들은 부모가 꿈꾸는 세상에서 가장 행복한 아이가 갖춰야 할 모습으로 등장한다. 어떤 아이는 무대에서나 입을 법한 제복을 차려입고 왔고, 또 어떤 아이는 보타이(펼쳐진 나비의 날개 모양으로 가로로 짧게 매는 넥타이)를 매고 오기도 했으며, 헤어 왁스를 발라서 머리가 반짝이는 애들도 있었다. 아마도 아이에게 넌 특별하다는 자신감을 불어넣어 주고 싶은 부모의 마음일지도 모른다. 하지만 부모가 실어 준 자신감을 장착하

아버지에게 보내는 작은 배

고 긴장되는 마음으로 교실로 들어가는 순간 과장스러운 그들의 차림새는 오히려 반 아이들의 웃음거리가 된다. 그때마다 내 귀에는 그 아이들과 부모의 마음이 산산이 부서지는 것이 들렸다.

진실의 기준을 제대로 보지 못하면 아무리 애를 써 봐야 결국 남의 비웃음거리가 될 뿐이다.

허우퍄오 역시 그런 아이 중 한 명이었다. 그런 아이들은 항상 나약했다. 왜냐하면 그들은 스스로 이게 맞는지 아닌지 생각하고 판단할 줄 모르기 때문이다.

나는 언제부터 섬세한 사람이었을까? 그건 나도 잘 모르겠다. 겉으로 보이는 나는 꼼꼼하지 못하고 건성건성 넘기는 사람처럼 보인다. 하지만 나는 말 한마디를 할 때도 행여 상대방의 기분을 언짢게 하지 않을까 걱정한다. 사람들이 듣고 싶어 하는 말은 무엇일까? 어떻게 말하는 것이 적정한 표현일까? 나는 늘 그런 것들을 알아차리려고 필사적으로 노력한다. 내가 남들이 싫어하는 사람이 되는 것이 두렵다. 왜 꼭 다른 사람이 날 좋아했으면 하는 것일까? 어쩌면 그것은 살기 위한 본능이 아닐까 싶다.

시간이 흐르니 내 얼굴에도 가면이 하나 생긴 것 같은 느낌이 들었다. 매일 밤 집에 돌아오면 공연을 마친 배우가 화장을 지우는 것처럼 깊은 한숨을 내쉬었다. 중고등학생 시절 집단생활을 할 적에 나는 마음을 숨기고 싶을 때면 물로 얼굴을 닦으며 개운하게 세수를 할 때 나는 소리를 냈다.

나는 이런 괴짜 같은 행동을 하며 스스로를 웃음거리로 만들었는
데, 그 때문에 아이들은 날 좋아했다. 유일하게 딱 한 번 어떤 친구가
내 귀에 대고 이렇게 말했었다.

"난 이미 눈치챘어. 네가 세수를 하는 이유가 개운하게 얼굴을 닦
으려는 게 아니라 연기를 하느라 피곤해서라는 걸 말이야."

그는 '하하하하' 소리를 내며 웃고는 홀연히 그 자리를 떠났다. 그
순간 나는 녀석이 나를 꿰뚫어 본 느낌이 들었다.

중고등학생 시절, 나는 종종 '신기한' 친구들과 마주쳤다. 내 속내
를 알아챈 그 친구도 그중 한 명이었다. 그 녀석은 대입 고사 전날 오
후, 전교 상위 10등에 속하는 학생 10명에게 중국 공산주의 청년단
위원회 센터로 모여 달라고 했다. 한 자리에 다 모인 아이들은 어리둥
절한 얼굴로 자리를 잡고 앉았다. 그때 갑자기 그 친구가 단상 위로
올라와 크게 소리쳤다.

"너희들은 들으라! 내가 그대들을 이 자리에 부른 것은 알려줄 것
이 있어서다! 나는 그대들이 기다리는 신이다. 그대들은 내가 아끼는
백성들이다. 영원히 나를 따르겠다고 맹세하라!"

자리에 모인 아이들은 순간 어안이 벙벙해졌다. 눈을 부라리며 노
려보는 친구가 있는가 하면, 어떤 친구는 그의 머리 쪽을 향해 손에
들고 있던 책을 냅다 집어던졌다. 또 어떤 친구는 배꼽을 잡고 바닥을
구르며 포복절도를 했다. 정작 당사자는 여전히 진지하게 자신의 역

할에 몰입한 채 조각상처럼 한참을 꼼짝 않고 서 있었다.

언젠가 그 녀석이 사이비 교주로 변해 있지 않을까 내심 기대를 했으나, 내 기대와는 달리 그 녀석은 우리 고등학교 동창 중 가장 먼저 결혼을 하고 가장 뚱뚱한 돼지가 되어 있었다. 그는 지금 중학교 생물 선생님이 되었는데, 개구리 해부학 수업 시간이 가장 좋다고 했다. 고 등학교 졸업 10주년 동창회 때 만난 그는 담배를 태우고 술을 마시면서 야한 농담을 하는 그냥 세속적인 인간의 모습이었다.

나는 녀석에게서 풍기던 그 '신기한 모습'이 다 어디로 간 것인지 궁금했다. 나는 술김에 녀석의 귓가에 대고 일부러 비밀스럽게 그해 그날 일에 대해 속삭였다.

"사실 있잖아. 넌 유일하게 내 속마음을 꿰뚫어 본 사람이었어. 지 금은 어째서 이렇게 변한 거야?"

그러자 녀석이 '푸하하' 소리와 함께 웃음을 터뜨렸다.

"그때 그거 다 장난이었는데?"

적잖게 충격을 받은 내 표정에 그 친구는 진지한 목소리로 이렇게 말했다.

"사실 나도 잘 모르겠어. 내가 어떻게 사는 것이 맞는 것인지, 또 어떤 것이 진실인지 말이야."

말을 마친 그는 고개를 들어 나를 계속 쳐다봤다. 그가 내 안의 두 려움을 보고 있는 것만 같았다. 그러다 갑자기 내 어깨를 세게 후려치더니 "왜? 놀랬어? 자식아, 뻥이야!"라고 말했다.

나는 그가 하는 말 중 어떤 말이 진담인지 구분이 되지 않았다. 사람은 현실과 기대의 차이가 너무 크면 여러 가지 상상을 만들어 내어 스스로를 안정시킨다. 나는 그의 머릿속에 다른 세계가 숨어 있을 것이라고 믿는다. 많은 사람들의 머릿속에도 보이지 않을 만큼 아주 많은 세계가 숨어 있을 것이라고 생각한다.

나 자신 또한 지금껏 상상과 현실 간의 관계를 구분지어 생각하려고 노력했다. 어떤 상상이든 현실과 동떨어진 상상은 할 필요가 없다. 왜냐하면 현실 세계는 단 하나뿐이니까.

그날 오후 나는 허우퍄오의 머릿속에서 그가 하고 있는 상상을 보았다. 그는 지금 자신이 전 세계로 통하는 입구에 도달해 있다고 생각했다. 그는 여기서 더 걸어 들어가면 무한하게 넓은 가능성이 자신을 기다리고 있을 것이라 생각했다. 또한 그는 지금 자신이 이미 세계와 대화를 나누고 있다고 생각했다.

나는 보다 못해 그에게 일러 주었다.

"허우퍄오. 너 말야, 가능한 한 다른 친구들에게는 네 이름의 유래에 대해서 얘기하지 마."

"어째서?"

그가 고개를 돌려 날 쳐다보며 물었다. 얼굴 표정에는 이미 '심각'하다고 쓰여 있었다.

"왜냐하면……."

나는 도무지 입이 떨어지지가 않았다. 세계는 그가 생각하는 그런 모습이 아니기 때문이다.

하지만 역시나 녀석은 기어이 다른 아이들에게 그 말을 하고야 말았다.

첫 동창 모임에서 그는 술을 한 모금 들이켰다. 아마도 그의 인생에서 처음으로 마신 술일 것이다.

자유가 무엇인지도 모르는 그 녀석은 걸핏하면 자유라는 말을 입에 달고 살았다.

얼굴이 발갛게 달아오른 그는 혀가 꼬부라진 발음으로 기어이 세계 지도 이야기까지 꺼냈다. 그는 세계 지도 이야기를 꺼낼 때 목에 힘을 바짝 주며 말했다. 술에 취한 탓인지 그는 지나치게 과장스러울 정도로 펄쩍 뛰며 '이-렇게나 큰 세계 지도'라고 표현했다. 듣고 있던 친구들 모두 한바탕 폭소를 터뜨렸다. 술기운 때문이었을 수도 있고, 허우퍄오가 한 말 속에 자조 섞인 단어가 전혀 없어서 더 웃겼던 것일 수도 있다. 친구들이 깔깔거리며 웃으니 허우퍄오는 더 신이 나 한술 더 떠 팝송 한 곡을 불렀다. 아마도 노래 제목이 '빅 빅 월드(BIG BIG WORLD)'였던 것 같다. 노래를 마친 뒤 그는 친구들에게 자신은 할 수 있는 한 멋있게 살 것이라고 선언했다. 그리고 나름 애써 음절을 맞춰 가며 이렇게 말했다.

"난 연애를 할 거야. 가능한 한 곧바로 사랑에 빠질 생각이야. 난 밴드를 만들 거야. 가능한 한 앨범도 낼 생각이야. 난 시와 가사를 발표할 거야. 가능한 한 시집도 낼 생각이야. 나는 매 순간이 멋있는 나의 세계를 만들 거야. 가능한 한 지금부터 그렇게 만들 거야."

그는 자신이 마틴 루터 킹(Martin Luther King, 미국의 흑인 운동 지도자)이라도 된 듯 아주 거창한 말들을 늘어놓았다.

'어쩜 상상력이 그렇게 메말랐니? 중학교 교과서만 펼쳐 봐도 알겠다.'

나는 속으로 이렇게 비웃었다.

녀석의 말과 행동은 여기저기 소문나기에 딱 좋았다. 그런데 의외로 허우퍄오는 전혀 신경 쓰지 않는 눈치였다. 아마도 그는 사람들이 자신을 두고 입방아를 찧는 것을 조롱이라 생각하지 않고 그들에게 인정받았다고 생각하는 듯했다.

식당에서 누군가가 허우퍄오를 의미심장한 눈빛으로 보며 무례하게 '하하' 소리를 내며 웃으면, 그는 곧장 그 사람이 있는 쪽으로 달려가 상대의 어깨에 손을 올리며 "내가 마음에 드나 봐요? 그럼 친하게 지낼까요?"라고 말했다. 그러면 오히려 상대방이 어쩔 줄 몰라 하며 황급히 달아났다. 그는 장난도 짓궂었다. 만화 캐릭터처럼 두 손을 높게 들고 크게 "내 몸에는 뜨거운 피가 흐른다!"라고 소리를 치기도 했다. 또 다 함께 '청춘을 위하여!'라고 외칠 때는 더 신나게 더 큰 소리로 외쳤다.

그 옆에서 이 모든 광경을 지켜보는 나는 늘 민망하고 난처했다.

나는 그가 걱정되기도 했지만, 이렇게 생겨 먹은 사람은 어떻게 사는지 궁금하기도 하여 한동안은 그와 붙어 다녔다.

아버지에게 보내는 작은 배

나는 무척 현실적인 사람이다. 하루에 잠은 몇 시간 자면 될지, 아르바이트는 몇 시간을 해야 할지, 또 학점을 따고 실습을 다니려면 시간이 얼마나 들지 등…… 이렇게 계획을 세워 보면 내게는 늘 시간이 부족했다. 내가 고등학생일 때 아버지가 중풍으로 쓰러졌기 때문에 나는 반드시 내 힘으로 충분한 돈을 모아야 했다. 그러기 위해서는 빨리 직업을 구해야 했고, 그러려면 그 직업이 반드시 내가 원하는 것이어야 했다. 하지만 그런 직업을 찾아낸다는 것은 공중으로 발사된 로봇이 고공 위에서 어떤 정확한 지점을 찍고 떨어지는 것만큼이나 어려운 일이다.

반면 허우퍄오는 달랐다. 녀석에게는 걱정거리가 없었다. 어쩌면 무엇을 걱정하며 살아야 하는지도 모르고 지냈을 것이다. 그만큼 녀석에게는 치열하게 살 이유가 없었다.

허우퍄오는 기타 동아리에 가입했다. 원래 밴드를 조직하고 싶어 하던 녀석이었으니 당연한 선택이었다. 그런데 그 뒤로 춤 동아리, 태권도 동아리에도 가입하더니 심지어는 태권도 도복을 입고 여자와 성관계를 하는 상상까지 했다. 그는 자신이 뭘 하고 다니는지 다른 사람이 모를까 봐 이 사람 저 사람 다 들으라는 듯이 큰 목소리로 말했다. 당시 녀석의 머릿속에는 별의별 특이한 상상이 가득 차 있었다. 아마도 녀석에게 태권도란 '청춘의 역행' 그리고 '도시화'를 의미하는 것이 아니었을까 싶다. 그 뒤로 녀석은 시 동아리에도 가입했다.

그는 무척이나 성가시게 나를 여기저기 동아리에 데리고 가 도전하는 자신의 모습을 내게 뽐냈다. 이건 녀석을 따라 각 동아리를 쭉 둘러보고 든 생각인데, 그 기타 동아리는 동아리 이름을 '상상으로 기타 치는 동아리'로 바꿔야 맞지 싶다. 나머지 동아리들도 마찬가지로 동아리 이름을 죄다 '상상으로 춤추는 동아리', '상상으로 태권도를 하는 동아리', '상상으로 시 쓰는 동아리'로 바꾸라고 말하고 싶었다.

도시화가 빠르게 진행되고 있는 이 나라에는 온통 유행을 갈망하는 사람밖에 없는 것 같다. 그들은 상상 속의 제 모습을 모방하는 데 빠져 있다. 허우퍄오가 가입한 그 동아리들은 정확히 표현하자면 '사이비 종교'가 더 맞지 않을까 싶다. 기타를 치고, 춤을 추고, 시를 쓰는 것은 핑계고, 그런 것들을 하면 자신이 세련된 도시 사람이 될 수 있다고 자기 최면을 걸고 있는 것일지도 모른다.

그런 상상에게 포로가 되다니 너무 우습지 않은가. 진짜 세계는, 세상의 진짜 모습은 그렇지 않은데 말이다.

대학교 1학년 때, 나는 스스로 목표를 세웠다. 나는 두 학기 모두 장학금을 받아 그 돈으로 생활비를 마련하겠다고 결심했다. 여기에 아르바이트까지 하면 1년에 3천 위안을 모을 수 있었다. 또 졸업 전에 직장 경험을 쌓을 겸 신문사에서 실습생으로 일할 계획을 세웠다. 비록 실습을 하는 동안은 수입이 없겠지만 대신 더 다양한 진짜 세계를 경험할 수 있기 때문이다. 이해 관계와 인간 본성의 실체를 경험하는 등 진짜 세상을 살아가는 훈련을 하기 위함이다.

그렇게 나와 허우퍄오는 각자의 방식대로 서로 다른 길을 향해 달

아버지에게 보내는 작은 배

려가고 있었다. 수많은 난관 끝에 난 결국 신문사에서 실습생으로 일할 기회를 얻어 냈다.

신문사 실습생 면접시험 때 허우꺄오가 함께 가 주었다. 그런데 면접을 마치고 돌아오는 길, 녀석은 내게 축하는커녕 우쭐거리며 이렇게 말했다.

"우리 아버지가 내게 해 주신 이야기가 있어. 아버지가 보이스 오브 아메리카에서 들은 이야기야. 학교를 막 졸업한 어느 사회 초년생이 어느 세계에서 5백 위 안에 드는 기업에 면접을 보러 갔대. 그 기업 회장이 그에게 묻길 '그쪽은 대학교 1학년 때 뭘 했어요?'라고 하니 그 학생이 이렇게 대답했대. '열심히 공부했습니다!' 그래서 이번에는 '대학교 2학년 때는요?'라고 묻자 역시나 '열심히 공부했습니다.'라고 대답했대. 회장이 또 '그럼 대학교 3학년 때는요?'라고 묻자 그 학생이 '현실을 이해하기 위해 창업을 시도했습니다.'라고 대답했대. 그러자 그 회장이 이번에는 이런 질문을 했대. '당신은 청춘을 허비해 본 적이 있나요?' '아니요.' '그럼 호르몬을 배출해 본 적이 있나요?' '아니요.' 결국 그 회장은 그 학생에게 '당신은 아직 진짜 인생을 살아 본 적이 없군요. 그럼 열심히 일할 수도 없을 거예요. 인생 수업을 마치고 난 다음에 다시 오세요.'라고 말한 뒤 면접장에서 내보냈대."

나도 그가 내게 무슨 말이 하고 싶은 것인지 알고는 있었다. 하지만 그 이야기를 듣자마자 나는 그 이야기의 진위가 의심스러웠다. 왜냐하면 허우퍄오는 의외로 뭐든 곧이곧대로 받아들이는 녀석이었기 때문이다.

나는 그의 말을 대놓고 반박하지는 않았다. 어쩌면 나 또한 누군가가 정말 이론적인 방법으로 내 상상을 뛰어넘는 인생을 살아가길 내심 기대하고 있었던 것 같다.

허우퍄오는 내가 별말이 없자 조금 있다가 중요한 선언을 했다.

"나 밴드를 만들 거야."

녀석은 마치 내게 시위라도 하는 듯 청춘의 패기를 드러냈다.

개학 뒤 얼마 지나지 않아 타이완(臺灣) 커피 브랜드 체인점이 우리 학교에 직원 공고를 냈다. 모집 인원은 총 3명으로, 조건은 용모 단정, 교양 있는 말씨, 건강한 신체 이 세 가지였다. 한 달 월급은 1천 위안(약 17만 원)이었으며, 수업 시간에 따라 업무 시간 조정도 가능했다. 허우퍄오는 신바람이 나 면접을 보러 갔는데, 거기에 나까지 끌고 갔다. 면접장은 학생들로 꽉 차 있었다. 다들 고급스러운 이미지를 상상하며 고개는 바짝 들고 똥배에는 힘을 꽉 주고 엉덩이는 바짝 치켜올렸다. 또한 가늘고 조신한 목소리로 차분하게 말하는 연습을 했다. 그 면접 현장을 보면서 나는 무슨 연극 수업에 와 있는 기분이 들었다.

일단 첫 번째 관문인 '용모 단정'은 여차여차 겨우 통과했다. 두 번째 관문도 열의를 다해 겨우 통과했다. 그런데 마지막 관문을 남겨 두고 갑자기 면접장 안에서 '와장창' 물건이 쏟아지는 소리가 들리더니 허우퍄오가 밖으로 나왔다.

아버지에게 보내는 작은 배

"제기랄! 얼어 죽을 백칠십!"

커피숍 사장이 그의 키를 재더니 170cm가 되지 않자 가차 없이 'X' 표시를 했던 것이다. 허우퍄오는 나를 끌고 밖으로 뛰쳐나가면서 소리쳤다.

"용모 단정은 개뿔!"

커피숍 일자리는 결국 구하지 못했지만, 허우퍄오는 눈코 뜰 새 없이 바쁘게 지냈다. 그는 내가 아침에 눈을 떴을 때 숙소에 없는 경우가 허다했고, 저녁에 잠들 때까지도 숙소로 돌아오지 않았다. 숙소 안에 악기가 많아질수록 그의 피부는 까무잡잡해졌고 몸도 갈수록 삐쩍 말라 갔다. 나는 몇 번이나 그에게 무엇을 하고 다니는지 물었지만 그는 웃기만 하고 대답해 주지 않았다. 그러다 보도 기자를 따라 학교 뒷산 채석장에 인터뷰를 하러 갔다 그곳에서 녀석을 발견했다. 녀석은 거대한 돌덩이를 깨부수기 위해 170㎝도 안 되는 키로 엄청나게 큰 해머를 들어 휘두를 준비를 하고 있었다.

나는 놀란 얼굴로 뛰어가 그를 붙잡고는 이렇게 말했다.

"너 정말 할 수 있겠어?"

당시 그는 온몸이 땀으로 젖어 있었고, 햇빛 가리개 용도로 머리에 수건을 쓰고 있었다. 정말이지 농부가 따로 없었다.

"이놈의 염병 같은 세상이 날 막을 수 있을 거 같아? 고상한 사람은 이것도 신경 쓰이고 저것도 신경 쓰이겠지만 난 필요하면 다 내려놓을 수 있어. 내가 너보다는 철면피이잖냐."

이러나저러나 녀석의 웃는 모습 하나는 여전히 예뻤다.

억지스럽게 무엇인가를 하는데 그 모습이 약해 보이면 결국 사람들의 비웃음을 사게 된다. 하지만 에너지가 충만하거나 꿋꿋이 버티는 모습을 보면 억지스러운 것도 오히려 사람들이 좋아하는 매력이나 개성이 될 수 있다. 내가 이처럼 생각을 달리하게 되고, 이런 판단을 하게 된 것 모두 허우퍄오 때문이다.

허우퍄오는 대학교 1학년 학기가 끝나기 전에 악기를 모두 샀다. 그러고는 대학교 2학년 1학기 때부터 밴드를 조직하고 새로운 밴드 구성원을 모집한다는 내용이 담긴 공고문을 쓰기 시작했다. 대자보는 아주 단순했다. 우선 제목 줄에는 이렇게 쓰여 있었다.

'세계를 변화시키고, 나를 변화시키는 밴드를 만들려고 합니다.'

그리고 그 아래에는 그가 직접 쓴 시가 적혀 있었다.

너에게 묻는다. 네가 가고자 하는 그곳은 얼마나 멀리 떨어져 있니.
너에게 대답한다. 네 눈으로 볼 수 있는 가장 먼 곳보다 더 멀단다.
너에게 묻는다. 네 발이 닿고 싶은 세상은 얼마나 넓고 광활하니.
너에게 대답한다. 네가 상상할 수 있는 세상보다 더 넓고 광활하단다.

이미 모든 악기를 구비한 허우퍄오였지만 그는 사실상 기타로 몇 곡만 연주할 줄 알았지 밴드에 대해서는 아는 게 아무것도 없었다.

허우퍄오가 모집한 첫 번째 단원의 이름은 '샤오우(小五)'로 피부가

아버지에게 보내는 작은 배

하얗고 마른 몸에 작은 체구를 갖고 있었고 얼굴에 안경을 쓰고 있었다. 그의 부모님의 직업은 공무원이라고 했으며, 음악에 대한 기초 지식이 전혀 없다고 했다. 신규 단원을 모집하기 전날 허우퍄오는 운동장에 신규 단원 모집 신청을 받는 홍보 부스를 설치하다가, 작은 체구에 얼굴이 하얀 사내 녀석 한 명이 옷을 갈아입고 있는 것을 목격했다. 그는 갈아입은 옷을 반듯하게 개켜 정리한 뒤 준비 운동 겸 몇 번을 팔짝팔짝 뛰다가 그대로 운동장 쪽으로 달려갔다. 샤오우는 달리면서 목청이 찢어져라 고함을 질렀다. 그 소리를 듣고 고개를 돌려보니 그의 목에 핏대가 터질 것처럼 튀어나와 있었으며, 얼굴은 잔뜩 일그러져 있었다. 허우퍄오는 그에게 달려가 밴드에 들어올 것을 권유했고, 두 사람은 그렇게 만나게 되었다.

두 번째 단원의 별명은 '마른 뚱보'로 그의 아버지는 국가 대표 무술 코치라 했다. 녀석은 학교에서나 기숙사에서나 늘 이 여자 저 여자의 특징을 비교하기에 바빴다. 이를 테면 "그 여자애는 얼굴은 예쁜데 코가 낮아서 그런가, 인중이 너무 길어 보였어. 입술은 작고 앙증맞던데, 그럼 뭐해. 아쉽게도 눈, 코, 입이 조화를 이루지 못하는걸.", "이 여자애는 좀 약았어. 키는 큰데 다리가 짧아서 치마를 입으면 일부러 허리띠를 높게 매더라고. 이런 여자애는 잘 안 넘어와."라는 등 이야기를 늘어놨다.

세 번째 단원의 이름은 '위안자이(圓仔)'였는데, 그의 부모님은 작은 슈퍼를 운영했다. 뒷날 그 녀석은 수많은 간식거리의 이름을 노래

가사에 넣었다. 노래 제목이 '물질주의자'였는데, 가사는 이러했다. 바삭바삭한 새우깡 같은 너의 깊은 눈망울, 얇은 감자칩 같은 너의 부드러운 목소리, 푸르디푸른 하늘 그리고 땅을 가득 메운 땅콩 껍데기, 출렁이는 강물 그리고 진한 맥주 향……

이 세 사람 외에도 아와이(阿歪), 루샤오(路小), 볜비(扁鼻) 등이 있었다.

처음에는 허우퍄오 본인이 메인 보컬을 맡으려고 했으나, 처음 다 같이 모여 노래방에서 시범으로 노래를 불렀다가 마이크를 빼앗기고 단원들에게 야유를 받았다. 마른 뚱보가 그에게 한 말을 그대로 옮기자면 이렇다.

"이건 뭐 완전히 돼지 멱딴 소리라 도저히 못 들어주겠네."

결국 메인 보컬은 볜비가 맡게 되었다. 적어도 그는 비음이라도 쓸 줄 알았기 때문이다.

최종 리허설 장소는 어쩔 수 없이 우리 숙소로 정해졌다. 듣자 하니 매일 오후 4시가 되면 정확하게 '통탕통탕' 하며 악기 두드리는 소리가 들리기 시작했으며 밤 9시까지 꼬박 5시간 동안 계속 연습이 이어졌다고 한다. 하지만 제대로 연습하는 시간은 그중에서 단 3시간뿐이었고 나머지 시간에는 여기저기 기숙사에서 터져 나오는 불만을 수습했으며, 필요시에는 다른 기숙사 학생과 말다툼도 했다고 한다.

내가 앞서 '듣자 하니'라는 말을 한 이유는 그 시간대에 내가 자주 그 자리에 없었기 때문이다. 대학교 2학년 때부터는 신문사 실습생에서 시간제 근무자로 전환되어 나는 매일 오후 시내에 뉴스거리를 취

아버지에게 보내는 작은 배

재하러 나가야 했다. 노인의 손녀가 자신의 오랜 벗을 사랑하게 된 이야기, 지도자 간부의 중요 담화, 어떤 폭력 사건에서 몇 명이 다치고 몇 명이 죽었는지 등……. 또한 이 직업은 교통사고를 비롯해 온갖 사건 사고를 자주 접한다. 나와 함께 취재를 나온 여자 기자는 이런 사건을 취재할 때 시체와 거리가 가까워질수록 그만큼 비명을 크게 질렀다. 오히려 나는 내가 상상했던 것보다 더 침착했다. 아무 일도 없었던 사람처럼 자세히 살펴보고 세세하게 기록했다. 필요한 경우에는 연필로 시체의 어떤 부분을 들춰 보기도 했다. 시체 앞에서도 두려움을 느끼지 않았던 이유는 나는 그 시체를 '어떤 사람'으로 생각하지 않고 '사건 속의 어느 한 부분'이라고 여겼기 때문이다. 매번 사고 현장에서 취재를 마치고 학교에 돌아와 기숙사 안에 우글우글 모여 호르몬을 발산하고 신체의 모든 감각을 발굴해 내고 느끼는 그들을 볼 때마다 나는 눈앞이 깜깜하다 못해, 이렇게까지 청춘을 불사르는 녀석에게 이 밴드 활동은 어떤 의미일까 궁금했다. 그런 생각이 들다 보니 허우퍄오는 점점 나의 '연구 대상'이 되어 갔다. 나는 그가 걱정되기도 하고, 부럽기도 하고, 의심스럽기도 하면서 또 기대가 됐다. 나중에 그의 인생은 어떤 모습일까? 녀석은 어떤 삶을 그려 낼 수 있을까?

허우퍄오를 보고 있으면 마치 하느님이 어떤 작품을 다듬으며 만드는 모습을 보고 있는 기분이 들었다. 하지만 그가 내 친구라는 사실을 떠올리면 괜스레 마음이 심란했다.

밴드 공연은 3개월 뒤에 열렸다. 그동안 적잖이 우여곡절을 겪으며 연습했을 게 뻔했다. 물론 그 공연에 나도 초대됐다. 하필 내 자리는 제일 앞줄 가운데였다. 게다가 나는 무대 위에 올라가 꽃을 전달하는 역할까지 떠안게 됐다. 사실 난 이렇게 나서는 일은 정말 딱 질색이다. 누가 봐도 이상한 생각이 들지 않겠는가. 하지만 허우퍄오는 "넌 나의 생명력이 폭발하는 모습을 봐 온 사람이니까."라는 말로 끈질기게 나를 설득했다.

공연 장소는 학교 제2 식당으로 정해졌다. 그들은 학생들이 줄을 서서 카드를 찍는 곳을 싹 비워 무대로 만들었으며, 학생회 문화오락부에서 음향 장비를 빌려 와 무대 주변에 연결했다. 밥 먹는 식탁은 자연스럽게 관중 좌석이 되었다. 분위기를 띄우기 위해 식당 입구부터 반찬을 배식하는 창구마다 노래 가사처럼 보이는 표어를 잔뜩 붙여 났다. 내용인즉 이러했다. '당신은 자신의 영혼이 부르는 노래를 들어본 적 있나요?', '나의 청춘이 꺾이게 둘 수 없어요. 나의 무지함을 있는 그대로 드러낼 거예요.', '외로움은 모든 사람 내면의 본모습이랍니다.' 등……. 그 문구를 보면 나는 다단계 마케팅 회사에서도 이런 식으로 광고하진 않겠다는 생각이 들었다.

공연 날이 되어서야 나는 그 밴드의 이름이 '세계'라는 걸 알게 되었다. 대자보에 적힌 그 이름을 읽은 순간 나는 허우퍄오가 예전에 두 팔을 벌려 자신의 집에 있는 세계 지도를 설명할 때의 모습이 떠올랐다.

아버지에게 보내는 작은 배

허우퍄오는 메인 보컬이 아니니 자신이 직접 쓴 가사를 노래로 부를 수 없었다. 그런데 하고 싶은 말이 너무 많아서인지 허우퍄오는 자신이 사회자 역할을 맡았다.

모든 악기 준비가 끝나고 식당에는 휘황찬란한 조명이 켜졌다. 허우퍄오는 단원들과 함께 무대 위로 올라갔다. 그는 마이크에 대고 힘있게 소리쳤다.

"안녕하세요, 여러분! 저희는 '세계'입니다. 지금부터 저희 노래를 들려 드리겠습니다!"

사실 나는 그 공연에서 기억나는 노래가 하나도 없다. 공연을 하기까지 시간이 촉박했는지 '세계' 밴드가 부른 노래는 모두 기존 유행곡에 허우퍄오가 가사만 바꿔 적은 것이었다. 허우퍄오가 지은 가사는 우스꽝스러우면서도 힘이 느껴졌다. 당시 유행하던 곡 대부분은 단순한 리듬이 반복되는 경우가 많았기 때문에 사실상 노래와 가사가 전혀 어울리지 않았다.

하지만 허우퍄오가 공연을 시작하기 전에 소리쳤던 말은 기억난다.

"우리는 세계입니다. 지금부터 저희 노래를 들려 드리겠습니다!"

비록 인정하기는 싫지만 그 순간 나는 나도 모르게 가슴이 떨렸다. 그리고 갑자기 '나란 사람도 아무것도 신경 쓰지 않고 자유분방하게 살 수 있을까?'라는 생각이 들었다.

'세계' 밴드는 그다지 인기를 끌지 못했다. 특히 그들이 부른 노래는 사람들에게 감동을 주지 못했다. 사실 나는 그날 허우퍄오의 목소리만 기억에 남았는데 나만 그런 게 아니었다. 허우퍄오는 이미 학교에서 유명 인사가 되어 있었다.

공연 이틀째 날 밤에는 기숙사 문 앞을 기웃거리는 사람이 생겼으며, 그 다음 날 교실로 걸어가는 길에서 허우퍄오에게 인사하는 사람이 생겨나기 시작했다. 나중에는 중문과 주임마저 과 전체 회의에서 사스(SARS, 중증 급성 호흡기 증후군) 대응책을 전달하면서 농담 삼아 이렇게 말했다고 한다.

"듣자 하니 우리 중문과에 노래를 부르는 '세계'가 있다던데……."

사람들이 그를 알아볼 때마다 허우퍄오는 쭈뼛쭈뼛 민망해하거나 일부러 폼을 잡거나 하지 않고 곧바로 두 덧니가 드러날 만큼 환하게 웃으며 큰 소리로 답했다.

"네, 저예요. 제가 허우퍄오예요. 바로 제가 세계랍니다."

내가 내린 결론은 이러했다. 허우퍄오는 정말 온 힘을 다해 상상을 좇고 있었다. 이렇게 진심에서 우러나온 단순한 감정은 타인에게 전이되기가 쉽다. 하나둘씩 그에게 감화되는 사람이 생겨나면서 허우퍄오는 그들이 상상하는 그 세계를 대변하는 사람이 되어 갔다.

나는 그런 허우퍄오가 좋았고, 그런 허우퍄오를 믿고 싶었다. 하지만 그러면서도 허우퍄오가 모든 사람의 환상을 위해 제 인생을 불태우고 있다는 생각이 늘 지워지지 않았다. 나는 만약 이 환상이 깨지고 다른 사람들이 실망하게 되면, 허우퍄오의 마음속에서는 어떤 변화가

아버지에게 보내는 작은 배

생길까 궁금했다.

　그러던 어느 날 뜻밖의 소식을 듣게 됐다. 허우퍄오가 연애를 시작
했다는 것이다.

　허우퍄오가 유명해진 뒤 우리 숙소는 완전히 대학교 내 필수 방문
코스가 되었다. 허우퍄오와 안면을 트기 위해 많은 학생이 이곳을 들
락날락했으며, 나중에는 급기야 숙소에서 함께 잠까지 잤다.

　그맘때쯤 내가 쓴 보도 글이 우연찮게 성(省)에서 주는 뉴스 상을
수상했고, 그 뒤로 신문사에서 나를 파견 보내는 일이 많아졌다. 나는
외부에서 인터뷰를 하며 야근하는 날이 많아졌고, 매일 기숙사에 돌
아오면 거의 밤 10시가 넘어 있었다. 하지만 그 시각에도 숙소 안은
무척이나 시끌벅적했고 그 안에 모여 있는 사람들의 성격도 가지각
색이었다.

　허우퍄오를 붙잡고 늘어지며 '사람이 사는 이유'에 대해 계속 이야
기하는 녀석이 있는가 하면, 팔 전체에 시퍼런 문신을 새기고 몸 여기
저기에 구멍을 뚫은 어떤 학생은 허우퍄오를 찾아와 같이 세상을 놀
라게 만들어 보자고 안달했다. 어떤 날은 모든 사람이 멀리 피할 정도
로 고리타분한 어떤 책벌레 학생이 허우퍄오에게 쭈뼛쭈뼛 말을 걸
며 함께 어떤 실험을 해 줄 수 있느냐고 묻기도 했다. 또 어떤 친구는
허우퍄오와 함께 음악 사업을 하지 않겠냐고 묻기도 했다……. 그들
이 저마다 품고 있는 원대한 꿈과 상상은 현실에서 부딪힌 이런저런

난관으로 인해 '현재 준비 중'이거나 '잠시 유예' 상태에 머물러 있었다. 하지만 그들은 같은 출구를 발견하기라도 한 듯 하나같이 이렇게 소리쳤다.

"허우퍄오! 네가 먼저 한번 해 봐!"

매일 밤 숙소에 도착했을 때 사람들 사이에 둘러싸인 허우퍄오를 보면서 그가 마치 정말 사람들의 희망에 둘러싸여 있는 것처럼 보였다. 그들은 당장이라도 허우퍄오를 그들이 세운 원대한 계획에 끌어들이려고 애쓰고 있었다. 밤 10시가 되면 학교 안에 있는 모든 전등이 꺼졌지만, 그들은 불이 꺼진 뒤에도 돌아가려 하지 않고 오히려 더 거리낌 없이 자유롭게 행동했다. 사람이 어둠 속에서는 쉽게 이성의 끈을 놓는다고 하지 않다던가. 내가 비몽사몽 잠이 들려 하면 꼭 누군가가 불쑥 큰 소리로 "우리는 반드시 우리가 원하는 모습으로 살 수 있다!", "단 한 번뿐인 청춘이니까!"라고 소리쳤다.

소란은 여기서 그치지 않았다. 그 뒤에 꼭 허우퍄오가 더 흥분하며 맞장구를 쳤다.

"맞아! 우린 꼭 그렇게 될 거야!"

신문사에서 겸직하는 일이 늘어나면서 내 피로도 같이 누적되기 시작했고 나는 편안하게 휴식을 취하고 싶다는 생각이 무척이나 간절했다. 결국 나는 밤마다 그들이 단체로 분출하는 열정을 견디지 못하고 대학교 2학년 기말고사를 앞두고 기숙사를 나와 따로 방을 구했다.

이사 당일, 허우퍄오는 불현듯 내게 버림을 받았다는 생각이 든 모양인지 경계하는 태도로 내게 물었다.

"넌 날 인정하지 않는 거야? 아니면 내가 널 성가시게 했니?"

허우퍄오가 걱정하는 것은 당연히 전자였다.

나는 요즘 내가 하고 있는 일의 강도와 휴식이 절실히 필요한 나의 상태를 줄줄이 읊으며 이사를 나가는 이유에 대해 해명했다. 허우퍄오는 여전히 나의 인정을 받고 싶어 하면서도 달리 방법이 없자 계속 이 말만 되풀이했다.

"그러니까 너도 날 지지해 주는 거지?"

나는 "당연하지!"라고 대답했다.

"그런데 너 정말 날 인정하지 않아서 이사 가는 거 아냐?"

에둘러 말하는 것도 지쳐 갔다. 그런데 그 순간 문득 이런 생각이 떠올랐다. '난 왜 녀석을 소재로 글을 써 볼 생각을 안 했지?' 그리고 떠오른 제목이 바로 '캠퍼스 밴드를 만든 청년과 그의 열정적인 청춘'이었다.

난 그에게 말했다.

"아, 그렇지. 내가 널 취재하는 건 어때? 난 더 많은 사람이 네 사연을 알았으면 하는데 말이야."

허우퍄오는 잠시 멍하게 있다 이내 정신을 차리고 덧니를 드러내며 환하게 웃었다.

"정말이야? 너무 신나!"

결론적으로 나는 순조롭게 기숙사에서 이사를 나왔다. 내가 이사를 나간 뒤 허우퍄오는 자유로운 영혼이 머무는 곳이란 뜻을 지닌 '신유각(神遊閣)' 이 세 글자를 잉크 펜으로 적은 뒤, 매우 엄숙한 표정으로 그것을 기숙사 대문 앞에 붙였다고 한다.

내가 기숙사를 떠난 뒤 3일 째 되는 날 밤, 새벽 2시에 허우퍄오가 내게 전화를 걸었다.

"여보세요?"

그가 말했다.

난 그가 내게 할 말이 있어서 전화를 건 것이라 생각하고 "할 말 있으면 말해."라고 답했다.

"나 방금 있잖아……."

나는 그가 하려는 말이 무엇인지 알고 있었지만, 도무지 대화를 계속 이어 가고 싶지 않아 그냥 "잘 자."라고 답했다.

그러자 허우퍄오가 다급하게 소리쳤다.

"전화 끊지 마!"

전화를 끊으려던 순간 수화기 너머로 그가 흥분하며 말하는 소리가 들렸다.

"이렇게 사는 것이야말로 의미 있는 청춘 아니야?"

허우퍄오에 관해 부풀려진 소문이 학교에 자주 가지 않았던 내게도 들려왔다. 소문에 의하면 그가 일주일에 여자를 세 명이나 갈아 치우고, 학교 밖 식당에서 싸움박질을 했다고 한다. 또 당대 문학(當代文學) 수업 시간에는 선생님 대신 그가 단상 위에 올라가 그가 작사한 노래를 불렀다는 소문도 들렸다. 심지어 어느 날은 기숙사 안의 사람들이 한가득 모여 있는 곳에서 어느 한 남학생과 뽀뽀를 했다는 이야기도 있었다. 그러고는 선서를 하듯 이렇게 말했다고 한다.

"난 세상의 모든 가능성에 도전해 보고 싶어!"

결국 그의 행태를 지켜보다 못한 학교 교관 선생님은 허우퍄오의 산골 집에 전화를 걸었다. 하지만 뜻밖에도 허우퍄오의 아버지, 그러니까 녀석이 그렇게 자랑하던 그 시골 마을의 유명한 영어 선생님은 그 소식을 듣자마자 껄껄껄 소리를 내며 큰 소리로 웃었다고 한다.

그 소식을 들은 나는 자꾸 이런 생각이 들었다. 어쩌면 그의 아버지는 마음껏 청춘을 즐기지 못한 제 자신을 대신해 아들이 그것을 계속 이어 가고 있다고 생각하는 게 아닐까?

학교 교관 선생님은 끝내 나를 찾아왔다. 선생님은 나중을 생각해서라도 내가 허우퍄오를 설득하기를 원했다.

"누구는 청춘이 없었는 줄 아나? 하지만 정도는 지켜야 할 거 아냐. 넌 그래도 좀 철이 들었으니 알 거 아니니. 녀석이 계속 지금처럼 이렇게 산다면 나중에 정말 불행해질 거야. 어쨌든 현실은 현실이니까……."

나는 교관 선생님의 호의도 이해하고, 그가 한 말 또한 일리가 있다고 생각했다. 하지만 나는 내가 그를 설득할 수 없다는 것도 알고 있었다. 그와 내가 좋은 친구 사이가 될 수 있었던 것은 어쩌면 우리가 서로 상반된 사람이었기 때문일지도 모른다.

그 와중에 허우퍄오는 다시 한번 사람들을 깜짝 놀라게 했다. 논란의 중심이었던 허우퍄오가 갑자기 잠잠해진 것이다. 더욱 놀라운 건 허우퍄오를 잠잠하게 만든 사람이 다름 아닌 그의 여자 친구 왕쯔이(王子怡)였다는 사실이다.

왕쯔이 또한 학교에서 꽤나 유명한 인물이었다. 그녀가 유명한 이유는 특별히 예뻐서도 아니고 그녀의 독특한 성격 때문도 아니었다. 바로 그녀의 아버지 때문에 그녀는 유명했다. 소문에 의하면 그녀의 아버지는 시위원회 비서실장이라 했다. 물론 아무도 그녀의 면전 앞에서 소문의 사실 여부를 묻지 못했다. 학교 선생님들마저도 그녀 앞에서 늘 고개를 숙이고 굽실거리는 모습을 보였다.

사실 학교에서 왕쯔이는 비서실장의 딸이라는 것 말고는 그다지 존재감이 없는 인물이었다. 그녀는 수줍음을 타는 것처럼 보이기도 하고 오만해 보이기도 했다. 그녀는 아무 때고 항상 고개를 삐딱하게 꺾은 채 아무도 눈에 안 보이는 것처럼 행동했다. 사람들 대다수는 당연히 왕쯔이가 허우퍄오와는 완전히 다른 세계의 사람이라 생각했다. 다들 왕쯔이가 속한 세계에는 그녀와 마찬가지로 권세 있는 가문의 후계자 아니면 출신은 보잘것없지만 야망을 갖고 노력해 성공한 남자들로 가득할 것이라 생각했다. 사람들은 왕쯔이를 틀에 박힌 세상에서 사는 여학생으로 생각하면서도 또 그런 그녀를 시기하고 질투했다.

그런데 그런 왕쯔이가 허우퍄오의 여자 친구가 된 것이다. 나 또한

아버지에게 보내는 작은 배

처음에는 무척 놀랐지만 이내 이해가 됐다. 그녀가 허우퍄오의 여자 친구가 된 이유는 다른 아이들이 허우퍄오를 찾는 이유와 다르지 않았다.

어떤 이들은 모든 것을 극복하고 소위 그들이 말하는 신세계에 도달할 것처럼 말하지만, 고개를 돌려 보면 낡은 틀 안에 갇혀 낡은 잣대로밖에 자신을 평가할 줄 모르는 제 모습을 발견하게 된다.

그런 의미에서 모든 사람이 오해하고 있는 사실이 하나 있다. 그건 허우퍄오가 그들에게 신세계를 가져다줄 수 있는 사람이 아니며, 허우퍄오 역시도 고리타분한 낡은 세계에 살고 있는 사람이란 사실이다. 하지만 그 점을 허우퍄오 본인조차 모르고 있는 듯했다.

내 눈에는 허우퍄오와 왕쯔이의 연애는 아주 당연한 결과라 생각했다. 허우퍄오는 왕쯔이를 얻은 자신이 또 무엇인가를 해냈다는 착각에 빠져 있었고, 왕쯔이 또한 허우퍄오와 하는 교제를 통해 그녀가 소유하고 있는 모든 것으로부터 역행하는 데 성공했다고 생각했다. 사실 왕쯔이야말로 허우퍄오보다 더 철저한 반항아였다. 어찌 보면 '신유각'을 찾아오는 사람들이 허우퍄오보다도 자유세계에 대해 더 잘 아는 사람들일지도 모른다.

어쨌든 왕쯔이와 하는 연애는 허우퍄오를 향한 사람들의 환상을 산산이 부쉈다. 왕쯔이가 신유각으로 이사를 온 뒤 신유각을 찾는 사람의 수가 줄었다. 그동안 신유각을 찾았던 사람들은 신유각에 가기 싫은 이유가 '낡은 세상'에서 온 왕쯔이 때문이라고 생각했다. 그들은 왕쯔이에게서 풍기는 고리타분한 세상의 냄새가 자유로운 세계를 오염시켰다고 생각했다. 하지만 어쩌면 그들의 마음은 이미 알고 있었을지도 모른다. 그들이 신유각을 찾지 않는 이유는 그저 허우퍄오의 또 다른 모습을 발견했기 때문이었다.

당시 나는 장징이(張靜宜)라는 이름을 가진 여학생이 내게 호감을 갖고 있다는 사실을 알고 있었다. 그녀는 왕쯔이와 같은 세계에 사는 사람으로, 그녀의 아버지는 시 문화국 국장이었다. 그녀는 신문의 문화면에 실린 나의 시와 소설을 수집하고 있었다.

내가 기숙사에서 나와 방을 얻은 지 3일째 되는 날 그녀는 초대하지도 않았는데 날 찾아왔다. 그녀는 딱히 말은 하지 않고 눈알만 계속 이리저리 굴리며 주변을 열심히 살폈다. 그러고는 곧 떠나더니 솜이불, 모기장, 베개, 모기향, 필기구를 챙겨 오후에 다시 나를 찾았다. 나는 당혹스러움에 말을 잇지 못했다. 그녀는 내가 거절할 틈도 주지 않고 가져온 물건들을 마치 원래 그 자리에 있었던 물건처럼 아주 자연스럽게 정리해 두었다.

그녀는 자리를 잡고 앉아서 이야기하기를 제 아버지가 늘 자신에게 재능이 있는 사내를 찾아보라고 했다며 "아버지는 한 사람의 출신을 보지 말고 그 사람의 가능성을 봐야 한다고 당부하셨어. 그리고 그것이 한 가족이 꾸준히 발전할 수 있는 비결이자 여자가 갖고 있어야 할 가장 중요한 능력이라고 말씀하셨어."라고 말했다.

나는 순간 그녀가 어떤 사람인지 가늠이 됐다. 나란 사람은 겉으로

아버지에게 보내는 작은 배

는 실리에 맞게 자신의 미래를 계획하고 그것을 성실하게 이뤄 가는 사람이지만, 마음속 깊은 곳에서는 그런 식의 계산을 혐오하는 사람이다. 득과 실을 따져 보자면 나는 이 여자애를 붙잡아야 했다. 게다가 그녀는 정말로 괜찮은 여자애였다. 안하무인이거나 영악해 보이지도 않았다. 그녀는 가족을 생각하는 전통 여성상의 모습을 꿈꿨다. 하지만 나는 그녀의 말을 듣고 오히려 그녀가 굉장히 불편하게 느껴졌다. 나는 말을 얼버무리며 그녀를 돌려보냈다.

징이가 떠난 뒤 나는 문득 허우퍄오에게 같이 술을 마시자고 전화를 걸고 싶어졌다. 우리 두 사람은 재미있을 만큼 대비를 이루지만, 또 자기 자신을 오해하고 있는 사람이기도 했다. 허우퍄오는 자신이 모든 규칙을 무너뜨리고 있다고 생각했지만, 사실 그는 줄곧 그 규칙의 틀 안에서 살고 있었다. 반면 나는 전전긍긍하며 규칙의 틀 안에서 살고 있었지만, 실은 그 규칙을 부수고 싶은 욕망을 갖고 있었다.

난 결국 전화를 걸지 않았다. 나는 모든 사람이 나처럼 현실을 제대로 보고 있는지 확신이 서지 않았다. 또 현실을 똑바로 보는 것이 인생을 즐겁게 사는 것인지 아니면 삶을 밋밋하고 우울하게 만드는 것인지 확신이 서지 않았다.

그런데 내가 미처 예상하지 못한 일이 또 벌어졌다. 학교 안에서 허우퍄오의 이미지가 무서운 속도로 무너져 내리고 있었다. 대학교 3학년 첫 학기가 되자 아무도 허우퍄오에 대해 궁금해하지 않았다. 한때 신유각에 몰려오던 학생들도 저희끼리 뒤에서 몰래 "그땐 뭘 보고 이런 별 볼일 없는 사람을 대단한 사람인 것처럼 추켜세웠던 거지?"라고 말하며 흥을 봤다. 심지어 그들은 과거 일을 회상하며 의구심을 품기까지 했다.

"그때는 밴드를 만들어 공연하는 모습을 보고 열광했는데, 사실 그 밴드가 불렀던 노래는 기억이 안 나. 제일 수상쩍은 건 허우퍄오가 노래를 부른 것도 아닌데 그때 왜 그렇게 홀리듯이 그 녀석한테 빠졌는지 모르겠다는 거야."

당사자인 허우퍄오보다도 오히려 왕쯔이가 이런 상황을 더 못마땅해했다. 그녀는 허우퍄오와 밴드 구성원에게 더 미친 듯이 연습하라고 다그쳤다. 또 그녀는 자신의 아버지로부터 재정 지원을 받아 허우퍄오 밴드에 더 전문적인 악기를 사다 줬다. 그렇게 시간이 흘러 대학교 3학년 기말고사를 앞두고 '세계' 밴드가 또다시 공연을 열었다.

이번 공연은 확실히 제법 공을 들여 준비한 것이 느껴졌다. 장소는 학교 대강당으로 정해졌는데, 이는 왕쯔이가 직접 나서 학교 측에 신청한 것이었다. 또한 그녀는 유명 스타의 공연을 홍보하는 것 마냥 학교 텔레비전 방송국과 라디오 방송국을 통해 '세계' 밴드의 공연 소식을 계속 전했다. 뿐만 아니라 아트지에 인쇄한 대자보를 누구나 볼 수 있는 홍보 게시판에 붙여 두었으며, 학생회 간부들이 슈퍼와 식당 입구에서 홍보지를 나눠 줬다.

대자보에 인쇄된 사진을 보니 허우퍄오가 중간에 서 있고 나머지 단원은 허우퍄오 양쪽에 나눠 서 있었다. 대자보에는 '세계' 밴드라는

아버지에게 보내는 작은 배

글자가 크게 인쇄되어 있었고, 콘서트 주제는 '이상에 관해, 청춘에 관해'라고 쓰여 있었다.

대자보 속 허우퍄오는 역시나 두 덧니를 드러내며 웃고 있었다. 다만 화장을 해서 그런가, 녀석의 얼굴에서 그가 원래 갖고 있는 순수하고 환한 이미지가 느껴지지 않았다.

콘서트 당일 나는 신문사에서 야근을 하느라 결국 참석하지 못했다. 그곳에 갔다 온 친구의 말로는 상황이 아주 우스웠다고 한다. 1천 명 인원을 수용할 수 있는 대강당에, 정작 앉아 있는 사람은 이삼백 명밖에 되지 않았다고 한다. 또한 그마저도 대부분이 억지로 끌려온 학교 간부회 학생들이었다고 했다.

다음 날 학교에 돌아온 나는 게시판에 붙어 있는 대자보에 누군가가 크게 'X'자를 그어 놓은 것을 발견했다. 그 위에는 '그렇게 시키는 대로 공연하면 재미있니?'라고 쓰여 있었다.

학생들이 이 밴드의 공연을 찾아오는 이유는 '자유로운 기분'을 느끼기 위해서지 음악 때문에 오는 것이 아니었다. 왕쯔이는 이 점을 깨닫지 못하고 있었던 것 같다. 어쩌면 허우퍄오도 마찬가지였을지도 모르겠다.

내가 할 수 있는 일은 기숙사에서 이사를 나갈 때 허우퍄오와 했던 약속을 지키는 것뿐이었다. 공연 다음 날 나는 신문에 허우퍄오와 '세계' 밴드에 관한 보도 기사를 실었다. 하지만 인터뷰는 내가 진행하지 않았다. 나는 신문사에서 오래 일한 기자에게 이 일을 부탁했다. 내가 인터뷰를 하게 되면 분명히 허우퍄오의 기분을 상하게 할 질문을 할 게 뻔했기 때문이다.

신문에 실린 인터뷰 내용 중 "왜 밴드 이름을 세계라고 지었죠?"라는 기자의 질문에 허우퍄오는 이렇게 답했다.

"왜냐하면 세계는 상상하는 것보다 더 넓고 다양하니까요. 그리고 세계에는 구속과 규칙이 없으니까요."

신문에 인터뷰가 실린 뒤 허우퍄오의 인기는 또다시 높아졌다. 왕쯔이 역시 각종 공공장소에서 허우퍄오와의 관계를 뽐내며 의기양양한 모습을 보였다.

하지만 내가 간간이 들은 소식에 따르면 허우퍄오와 왕쯔이의 관계는 결코 순탄하지 않았다. 왕쯔이의 아버지는 왕쯔이의 과격한 행동이 전부 허우퍄오에게서 나쁜 물이 들었기 때문이라고 생각했고 결국 학교에 항의를 했다. 우리가 다녔던 학교는 보수 성향을 갖고 있던 사범 대학이었기 때문에 학교 측에서도 '격정적인 연애 행위'가 교내에 퍼지는 것을 두고 볼 수는 없었다. 또한 '고위 간부'에게 밉보여 불이익을 당할 것을 의식했는지 학교에서는 허우퍄오에게 생활이 어려운 학생들에게 주는 장학금 지급을 중단했고, 허우퍄오의 당 가입을 불허하는 등의 처벌을 내렸다.

허우퍄오의 수난은 여기서 끝나지 않았다. 왕쯔이 또한 허우퍄오를 만나면 온갖 트집을 잡기 시작했다. 나는 왕쯔이가 허우퍄오에게 말할 때 자주 "넌 원래 안 그랬잖아."라는 식으로 말하는 것을 들었다. 가령 그녀는 "넌 원래 학교 간부들이 뭐라 하건 전혀 신경 쓰지 않는 사람이었잖아, 근데 뭐가 괴롭다는 거야? 넌 원래 당당하고 쿨한 남자 아니었어? 그깟 장학금 좀 줄어들었다고 죽을 것처럼 굴어?"라고 힐난했다.

나 역시 당시에는 허우퍄오의 이런 사정을 들여다볼 여유가 없었다. 나는 계획대로 4학년 때부터 인턴 일을 시작할 생각이었다. 보통은 한 지역에서 반드시 최소 삼사 개월 간 인턴 일을 해야 그 회사에서 나를 채용할지 말지를 결정한다고 들었다. 그렇다면 1년을 4개월씩 나눴을 때 내게 주어진 기회는 단 3번뿐이었다. 어쨌든 나는 4학년 한 해 동안 꼬박 인턴 일을 하면서 돈을 모아야 했다. 또 그러기 위해서 나는 3학년 2학기 때부터 졸업 논문을 쓰기 시작했다. 남는 시간에는 가끔 예의상 징이와 밥을 먹고 산책을 했다.

3학년 2학기 때 독일의 한 피아니스트가 우리 학교가 있는 도시에서 연주회를 열었다. 그 소식은 순식간에 큰 화제가 되었다. 징이는 나를 정식으로 그 연주회에 초대하면서, 내게 언제 시간이 되면 같이 쇼핑하러 가 줄 수 있느냐고 물었다. 그래서 내가 "쇼핑 가서 뭐하려고?"라고 물어보니 그녀는 얼굴이 빨개져 이렇게 대답했다.

"네 옷 사 주려고. 그날 우리 집안의 중요한 어른들이 다 오시거든."

나는 당연히 그 말이 갖는 의미를 알고 있었다. 나는 징이와의 관계를 어떻게 발전시켜야 할지 진지하게 이성적으로 고민했다. 다만 그녀 한 사람만을 보고 고민한 것이 아니라 그녀를 내 인생 계획의 일부에 포함시켰을 때를 상상하며 그 인생을 선택할지 말지를 고민했는데 그 점이 자주 마음에 걸렸다.

결국 나는 순순히 그녀를 따라나서 쇼핑을 했다. 징이는 제 눈에 보기에 나와 어울릴 만한 옷을 내게 골라 줬다. 나는 옷값만큼은 끝까지 내가 내겠다고 버텼다. 그때 나는 그게 우리 관계에서 내가 반드시 지켜야 할 선이라 생각했던 것 같다.

지금에 와 기억을 떠올려 봐도 그날 밤 징이는 정말 아름다웠다. 그녀는 순백색의 단아한 예복을 입고, 단정해 보이는 검정색 하이힐을 신고 있었으며, 머리에는 자그마한 꽃을 달고 있었다. 그녀는 공연장 앞에서 서슴없이 반갑게 나를 맞이했다. 또 나와 너무 딱 붙지도, 멀리 떨어져 있지도 않은 적당한 거리를 유지하며 자신의 집안 어른들에게 나를 일일이 소개시켰다. 그녀의 집안 어른들 중에는 성(省) 건설청 부청장, 성 예술문화학교 교장, 베이징의 모 부위(部委) 간부 등이 있었다. 그분들은 조곤조곤한 말투로 내게 말을 걸었으며 무례하지도, 과하지도 않게 격려의 말을 해 주었다. 역시나 교양이 몸에 배어 있는 집안이었다.

공연이 끝난 뒤 징이는 나를 공연장에서 데리고 나왔다. 그녀는 입에 살짝 미소를 띠며 "집안 어른들이 모두 네가 마음에 드셨나 봐. 삼촌께서 네가 4학년이 되면 성 건설청에서 실습생으로 일하게 해 주신대. 다른 절차들은 그쪽에서 다 알아서 해 주시겠대."라고 말한 뒤 얼

아버지에게 보내는 작은 배

굴이 홍당무처럼 빨개졌다.

나도 내가 그 상황에서 그 정도로 당황해할 줄은 몰랐다. 나는 "아직 급한 건 아니니까 고민해 볼게."라고 얼버무리며 황급히 그녀와 헤어졌다.

공연장에서 학교로 돌아가려면 사거리 정류장에서 버스를 타야 했다. 나는 정류장으로 걸어가는 내내 마음이 무거웠다. 그런데 그때 바로 눈앞에 양복을 차려입고 가죽 구두를 신고 있는 한 사내가 눈물을 훌쩍이며 걸어가는 모습이 보였다. 허우퍄오였다.

나는 빠른 걸음으로 앞쪽으로 걸어갔다.

"허우퍄오, 무슨 일이야?"

그는 뒤돌아 나를 보고는 아이처럼 엉엉 소리 내어 울었다. 알고 보니 허우퍄오도 그 연주회에 왔던 모양이다. 왕쯔이는 공연장에 가기 전에 제 아버지가 그에 대한 인상이 좋지 않으니 어떻게 어떻게 행동하라고 특별히 일러 주었다고 한다. 하지만 허우퍄오가 공연장 입구에 나타난 순간 왕쯔이는 한참을 입을 다물지 못했다고 한다. 그녀는 허우퍄오와 주변에 그와 마찬가지로 말끔하게 차려입은 사람들을 번갈아 쳐다보며 화난 목소리로 그를 다그쳤다고 한다.

"차림새가 이게 뭐야? 너무 우스꽝스럽다는 생각 안 들어? 내가 어쩌다 너 같은 애를 좋아하게 된 거지? 내가 이런 우스꽝스러운 애 때문에 그동안 아빠랑 그렇게 싸운 거였어?"

왕쯔이는 그 자리에서 허우퍄오를 돌려보냈다. 허우퍄오도 그것이 그녀의 이별 통보라는 것을 알고 있었다.

그날 밤 나는 허우쟈오를 위로해 주지 않았다. 왜냐하면 당연한 결과였기 때문이다. 왕쯔이도 허우쟈오가 자신이 생각하는 것처럼 진정으로 자유로운 사람이 아니라는 사실을 깨달았던 것이다. 사실 왕쯔이가 정말 원했던 애인은 현실을 역행하는 그런 사람이었다.

나는 징이의 제안을 나름 경사스러운 일이라 생각하고 주말에 부모님에게 이야기했다. 부모님은 당연히 기뻐하며 찬성했다. 특히 징이의 사진을 보고 나서는 더 적극적으로 찬성했다. 그러나 난 여전히 망설이며 결정을 내리지 못했다.

며칠이 지나면 이제 4학년이 되는 나는 집 안에 처박혀 어떻게 해야 할지 계속 고민했다. 이번 선택이 내 인생에서 중요한 결정이 되리라는 것을 알기에 더욱 고민이 됐다. 나는 어떤 인생을 살아야 할까?

개학 이틀 전 나는 은행에 가 모든 돈을 한 통장에 모았다. 총 금액을 세어 보니 4학년 1년 학비를 내고도 1만 2000위안(약 200만 원)이 남는 돈이었다.

'1만 2000위안이면 한번 해 볼 만하지 않을까?'

나는 내 마음이 무엇을 말하는지 알고 있었다.

개학 하루 전날, 나는 급하게 짐을 싸서 서둘러 학교에 갔다. 징이와 만날 약속을 잡기 위해서였다. 사실 그때까지도 어떻게 해야 할지 결정을 내리지 못했었다. 나는 그녀를 만나기 전까지 좀 더 고민을 해

　　　　　　　　　　　　아버지에게 보내는 작은 배

보고 결정을 내리기로 했다.

역시나 징이는 영리한 아이였다. 그녀는 내가 만나자고 한 이유를 이미 눈치채고 있었다. 그녀는 나를 만나러 올 때 자전거를 타고 와서는 내게 "네가 날 자전거에 태우고 해변 공원까지 가는 게 어때?"라고 말했다. 해변 공원에서도 풍경이 가장 아름다운 다리 위에 도착했을 때 그녀는 내가 쓴 시 몇 소절을 읽기 시작했다.

날씨도 좋고, 풍경도 좋고, 바람도 좋은 날이었다. 모든 게 완벽한 순간이었다. 그녀는 그제야 내게 물었다.

"나한테 하려는 말이 뭐야?"

그녀를 쳐다보고 있으니 마음속에서 죄책감과 혐오감이 치밀어 올랐다. 그 혐오감은 나 스스로에 대한 혐오감이었다. 나는 계산적인 내가 혐오스러웠고, 계산적이면서도 그렇게 행동하지 못하는 내가 혐오스러웠다. 나는 그 순간 내 입에서 나올 말이 아무 죄 없는 그 여자애에게 상처를 줄 것이라는 것도 알고 있었다.

결국 나는 말을 꺼냈다. 하지만 그녀는 정말 영리한 여자애였다. 그녀는 끝까지 웃음을 잃지 않고 혼자 자전거를 끌고 조용히 자리를 떠났다. 그날 이후로 그녀는 더는 내게 연락하지 않았다.

개학을 한 뒤 나는 2주 정도 학교에서 처리해야 할 일들을 마친 뒤 베이징으로 가는 기차표를 샀다.

그 뒤로 나는 아주 오랫동안 무기력하게 모든 것에 흥미를 잃고, 감기에 걸린 사람처럼 지냈다. 로맨스 소설에 나오는 가슴 아픈 장면처럼 말이다. 나는 그런 낯간지러운 상황이 내게는 일어나지 않을 줄 알았다.

베이징으로 출발하기 하루 전 나는 방 안 짐들을 정리한 뒤 나와 허우퍄오의 물건들을 기숙사로 부쳤다. 나는 허우퍄오에게 작별 인사를 해야겠다는 생각이 들었다. 왕쯔이와 겪은 일 이후 허우퍄오에게 변화가 생기지 않았을까 궁금하기도 했다.

그는 나를 보자마자 늘 그랬듯 덧니가 드러날 만큼 환하게 웃어 보였다. 내 침대 매트리스는 이미 한쪽에 치워져 있는 상태였고 그 자리에는 악기들로 가득 차 있었다. 내가 기숙사 안으로 들어오자 허우퍄오는 일단 신이 난 사람처럼 내게 드럼 치는 것을 보여 주었다. 그 다음에는 기타를 치며 자신이 작사한 노래를 불렀다.

하지만 몇 번 기타를 뚱땅거리더니 연주를 포기하고 다시 드럼 의자에 앉아 마음을 가다듬으려고 했다. 하지만 의기소침한 기운이 새어나오는 것을 막을 순 없었다.

그는 내게 밴드가 해체되었다는 사실을 알렸다. 어떤 녀석은 부모 손에 이끌려 실습생으로 일하게 되었고, 또 어떤 녀석은 대학원 시험을 준비하느라 탈퇴를 하고, 또 누군가는 졸업 논문을 준비하기 시작했는데 우수한 학생으로 졸업해서 정부 기관에 임용되는 것을 목표로 삼고 있다고 말했다. 한때 '세계 밴드'의 일원이었던 그들은 현실 속 미래를 목격하고 각자 새로운 궤도를 향해 열심히 달려가고 있었다.

남은 사람은 결국 허우퍄오 한 사람뿐이었다.

아버지에게 보내는 작은 배

"넌 이제 어떻게 할 건데?"

내가 물었다.

그는 한참을 멍하게 있다가 마치 그 사이 무슨 고민이라도 한 것처럼 굴더니 이렇게 소리쳤다.

"새로운 밴드 회원을 모집해서 계속 즐겨야지! 너 잊으면 안 돼! 나 허우퍄오야."

하지만 녀석의 선언을 듣고 나는 에너지보다는 말로 설명하기 힘든 허탈함을 느꼈다.

나는 한참을 고민했다. 속으로는 '현실을 생각해. 앞으로 어떤 길을 걸어가야 할지 고민해 봐.'라고 말하고 싶었지만 결국 말을 꺼내지 못했다. 나는 끝내 아무 말도 하지 않고 황급히 녀석에게 작별을 고했다.

왜 꼭 베이징에 오려고 했을까? 사실 나 자신도 그 이유를 잘 모르겠다. 그냥 내가 아는 도시 중 베이징이 가장 철저한 곳이라고 생각했던 것 같다. 베이징에 온 뒤로 나는 더 확실하게 내 판단이 맞았음을 느꼈다. 베이징은 역시나 철저한 곳이었다. 이곳에서는 일을 할 때 무슨 일을 하건 '국가 최고 수준'을 요구한다. 이곳 사람들은 어떻게 세상을 바꿀 것인지에 대해 자주 논의한다. 당연히 말로만 논의하는 것으로 끝나는 것이 아니라 실제로 어떤 일들은 차근차근 이뤄지고 있다. 이곳에서는 누구나 눈앞에서 세계가 무한히 펼쳐질 것만 같은 흥분과 아찔함을 느낀다.

잡지사 인턴십 기회를 잡은 나는 이 대도시에 입성할 기회를 함께 얻었다. 어쩌면 이 도시에 잠식될 기회를 얻게 되었다는 표현이 더 맞을지도 모르겠다.

한동안 나는 이 도시에 사는 많은 사람이 머릿속에는 방대한 꿈을 꾸고 있지만 그 꿈과는 어울리지 않는 외소한 몸으로 이곳저곳을 분주하게 돌아다니며 도전하는 개미처럼 보였다. 물론 나 역시 나도 모르는 사이에 그중 한 사람이 되어 가고 있었다.

베이징에서 지내는 동안 나는 가끔씩 허우퍄오가 생각났다. 그에게 이런 베이징에 오라고 독려를 할까 말까 망설이기도 했다. 베이징, 이 꿈의 도시는 겉으로 보기엔 허우퍄오가 본래 있어야 할 곳처럼 보이지만, 베이징이라는 곳에서 꿈을 꾸려면 악착같이 기를 쓰고 물불 가리지 않는 노력이 수반되어야 한다. 나는 요 몇 년간 허우퍄오가 현실이 아닌 꿈이라는 환상 속에만 살고 있는 것이 내심 걱정됐다. 나는 녀석이 꿈의 이면에 존재하는 번잡한 현실 세계를 감내할 수 있을지, 또 그에게 그럴 만한 능력이 있을지, 꿈을 이루려면 꾸역꾸역 참고 견뎌야 한다는 사실을 그가 얼마나 받아들일 수 있을지 아무것도 확신이 서지 않았다.

12월이 되었을 때 허우퍄오는 내게 전화를 걸어 새로운 단원을 구했다는 소식을 전했다.

"세계 밴드는 이제 다시 세상을 향해 노래를 부를 거야."

그는 흥분에 가득 찬 목소리로 선언한 뒤 나의 베이징 생활에 대해

아버지에게 보내는 작은 배

이것저것을 물었다.

"그런 곳에서 살면 어떤 기분일까? 난 매일 그런 상상을 해."

나는 그 말에 이렇게 대답했다.

"그다지 특별하다는 느낌은 안 들어. 그보다는 엄청 힘들게 오르막 길을 오르는 기분이야. 하지만 한 걸음 걸어갈 때마다 방대하면서도 구체적인 목표를 향해 나아가는 느낌이 들어."

"세상을 손 안에 쥔 기분은 안 들어?"

허우퍄오의 그 질문에 나는 무슨 대답을 해야 할지 생각이 떠오르지 않았다. 그런 질문을 한다는 것 자체가 현실 생활에서 꿈을 향해 질주해 본 적이 없다는 사실을 뜻했기 때문이다. 그렇다고 이렇게 말할 순 없었다.

'허우퍄오, 정말 세계로 나가려면, 진짜 꿈을 이루고 싶다면, 앞뒤 생각 않고 뛰어드는 열정이 아니라 실질적인 고민과 노력, 자신을 낮출 줄 아는 겸손함, 심지어 너를 업신여기고 불쌍하게 보는 시선까지도 인내하는 끈기가 있어야 해.'

어쨌건 나는 녀석을 베이징으로 부르기로 결심했다. 나는 꿈에 부풀어 있는 허우퍄오가 나중에 점점 자신이 처한 현실을 인지하다가 결국 그 안에 갇혀 있게 될까 봐 걱정됐다.

"너도 베이징에 오지 않을래? 내가 여기서 방을 구했는데, 여기 오면 일단 우리 집에서 지내도 돼."

"좋지."

그는 별생각 없이 이렇게 대답했다.

난 정말로 그가 올 줄 알았다. 뭐든 미리 계획을 해야 안심이 되는 나의 강박증이 또 발동했다. 나는 매일 일이 끝나자마자 서둘러 집에 돌아와 내가 머물고 있는 원룸 안을 하나둘씩 정리하기 시작했다. 나는 두 사람이 지낼 공간을 만들기 위해 가구점에서 매트리스 하나를 사고, 중고 매장에서 책꽂이도 사 왔다. 나는 그 책꽂이를 내 침대와 그를 위해 준비한 매트리스 사이에 세워 두었다. 책꽂이 안에는 책을 가득 꽂아 두었다. 또 그가 가끔 기타를 연주하는 것이 떠올라 의자도 준비했다.

하지만 아무리 기다려도 허우퍄오는 오지 않았다. 나는 전화를 걸어 보았지만 그는 전화를 받지 않았다.

나는 하는 수 없이 다른 친구들에게 녀석의 근황을 물었다. 친구들은 허우퍄오가 요즘 엉망진창으로 살고 있다는 이야기를 들려줬다. 그동안 허우퍄오는 싸움박질을 하며 사람을 때렸고, 여자 친구도 몇 번이나 갈아 치웠다고 한다. 또 이전의 자신으로 돌아가기 싫은 사람처럼 더 자극적인 방식으로 제 존재감을 과시했다고 한다. 그렇게 또 교내 유명 인사가 되었다고 한다……. 그러고는 결국 졸업 한 학기를 앞두고 학교로부터 강제 휴학 명령을 받았다고 한다.

마지막 소식은 왕쯔이가 내게 알려 주었다. 그녀는 내게 문자를 보냈는데, 허우퍄오의 소식을 전하려 연락했다기보다는 베이징에서 내가 어떻게 지내는지 궁금해서 연락을 한 것이었다. 그녀 역시 베이징에 오고 싶어 했다. 그녀는 어학원에서 유학 준비를 하거나 아니면 일단 다른 것은 생각 안 하고 베이징에 가게 될 수도 있다고 말했다. 그러면서 '아빠가 다 알아서 해 주실 거야.'라고 했다.

마지막 문자에서 그녀는 무심결에 허우퍄오의 이야기를 꺼냈다.

'허우퍄오가 학교에서 퇴학당했어. 누가 상상이나 했겠어. 근데 날 몰래 찾아와서 하는 말이 우리 아버지에게 학교에 얘기 좀 해 달라고 부탁을 하더라고. 다들 걔가 자유분방하다고 착각하는데 사실 걘 그냥 자유로운 척하면서 자신과 남을 기만하는 위선자일 뿐이야. 난 그런 류의 사람은 딱 질색이야.'

'허우퍄오는 자유로운 척하며 위선을 떤 게 아니야. 단지 자기 내면의 갈망들을 어떻게 해야 할지 모르는 것뿐이야. 허우퍄오는 자기가 열렬히 사랑하는 이 세상과 함께 살아가는 방법을 못 찾은 것뿐이라고. 이상과 현실의 충돌은 누구나 겪는 거야. 허우퍄오가 아직 미숙해서 자기 자신이 누구인지 제대로 들여다보지 못하고 있는 것뿐이야.'

나는 이렇게 장문의 문자를 썼지만 그녀에게 발송하지 않았다. 그녀에게 굳이 해명까지 할 필요는 없었다. 왜냐하면 그녀 또한 자기가 어떤 사람인지 모르고 있기 때문이다.

베이징 잡지사에서 하는 인턴 생활은 그럭저럭 순조로웠다. 나는 정식으로 이곳에서 일할 기회를 잡기 위해, 또 그러면서 교통비도 아낄 겸 자발적으로 음력설에 신문사에 남아 근무하기를 자청했다.

고향 집에서 혼자 새해를 맞이하게 된 엄마는 나의 이런 결정을 이해하지 못하고 전화로 잔소리를 한바탕했다. 대충 얼버무리다 전화를 끊고 나니 이미 새해가 밝아 있었다.

나는 전화를 꺼 둘 준비를 하고, 끓는 라면 안에 달걀을 두 개 넣었다. 그렇게 혼자 새해를 보내고 있을 때 갑자기 전화벨이 울렸다. 전화를 건 사람은 허우퍄오였다.

"미안해. 그때 네 전화 못 받아서."

허우퍄오가 전화를 하자마자 내게 꺼낸 첫 말이다.

"그 뒤로 어째서 베이징에 오지 않은 거야?"

"돈이 없어서 못 갔어. 알잖아, 너도. 나 너처럼 차곡차곡 돈 모으지 않고 제멋대로 쓰고 다니는 거."

허우퍄오는 내게 자신이 학교에서 퇴학당했을 때 전교생이 자신을 배웅해 준 이야기를 들려줬다.

"여행용 가방을 끌고 교문 앞까지 갔는데, 너 그 다음에 내가 어떻게 한 줄 알아? 교문 입구에서 나 혼자 미니 콘서트를 열었어. 온 학교가 박수 소리로 떠나갈 듯했지. 네가 그 자리에 없었던 게 너무 아쉬워."

그날 이야기를 마친 허우퍄오는 갑자기 피곤했는지 한숨을 푹 쉬며 말했다.

"너한테만 하는 말인데, 다른 사람한테는 말하지 마."

"무슨 일인데?"

"사실 나 아파. 머리에서 자꾸 어떤 소리가 들려. 쿵쾅쿵쾅하고 말야. 머릿속에서 자꾸 무엇인가가 여기저기를 때리는 것 같아."

"언제부터 그랬어? 드럼을 너무 많이 친 거 아냐?"

"아니. 학교를 떠나고부터 그래. 학교에서 나온 뒤로 술집에서 일을 좀 해 보려고 했는데, 너도 알다시피 내가 노래를 잘 못하잖아. 지금은 아예 드럼을 칠 수가 없어. 몇몇 친구 집을 왔다 갔다 하면서 빌붙어 지내는 중이야."

나는 그동안 그가 어떻게 지내 왔는지 눈에 훤하게 보였다.

"허우퍄오, 이렇게 살면 안 돼. 내가 다른 사람한테 부탁해서 네가 학교로 돌아가 공부를 마칠 수 있는 방법이 있는지 알아볼게. 너도 나처럼 돈을 모아서 베이징으로 와."

나는 내가 그의 생활을 정상 궤도로 되돌려 놓을 수 있을 것이라 착각했다. 하지만 허우퍄오는 돌연 화를 버럭 냈다.

"너 설마 나더러 대학교 1학년 때처럼 공사판에 나가서 일하라는 소리가 하고 싶은 거야? 나 그렇게는 못 해. 절대 그 누구에게도 내가 실패자가 되는 걸 보여 줄 수 없어. 난 그 사람들보다 자유로운 인생을 살 사람이니까. 우리 친구잖아. 내 말 못 알아듣는 척하지 마. 나 베이징에서 치료받을 수 있게 네가 돈 좀 대 주면 안 될까? 나 도와줄 거지?"

나는 그의 마음을 돌리려고 노력했다.

"허우퍄오, 널 친구로 생각하기 때문에 이런 말을 하는 거야. 베이징에 오는 돈을 마련해 주는 게 문제가 아냐. 문제는……."

말이 끝나기도 전에 그는 전화를 끊어 버렸다. 내가 다시 전화를 걸었지만 전화기는 이미 꺼져 있었다.

나는 말로 다 할 수 없을 만큼 분노가 치밀어 올랐지만, 지금 내게는 허우퍄오가 제 처지를 직시하게 만들 능력이 없다는 것도 알고 있었다.

나는 허우퍄오가 그동안 어떻게 지내 왔을지 계속 상상해 봤다. 이미 극단적인 방식으로 스스로를 지금의 상태까지 몰고 온 그는 더는 평범한 일상으로 돌아갈 수 없는 상태였다. 하지만 그가 모르고 있는 것이 있다. 남들과 다른 이상을 꿈꾸는 일에도 평범함과 지루함을 견디는 노력이 필요하다는 사실을.

허우퍄오도 분명히 실패자라는 그림자가 자신을 곧 덮칠 예정이라는 사실을 느끼고 있었을 것이다. 제 자신에게 더는 상상 속의 생활과 현실의 균형을 유지할 능력이 없다는 것 또한 깨달았을 것이다. 그렇기에 유일하게 그가 할 수 있는 것이라고는 자신에 대한 모든 질타와 암시에 과잉 반응을 하거나 과민하게 반응하는 일뿐이었을 것이다.

어쩌면 이전에 그가 내 전화를 받지 않았던 그때도 지금의 내 모습이 실패한 자신의 모습과 대비가 된다는 과민적인 생각을 했던 것이 아닐까 싶다.

　　　　　　　　　　　　아버지에게 보내는 작은 배

친구들 모두 허우퍄오의 소식을 모르고 지내는 듯했다. 어쩌다 뜨문뜨문 들리는 소식에 의하면 허우퍄오는 가끔씩 몰래 학교에 들어와 학교와 교내 사람 대부분이 어리석고 미련하다며 비난을 퍼부었다고 한다. 또 학교 여자 후배들을 농락하는가 하면, 사람들과 술을 몇 병씩이나 퍼부어 마시다 사라져 버렸다고 한다. 어떤 사람은 어느 한 술집에서 그를 봤다고 했고, 또 어떤 사람은 그가 길거리에서 기타를 치며 돈벌이를 하고 있는 모습을 목격했다고 했다.

나는 교관 선생님에게 허우퍄오의 아버지 전화번호를 받은 뒤 그에게 연락을 했다. 나는 그의 아버지가 허우퍄오에게 이 세계의 현실을 직시시켜 주길 바랐다. 허우퍄오가 그토록 입이 닳도록 자랑했던 시골 촌마을 영어 선생님은 마치 외국인이 중국어를 하는 것처럼 어딘가 어색한 발음으로 내게 말했다.

"괜찮아요. 방황하게 놔둬요. 실패를 해도 감정을 표출하게 놔둬요. 내면의 욕망을 모두 끄집어내게 놔둬요. 그렇지 않으면 일생을 낭비하게 될 테니까요."

나는 순간 허우퍄오가 왜 그렇게 초조하고 조급해하며 또 고집스럽고 진지하게 세계를 품는 상상을 했는지 이해가 됐다. 그의 아버지는 아들을 도울 수 있는 사람이 아니었다.

나는 도무지 방법이 떠오르지 않아 결국 왕쯔이에게 도움을 청하기로 했다. 그녀는 담담하게 이렇게 말했다.

"아, 허우퍄오. 요 며칠 밤에 기타를 가지고 와서 우리 집 앞에서 밤새 노래를 불러 댔어. 술을 퍼 마시고 와서 나를 사랑한다느니 주정을 부리다가 우리 아버지가 신고해서 경찰 손에 끌려갔어. 걘 정말이지……"

그녀가 무슨 말을 하려는지 알지만 그 이상의 말까지는 듣고 싶지 않았다. 나는 그녀가 말을 끝마치기도 전에 급히 전화를 끊었다.

허우퍄오에 대한 걱정은 바쁜 일상 속에서 서서히 잊혀 갔다.

정식 졸업을 앞두고 나는 원하던 잡지사에 취직을 하게 됐다. 나는 졸업식에 참석하기 위해 학교로 돌아갔다. 내심 이번에 돌아가서 허우퍄오를 만날 수 있길 기대했다.

예전 기숙사 문을 열고 들어가니 뜻밖에도 실내가 너무 말끔하게 정리되어 있었다. 동창에게 들은 말로는 허우퍄오가 떠나기 직전 구석구석을 깨끗하게 청소해 놨다고 한다. 그들은 허우퍄오의 그런 행위가 이해되지 않았다고 말했다. 사실 나도 이해가 되지는 않았다.

더 의외인 것은 기타를 제외한 나머지 악기들을 모두 놓고 갔다고 한다. 그는 친구들에게 나중에 자신과 같은 꿈을 꾸는 이 학교 학생에게 남기고 가는 것이라고 말했다고 한다. 그 말을 듣고 나니 나는 학교를 떠나는 그의 마음이 얼마나 복잡하고 착잡했을지 짐작이 됐다.

예전에 대학을 다닐 때는 간선도로 하나에서 길이 몇 갈래 나눠져 있는 이 도시가 굉장히 작게 느껴졌다. 하지만 사람 한 명이 이 도시의 어딘가에 숨어 있다고 생각하니 갑자기 이곳이 무척 크게 느껴졌다.

아버지에게 보내는 작은 배

이 도시에 술집이라고는 길거리에 몇 개 있는 것이 전부이고, 악기 상점도 두세 곳밖에 되지 않기 때문에 허우퍄오가 숨을 만한 곳은 그리 많지 않았다. 그럼에도 나는 베이징으로 돌아가기 전까지 그를 찾아내지 못했다.

하지만 일상은 반드시 계속 이어지고, 잠깐의 휴식 시간을 마친 나는 다시 현실로 돌아와 나의 일상을 이어 가야 했다. 그렇게 나는 이 도시와 나의 학교와 허우퍄오와 작별을 했다.

역시나 베이징은 거대한 괴물처럼 비행기가 착륙하자마자 촉수를 바짝 세우고 나를 이런저런 사건과 사연, 도전, 기쁨과 슬픔 속으로 밀어 넣었다. 수많은 사건, 수많은 기쁨과 슬픔은 한 겹 한 겹씩 두텁게 나를 감쌌다. 나는 어느새 베이징 이외 다른 곳에서의 삶은 거의 생각하지 않게 되었다.

사범 대학교를 졸업한 학생답게, 나와 허우퍄오의 동창 대부분은 고향에서 선생님이 되었다. 그들은 어쩌다 가끔 베이징으로 연수를 오거나 수업을 들으러 왔다. 나는 우리 중 유일하게 베이징에 정착해 지내는 사람이었다. 그 때문에 우리 집은 자연스럽게 그들이 베이징에 오면 머물다 가는 장소가 되었다.

나는 더는 허우퍄오의 소식을 묻지 않았다. 하지만 우리 집에 오는 이들은 무심코 그의 이야기를 꺼냈다. 사실 나는 동창 대부분과 그다지 친한 사이는 아니었다. 그냥 가끔씩 지난 이야기를 하거나 서로 아는 사람의 이야기를 나누는 정도였다.

들리는 말에 따르면 허우퍄오는 이곳저곳을 전전하다 나중에는 아무도 그를 받아주지 않자 결국 그의 아버지가 그를 데리고 갔다고 한다.

허우퍄오의 일로 그의 어머니와 아버지는 한바탕 크게 다툼을 벌였는데, 결국에는 그의 아버지가 어머니의 뜻에 따르기로 했다고 한다. 그의 어머니의 노력으로 어렵게 닿은 인맥 덕분에 그는 싼밍(三明, 푸젠성 중서부 도시)이라는 작은 시골 마을에서 교사 자리를 얻게 되었다고 한다. 수업 과목은 언어, 정치, 음악 등 꽤 이것저것을 맡았다고 들었다.

이유는 모르겠지만 그 소식을 듣고 난 뒤 나는 종종 머리가 지끈거릴 때마다 작은 시골 마을에서 아이들을 데리고 노래 부르는 허우퍄오의 모습을 상상했다.

내 상상 속 그의 모습은 여전히 열정이 넘치고 덧니 두 개를 드러내며 환하게 웃고 있었다. 나는 그런 녀석의 모습을 상상할 때면 기분이 좋아졌다. 마치 그런 삶을 살고 있는 사람이 나 자신처럼 느껴졌다.

어느새 내가 베이징에 온 지도 2년이라는 시간이 흘렀다. 지극히 평범한 어느 날 밤 대학 시절 반장이었던 친구가 내게 전화를 했다. "이번 주말에 올 수 있어? 같이 싼밍에 가자."

"싼밍에는 왜?"

그때까지도 나는 영문을 알지 못했다.

"허우퍄오가 죽었어. 동창 모두 그의 집에 다녀왔어. 너희 둘이 가장 친했다던데 한번 다녀와야 하지 않겠어?"

　　　　　　　　　아버지에게 보내는 작은 배

나는 머리를 한 대 세게 얻어맞은 것처럼 아무 생각도 들지 않았다.

반장은 최근 몇 년간 허우퍄오에게 있었던 일들을 내게 말해 줬다. 그간 그에게 있었던 일들은 내가 혼자 상상했던 것과는 정반대였다. 시골 마을에서 교사 일을 하게 된 허우퍄오는 그때부터 말이 없어졌다고 한다. 처음에는 크게 문제라 생각하지 않았는데, 어느 날부터 계속 가족한테 머리에서 '쿵쾅쿵쾅' 하는 소리가 들린다고 말했다고 한다. 마치 어떤 괴물이 제 머릿속 여기저기에 부딪히며 내는 소리 같다고 했다. 처음에는 밤에 살짝 통증을 느끼는 정도였는데, 어느 날부터는 갑자기 전조 증상도 없이 발작을 일으켰다고 한다. 처음에는 두통만 호소했는데, 나중에는 제 머리에 피가 날 때까지 머리를 벽에 박았다고 했다.

결국 교사 일은 관두게 되었고 그의 아버지가 허우퍄오를 데리고 이곳저곳을 다니며 검사를 받았지만, 검사 결과 머리에는 아무 이상이 없었다고 한다.

자살하기 일주일 전 허우퍄오는 자신의 아버지에게 마지막으로 부탁을 했다고 한다.

"저 좀 베이징에 데려가 진찰받게 해 주시면 안 돼요?"

하지만 그의 아버지는 그 부탁을 거절했다. 최근 몇 년 사이 허우퍄오의 부모님은 마지막 남은 돈까지 그에게 다 써 버린 상태였다. 바닥난 것은 돈뿐만이 아니었다. 그의 아버지의 인내심도 이미 바닥난 상태였다.

반장은 허우퍄오의 사연을 안타까워하며 내게 이렇게 말했다.

"우리 서로를 소중하게 생각하자. 인생은 길고 긴 전쟁이라고 하잖아. 허우퍄오가 우리 중 가장 먼저 전사한 사람이 되어 버렸네……."

난 이미 그가 하는 말이 귀에 들리지 않았다. 허우퍄오의 아버지도, 친구들도, 왕쯔이도 모른다. 하지만 나는 안다. 허우퍄오의 머릿속을 휘젓고 다니던 괴물의 존재는 그의 상상에 의해 과하게 부풀려진 환상이라는 것을 말이다. 나는 그가 베이징에 오려고 했던 것은 치료를 받고 싶어서가 아니라 그가 제 자신에게 내린 마지막 처방이었다는 것을 안다.

말로 형용할 수 없는 슬픔이 내 가슴을 짓눌렀다. 뭔가 말을 꺼내려 했지만 아무 말도 할 수가 없었다.

졸업을 하고 일을 시작한 지 2년이 흘렀지만 나는 여전히 나 자신을 통제한다. 담배를 태우지도 않고, 술을 마시지도 않는다. 또 감정을 표출하는 극단적인 방식을 스스로가 배우지 못하게 통제한다. 내가 상상하는 미래를 달성하고, 나 자신이 정확하게 목표를 향해서만 걸어가도록 만들기 위해 나 자신의 모든 것을 통제한다.

하지만 내가 도달하려는 목표가 무엇인가? 이렇게 목표에 도달하는 것이 내게 무슨 의미가 있을까? 나 자신도 모르겠다.

울고 싶지 않았다. 하지만 울적한 마음은 나를 괴롭게 했다. $10\,m^2$도 안 되는 작은 방을 왔다 갔다 하며 길고 깊은 한숨을 내쉬는 것 밖

아버지에게 보내는 작은 배

에 할 수 있는 것이 없었다.

내 가슴이 마치 썩은 메탄가스를 분출하지 못하고 품고 있는 늪 같았다. 필사적으로 내 안을 갉아먹는 무엇인가가 쌓여 가는 느낌이 들었다. 하지만 끝내 내 안에 쌓여 가는 그것들을 방출하지 못한 나는 그것들과 한데 뭉쳐 하나가 된 느낌을 받았다.

그 순간 나는 문득 깨달았다. 어쩌면 나 또한 베이징에 온 아픈 사람일지도, 나 역시 허우퍄오와 같은 병을 앓고 있을지도 모른다는 사실을.

바다는 감춰지지 않는다

나는 해변 근처에서 살았던 아이다. 그리고 나의 아버지는 한때 선원이었다. 그럼에도 나는 6살 때 바다를 처음 보았다.

바다를 처음 본 그날 나는 외할머니 댁에 가던 길이었다. 좁은 시골길을 따라 엄마 뒤를 졸졸 쫓아 걸으면서 나는 매번 도로변의 사탕수수 숲 쪽에서 새어 들어오는 반짝이는 빛의 정체가 궁금했다. 엄마가 잠깐 한눈판 사이 그 빛이 보이는 쪽으로 달려갔더니 바다가 보였다. 엄마는 놀란 얼굴로 헐레벌떡 날 뒤쫓아 왔다.

"아버지가 네게 바다를 보여 주지 말라고 하셨어. 네가 혼자 바다에 와서 놀다가 행여 큰일이라도 날까 봐 걱정이 돼서 그렇단다."

사실 아버지가 걱정했던 것은 단순히 그것 때문만은 아니었다. 집으로 돌아오는 길에 아버지는 진지하게 내게 이야기했다.

"아빠도 어렸을 적에는 바닷가에서 노는 것이 재미있고, 배 타는 것도 좋아했어. 그리고 나중에 그게 일상이 되었지. 하지만 바다에서 하는 일은 고된 일이야. 아빠는 네가 공부를 열심히 해서 바다와는 상관없는 일을 했으면 좋겠어."

둥스(東石, 푸젠성 동남부 연해에 위치한 작은 어촌 마을), 내가 자란 이 작은 시골 마을에는 나의 아버지와 비슷한 삶을 살아온 사람들이 많을 것이다. 지난 십 몇 년 동안 사람들은 그들에게 즐거움과 고생을 안겨 준 바다를 떠났다. 부모님은 바다를 꽁꽁 숨겨 두고 내게 보여 주려 하지 않았지만, 오히려 부모님이 보지 못하게 할수록 바다는 나를 제가 있는 곳으로 끌어들였다.

또 한 번 느닷없이 충동적으로 그 사탕수수 숲을 향해 뛰어갔던 그날도 외할머니 댁에 가던 날이었다. 엄마는 잔뜩 화가 난 얼굴로 나를 뒤쫓았다. 나는 엄마에게 금방 붙잡힐 것 같아 바다로 '풍덩' 하고 뛰어들었다. 바닷물은 금세 나를 삼켰다. 짜디짠 바닷물은 나를 제 품으로 감싸 안았다. 햇빛이 바다 위에 부서지듯 반짝였고 눈부시고 환한 빛이 내 동공을 뒤덮었다. 깨어났을 때는 병원 침대 위였다.

바다는 숨길 수 없다. 부모님은 자신들이 과거에 겪었던 상처 때문에, 그리고 나를 보호하기 위해서라는 이유로 내게 바다를 보여 주지 않았다. 그래서 나는 파도가 일렁이는 소리를 바람 소리라 착각했고, 바다에 나는 비릿한 소금 냄새를 저 멀리 화학 공장에서 퍼져 나오는 냄새라 생각했다. 하지만 조수는 언제나 들어왔다 나갔다를 반복했고, 바다 위로 쏟아지는 햇빛, 넘실거리는 파도 소리는 항상 나를 부르고 있었다. 그리고 결국 나는 바다를 발견했다. 그동안 억지로 바다를 보지 못하게 했던 탓인지 나는 바다가 더 궁금했고 바다를 보고 싶은 갈망이 더 커졌다.

바다에 빠졌던 그날 이후, 아버지는 갑자기 날 데리고 배에 올랐다. 그날 일은 정말 내게 무서운 기억으로 남아 있다. 나는 너무 울어서 더는 울음소리가 나오지 않을 때까지 구역질을 하며 아버지에게 제발 육지로 돌아가자고 애원했다. 그날 이후로 나는 해변으로 뛰어나가 놀지 않았다. 그렇다고 바다를 무서워했던 것은 아니다. 바다와 가깝게 잘 지낼 수 있는 나만의 방법을 알고 있었기 때문이다. 그 방법은 바로 해변에 앉아 바다를 즐기는 것이었다. 기분 좋게 내 얼굴을 스치는 바닷바람을 느끼고, 나를 감싸 안았던 짙푸른 바다를 보면 혼자 있어도 외롭지 않은 그런 안정감을 느꼈다. 나중에 더 자라서는 자전거를 타고 해안선을 따라 달리며 바람을 쐬는 일도 좋아했다.

바다는 숨길 수도 없지만 품을 수도 없다. 바다를 대하는 가장 좋은 방법은 바다와 함께 있을 수 있는 자기만의 방법을 찾는 것이다. 바다마다 풍경이 다르고 그 안에 갖가지 위험이 도사리고 있듯이 삶과 인간의 욕망도 그러하다. 이전의 나는 스스로 절제를 하고 나 자신

아버지에게 보내는 작은 배

이 세운 논리로 나를 속박하는 것이 가장 좋은 방법이라 생각했다. 하지만 아무리 그러한들 욕망은 결국 내 안에서 쉬지 않고 요동친다.

　나는 내가 더욱 진실되게, 더욱 성실하게 삶을 살고, 내가 느끼는 모든 것을 더 잘 받아들이고 그것을 즐길 수 있기를 바란다. 나아가 이 세계를 더욱 좋아하게 되기를 바란다. 나는 내가 여러 가지 욕구, 여러 인성의 추한 모습과 아름다운 모습을 더 잘 이해하고 그것들과 함께 부대끼며 잘 지낼 수 있는 가장 좋은 방법을 찾아낼 수 있기를 바란다. 또 내가 살아오면서 보았던 풍경들을 아름다운 문장으로 표현해 낼 수 있기를 바란다.
　나는 반드시 여러 바다와 함께할 수 있는 방법과 그 바다를 느끼고 즐길 수 있는 최고의 방법을 찾아낼 것이다.

어느 도시도 그저 그렇게 변하지 않길

때는 아마도 1998년이었던 것 같다. 당시 아버지는 200㎡ 너비의 땅에 지었던 그 오래된 석조 주택을 팔고 그 대신 샤먼에 있는 60㎡ 정도 되는 크기의 집을 한 채 사려고 마음먹었다. 그때 아버지가 그런 결정을 내리게 된 이유에는 타이완 드라마를 너무 많이 본 탓도 있었다. 드라마에 나오는 이런저런 도시 생활을 보니 아무리 봐도 지금의 생활과는 비교가 안 될 정도로 좋아 보였던 것 같다. 아버지가 그 결정을 내렸던 때는 비가 많이 내리는 봄철이었다(푸젠성은 아열대 습윤 기후로 매년 5~6월에 강수량이 가장 많다_역주). 아마도 습한 날씨 때문에 괜스레 기분이 심란해져서 온 집구석이 다 마음에 안 들었던 모양이다.

결국 아버지는 날 데리고 직접 집을 알아보러 가기로 결정했다. 아

아버지에게 보내는 작은 배

버지는 내게 샤먼에 따라가는 김에 대도시 생활이 어떠한지 잘 보라고 했다. 해변 근처에 있는 작은 시골 마을이었던 우리 동네에는 당시만 해도 차가 많이 다니지 않았다. 고향 집에서 샤먼에 가려면 매일 아침 6시 30분에 출발하는 버스를 타야 했다. 우리 고향 사람들은 차를 타면 다들 그렇게 멀미를 했다. 거기에는 나도 포함돼 있었다. 내가 멀미를 했던 이유는 코를 찌르는 휘발유 냄새 때문이었다. 그래서 차에 올라타 샤먼으로 가는 내내 신나기보다는 괴로움이 더 컸다. 샤먼에 도착할 때까지 괴로움을 꾸역꾸역 참았던 나는 차에서 내리자마자 속을 다 게워 냈고, 그때 내 눈에 들어온 것은 버스 배기구가 뿜어 내는 검은 매연이었다. 한때 선원 일을 했던 아버지는 이런 상황을 매우 익숙하게 받아들였다.

당시 어렸던 나는 후각이 예민했던 탓에 계속 '이 도시는 어째서 가는 곳마다 기름 냄새가 나는 걸까!'라고 생각했다. 나는 어떻게 해서든 이 도시에 관심을 가져 보려고 애를 썼다. 인파로 가득한 버스, 길 양쪽 가장자리에 조성돼 있는 녹지대, 고층 건물 등……. 하지만 모든 것은 내가 이미 예상했던 것들이었다. 아버지 역시 내 관심을 끌려고 길을 걷는 동안 손가락으로 여기저기를 가리키며 "저것 봐. 저 건물이 몇 층일 것 같니? 한번 세 봐."라고 물었다. 그럼 나는 "셀 필요 없어요. 텔레비전에서 저것보다 더 큰 건물도 봤어요."라고 대답했다. 또 아버지가 "여기 깔려 있는 벽돌 길 좀 봐."라고 말하면 나는 "이것도 텔레비전에서 봤어요."라고 대답했다. "여기 이 많은 차들 좀 봐."

라고 말하면 "이것도 다 본 거예요."라고 답하고, "저기 신호등 좀 봐."라고 물으면 "책에서도 수없이 봤어요."라고 답했다. 나는 아무리 노력해도 이 도시에 흥미가 생기지 않았다. 왜냐하면 도시에 있는 대부분의 것들은 이미 나도 아는 것들이었기 때문이다. 반면 우리 마을에 있는 작은 연못들 중에는 내가 모르는 것이 아주 많았다.

샤먼에 도착한 아버지와 나는 사촌 형 집을 방문했다. 내게는 사촌 형이지만 사실 나이는 우리 아버지뻘이었다. 사촌 형한테는 나보다 6살 어린 아들이 있었다. 사촌 형은 내가 기운이 빠져 있는 모습을 보고 조카에게 날 데리고 바깥 구경을 다녀오라고 했다. 처음에는 뭔가 재미있는 것이 있을 줄 알고 따라나섰는데 그냥 여기저기 돌아다니기만 했다. 그 역시 나에게 저 건물이 몇 층인지 세어 봐라, 바닥에 깔려 있는 타일을 한번 봐라 같은 말만 늘어났다. 또 내게 도로에 쓰레기를 버리면 안 된다, 버스를 탈 때는 줄을 서야 한다, 길을 건널 때는 횡단보도로 건너야 한다 등 몇 가지 규칙을 일러 줬다. 당시 나는 속으로 내가 이곳 사람이 아닌 것이 참으로 다행이란 생각이 들었다. 게다가 끝이 보이지 않는 시멘트 도로를 보고 있자니 신기한 모양새를 가진 식물도 없고, 올챙이와 오색 빛깔 물고기가 자라는 연못도 없는 이 특색 없는 동네가 서글프게 느껴지기까지 했다.

물론 지금 나는 그곳보다 공기가 더 안 좋은 베이징에서 이 글을 쓰고 있다. 당연히 내 코는 이미 마비가 돼서 좋은 공기 냄새를 맡을 수도 없는 상태다. 나는 과거에 시골에 살았던 경험 덕분에 내가 상대적으로 꾸밈없는 솔직한 사람이 될 수 있었다고 생각한다. 왜냐하면 다양한 것들을 경험해 봐야 더 견실해지기 때문이다. 물론 샤먼이 지금은 중국에서 가장 아름다운 도시 중 한 곳이긴 하지만, 그때 이사를 가지 않게 된 건 결국 내겐 다행스러운 일이라 생각한다. 언젠가 〈신주간(新周刊)〉의 크리에이티브 디렉터 링후레이(令狐磊)와 대화를 나누다 서로의 출신에 대한 이야기를 하게 되었다. 그는 잔장(湛江, 광둥성(廣東省) 남부 연안에 위치한 항구 도시)의 한 시골 마을 출신이고 나는 취안저우의 한 시골 마을 출신인데, 이야기를 하다 보니 중국의 언론계, 문학계에서 활동하는 많은 청년이 시골 마을 출신이라는 사실을 발견했다. 링후 디렉터는 우스갯소리로 "그 사람들을 다 모아 놓으면 시골이 도시를 포위하는 격이네."라고 말했다. 그는 예전에 어떤 조사를 해 봤는데, 지금의 대도시 각 영역에서 영향력을 발휘하는 인물의 80% 이상이 시골 출신이라고 말했다. 그는 내게 왜 그런 것 같으냐고 물었고, 나는 시골 출신의 꾸밈없는 솔직함 때문이라고 답했다.

내가 말하는 꾸밈없는 솔직함을 간단히 설명하자면 이렇다. 작은 시골 마을에서 생활을 하다 현(县) 정부 소재지, 지급시(地級市), 대도시를 차례로 경험해 본 사람은 다양한 환경에서 다양한 생활을 해 봤기 때문에 여러 가지 경험을 비교해 볼 수 있다. 그렇기에 지난 일에 대해서도, 현재 자신의 상황에 대해서도 더 잘 이해하고 받아들일 수 있다. 도시에서만 자란 아이들과 달리 우리에게는 그들이 신기해하고 불가사의하다고 생각하는 경험이 아주 많기 때문이다.

그렇다고 샤먼이 나쁘다는 것은 아니다. 오히려 내가 가 본 수많은 중국 국내 도시 중 가장 좋았던 곳을 말해 보라 하면 나는 샤먼과 쿤밍(昆明, 중국 남쪽 내륙의 위치한 윈난성(雲南省) 성 정부 소재지)을 고를 것이다. 다만 나는 도시가, 특히 중국의 도시가 마음에 안 드는 것뿐이다. 샤먼을 비롯해 중국 도시 대다수는 한 가지 전제를 밑바탕으로 세워졌다. 그 전제란 남의 나라의 도시는 어떻고, 남들은 어떻게 만들었다는 등의 남들이 세운 기준이다. 중국 근대 도시는 계획에 의해 세워진 것이지, 자연스럽게 형성되고 성장했다고 보기 어렵다. 처음에 도시를 만들었을 때는 분명 혼란이 있었을 것이다. 그래서 중국의 도시를 보면 강한 질서 의식이 느껴진다. 도시 사람은 어떠해야 하고, 도시 안의 길은 어때야 한다느니 등……. 이런 환경에서 자란 사람은 질서를 지키거나 질서에 반항하는 것 외에 다른 차원의 사고는 받아들이기 힘들어 한다.

나는 지금도 생명력을 지닌 곳에 복잡함과 혼란스러움이 존재한다고 생각한다. 자연 상태의 연못과 관상용 연못만 놓고 봐도, 풍부하고 아름답다고 생각되는 것은 당연히 자연 상태의 연못일 것이다. 그 안에서 자라는 각종 생물과 그 세계에서 일어나는 여러 가지 이야기들은 한 아이를 오후 내내 즐겁게 만들어 줄 수 있지만, 인위적으로 만들어진 풍경은 그것을 보는 그 순간에만 즐거움을 줄 뿐이다.

해외 건축가들은 중국의 도시를 풍자할 때 "어디를 가도 다 똑같다."라는 말을 자주 한다. 어느 도시를 가도 다른 나라의 기준에 빗대어 당시 왜 이렇게 지었는지 설명할 뿐, 이 도시의 건축물과 도로, 이 도시에 사는 사람의 일상이 어떻게 흘러오고 변화하여 지금의 모습이 되었는지는 설명하지 못하기 때문이다. 중국의 수많은 도시들은 그렇게 남들이 세운 기준에 묻혀 버렸다.

마찬가지로 나는 상하이(上海, 중국 남부 연해 도시)보다 베이징을 좋아하고, 샤먼보다는 취안저우를 좋아한다. 내가 생각하는 베이징은 도시가 아니라 '세계에서 가장 큰 농촌'이다. 지금 내가 살고 있는 집은 왕푸징(王府井, 중국 베이징에서 가장 번화한 쇼핑 거리) 근처 작은 골목길에 있다. 화려하고 큰 길거리를 걷다가도 발을 틀면 뜻밖의 풍경과 마주하게 된다. 발성 연습을 하는 할아버지, 사합원(四合院) 형태의 찻집, 쪼그리고 앉아 뭔가를 먹고 있는 아주머니, 길거리에서 장기를 두는 노인 등……. 나는 이런 곳에 깜짝 놀랄 기쁨이 있다고 생각한다. 왜냐하면 길을 걷다 커브를 돌면 그 뒤에 어떤 풍경이 나올지 예상이 안 되기 때문이다. 반면 상하이의 경우 첫눈에 봤을 때는 무척 마음에 들 것이다. 이미 도시화의 상징적인 표상이 아닌가. 하지만 상하이에 일주일 동안 있어 보면 이 도시의 어느 곳을 가도 다 똑같다는 느낌을 받을 것이다.

그런 점에서 취안저우와 샤먼 또한 비슷한 대비를 이룬다. 나는 자주 '샤먼은 취안저우의 성형판'이라는 비유를 쓴다. 취안저우에 가면 아직도 무단횡단을 하는 행인과 교통 규칙을 지키지 않는 자동차, 조잡해 보이는 건축물, 심지어 저속해 보이는 생활 습관을 목격할 수 있다. 나는 섬을 돌아다니며 정교한 풍경을 보는 것을 좋아한다. 하지만 그런 것들을 보면서 감동을 받지는 않는다. 오히려 나는 취안저우의 골목길을 걷다 문득 어느 집에서 새어 나오는 찰진 고향 사투리를 들었을 때, 음력 정월 초 미륵보살 탄신일 때 집집마다 문 앞에 제수용품을 차려 놓고 그 위에 향을 피우며 평안을 기도하는 풍경을 보았을 때 감동을 느낀다.

아버지에게 보내는 작은 배

우리가 늘 대답해야 하는 질문

베이징을 떠나기 전날 밤은 날씨가 조금 서늘했다. 밤 9시가 조금 넘은 시간인데도 가는 곳마다 거리가 조용했다. 나는 엄마를 우다오커우(五道口, 북경 대학과 청화 대학 등 베이징 최고의 명문 대학이 자리한 대학가)의 한 여관에 모셔다 드린 뒤, 차를 타고 베이징 땅의 절반 이상을 달려야 나오는 난청(南城, 베이징의 남부)에 있는 이 선생님 댁을 찾아갔다. 차가 달리는 길에는 '휘휘' 바람 부는 소리만 있을 뿐이었다.

이렇게 표현하면 조금 스산하고 적막하게 느껴지겠지만 어쨌든 당시에는 정말 그런 느낌이 들었다. 나도 왜 그런 느낌이 들었는지, 왜 그토록 이 선생님과 그의 아들 치치(七七)가 보고 싶었는지 자세히 설명은 못 하겠다.

이 선생님의 아버지는 30살이 조금 넘어 지금의 그가 자랑스러워하는 아들을 얻었고, 이 선생님 역시 자기 아버지와 비슷한 나이에 치치를 얻었다. 참 기묘한 인연이 아닌가. 내게 그 이야기를 들려주던 이 선생님은 품에 치치를 안고 있었다. 작은 체구의 귀여운 꼬맹이는 이 선생님의 어깨 위를 올라타려 했고, 이 선생님은 그런 아이에게 연신 뽀뽀를 했다. 자식을 향한 아버지의 사랑과 온정이 내 마음까지 따뜻하게 해 주는 느낌이었다.

작년에 아버지가 돌아가셨을 때 이 선생님은 내게 내 아버지의 피가 내 몸에도 흐르고 있을 것이라 믿는다고 했다. 나도 그 말을 믿는다.

기묘한 인연이다. 사람과 사람의 관계가 만들어지면 우연히 또는 필연적으로 우리의 친구가 우리의 삶에 관여하게 되고 심지어 우리의 삶을 바꾸거나 그들이 우리의 삶을 만들기도 한다. 이 선생님을 몰랐다면 나의 인생 논리는 분명 지금과는 아주 많이 달라졌을 것이다.

이 선생님은 직관적이면서 열정적인 분이다. 선생님은 뉴스뿐 아니라 사람한테도 모질다는 생각이 들 만큼 직설적인 태도를 고수하였다. 그는 자주 상대가 하는 말의 논리를 파헤치며 상대가 약점을 숨길 기회를 주지 않았다. 또한 상대가 회피하려는 것, 보지 않으려는 것, 이해하지 못하는 것을 아주 가감 없이 지적했다.

그래서일까? 선생님과 대화를 나눌 때마다 나는 자주 상처를 받았다. 좌절감을 들키지 않으려고 할 때도, 나 자신도 내 상태를 잘 모르고 있을 때도 그는 촌철살인 같은 말로 나를 지적하고 비난했다. 나는 이 선생님의 본심이 선량하고 또 내게 진심으로 하는 말이라는 사실을 알면서도 그의 지적을 듣고 나면 좌절감이 끝없이 밀려왔다.

그날 밤에도 그랬다. 이미 한 달이나 더 지난 얘기를 꺼내는 이유는 그날 밤의 대화가 내 인생에 큰 영향을 미쳤기 때문이다.

이 선생님은 그날 밤에도 여전히 먼저 내게 물었다.

"요즘 어떻게 지냈니? 얘기 좀 해 봐."

나는 그의 앞에서 그동안의 근황을 털어놓았다. 아버지가 돌아가신 뒤 최근 6개월 동안 고향 집에서 보냈던 일들, 기어이 베이징에서 하던 일을 그만두고 엄마가 있는 곳으로 돌아온 이유, 고향 집에 돌아와 오토바이를 타고 하릴없이 사방을 쏘다닌 일들, 온종일 아무 일도 하지 않고 가만히 있었던 일들, 일에 흥미가 생기지 않는 나의 상태, 이런 나의 상태 때문에 느끼는 두려움 등에 대해 이야기했다.

이 선생님은 습관적으로 말하기 전 한 번 웃고 난 뒤 제 할 말을 꺼냈다. 선생님은 내게 "그건 다 핑계야. 아버지의 죽음은 자네의 지금 상태를 만든 근본 이유가 아니야. 자네는 그 사건을 핑계로 자네가 대답하고 싶지 않은 문제를 감추려 하거나 회피하려는 것뿐이야."라고 말했다.

8년 전 아버지가 중풍을 얻었던 그날부터 나는 아버지의 병과 우리 집을 책임져야 하는 인생을 살기 시작했다. 당시의 나는 정말 그렇게 해야 한다고 믿었다. 그래서 나는 최근 무기력하게 지냈던 내 상태가 너무 잘 이해됐다. 지난 8년간 나의 일과 삶의 중심이었던 것이 사라졌는데 내가 갈피를 못 잡고 방황하는 게 당연하지 않은가. 내가 성공할 수 있을까, 베스트셀러 책을 쓸 수 있을까, 하고 걱정하고 그것에 목을 매며 조급해한다면 내가 그러는 이유는 단 하나뿐이다. 바로 내가 이 가난한 집을 일으켜야 하는 가장이기 때문이다.

이 선생님이 그렇게 말했을 때 나는 그 말을 받아들이기가 힘들었다. 그리고 무척 화가 났다. 하지만 선생님이 그 다음에 한 말을 듣고 나는 그가 하려는 말이 무엇인지 이해했다.

"자네는 아직도 어떻게 살아야 하는지 전혀 모르고 있어. 그리고 단 한 번도 용기를 내서 그 질문에 답해 본 적도 없어."

선생님은 더는 이야기하지 않았다. 어쩌면 내가 그의 말뜻을 이해했다고 생각해서일지도 모른다. 선생님은 내가 어떻게 인생을 살고 있는지도 모르면서, 편협하고 간사한 논리를 들먹이며 내가 빨리 돈을 벌어야 하는 이유, 내가 최대한 성공해야 하는 이유를 '꿈', '책임'과 같이 그럴 듯하게 들리는 말로 포장하고 있다는 말을 하고 싶은 것이다.

그날의 대화를 다시 써 내려가는 이 순간에도 나는 이 선생님의 진심을 느끼고 그가 한 말을 소중하게 생각한다.

'이상(理想)' 또는 '책임'. 어쩌면 이 두 단어는 나뿐만 아니라 많은 사람이 어떻게 살아가야 할지 모를 때 그런 자신의 상태를 들키지 않으려 사용하는 가장 쉽고 좋은 핑계일지도 모른다.

푸젠성으로 돌아온 요 며칠 나는 생각에 잠겼다. 8년 전의 나는 나 자신이 어떻게 살아가야 할지를 고민하고, 정하고 또 일생의 생존 목표를 세워야 할 나이였다. 하지만 나는 우리 가정에 닥친 뜻하지 않은 시련을 겪으면서, 그것을 핑계 삼아 내가 대답해야 하는 문제를 회피해 왔다.

나는 미친 듯이 일하면서 나 자신에게 여유 시간을 주지 않았다. 정말 생존의 압박을 느꼈던 때 말고는 나 자신에게 조금의 여유도 허락하지 않았다. 왜냐하면 시간적으로 틈이 생기면 나는 그 시간을 어떻게 채워 나갈 것인지, 어떻게 인생을 살 것인지, 내가 정말 좋아하는 것은 무엇인지, 내가 정말 원하는 삶이 무엇인지에 관한 답을 내놓아야 했기 때문이다.

나는 도저히 내 인생을 판단할 엄두가 나지 않았고, 내 인생에 자신이 없어 회피한 것 같다. 가정을 책임져야 한다는 핑계로, 언론인으로서 성공하는 꿈을 좇는다는 이유로 그 뒤에 숨어 인생에 관한 질문에 답을 회피했다.

그날 밤 이 선생님은 내게 마지막으로 어떻게 삶을 살아야 할지, 어떻게 삶을 즐길지 잘 고민해 보라고 했다. 나는 선생님이 한 말의 뜻을 알고 있다. 어쩌면 그는 이런 말을 하고 싶었던 지도 모른다. 인생은 그렇게 단순하게 꿈과 시련, 어떤 이상 또는 음모로 정의할 수 없다. 인생은 그렇게 간단한 개념으로 설명할 수 있는 것이 아니기 때문이다. 어떤 인생을 살지는 우리 스스로가 그 답을 완성해야 한다. 만약 삶이 내게 던지는 문제에 답하지 않으면, 삶은 계속 내게 물을 것이다. 그리고 그 문제에 답을 찾지 못하면 그 다음 문제는 영원히 만날 수 없을 것이다.

이 선생님 집을 나왔을 땐 이미 밤 11시가 넘은 시각이었다. 나는 그동안 느껴 보지 못한 홀가분함과 편안함을 느꼈다. 이전의 나는 내게 관심을 보이는 많은 친구와 연락을 주고받으며 이야기를 나누고 싶지가 않았다. 어쩌면 나는 그동안 나 자신이 묻는 질문에 어떻게 대답해야 할지, 나 자신과 어떻게 함께 지내야 하는지 모르고 살았을지도 모른다. 그러니 친구와 함께하는 법은 더더욱 몰랐을 것이다.

그날 밤 나는 무수히 그냥 끊어 버렸던 나의 오랜 친구 청강(成剛)의 전화가 떠올라 급히 그에게 전화를 걸었다. 그는 고향에 있는 방송국에서 부국장을 맡고 있는 친구다. 그는 나와 함께 인생을 논하고, 또 이상적인 언론인을 꿈꾸며 손이 떨릴 정도로 열심히 일하는 일벌레였다. 아니, 어쩌면 이상주의자였을지도 모른다. 나의 아버지가 돌아가셨을 때 그는 자주 내게 전화를 걸어 용기를 북돋아 주었던 친구다.

인생은 가끔 얄궂은 드라마 같다. 다음 날 아침 나는 이파(弈法)라는 친구에게서 전화를 받았다. 그는 청강이 죽었다고 말했다. 서른 몇 살밖에 되지 않은 그가 갑자기 심장 발작으로 죽었다고 한다. 이상주의자인 그에게는 가장 어울리는 사인이었다.

용서해 줘요, 청강. 당신은 내게 형제였고, 나의 선생님이었고, 나의 좋은 친구였어요. 당신과 이별을 하러 가는 길 내내 나는 당신을 원망했어요. 사실 당신 역시 이 질문에 대답하지 않았잖아요. 그 대가

아버지에게 보내는 작은 배

로 당신이 가 버린 자리에는 쓸쓸하게 남겨진 당신의 아내와 딸 그리고 당신을 생각하며 무척이나 아쉬워하는 친구들만 남아 있네요. 당신과 진심으로 이야기해 보고 싶었어요. 우리는 어떻게 해야 허황된 꿈으로 스스로를 과대포장하지 않고 삶을 즐길 수 있을지, 우리가 반드시 아끼고 소중하게 생각해야 하는 것이 무엇인지 말이에요.

용서해 주세요, 아버지. 아버지가 편찮으시고부터 줄곧 정신없이 일에 치여 살고 돈 버는 것에 매달렸던 저를 용서해 주세요. 전 그게 아버지를 행복하게 하는 길이라 생각했어요. 하지만 아버지가 제게 남긴 유일한 사진, 색이 다 바랠 때까지 아버지가 매만졌던 그 사진을 보고 나서야 깨달았어요. 제가 아버지에게 드릴 수 있는 가장 좋은 것을 빼앗았다는 것을요.

두서없이 난잡하게 쓴 이 글을 나의 아버지와 나의 벗 왕청강에게 바칩니다.

집으로

나는 이곳이 주는 편안함을 기억한다. 나는 이곳의 모든 돌멩이를 기억하고, 이곳의 돌멩이 또한 날 기억한다. 나는 이곳의 구석구석을 알고, 세월이 흐르면서 이곳이 어떻게 변했는지 기억한다. 또한 이곳의 구석구석도 나와 내가 자라 온 모습을 기억한다.

고향 집에 돌아와 병상에 누워 요양을 하니 그제야 지난 몇 년간 있었던 일들을 떠올릴 힘이 생겼다. 그동안 내 스스로가 생각해도 뿌듯했던 유일한 일은 바로 아버지에게 좋은 묫자리를 마련해 드린 것이다.

엄마는 지금도 고급 주택이 따로 없다는 등 가격이 비싸다는 등 툴

아버지에게 보내는 작은 배

툴대신다. 하지만 나는 이런 사치라도 마음껏 누리고 싶다. 아버지가 살아 있는 동안 단 한 번도 좋은 것을 해 드린 기억이 없기 때문이다.

아버지의 유골함은 지금껏 나의 중학교 모교 근처에 위치한 납골당에 모셔 두었다. 그곳에 모신 것은 엄마의 생각이었다. 일단 그곳은 엄마가 일하는 사당과 가까웠다. 엄마는 매일 사당에 일을 도우러 갈 때 일부러 납골당이 있는 쪽으로 돌아서 갔다. 그리고 납골당 대문 근처에 도착하면 아버지에게 인사를 했다. 엄마가 그 납골당을 선택한 데는 또 다른 이유가 있었다.

"네 아버지가 운동을 좋아하시잖아. 한 덩치 하셨잖니. 마침 근처에 학교 운동장이 있으니 거기서 달리기 하시면 되겠다."

내가 자란 이 시골 마을 사람들은 누구나 제 곁에 신이 있다고 믿는다. 당연히 영혼의 존재도 믿고, 사람과 귀신이 가깝게 생활하고 있다고 생각한다. 또한 영혼도 현세 사람들과 비슷할 것이라 믿는다. 배가 고프기도 하고, 배가 불러 뚱뚱해지기도 하고, 그러다 기분이 안 좋아지기도 하고, 또 아프기도 하고……

돌아가신 아버지도 이런 방식으로 계속 우리 고향 집에서 살고 있으리라 생각한다. 아버지 기일 때 엄마는 불을 붙인 향을 가지고 와 탁자 위에 놓여 있는 위패를 마주 보며 이렇게 묻는다.

"오늘 오리 수육은 맛있었어요?"

가끔 집 안에서 문득 아버지의 냄새가 느껴질 때가 있는데, 그럴 때면 엄마는 경서(經書)를 들고 와 이렇게 말했다.

"여보, 경서 좀 많이 읽어요. 그래야 서방 극락세계에 갈 수 있대요."

그렇게 지내며 3년이란 시간이 훌쩍 지나갔고, 작년에는 둘째 백부님이 급작스럽게 작고하셨다. 사업을 하는 첫째 사촌 형은 망자를 땅에 묻어야 안식을 취할 수 있다고 수차례 얘기하며, 좋은 묫자리를 알아보기 위해 차를 몰고 이곳저곳을 돌아다녔다. 최종으로 사촌 형이 마음에 들어 한 곳은 '메이링구위안(梅陵古園)'이라는 추모 공원이었는데, 그곳은 타이완 출신의 상인이 투자해서 만든 공원묘지다.

물론 가격이 싸지는 않았다. 하지만 사촌 형은 계속 우리 아버지의 유골도 그곳으로 이장했으면 하는 의사를 피력했다. 형은 내게 "생전에 두 형제의 사이가 그토록 좋았으니, 돌아가신 뒤에도 함께 계시면 서로 외롭지 않으실 거야."라고 말했다.

또 사촌 형은 돌아가신 두 분이 함께 계실 때의 모습을 상상하며 "두 분이 함께 계시면 예전처럼 술잔을 기울이면서 옛이야기를 나누기도 하고, 서로 약속을 잡고 멀리 연극을 보러 가는 날도 있지 않겠어?"라고 말했다. 셋째 백부님과 넷째 백부님도 사촌 형의 의견에 흔쾌히 찬성했고, 다른 사촌 형제 모두 그러는 것이 좋겠다고 입을 모았다. 하지만 엄마는 그 계획을 듣고 머뭇머뭇하며 선뜻 대답하지 못했다. 엄마는 집에 일이 좀 있다는 핑계를 대고 서둘러 그 자리를 피했다. 나중에는 큰 형수님이 우리 집까지 찾아와 계속 엄마의 의중을 물었지만, 엄마는 여전히 "너무 멀어요.", "너무 비싼 것 같아요.", "난 차를 타면 멀미해요.", "벌초하러 가기에도 너무 멀어요."라는 등 갖은 이유를 대며 대답을 피했다. 친척들은 엄마와 얘기해서는 해결이 안 날 것 같으니 결국 나한테까지 찾아왔다. 엄마는 이번에도 내가 결정하라 했다. 내가 고등학교 2학년 때 아버지가 중풍에 걸린 뒤로 엄마는 나를 이 집안의 가장이라 생각하고 모든 일의 결정을 내게 맡겼다.

이 일 때문에 광저우(廣州, 중국 남부의 대표적인 상업 도시)에서 고향 집으로 돌아온 나는 결국 사촌 형의 의견에 마음이 기울었다. 결정적으로 새로 이장하려는 곳이 깨끗하고 편안해 보여 마음이 움직였다. 물론 그 결정을 내리는 과정에서 내 안의 강한 보상 심리가 작용하지 않았다면 거짓말이다. 아버지가 갑자기 돌아가신 뒤로 오랫동안 나는 슬퍼하기보다는 화난 사람처럼 지내 왔다. 나 자신이 아버지에게 더는 해 드릴 수 있는 것이 없다는 사실이 화나고 원망스러웠다. 많은 빚을 졌지만 보상할 기회가 없다는 것이 나로서는 받아들이기 힘들었다. 그런데 그 기회가 이번에 온 것이다. 나는 기쁜 마음으로 동의했고, 엄마도 이에 대해 이야기를 꺼내지 않았다.

아버지의 유골함을 그곳으로 옮기는 당일, 엄마는 온종일 눈물을 훔쳤다. 아무도 엄마에게 우는 이유를 묻지 않았다. 오늘은 뭘 해도 엄마의 기분이 나아지지 않을 거라 생각했기 때문이다. 화가 난 나는 엄마를 한쪽 구석으로 끌고 와 이런 날에 왜 눈물 바람이냐며 엄마를 다그쳤다. 엄마는 그제야 아이처럼 꺼이꺼이 울며 말했다.

"이제 더는 매일 네 아버지와 인사를 나누지 못할 것이란 생각을 하니 눈물이 나는구나."

유골함은 돌로 만든 것이라 무척 무거웠다. 유골함을 안장하러 가는 길 내내 옆에 있던 몇몇 사촌 형들은 끙끙거리며 유골함을 안고 있는 나를 보며 우스갯소리로 "작은 삼촌, 비실비실한 아들더러 어떻게 안고 가라고 그렇게 살을 찌우셨어요."라고 말했다.

유골함을 무덤 안에 안치할 때는 더 쩔쩔맸다. 도저히 나 혼자 힘으로 유골함을 그 땅속 구멍 안에 안치할 엄두가 나지 않았다. 게다가 풍수를 잘 아는 선생님이 살아 있는 사람은 그 구멍 안에 들어가서는 안 되며 심지어 신체 어느 부위의 그림자도 그 안을 비춰서는 안 된다고 연신 강조했다.

결국 논의 끝에 내가 땅바닥에 바짝 엎어져 있는 상태에서 두 손을 무덤 안쪽으로 뻗으면 사촌 형들이 나 대신 유골함을 내 손 위에 올려 주고, 그럼 내가 다시 유골함을 조심스럽게 무덤 안에 넣기로 했다.

곧 아버지의 유골이 묻힐 땅에 엎어져 있으니 마치 가족 품에 안긴 것처럼 친근하게 느껴졌다. 유골함이 잘 안장된 것을 보고 모두가 "이제 되었다."라고 말하며 환호했다. 힘이 쭉 빠진 나는 몰래 눈물을 몇 방울 흘렸다. 그 순간 나는 아버지도 나의 선택에 매우 기뻐하고 있을 것이란 강한 확신이 들었다. 나도 내가 왜 그렇게 강하게 확신하는 것인지 그 이유는 모르겠다. 아마도 땅에 엎어져 있었을 때 느꼈던 편안함과 따뜻함 때문에 그런 생각이 든 것이 아닐까 싶다.

다음 날 아침, 잠에서 깬 엄마는 내게 간밤에 꾼 꿈 이야기를 했다. 꿈속에 나타난 아버지는 엄마에게 "헤이거우다가 마련해 준 새 집이 너무 편하고 좋구려."라고 말했다고 한다. 요 며칠 아버지와 인사를 나누지 못해 기분이 울적해 있던 엄마는 내게 이 이야기를 하고 나서야 얼굴에 미소를 지었다.

사실 새로 이장한 아버지의 묫자리도 조금 아쉬운 점이 있었다. 묘지 너비가 거의 10 m^2에 가까웠지만, 이 정도 땅 너비로는 내가 좋아하는 옛 선조들의 커다란 무덤처럼은 꾸밀 수가 없었다. 그 정도로 큰 무덤을 만들려면 최소 40~50 m^2 정도 되는 크기의 땅이 필요했다. 그 정도 크기는 되어야 중간에 봉긋하게 솟은 무덤을 만들고 그 앞에 돌아가신 분의 존함이 적힌 비석과 제수용품을 올려놓을 작은 상석(床石, 무덤 앞 돌상)을 마련하고, 무덤 주변에 테두리를 두를 수 있다.

가족들과 함께 벌초를 하러 올 때면 가장 먼저 향을 피우고 그 다음에는 무덤 주변에 색지를 가득 붙여 둔다. 청명절(清明節, 중국 전통 명절 중 하나로 조상에게 제사를 지내고 성묘하는 날)에는 바람이 많이 불고 공기가 습해서 색지를 다 붙이고 나면 온몸이 땀범벅이 된다. 이제는 무덤 한쪽에 자리를 잡고 앉아 습기 가득한 바람을 쐬는 것이 익숙하다.

나는 청명절에 가족과 함께 벌초를 하는 이 순간이 정말 좋다. 매년 벌초를 하러 오는 우리의 풍경도 다르다. 나이 든 사람은 더 나이가 들어 있고, 새로운 사람은 계속 늘어난다. 나와 혈연관계인 친척 어르신들은 뒷날 내가 벌초하러 오는 이 땅에 묻히게 될 것이다. 나와 같은 뿌리를 갖고 태어난 새로운 생명은 어느새 내 주변을 맴돌며 산

이곳저곳을 뛰어다닐 만큼 자라 있다. 그 모습을 보고 있으면 사는 것과 죽는 것 무엇도 두렵지 않을 정도로 마음이 편안하고 안정되는 느낌을 받는다.

그래서인지 나는 고향으로 돌아오고 나서 며칠간 몸이 좋지 않았지만 친척들과 아침 일찍 추모공원에 가 아버지와 둘째 백부님 묘의 벌초를 마친 뒤, 오후에는 친척들과 산에 올라가 조부모님, 증조부모님, 고조부모님 그리고 현조(玄祖) 부모님의 벌초까지 하고 왔다.

산을 올라가는 동안 여기저기 묘 주변에 붙여 둔 색지가 눈에 띄었고, 또 산속 여기저기서 폭죽 소리가 들렸다. 폭죽 연기 냄새는 비가 내린 뒤에도 공기 중에 남아 산속 여기저기서 그 냄새를 맡을 수 있었다. 이것이 내가 기억하는 청명절의 냄새다. 예전의 나는 벌초를 하러 오는 친지 일가족 중 나이가 가장 어렸다. 하지만 지금은 나를 삼촌이라 부르는 아이들 사이에 둘러싸여 있다. 그들 중에는 키가 185 cm가 넘는 녀석도 있고, 나와 국가의 대소사에 관해 이야기를 나누는 녀석도 있다.

조부모님의 묘 앞에서 그들과 혈연으로 연결된 자손들이 차례로 절을 하고, 각자 무덤 근처 여기저기에 흩어져 앉아 있는 모습이 마치 다 같이 돌아가신 조상의 품에 안겨 있는 것처럼 보인다. 그 순간을 보고 있으면 내가 마치 나무의 나이를 알 수 있다는 나무 나이테의 어느 한 일부분처럼 느껴졌고 마음이 더없이 편안해졌다.

지금껏 나는 영혼의 존재를 믿어 왔고, 엄마가 꿨다는 아버지 꿈도 믿는다. 내 온몸이 땅에 닿았던 그 순간 정말로 가족에게서 느껴지는 푸근함을 느꼈기 때문이다. 그래서 나는 아버지가 엄마의 꿈에 나타나 '집'이라는 단어로 자신의 새로운 주소지를 알렸다고 생각한다. 내게 집이란 단순히 사람이 사는 건물이 아니라, 나와 혈연으로 연결되어 있는 가족과 친척에게서 느껴지는 푸근함을 주는 존재다. 그래서 집과 멀리 떨어져 사는 것이 내게는 무척 힘든 일이다. 왜냐하면 나는 어떤 일이 생겼을 때, 마음이 약해질 때 가장 먼저 집을 떠올리기 때문이다.

이번에 급하게 비행기 표를 끊어 집에 돌아온 이유가 꼭 엄마가 민난어(閩南語, 중국 푸젠성 일대에서 쓰는 사투리)로 "음력설에는 집에 와야 하고, 청명절에는 조상을 뵈러 가야 한다."라고 말한 것 때문만은 아니다. 나 또한 몸도 힘들고 이런저런 중요한 일들로 인해 마음이 심란해서 집에 오고 싶었다.

일 때문에 수십 차례 비행기를 타고 오간 덕분에 이번에는 그동안 쌓아 둔 마일리지로 집에 오는 비행기 표를 끊을 수 있었다. 그것도 비즈니스 좌석으로 말이다. 나는 엄마에게 전화를 걸어 근래 내가 얼마나 오갔으면 비즈니스 좌석을 공짜로 탈 정도냐며 우스갯소리를 하기도 했다.

이번에 집으로 돌아가는 비행기 안에는 민난 지역 사람들로 꽉 차 있었다. 비즈니스 좌석 쪽으로 들어오는 사람들도 하나같이 고향 사람들이었다. 그들은 손에 이런저런 값비싸 보이는 선물을 한 아름 들고 있었다. 그리고 여기저기서 사람들의 소소한 대화 내용이 들렸다. "이번에는 꼭 숙부님 묘에 찾아갈 거야. 어렸을 적 숙부님이 자주 날 무릎에 앉혀 두고 구아바를 먹여 주셨는데 말야.", "네 할머니께서는 생전에 맛있는 음식은 아까워서 잘 드시지도 못했어. 할머니는 날 가장 예뻐하셨는데 말야. 네가 할머니를 뵙지 못한 게 참 안타깝다." 등……. 나는 많은 민난 사람들과 화교들이 나와 비슷하게 살고 있을 것이라 믿는다. 우리가 그토록 치열하게 사는 이유가 바로 떳떳한 모습으로 집에 돌아가기 위해서다.

그날 오후 엄마는 제사를 지내다 예전에 내가 집을 그리워했던 이야기를 꺼냈다. 나는 대학을 다닐 때 우리 집이 너무 가난해서 온갖 아르바이트를 다 했는데, 어떤 날은 너무 과로한 탓에 열이 40°C까지 올라간 적이 있었다. 그때 내가 아르바이트를 했었던 그 학원의 원장님은 사람들을 불러와 나를 병원에 데려다주었다. 그때 나는 정신이 혼미한 상태에서도 울며불며 계속 집에 가겠다고 소리쳤다고 한다.

왜 꼭 집이었을까? 그날 열이 내린 뒤 눈을 떴을 때 나는 이미 집에 있었다. 엄마 말로는 그 학원 선생님이 결국 차로 나를 집까지 데려다주었다고 했다. 엄마는 그 일을 가지고 지금까지도 계속 나를 놀린다.

"아니, 이 집에 뭐가 있길래? 왜 꼭 집으로 오겠다고 한 거니?"

엄마가 그렇게 물으면 나는 말을 꺼내려다가도 얼굴이 시뻘게져서 대답하지 못한다. 대체 집에 뭐가 있다고 그랬을까?

　몇 차례 힘든 일을 겪고 서둘러 집에 돌아와 시간을 보내기를 며칠째, 나는 내가 왜 그랬을까 궁금해지기 시작했다. 냉정하고 차분하게 둘러보니 이 시골 마을은 정말 지극히 평범했다. 주변에 세워져 있는 건물 모양새도 정돈된 느낌보다는 산만해 보였고, 대부분의 집이 아래쪽은 벽돌로 쌓아 만들고 위쪽은 철골을 세워 시멘트를 발라 놓은 모양새였다. 붉은 벽돌로 지은 화교 사람들 집 사이에 느닷없이 점토와 자갈을 쌓아 만든 토담집이 끼어 있기도 했다. 그 토담집 옥상에서는 외지에서 건너온 노동자가 오리를 기르고 있었다.

　내가 가장 좋아하는 돌밭 길은 비가 오고 나면 유독 미끄럽다. 길을 걷다가 낭만에 젖기도 하지만, 그러다 불쑥 시멘트 바닥이 튀어나오기도 한다. 또한 돌밭 길 주변에는 사당이 널려 있는데, 여기저기 사당에서 짙은 향냄새가 퍼져 나온다. 하지만 그 향냄새를 맡으며 분위기에 심취해 있을 때쯤 갑자기 근처 가공 공장에서 나는 퀴퀴한 냄새가 불청객처럼 습격하기도 한다.

　나는 스스로에게 계속 물었다.

　'나는 왜 그토록 이곳을 의지할까?'

　벌초를 마치고 온 날 오후 나는 우산을 쓰고 내가 졸업한 초등학교를 찾아갔다. 학교는 아직 방학인지 조용했다. 그 다음에는 시골벅적한 재래시장을 찾아갔다. 노점 좌판에서는 아주머니가 익숙한 솜씨로 간장에 절인 음식을 썰고 있었다. 또 허리가 구부정한 아저씨가 녹슨 깡통을 들고 투쑨둥(土筍凍, 해안가에 사는 유충을 젤리 형태로 만든 푸젠성 전통 음식)을 사라고 소리치는 모습을 보고 반가운 마음에 두 덩어리를 사서 길거리에서 먹었다. 심지어 나는 엄마 몰래 오토바이를 끌고 나와 비를 맞으며 해변을 한 바퀴 달렸다. 물론 그러고 집에 돌아와서는 머리가 더 어지러웠다.

나는 이곳이 주는 편안함을 기억한다. 나는 이곳의 모든 돌멩이를 기억하고, 이곳의 돌멩이 또한 날 기억한다. 나는 이곳의 구석구석을 알고, 세월이 흐르면서 이곳이 어떻게 변했는지 기억한다. 또한 이곳의 구석구석도 나와 내가 자라 온 모습을 기억한다.

집에 돌아온 나는 우리 집 4층에 올라가 아래를 내려다봤다. 가랑비가 내리는 땅 아래에는 푸른 이끼가 낀 돌밭 길, 비에 젖어 색이 더 선명해진 붉은 벽돌 집, 엉성하게 대충 층을 쌓아 올려 만든 것처럼 보이는 집들, 연기로 뒤덮인 공장이 눈에 들어왔다. 또 머리에 잔뜩 꽃을 꽂은 노인이 바구니에 새로 산 채소를 담아 돌아오는 모습, 이제 막 바다에서 수확물을 싣고 돌아오는 차들, 비를 맞으며 민난어로 목청껏 노래를 부르는 사람 등이 보였다. 나는 이런 풍경들이 나의 마음, 나의 영혼을 만들어 냈다고 생각한다. 어쩌면 이곳의 사물과 풍경이 나로 변한 것이 아니라, 이 땅에서 보낸 시간들이 지금의 나를 빚어낸 것일지도 모른다.

아버지에게 보내는 작은 배

며칠간 나돌아 다닌 탓에 결국 나는 집에서 얌전히 누워 요양해야 하는 신세가 됐다. 바깥에는 여전히 비가 주룩주룩 내리고 있고, 비에 젖은 땅 냄새가 스멀스멀 내 침대까지 올라왔다. 축축하면서도 따뜻한 느낌을 주는 그 냄새가 너무 포근해서 졸음이 쏟아졌다. 나는 문득 어쩌면 아버지의 영혼이 그 땅에 묻혀 있어서 내가 그렇게 푸근한 느낌을 받았던 것이 아닐까 하는 생각이 들었다.

어렸을 적부터 나는 흙냄새를 좋아했다. 그래서인지 사실 죽는 것이 두렵게 느껴지지 않았다. 내게 죽음이란 곧 집으로 돌아가는 것, 땅에 묻히는 것을 의미했으니까. 오히려 내게는 사는 것이 더 어려운 문제였다. 사람은 서는 것을 배우게 되면 자신이 서 있는 땅에서 벗어나고 싶어 한다. 그래서 끊임없이 오르려고 하고, 그래야 하는 이유를 끊임없이 찾는다. 욕망 때문에, 이상 때문에, 쟁취하기 위해서라고. 하지만 우리에게는 결국 발을 디딜 땅이 필요하다. 내가 보기에 산다는 것은 격렬하게 갈구하는 것이다. 어쩌면 아주 격렬한 삶은 격렬하게 갈구하는 것에서 벗어나고 싶어 하는 것일지도 모른다.

신선한 흙냄새를 맡았던 그날 오후 나는 스르르 깊은 잠에 빠졌다.

꿈속에서 나는 집을 떠나 있던 어렸을 적 시절로 돌아갔다. 나는 맨발로 돌밭 길을 따라 동쪽으로 걷고 있었다. 그 길 끝에는 내가 아는 사람과 내가 아는 돌멩이들이 있었다. 그들은 내게 끊임없이 물었다.

"어디로 가니?"

그럼 나는 "난 나갈 거야. 나가 보고 싶어."라고 대답했다. 나는 정신없이 뛰기 시작했다. 나를 아는 사람들의 당부와 나를 아는 돌멩이들의 충고가 더는 들리지 않을 때쯤 서서히 내 주변이 낯선 풍경으로 바뀌어 가고 있음을 느꼈다. 익숙한 공기도, 익숙한 돌밭 길도, 익숙한 붉은 벽돌집도 보이지 않았다. 나는 갑자기 깊고 어두운 동굴 속에 들어온 것처럼 두려웠다. 허공을 밟고 있는 느낌이 들었고 눈에서는 눈물이 멈추지 않고 줄줄 흘렀다. 하지만 그 와중에도 호기심은 계속 내게 낯선 풍경을 봐야 한다고 속삭였다.

아주 아름다운 풍경이었다. 그곳은 지금도 이름을 모르는 어느 해변이었다. 바다 위에는 커다란 배 몇 척이 떠다니고 있었고, 바닷새들은 하늘 위를 날고 있었다. 나는 만약 여기가 우리 집이라면 오후 내내 이곳에 누워 있을 수 있을 것 같았다. 하지만 자꾸 불안한 마음이 들면서 이런 생각이 들었다. '여긴 바람이 왜 이렇게 세지?', '여기 모래는 왜 이렇게 메말랐지?', '그 익숙한 돌멩이들은 왜 안 보이지?'

나는 정신없이 주변을 두리번거렸다. 그리고 결국 축축하게 비에 젖은 익숙한 그 골목길이 멀지 않은 곳에서 날 기다리고 있는 것이 보였다.

나는 반가운 마음에 그대로 곧장 그 골목길을 향해 뛰어갔다. 나는 무엇인가에 쫓기는 사람처럼 뛰어오는 내내 울고 웃기를 반복했다. 그렇게 뛰다 보니 어느새 집 앞에 도착해 있었고 문을 두들기니 엄마가 나왔다. 내가 오후에 무엇을 하다 온 것인지 전혀 모르고 있던 엄마는 꾀죄죄하고 눈물범벅이 된 내 얼굴을 보고도 꾸짖기는커녕 문을 더 활짝 열고는 "안 들어오고 뭐하니?"라고 말했다. 나는 마지막 남은 힘까지 다 끌어모아 집 안으로 뛰어 들어갔다. 주방에서 나는 기름 냄새, 눅눅한 나무 냄새, 강아지 냄새가 한꺼번에 나를 품는 느낌이 들었다. 그 순간 나는 내가 집에 돌아왔음을 느끼고 먼지가 가득 쌓인 바닥에 그대로 뻗어 누웠다.

　잠에서 깨어난 뒤 나는 하염없이 울고 있는 나 자신을 발견했다. 어쩌면 요 몇 년간 나는 집을 떠났던 것이 아닐지도 모른다. 그냥 조금 멀리 걸어 나와 더 많은 풍경을 보게 되었고, 그래서 더 많이 두려움을 느꼈던 것 같다. 하지만 다행히도 난 결국 돌아왔고, 돌아올 수 있게 되었고, 나에게는 영원히 익숙할 그 골목길을 찾을 수 있게 되었다.

기차는 어디를 향해 달려가고 있을까

내 생에 한 번쯤은 건너 보지 않았을까.

당신이 목욕하며 놀던 그 강을.

여섯 살 적 당신의 모습은

아직도 수면 위를 떠다닌다.

고개를 들어 보니

커다란 귤이

공중에 매달려 있네.

나는 안다.

그것은 유년 시절의

모든 황혼이었음을.

〈모든 여행에 관한 이야기 關於所有旅行的故事〉

아버지에게 보내는 작은 배

이 시는 내가 막 고등학교에 입학했을 때 난핑(南平, 푸젠성 중부 도시)으로 가는 기차 안에서 쓴 시다. 그때 나는 나 자신을 격려하기 위해 난생 처음 혼자 기차를 타고 멀리 여행을 떠났다. 소위 통일 전선의 최전방이라 불리는 민난에는 기차선로가 산간 지대를 통과하는 이 한 개 노선뿐이다.

나는 해변 근처에서 기차를 탔다. 기차를 타고 가는 동안 녹음이 짙은 산의 경치가 눈에 들어왔다. 차창 밖 경치는 산골짜기 시냇물처럼 흘러가고 있었다. 집들이 하나둘씩 보이기 시작했고 나는 시선에서 사라지기 전에 얼른 그 풍경을 내 눈에 담으려고 했다. 허름한 정원에서 노파가 손녀를 안고 우는 모습도 보이고, 한 남자가 문 앞에 쪼그리고 앉아 담배를 피우는 모습도 보였다. 또 한 소녀가 책가방을 등에 맨 채 대문 앞에서 머뭇거리는 모습도 보였다. 열차는 이 모든 풍경을 뒤로하고 빠르게 달려갔다.

나는 이런 식으로 아주 짧게나마 그들의 삶에 관여해 본다. 하지만 내가 그들의 운명에 관해 상상의 나래를 펼치려 할 때면 그 풍경은 순식간에 사라지고 없다. 날이 저물어 가는 어스레한 빛이 내 시야를 물들일 때쯤 요란한 소리를 울리며 달리는 기차도 어느덧 도시를 벗어나 있었다. 눈에 보이는 풍경이라고는 희끄무레하게 보이는 산 주변에 드문드문 보이는 불빛, 주홍빛 석양 아래 비단결처럼 일렁이는 강물뿐이다. 가끔 장난치는 아이의 모습이 어렴풋이 보인다.

나는 뭔지 모를 서글픔을 느꼈다. 저 불빛 너머로 얼마나 많은 사연이 있을까? 그 노파는 왜 손녀를 안고 울고 있었던 걸까? 담배를 태우던 그 사내는 생계가 어려워 힘들어하고 있었던 것은 아닐까? 대문 앞에서 머뭇거리고 있던 그 소녀는 그 뒤로 어떻게 되었을까?

여행자가 모든 풍경을 빠르게 흘려보낼 수 있는 이유는 여행자에게 그 모든 것은 가벼운 사건, 아름다운 장면이기 때문이다. 정작 그 속에 있는 당사자는 얼마나 조마조마한 마음일지 몰라도 빠르게 스쳐 지나가는 모든 것은 풍경이 된다.

선생님의 부탁으로 모교 대학교 교실에서 후배들과 교류를 나누던 날 나는 이 기차 여행이 기억에 떠올렸다. 그날 선생님은 나 대신 '이 길의 풍경'이라는 제목으로 대화의 주제를 정해 주었다. 그리고 특별히 내가 예전에 수업을 받았던 교실에서 이야기를 나눌 수 있게 자리를 마련해 주었다. 예전에 수업을 받았던 그 자리에 앉으니 입을 떼기도 전에 지난 기억이 머릿속에서 한꺼번에 떠올랐다.

모든 사건은 시간이 흐를수록 잔인하리만큼 더 선명하게 떠오른다.

9년 전에 이 자리에 앉아 있던 나는 반신불구가 된 아버지와 어려운 집안 형편을 돌봐야 하는 막막한 처지에 놓여 있었다. 당시의 차이충다(蔡崇達, 작가의 본명)는 아버지를 미국에서 치료받게 하려면 얼마나 돈을 벌어야 할까 고민했다. 또 돈을 많이 모아서 외증조할머니를 모시고 여행을 다녀오겠다는 포부도 있었다. 온종일 돈을 버느라 고된 하루를 보내는 자신은 정작 홍사오러우(紅燒肉, 삼겹살 찜 요리) 한 점을 더 사 먹는 것조차 반나절을 고민했으면서도 말이다. 당연히 하루

빨리 유명해져서 자신의 기회를 양보했던 당시 뉴스 보도국 대표였던 청강에게 자랑하고 싶은 마음도 있었다. 또 한때는 베스트셀러 책이 나오면 아버지가 심장병 수술을 받았던 대학 병원을 찾아가 아픈 부모님을 간호하는 아이들에게 포기하지 말고 희망을 가지라고 다독여 주는 상상도 했었다.

하지만 9년이 흐른 지금은 그때의 차이충다가 치열하게 사는 이유였던 존재들이 사라지고 없다. 아버지, 외증조할머니, 청강 모두 갑작스럽게 세상을 떠나 버렸다. 나는 불현듯 아무렇지 않게 땅을 밟고 서 있기가 힘들어졌다. 그런 내가 할 수 있는 일은 오직 치열하게 일하는 것뿐이었다.

요 몇 년간 나는 이렇게 두 세계의 틈에서 살아왔다. 나는 일을 할 때 기자로서, 기록자로서, 관객이 되어 사람 사이에서 벌어지는 어떤 사연의 현장 속으로 들어가 그 속의 희로애락만을 맛보고 매정하게 빠져나왔다.

나는 지금껏 여행자의 마음으로 일상을 살아가는 노력을 하고 있는 중이다. 나는 열차 차창 너머로 스쳐 지나가는 사람들을 본다. 소란스러운 그들의 삶이 눈에 들어온다. 나는 스스로에게 꿈쩍도 하지 말라고 일러 준다. 왜냐하면 나는 차창 밖에서 일어나는 이야기가 흘러가는 것을 막을 수 없기 때문이다. 나는 스스로가 여행자의 마음으로 담담하게 사는 법을 터득했다고 생각했고, 이미 그렇게 살고 있다고 여겼다.

사실 이번에 급하게 고향에 돌아온 이유는 홍콩 통행증을 발급받기 위해서인데, 생각하지도 못하게 모교로부터 초청을 받고, 또 생각하지도 못하게 과거의 기억을 떠올리게 됐고, 그 때문에 생각하지도 못하게 현실과 정면으로 마주하게 됐다.

나는 오토바이를 끌고 마을 여기저기를 돌아다녔다. 오토바이를 타고 돌아 보니 아버지가 예전에 개업했던 술집이 지금은 창고로 변해 있었다. 또 아버지가 열었던 기름집은 이미 땅을 편평하게 깎아 큰 정원을 만들 준비를 하고 있었다. 외증조할머니가 살았던 서양식 주택은 현재 외지에서 건너온 노동자들이 모여 사는 공동 주택이 되어 있고, 내가 제일 좋아했던 장미꽃은 이미 말라 비틀어져 앙상한 가지만 남아 있었다. 나는 취안저우에 와서 청강의 조수였다가 나중에 방송국 부국장이 된 쫭(莊) 선생님을 만났는데, 그는 내년에 방송국을 폐쇄한다는 내용이 담긴 공문서를 내게 보여 줬다.

그날 오후 나는 쫭 선생님의 간곡한 초대로 그와 함께 저녁 식사를 했다. 나는 그와 술 몇 잔 정도만 마시고 다른 일이 있다는 핑계로 급히 그 자리에서 빠져나왔다. 사실 다른 일은 없었다. 나는 방송국 입구를 나오자마자 목이 잠기도록 울었다. 실은 두려웠다. 나는 쫭 선생님이 문득 청강이 어쩌다 과로사를 하게 된 것인지 말을 꺼낼까 봐 두려웠다. 그리고 그와 내 감정이 동시에 무너져 내릴까 봐 두려웠다.

세월은 참으로 잔인하다. 나약했지만 사랑스러웠던 아버지는 일평생 부지런하게 살아온 그의 흔적을 단 하나도 남겨 두지 않았다. 열정이 너무 넘쳐서 탈이었던, 내게는 형제 같은 존재인 청강은 너무나도 짧게 삶을 불태우고 떠났다. 내가 무척이나 사랑했던, 그리고 돌처럼 마음이 단단했던 나의 외증조할머니도 홀연히 떠났다. 많은 사람의 일생이 이렇게나 빨리 흔적도 없이 사라져 버렸다. 세월이라는 열차에서 내린 그들의 모습은 빠르게 사라졌다. 내가 그들의 숨결을 느낄 수 있는 장소조차 모두 사라지고 없다.

아직 세월의 열차에 타고 있는 나는 몇 번이고 이 열차의 유리를 깨부수고 싶다는 생각을 했다. 이 열차를 멈추고 내가 떠나보내고 싶지 않은 사람들을 품에 안고 싶고 그들에게 입맞춤하고 싶다. 하지만 아무리 내가 반항하고 발버둥 쳐도 모두 소용없는 짓이다.

나는 그제야 내가 여행자의 마음으로 살아가는 그 방식을 전혀 받아들이지 못했음을 깨달았다. 그동안 내가 살아온 방식은 그저 도피에 불과했다. 물론 반복해서 나 스스로에게 "인생이 정말 여행이라면 풍경을 지켜보는 마음과 능력을 배워야 한다."라고 말하지만 도무지 받아들이기가 힘들다. 사실 나는 여행을 하고 싶은 생각이 전혀 없다. 그냥 한곳에 머물러 그곳에서 내가 사랑하는 사람과 함께 지내고 싶은 마음뿐이다.

지금 내가 사랑을 하고 있거나 혹은 사랑했던 사람들이 내가 얼마나 그들을 곁에 두고 싶어 하는지 알아주었으면 한다. 지금 내가 유일하게 할 수 있는 일은 그 사람들을 내 뼛속에 새겨 넣는 것이다. 설령 세월의 열차가 나의 육신을 먼 곳으로 데려간다 할지라도 최소한 그들의 이름과 그들에 관한 기억은 내가 가져갈 수 있을 테니까. 그리고 이것이 내가 세월을 상대로 부릴 수 있는 유일한 반항이다.

솔직히 말해서 나는 이해가 안 된다. 왜 세월이라는 열차는 그렇게 빨리 달리는 것일까? 왜 사람은 저마다 가는 길이 다른 것일까? 우리는 도대체 어디로 향해 그리 급하게 달려가는 것일까? 하지만 이건 알 것 같다. 어쩌면 나 혼자만 이렇게 세월을 향해 툴툴대는 것이 아닐지도 모른다. 말이 없는 사람들도 속으로는 분명 나와 같은 생각을 하고 있을 것이다. 나는 성숙해지면 뭐든지 받아들일 수 있다는 말을 믿지 않는다. 성숙은 우리로 하여금 더욱 자기기만을 하게 만들 뿐이다. 사실 그날 여행을 마치고 돌아와 나는 '세상'이라는 제목으로 또 다른 시 한 소절을 적었다.

세상은 넓지 않다
그래서 나는 어디도 가지 않고
여기에 있을 수 있다
그냥 너를 보면서
이대로 늙어 간다

정말 유치한 시지만, 나는 이 시가 마음에 든다. 비록 9년이나 지났지만 나는 여전히 유치하다. 이 시는 유치한 나의 유치한 반항이다. 과거의 나와 지금의 나는 나 자신이 가장 아끼는 것을 그토록 붙잡고

아버지에게 보내는 작은 배

싶어 하지만 번번이 내게는 그럴 능력이 없다. 하지만 나는 그래도 고집스러운 아이처럼 바라고 원한다. 내가 아끼는 사람들과 이대로 쭉 함께 세월이라는 길을 걸어갈 수 있기를 바란다. 하지만 나는 알고 있다. 설령 우리가 걷는 길이 서로 엇갈리더라도 최소한 서로에게 가장 아름다운 풍경이 되어 줄 수 있다는 것, 그리고 그것이 지금 내가 유일하게 할 수 있는 노력이고, 내가 세월을 향해 유일하게 부릴 수 있는 치기 어린 반항이라는 것을 말이다.

나는 이 글을 한 친구에게 전하고 싶다. 내가 그에게 하고 싶은 많은 말이 이 글 안에 담겨 있기 때문이다. 나는 그에게 고맙다. 그리고 시간과 운명에게 고맙다. 비록 그들은 내게 잔인했지만 결국 내가 풍경을 볼 수 있게 만들어 주었다. 사물에는 명과 암 두 면이 존재하듯이, 삶을 무난하게 살아가려면 타협하는 법을 배워야 한다. 친구여, 너 역시 블로그에 '나는 성숙해지면 뭐든지 받아들일 수 있다는 말을 믿지 않는다. 성숙은 우리로 하여금 더욱 자기기만을 하게 만들 뿐이다.'라는 구절을 써 놓았더구나. 하지만 우리가 이런 부정적인 생각들을 극복할 방법은 없는 것일까?

나는 모든 사람을 관찰하고 싶다

서른 살 생일날 때마침 나는 런던에 있었다. 그날은 온종일 대영박물관에서 시간을 보냈다.

대영박물관의 메인 전시장은 비정기적으로 전시회가 열리는데, 마침 그날은 '삶과 죽음(living and dying)'이라는 주제로 전시가 열렸다. 기다란 전시대에 각종 알약과 의료 기계가 진열되어 있었다. 진열대의 가장 밑에는 이미 죽은 사람들이 살면서 가장 아름답다고 생각한 순간, 가장 고통스러운 순간, 그들의 생애 마지막 순간을 찍은 사진들이 진열돼 있었다.

그 사진 속 인물들을 하나하나 보면서 나는 문득 8년 동안 아픈 몸으로 살다가 지금은 세상을 떠난 아버지가 떠올랐다. 우연히 아버지는 당신 나이 30살에 아들인 나를 얻었다.

당시 나는 전시회장 안을 돌아다니며 진열된 사진을 하나하나 자세히 보았다. 그러다 자꾸 이런 생각이 머릿속을 떠나지 않았다. 당시 아버지도 지금 30살의 나와 마찬가지로, 더는 세상 물정 모르는 철부지가 아니었겠지? 세상은 이미 그에게서 천진난만함을 빼앗아가고 대신 그의 얼굴에는 세월의 흔적이 생기기 시작했겠지? 당시의 아버지는 이미 진짜 세상과 마주하고 있었겠지? 그때 아버지는 이미 자기 안의 욕망을 다스리는 법을 찾았던 걸까? 아버지는 그의 인생에 나타난 새로운 생명을 어떻게 받아들였을까? 뒷날의 운명은 어떤 형태로 아버지 주위에 숨어 있다가 서서히 그의 삶을 옥죄었던 걸까? 아버지와 나는 서로의 삶에서 가장 중요한 존재였지만, 그럼에도 나는 아버지를 잘 모르고 있었다. 나는 그 사실을 이제야 깨달았다.

엄밀히 말하자면 내가 아는 그의 인생은 그가 아버지라는 이름으로 나의 삶에 관여한 일부분뿐이다. 그러니 나는 아버지란 사람의 진짜 인생을 본 적도 이해한 적도 없는 셈이다. 그 점을 깨닫고 나니 마음이 너무 괴로웠다.

나는 자주 친구에게 "이해는 타인에게 줄 수 있는 가장 큰 자비다."라고 말한다. 눈앞에 있는 상대가 하는 말을 들으면서 상대의 복잡하고 세세한 사정을 헤아릴 줄 알고 상대의 그러한 성격과 가치관, 행동, 생김새가 어떻게 만들어졌을지 짐작할 수 있는 것이야말로 이해다. 그런 것을 볼 줄 아는 눈을 가졌다면 당신은 진정으로 상대를 이해했다고 말할 수 있다. 그리고 이 세상의 가장 아름다운 풍경이 바로 저마다 다른 생김새와 생각을 가지고 사는 사람들이라는 것을 깨닫게 될 것이다.

물론 나는 아버지를 제대로 헤아리지 못했고, 지금은 헤아리기에 너무 늦어 버렸다. 아버지는 이미 내 삶에서 퇴장했기 때문이다. 나는 이런 식으로 더 많은 사람을 놓치게 될까 봐 두려웠고, 그 두려움은 나의 내면을 파고들었다.

런던에서 돌아온 지 한 달이 지나고 나서 나는 내 기억만으로 글을 써 보기로 했다. 글쓰기를 통해 최대한 아버지를 찾아보고, 아버지에게 다가가고, 아버지를 헤아려 보기로 했다. 그렇게 해서 나온 글이 바로 '장애'다. 이 글은 아버지에 대한 미련, 아버지와 한 이별, 내 마음속 두려움을 담은 글이다.

그 글을 쓰고 나서부터 나는 더 많은 사람을 들여다봐야겠다는 생각을 했다. 이는 이미 세상을 떠난 모든 사람에게 내가 표현할 수 있는 최선의 존중이며, 내가 시간에 맞서 그리운 이들을 붙잡아 둘 수 있는 유일한 노력이며, 나 자신을 이해하는 가장 좋은 방법이라고 생각한다. 우리를 스쳐 간 모든 사람은 우리의 삶에 관여하고 그 과정에서 우리 자신이 만들어진다고 생각한다.

그런 것들을 깨닫고 나서부터 나는 이 책을 쓰기 시작했다. 이 책을 쓰는 일은 단순히 내가 하고 싶은 일이 아니라 내가 반드시 해야 할 일이라고 생각한다. 나는 이제야 글을 쓰는 의미를 깨닫게 됐다.

아버지에게 보내는 작은 배

글을 쓴다는 것은 단순히 글재주를 발휘하는 것이 아니라 나와 타인으로 하여금 더 많은 사람을 경험하게 하고, 이 세상의 더 많은 가능성을 발견하게 하고, 모든 이들이 되도록 온전한 삶을 일구도록 나름의 방향을 찾게 해 주는 것이라 생각한다.

그런 생각을 하고 나니 나는 글 쓰는 것이 어렵게 느껴졌다.

정식으로 언론 일을 하기 전 나는 문학청년이었다. 내가 언론인이라는 직업을 택한 이유는 스스로 먹고 살기 위해서였다. 또한 마음 한편에는 나 자신의 필력을 단련시켜 문학계로 돌아가겠다는 목표도 품고 있었다. 언론인으로서 11년을 일한 지금 나는 267만 자에 이르는 보도 글을 썼다. 이 일을 하면서 나는 언론인으로서 글을 쓰는 일은 또 다른 넓은 세계를 경험하는 일이라고 느꼈다. 또한 나 자신과 내가 알고 싶은 모든 사람에 관해 글로 풀어낼 만큼 필력이 쌓였다는 것을 느꼈다.

하지만 막상 펜을 들고 보니 마치 내가 의사가 되어 수술칼로 나를 도려내는 느낌이 들었다. 타인에 관한 이야기를 쓸 때 그 사람의 감정에 이입되어 아픔을 느끼기는 하지만 그 고통은 내 몫이 아니다. 하지만 이 책을 쓰면서 나의 아픔을 문장으로 적어 내려갈 때마다 그 고통은 고스란히 내 마음에 전달됐다. 나는 그 순간 이것이 진짜 글을 쓰는 느낌이라는 생각이 들었다. 그리고 그제야 이해가 됐다. 왜 많은 작가가 첫 책에서 자신과 자신이 중요하게 생각하는 것부터 쓰기 시작하는지 말이다. 어쩌면 글을 쓰는 사람은 한 번쯤은 철저하게 자신을 파헤쳐 봐야 다른 책에서도 공감을 얻을 수 있지 않을까 싶다.

이 책을 쓸 때 어떤 글은 정말 나의 뼛속 깊은 곳을 후벼 파는 심정으로 썼다. 너무 소중해서 내 뼛속에 새겨 둔 기억을 나는 글이라는 형태로 다시금 당시의 모습과 감정을 재현해 냈다. 나는 '엄마의 집'이라는 글을 쓰면서 그제야 진정으로 어떤 말로도 표현할 수 없는 엄마의 사랑을 발견하고 이해하게 됐다. 또 '몸뚱이'라는 글을 쓰면서 그제야 외증조할머니가 내게 남긴 최고의 유산이 무엇인지 깨닫게 됐다. 그리고 '나의 벗, 나의 신'이라는 글을 쓰면서 그제야 어떻게 하는 것이 상대가 마음의 충격으로부터 벗어나도록 도와주는 것인지 깨닫게 됐다. 이 책을 쓰면서 나는 내가 아끼는 사람들을 최대한 많이 관찰할 수 있게 되었다. 또 우리의 인생 안에 숨어 있는, 우리가 늘 대답해야 하는 문제들을 확실하게 직시할 수 있는 계기가 되었다.

세상에 똑같은 사람이 없다는 사실은 참으로 행운이다. 저마다 다른 사람이 있기 때문에 우리가 더 다양하고 풍부한 세상을 경험할 수 있는 것이다. 하지만 인간은 본질적으로는 일치한다. 우리에게는 마음이라는 것이 있기 때문에 공통된 부분을 찾아내 서로를 바라보고, 서로를 반추해 보며, 서로를 따뜻하게 만든다.

이것이 바로 내가 생각하는 '글을 쓰는 궁극적인 의의'이자, '글을 읽는 궁극적인 의의'이기도 하다. 나는 이 책을 통해 독자들이 자신을 들여다보고 더 많은 사람들을 보고 경험해 볼 수 있길 희망한다.

이 책을 이미 세상을 떠난 나의 아버지, 외증조할머니에게 바칩니

아버지에게 보내는 작은 배

다. 그리고 내 곁을 함께해 주는 나의 엄마, 아내, 누나, 딸아이에게 바칩니다.

나는 그대들을 사랑합니다. 그리고 내가 사랑하는 만큼 그대들도 나를 사랑하고 있다는 것을 알고 있습니다.

차이충다(蔡崇達)

아버지에게
보내는
작은 배

초판 1쇄 발행 2020년 11월 27일

지은이 | 차이충다
옮긴이 | 유연지
펴낸이 | 정광성
기획 편집 | 정내현
펴낸곳 | 알파미디어
출판등록 | 제2018-000063호
주소 | 05387 서울시 강동구 천호엣12길 46 201호(성내동)
전화 | 02 487 2041
팩스 | 02 488 2040
ISBN | 979-11-91122-02-2 03800
값 14,800원

© 2020, 알파미디어

이 도서의 국립중앙도서관 출판예정도서목록(CIP)은 서지정보유통지원시스템 홈페이지 (http://seoji.nl.go.kr)와 국가자료종합목록 구축시스템(http://kolis-net.nl.go.kr)에서 이용하실 수 있습니다. (CIP제어번호 : CIP2020045061)

출판을 원하시는 분들의 아이디어와 투고를 환영합니다.
alpha_media@naver.com